Edelgard Spaude

Der Tod macht die Musik

Kriminalroman

Edelgard Spaude

Edelgard Spaude wurde 1949 in Freiburg i.Br. / Deutschland geboren. Seit einigen Jahren lebt und arbeitet sie in Perchtoldsdorf bei Wien.
Von Edelgard Spaude bisher erschienen:
Spießgesellen (Rowohlt Verlag, Reinbek b. Hamburg 2008)
Mord im Kurpark (Rowohlt Verlag, Reinbek b. Hamburg 2007)
Eigenwillige Frauen in Baden (Rombach Verlag, Freiburg i. Br. 1999)
Impressionen Schwarzwald (Rombach Verlag, Freiburg i. Br. 1996)

Edelgard Spaude

Der Tod macht die Musik

Kriminalroman

feder frei

KULTUR
NIEDERÖSTERREICH

Gefördert durch das Land Niederösterreich

Marchtrenk, 2009
www.federfrei.at

Umschlagabbildung: Martin Cerny, fotofrank, kts design, fotolia
Lektorat: Mag. Gertraud Mayr-Rosska
Satz und Layout: Verlag Federfrei
Druck und Bindung: FINIDR, s r.o., Tschechien

ISBN 978-3-95027-510-0

Alle Handlungen und Figuren in diesem Roman sind frei erfunden – und sollte jemand auf die Idee kommen, darin Parallelen oder gar Übereinstimmungen mit lebenden oder toten Personen suchen zu wollen, so wird er enttäuscht werden: Dem ist nicht so. Eine Ausnahme allerdings gibt es, und zwar den Heurigen Sommerbauer in Perchtoldsdorf. Bei Brigitte und Erwin Sommerbauer habe ich viele vergnügliche Stunden erlebt. Dafür und für die Erlaubnis, sie zu den Romanfiguren hinzufügen zu dürfen, danke ich an dieser Stelle sehr herzlich.

Noch ein Hinweis scheint mir wichtig: Dies ist ein Roman und kein Tatsachenbericht, d.h. Berufs- oder Ortsbezeichnungen sind nicht immer ident mit der Wirklichkeit, sondern teilweise frei gestaltet worden.

1

Der große Saal der Burg von Perchtoldsdorf war nicht einmal zur Hälfte besetzt, oder besser gesagt: Die Zahl der leer gebliebenen Sessel überwog die der besetzten bei Weitem, obwohl die Organisatoren die Sitzmöglichkeiten äußerst großzügig arrangiert hatten. Und obwohl wochenlang schon unermüdliche, weil gut bezahlte, jugendliche Helfer immer neue Plakate in allen möglichen Geschäften verteilt und an jedes freie Mauerplätzchen geklebt hatten. Doch es war nicht zu leugnen: Das Interesse an der angekündigten Veranstaltung war weniger als mäßig. Die meisten Besucher waren nur gekommen, weil ihnen auf die dringliche persönliche Einladung des Referenten hin entweder nicht schnell genug eine plausible Ausrede eingefallen war, oder weil sie als Gemeinderäte oder ehrenamtliche zweite Vorsitzende von Vereinen in Vertretung der nächst höheren Hierarchie zwangsweise verpflichtet worden waren.

Eine Ausnahme bildete allein ein deutscher Tourist, der zufällig hergekommen war, weil er sich eigentlich nur das Innere des mächtigen Gebäudes hatte ansehen wollen. Das massive Gemäuer ließ noch einen Hauch von Mittelalter spüren, und der majestätische Wehrturm, der sich einige Meter weiter neben der Pfarrkirche St. Augustin erhob, vermittelte dem Besucher, der dieses eindrucksvolle Ensemble bewunderte, ein Gefühl von Kleinheit.

Der staunende Besucher hatte vor ein paar Wochen kurz entschlossen diesen Urlaub gebucht. Nachdem seine Frau die arbeitsaufwändige, langjährige eheliche Gemeinschaft zugunsten eines ausgeglichenen Single-Daseins vor einiger Zeit aufgegeben hatte, wollte er überhaupt nicht mehr verreisen. Was sollte er, der ohnehin nie gern weggefahren war, und schon gar nicht an unbekannte Orte, ohne sie in der Weltgeschichte herumgondeln! Dass er irgendwann umdenken könnte, hätte er sich noch vor Kurzem nicht träumen lassen. Doch dann hatten sich immer deutlichere Anzeichen dessen eingestellt, was man neuerdings als Burn out-Syndrom bezeichnete, und mit einem letzten Rest schwarzen Humors hatte er selbst die Befürchtung geäußert, dass er dereinst nach seinem Tod wohl für sein eigenes Begräbnis sorgen müsse. Das war seinem Mitarbeiter zu viel geworden. Massiv hatte dieser – ganz gegen die eigene Überzeugung – für Urlaub plädiert. Eine Städtereise hatte sein Kollege empfohlen, denn ein Aufenthalt an irgendeinem Strand ließe befürchten, dass er zu sehr ins Grübeln gerate. Eher halbherzig war der Tourist im Internet auf die Suche gegangen und hatte ein Pauschalangebot in Perchtoldsdorf entdeckt. Geradezu ideal: ein gemütlicher Heurigenort an der Stadtgrenze Wiens, von dem aus man die Wiener Sehenswürdigkeiten problemlos mit öffentlichen Verkehrsmitteln erreichen konnte. Und wer weiß – vielleicht war ja auch eine nette Wienerin in der Nähe, die ihn von seinen persönlichen Kalamitäten etwas ablenkte. Von diesem Wunschdenken, das sein Kollege insgeheim hegte, ahnte der Tourist glücklicherweise nichts.

Einige Wochen später war er in Schwechat von der freundlichen Besitzerin der Pension, wo er logierte, abgeholt worden und genoss nun – zum eigenen Erstaunen und wider Erwarten – seinen Urlaub in vollen Zügen.

An jenem Tag, als der Vortrag stattfinden sollte, hatte er bereits eine ausgiebige touristische Besichtigungstour hinter sich: Innere Stadt, Hofburg, Ring, Parlament, Burgtheater, Rathaus, Volksgarten, Pause im Café Landtmann, Graben, Stephansdom, Kärntner Straße. Danach taten ihm die Füße weh. Wieder zurück in Perchtoldsdorf hatte er sich bei einem Heurigen erholt. Und weil er nichts weiter vorhatte, war er der Einladung zum Vortrag in die Burg gefolgt. Warum sollte er sich nicht ein wenig mit der hiesigen Kunst und Kultur befassen? Ein wenig wunderte er sich über das sichtbare mangelnde Interesse am angekündigten Vortrag über einen – ihm allerdings bis dahin unbekannten – Komponisten. Schließlich waren die Österreicher bekannt für ihre Liebe zur Musik. Einerlei. Vielleicht würde es unterhaltsam werden. Und wenn nicht – er konnte ja gehen, falls ihm gar zu langweilig wurde.

Die für die Perchtoldsdorfer Kultur Zuständigen hatten ihr Möglichstes getan, um dem Referenten Christoph Schönberg die Peinlichkeit eines derart spärlich besetzten Saals zu ersparen und ihm den kleinen Veranstaltungsraum im alten Rathaus ans Herz gelegt, jedoch ohne

Erfolg. Schönberg war stur geblieben und nicht bereit, sich mit einem, seiner Auffassung nach, „minderen Rahmen“ zufriedenzugeben.

In Perchtoldsdorf kannte man seine Vorträge zur Genüge. Seit er sich aus der Position eines Professors an der Berliner Musikhochschule vorzeitig in den Ruhestand hatte versetzen lassen, begann er an seinem neuen Wohnort intensiv das zu tun, wozu er sich berufen glaubte: seinen Mitmenschen die Macht der Musik als wichtigste Grundfeste ihres Leben begreiflich zu machen. Allerdings bewegte er sich dabei in einem engen und zeitlich sehr überschaubaren Rahmen. Für seine pädagogischen Unterweisungen griff er lediglich auf die ersten drei Jahrzehnte des 20. Jahrhunderts zurück, genauer gesagt: Er konzentrierte sich auf die Kompositionen der Gebrüder Jägermeier, vor allem auf die von Karl Friedrich und bekundete stets lauthals, dass nicht nur die Musikwissenschaft, sondern auch die breite Öffentlichkeit – was immer man darunter verstehen mochte – Bedeutung und Einfluss dieses Komponisten weit, weit unterschätze. Zu Unrecht sei dieser Bruder von Otto Jägermeier völlig verkannt und der Vergessenheit anheim gefallen. Geradezu ignorant, so schimpfte Schönberg, ginge man mit dessen musikalischem Schaffen um. Deshalb setze er alles daran, seine Werke postum bekannt zu machen.

Zahlreiche Vorträge hatte er schon gehalten, Lesungen aus Briefen und Tagebüchern Jägermeiers veranstaltet. Und stets hatte er selbst zur Klarinette gegriffen – dem einzigen Instrument, dessen Handhabung er notdürftig beherrschte –, um seinem Publikum durch Klangbeispiele die Genialität des von ihm angebeteten Musikers zu demonstrieren.

Auch heute Abend musste man mit solch einer Darbietung rechnen, denn auf dem Flügel, der vor dem Hintergrund des die ganze Wand einnehmenden Gemäldes von Perchtoldsdorf lediglich als Staffage diente, lag bereits die bekannte Klarinette.

„Das kann ja heiter werden“, flüsterte eine Besucherin in der dritten Reihe ihrer Nachbarin zur Rechten seufzend zu. „Unsere Männer wissen schon, warum sie wieder nicht mitgegangen sind.“

„Meiner hat sich auch geweigert. Wenn der da vorn wenigstens besser spielen tät, dann ginge es ja noch, aber so…“, stimmte diese der

Befürchtung zu. „Hat er Sie auch wieder zwangsverpflichtet?", wollte sie dann mitfühlend wissen.

„Und wie! Ich wohne in der Nähe. Drei Mal war er bei mir und hat mich an den Vortrag heute erinnert. Der hat sicher dauernd drauf gelauert, wann ich nach Hause komme, damit er mich sofort abfangen kann. Als ob wir nicht schon genug darunter zu leiden hätten, dass er diesen Schwachsinn bis zum Umfallen übt und uns mit seinen CDs beschallt."

„Oh, ich glaub es Ihnen. Wissen Sie, ich bin ja im gleichen Tennisclub wie er, und fragen Sie mich nicht, wie oft er mich angesprochen und mir den Zettel mit dem Veranstaltungstermin unter die Nase gehalten hat."

„Wir werden es auch dieses Mal überstehen", klang es seufzend zurück.

„Schon. Aber ich könnte mir was Schöneres vorstellen. Sogar ein Kaffee mit der Sternleitnerin wär mir jetzt lieber."

Frau Sternleitner zog in diesem Moment den ganzen Neid der beiden Damen auf sich, denn sie käme kaum je in die Verlegenheit, sich zu einem Jägermeier-Vortrag zu bequemen. Rigoros lehnte sie alles ab, was ihr nicht behagte. Und dazu gehörte mit Sicherheit ein Vortrag über Karl Friedrich oder Otto Jägermeier. In Acht nehmen musste man sich freilich vor ihr, denn sie war stets über alle kleinen und großen lokalen Vorkommnisse unterrichtet, gab sie auch großzügig, versehen mit eigenen Kommentaren, weiter und nahm begierig jede Neuigkeit auf, die sie dann ebenfalls nach eigenem Gutdünken ausschmückte.

„Gehen wir nachher noch auf einen Wein zum Sommerbauer? Der hat ausg'steckt", schlug die Dame in der dritten Reihe ihrer Sitznachbarin vor.

„Oh ja, das tröstet. Gern. Ach du liebe Güte, er naht."

Die letzte Bemerkung bezog sich auf den eben die Bühne betretenden Christoph Schönberg. Er verneigte sich vor den wenigen Zuhörern, und deutlich war an seiner Miene abzulesen, dass er sich über die gähnende Leere im Saal ärgerte.

‚Banausen', dachte er wohl. ‚Im Grunde sollte ich mir zu schade sein für diese Ignoranten.'

Dennoch begab er sich, ganz entgegen seiner sonst leicht federnden Gangart, mit schweren, schleppenden Schritten ans Rednerpult, um zunächst das mitgebrachte opulente Manuskript umständlich zu entfalten und zu ordnen.

„Das kann lang dauern, bis wir zum Sommerbauer kommen. Schau'n S amal, wieviel Papier der Schwafler wieder dabei hat. Es wird immer mehr. Wie seine Wamp'n."

Obgleich diese – sehr berechtigte – Kritik nur ganz leise geflüstert wurde, schoss ein strafender Blick von der Bühne her in die dritte Reihe. Professor Schönberg erwartete vor seinem Auftritt die ihm gebührende ehrfurchtsvolle Stille. Deshalb beschränkte sich die Sitznachbarin vorsichtshalber darauf, ihre Zustimmung nur mit einem angedeuteten Nicken zu bekunden.

Recht hat sie, dachte sie jedoch. Ganz schön zugelegt hat er. Wie der seine Massen noch über den Tennisplatz bewegen kann? Und die uralte, verbeulte Cordhose hat er auch ständig an. Der könnte sich wahrhaft ein bisserl herrichten, wenn er uns schon mit seinem Geschwätz traktiert.

Gewohnt langsam und sehr akzentuiert las Schönberg die ersten Sätze seines Vortrages. Er hatte sich dieses Mal etwas Besonderes ausgedacht: Er wollte zwei verschiedene Bearbeitungen eines Strauß-Walzers der beiden Jägermeier-Brüder vergleichen. Die erste war eine burleske Variation für Klavier und Oboe d'amore von Otto, die zweite eine Sonate von Karl Friedrich. Beide allerdings bislang völlig unbekannt.

„Ich will", so begann er mit einer weit ausholenden Geste, „dass jeder von Ihnen während meines Vortrags fühlt, dass die Gesetze von Raum und Zeit aufgehoben sind. Ich will, dass Sie sich ganz auf die Musik dieses großen, von der Welt so schmählich vernachlässigten Komponisten einlassen."

Die letzten Worte waren etwas undeutlich, mit einem Zungenschlag, der nicht nur die beiden Damen vermuten ließ, dass der Referent sich zuvor etwas Mut angetrunken hatte.

„Gütiger Himmel", wurde in der dritten Reihe leise gestöhnt, „immer dasselbe. Und b'soffn dürft er heut auch schon wieder sein."

„Zunächst werde ich die musikalischen Begriffe meines Vortrages erläutern. Daran anschließend wende ich mich zum Eigentlichen, was ich mit Klangbeispielen auf meiner Klarinette verdeutlichen werde", kam es zunehmend unverständlich von der Bühne her.

Damit sich seine Zuhörer ein Bild von diesem komplizierten Instrument machen konnten, setzte Schönberg nun an, ausführlich dessen Beschaffenheit und Funktion zu demonstrieren. Jedes einzelne Teil hielt er nach allen Seiten in die Höhe und baute dann das Mundstück langsam zusammen. Er nahm einen großen Schluck Wasser aus dem bereitstehenden Glas und lutschte ausgiebig an dem kleinen hölzernen Rohrblatt, um es zu befeuchten. Dann fügte er es in das Mundstück ein, befestigte es mit etwas fahrigen Bewegungen und setzte schließlich das Instrument an die Lippen.

„Eklig, wie der das macht. Könnte er das nicht vorher zusammenbasteln", zischelte jemand angewidert. Und die redselige Dame vorn rechts konnte sich nicht verkneifen, ihrer Begleiterin zuzuflüstern, dass sie gehört habe, wenn man für den Musiker sichtbar in eine Zitrone beiße, liefe dem das Wasser im Mund zusammen und er sei nicht mehr in der Lage, auf dem Instrument zu spielen.

„Schad', dass ich nicht dran gedacht habe, eine Zitrone zu kaufen", bedauerte diese. Das hätte sie gar zu gern ausprobiert. Doch nun war es zu spät. Christoph Schönberg produzierte bereits mühsam die ersten Töne. Sie verhießen nichts Gutes.

„Schräg wie immer", sagte jemand halblaut aus dem Publikum.

„Und wie...", antwortete jemand mit voller Überzeugung. Offenbar eine Spur zu laut, denn auf der Bühne endete das Klarinettenspiel abrupt. Der Vortragende stierte mit weit aufgerissenen Augen in jene Richtung, aus der die respektlosen Bemerkungen gekommen waren.

Doch anstatt an der Störung seines Vortrages Anstoß zu nehmen, begann er nach Luft zu ringen und griff sich an die Kehle, aus der nur mehr einige krächzende Laute kamen. Seine Augen schienen vor Anstrengung förmlich aus den Höhlen zu quellen, und es hatte den Anschein, als wolle er zu einer Salzsäule erstarren. Dann aber sank langsam, ganz langsam seine Hand, mit der er die Klarinette hielt, nach unten, und ebenso langsam gaben seine Knie nach, bis er im Zeitlupentempo wie ein nasser Sack in sich zusammenfiel und als unbewegliche, japsende Masse auf der Bühne liegen blieb.

Das Publikum hielt den Atem an. Schönbergs Zusammenbruch hatte sich in einem solch gemessenen Tempo, quasi larghetto und grave, vollzogen, dass die meisten allen Ernstes glaubten, diese Inszenierung solle das Burleske der Komposition bildlich demonstrieren. Keiner kam auf die Idee, dem Referenten zu Hilfe zu kommen. Als aber einige Sekunden verstrichen, ohne dass sich das bewegungslose Bündel neben dem Rednerpult regte, machte sich Unruhe im Saal breit.

„Dem ist schlecht geworden“, rief jemand.

„Ruf doch einer die Rettung“, ertönte es aufgeregt aus einer anderen Ecke. Plötzlich herrschte hektischer Tumult. Einige stürmten auf die Bühne, der einzige an diesem Abend anwesende Gemeinderat erreichte sie als Erster. Er beugte sich über den Referenten, der keinerlei Reaktion mehr zeigte, rüttelte mit seinen großen Weinhauerpranken an dessen Schultern und brüllte Schönberg fortwährend an: „Herr Professor, Herr Professor, kommen Sie zu sich!“

Auch der deutsche Tourist war nach vorn geeilt. Vielleicht konnte er ja helfen. Doch Frau Brunner, deren Erste-Hilfe-Kurs zwar Jahrzehnte zurücklag, kniete bereits neben dem verstummten Musikwissenschafter. Vergeblich fingerte sie an dessen Unterarm herum, um den Puls zu fühlen, versuchte ebenso ungeschickt wie erfolglos, eine Mund-zu-Mund-Beatmung durchzuführen, hämmerte auch auf dem Brustkorb des vor ihr Liegenden herum, was ihr jedoch heftige Kritik der Umstehenden einbrachte: „Sie machen das bestimmt ganz falsch!“ „Das hat gar keinen Sinn, lassen Sie das lieber bleiben, Sie machen alles nur noch schlimmer!“ „Sie müssen immer zwei zu dreißig machen.“

„Hä?“

„Zwei zu dreißig. Zwei Mal beatmen, dreißig Mal drücken.“ Die letzte Bemerkung kam von dem deutschen Gast. Das war zu viel für Frau Brunner. Das ließ sie sich nicht sagen, schon gar nicht von einem Fremden. Sie stellte ihr erstmalig vollzogenes Experiment an einem Menschen beleidigt mit der lapidaren, aber durchaus zutreffenden Feststellung ein: „Macht es doch selber, wenn ihr’s besser könnt. Aber der hier is hin!“

„Hat die heilige Cäcilia ein Einsehen mit sich und uns gehabt. Jetzt können wir gleich zum Sommerbauer gehen", kommentierte die Redselige von vorhin mitleidlos das Geschehen.

„Jetzt aber, geh bitte, wie können Sie so daher reden", empörte ihre Sitznachbarin. „Wir können doch nicht einfach zum Heurigen gehen, als sei nix g'schehn."

„Ja, und? Warum nicht? Wenn ihm noch zu helfen is, is es eh nicht unsere Sach. Und wenn er wirklich tot is, macht's ihn auch nicht wieder lebendig, wenn wir bleiben. Man soll nichts Schlechtes über die Toten sagen. Tu ich auch nicht. Aber in den Himmel heben muss man ihn ebenso wenig. Da is er wohl schon selber angekommen. Jetzt kann er dort seinen Vortrag über den Jägermeier präsentieren."

„Also, für so kaltschnäuzig hätt' ich Sie nicht gehalten."

„Ach was, kaltschnäuzig! Ehrlich bin ich halt. Geben Sie es ruhig zu. Sie sind doch auch froh, dass uns das Geschwätz erspart geblieben ist."

„Schon. Aber den Tod hätt ich dem armen Schönberg jetzt nicht grad gewünscht."

„Ich auch nicht. Aber vielleicht kann man ihm ja noch helfen. Und wenn nicht, is es halt so, wie's is. Gehen Sie jetzt mit zum Erwin Sommerbauer oder nicht?"

Die Entscheidung über diese Frage wurde noch etwas aufgeschoben, denn weniger die Pietät als schlicht die Neugier gebot es den beiden Damen noch zu warten, bis die Rettungssanitäter eintrafen, die einer der Zuhörer geistesgegenwärtig per Handy alarmiert hatte. Nach wenigen Minuten – ihr Standort befand sich ganz in der Nähe – marschierten sie mit ihrer Ausrüstung in den Saal ein, und ihre routinierten Handgriffe wurden von den Umstehenden aufmerksam verfolgt. Doch alle noch so intensiven Bemühungen waren zwecklos: Professor Christoph Schönberg hatte sich unwiderruflich auf die Reise zu Otto und Karl Friedrich Jägermeier begeben. Das mussten auch die professionellen Retter, denen der Schweiß auf die Stirn getreten war, einsehen, und sie schüttelten bedauernd die Köpfe.

„Tut uns leid, aber wir können nichts mehr machen. Wahrscheinlich Herzinfarkt. Der Schlankste war er ja nicht", stellten sie mit einem Blick auf die ziemlich ausladende Figur des vor ihnen Liegenden fest.

Die Ankunft des Notarztes, den sie noch vom Rettungswagen aus verständigt hatten, mussten sie zwangsläufig abwarten. Der traf jedoch erst nach einer weiteren Viertelstunde ein, weil er in einem der üblichen Staus auf der Triester Straße stecken geblieben war.

Inzwischen waren auch Siegfried Riedel und Horst Czerny von der sich am Marktplatz befindenden Polizeiinspektion alarmiert worden. Sie standen zwar genauso hilflos wie die anderen herum, bewiesen aber durch ihre Anwesenheit, dass sie ihrer Pflicht nachkamen, sich um derart außergewöhnliche Vorkommnisse zu kümmern.

Der deutsche Tourist hatte versucht, den beiden Polizisten trotz des allgemeinen Wirrwarrs kurz zu schildern, wie es zu diesem Zusammenbruch gekommen war. Allerdings hatte er mit seinen Ausführungen nur sehr bedingt Beachtung gefunden, und dies Wenige auch nur bei Horst Czerny. Was sollte ein Fremder ihnen in dieser Situation zu sagen haben!

Als der Arzt endlich durch die Saaltür hetzte, war mehr als eine halbe Stunde seit Schönbergs letzten Worten vergangen. Der Mediziner erkundigte sich kurz bei den Sanitätern, beugte sich über Schönberg, um möglicherweise noch ein Lebenszeichen zu erkennen. Aber es war längst zu spät. Der da vor ihm lag, war unzweifelhaft tot. Während der Arzt bedächtig begann, seine Sachen wieder zusammenzupacken, musterte er den leblosen Musikwissenschafter nachdenklich.

„Kann mir jemand von Ihnen genau sagen, was geschehen ist? Ist der Tote plötzlich zusammengebrochen, oder gab es zuvor schon Anzeichen, dass es ihm nicht gut gegangen ist?“, wollte er wissen.

„Ja, zuerst haben wir gedacht, dass es zum Vortrag gehört, weil es so komisch ausg'schaut hat“, meldete sich der Gemeinderat zu Wort.

„Was heißt ‚komisch‘ ausg'schaut?“, hakte der Arzt nach.

„Na ja, halt, man hat ihm richtig zuschauen können, wie er langsam ganz steif niedergesunken ist. Wie in der Oper, wenn sie singen ‚ich sterbe', und dann dauert es noch ewig lang.“

„Sie meinen, er hat noch gelebt, als er auf dem Boden gelegen ist?“

Nun schlug die große Stunde von Frau Brunner.

„Freilich, Herr Doktor. Ich hab's ja noch mit Mund-zu-Mund-Beatmung probiert, da war er noch warm.“

„Das ist kein Kriterium. So schnell erkaltet ein Toter nicht. Das sollten Sie wissen, wenn Sie Erste Hilfe gelernt haben", wurde sie bissig belehrt.

Indigniert richtete sich Frau Brunner zu ihrer ganzen Größe auf.

„Da tut man, was man kann, und dann wird man noch dumm angemacht", wütete sie, was der Mediziner tunlichst überhörte. Wer weiß, wie die sich angestellt hat, dachte er. Er hatte schon häufiger erlebt, dass die Leute meinten, es genüge, wenn sie vor Jahrzehnten einmal etwas über Erste Hilfe gehört hatten, aber im Ernstfall versagten sie dann kläglich. Der Arzt blickte etwas zerstreut auf Schönberg hinunter. Er konnte nicht genau begründen, weshalb, aber irgendetwas erschien ihm merkwürdig. Vielleicht hing es mit Gemeinderat Schindelbecks Bemerkung vom ‚steifen Niedersinken' zusammen. Das deutete jedenfalls nicht auf einen plötzlichen Herztod hin. Er entschloss sich, keinen Totenschein auszustellen. Da sollten ruhig die Kollegen von der Gerichtsmedizin etwas genauer nachforschen. Deswegen wandte er sich an die beiden Uniformierten.

„Bitte, veranlassen Sie, dass der Tote in die Pathologie nach Wien gebracht wird. Ich kann keine sichere Aussage über die Todesursache machen."

„Ja dann", kommentierte Horst Czerny etwas ratlos, und sein Kollege stimmte mit einem „ja so" zu. Fragend schaute er zu den Rettungssanitätern.

„Bringt ihr ihn?"

„Wir? Wie kämen wir dazu? Wir sind für die Lebenden zuständig, nicht für die Toten. Ruft beim Fuhrpark der Städtischen Bestattung an."

Es entspann sich nun eine lebhafte Diskussion über die Zuständigkeit, wer den toten Professor wohin zu expedieren hatte. Das Institut für Pathologie in der Sensengasse in Wien, wo jene ihre vorübergehende Bleibe fanden, bei denen sich der Sensenmann nicht auf Anhieb in die Karten schauen ließ, war vor einiger Zeit geschlossen worden. Und niemand wusste momentan, wohin mit dem toten Referenten des Abends. Außerdem gehörte Perchtoldsdorf zu Niederösterreich, und wer war hier für die ordnungsgemäße Beförderung verantwortlich?

Man einigte sich schließlich nach einigem Hin und Her darauf, dass Horst Czerny direkt im Klinischen Institut für Pathologie des AKH anrufen und auch gleich um eine entsprechende Transportmöglichkeit ansuchen sollte. Als er zu dieser späten Stunde dort endlich jemanden ans Telefon bekam, der Bereitschaftsdienst hatte, erhielt er die ungnädige Auskunft, dass er sich gefälligst an die zuständige Bestattung in Perchtoldsdorf und wenn es dort keine gäbe, eben nach Mödling wenden solle.

So trat also Christoph Schönberg seine vorletzte Reise an – allerdings erst nach einer gehörig langen Wartezeit, da sich die bürokratischen Mühlen wegen des Transports über die Grenze der Bundesländer hinweg nur schleppend überwinden ließen. Die beiden redseligen Damen aus der dritten Reihe saßen schon längst gemütlich beim Sommerbauer, wo sie den begierig lauschenden Heurigengästen ausführlich und mit ungeahnt pathetischem Erzähltalent vom endgültig letzten Auftritt des Musikwissenschafters berichteten.

Auch der Tourist hatte seine Schritte nach dieser Aufregung zum Heurigen des Erwin Sommerbauer gelenkt. Dass dieser Abend so enden musste! Zwar war er von Berufs wegen daran gewöhnt, mit Todesfällen jeder Art konfrontiert zu werden, aber in den Ferien hätte er sich dies gern erspart. Nachdenklich blickte er in sein Glas mit dem Grünen Veltliner. Der Wein schmeckte ihm gut hier. Wenn er ehrlich war, noch weit besser als der aus seiner Heimat. Merkwürdig war dieser Tod auf offener Bühne gewesen. Ob er sich morgen auf der Dienststelle der hiesigen Polizei erkundigen sollte? Aber man würde ihm wohl kaum Auskünfte erteilen, schließlich war er hier vollkommen fremd und nur auf Urlaub. Also, mein Lieber, verhalte dich auch dementsprechend, sagte er sich.

2

Perchtoldsdorf hatte seine Sensation. Am nächsten Morgen wusste jeder Bescheid über die tragische Begebenheit. Auf der Gemeinde, in allen Geschäften, Bankfilialen und selbstverständlich bei allen Heurigen wurde das öffentliche Hinscheiden des ungeliebten Musikwissenschafters diskutiert. Auch in der Pension, wo der deutsche Tourist nächtigte, war dieses außergewöhnliche Ereignis Hauptgesprächsthema. Als seine Wirtin, Frau Maier, ihm den Vorfall ausführlich darlegen wollte, beging er die Unvorsichtigkeit zu sagen: „Ja, ich weiß, ich war ja dabei."

Sofort wurde er von ihr und den wenigen anderen Gästen okkupiert.

„Wie? Sie waren dabei? Wie ist das geschehen? War es wirklich Mord?"

Verwirrt schüttelt er den Kopf.

„Wie kommen Sie auf die Idee?", wollte er von seinem Zimmernachbarn, der diese Theorie eben von sich gegeben hat, wissen.

„Ich? Nein, ich bin da nicht drauf gekommen", erwiderte dieser empört. „Das weiß nun bald fast jeder."

„Ach ja? Weshalb sollte das Mord gewesen sein?", gab der deutsche Gast ehrlich erstaunt zurück. „Dieser Professor ist vor aller Augen zusammengebrochen. Niemand hat ihm etwas getan."

„Wer weiß", kam es zweifelnd zurück. „Manchmal schaut etwas so aus, als ob es so ausschaut, und dann ist es doch nicht so."

Es war wohl überall das Gleiche, egal, ob in Deutschland, in Österreich oder sonstwo. Kaum war etwas Ungewöhnliches geschehen, so blühten in kürzester Zeit die wildesten Gerüchte.

Nie war der lebende Christoph Schönberg so sehr in aller Munde gewesen wie der tote. Die tollsten Spekulationen überschlugen sich geradezu, ausgelöst vor allem durch die Entscheidung des Notarztes, den Toten in die Pathologie nach Wien überführen zu lassen. Die bedachteren Stimmen derer, die darauf verwiesen, dass dies wohl immer der Fall sei, wenn nicht auf Anhieb geklärt werden konnte, woran jemand gestorben war, wurden ignoriert. Die Vermutung weiterzuspinnen, dass eventuell etwas ganz anderes, was auch immer, dahinter stecken könnte, war weitaus spannender. Genährt wurde sie noch, als jemand – es war nicht mehr nachvollziehbar, wer es war – auf die Idee verfiel, den tragischen Tod eines Schauspielers vor noch nicht allzu langer Zeit mit dem von Christoph Schönberg in Verbindung zu bringen.

Diese traurige Begebenheit hatte sich einst kurz vor Beginn der traditionellen Perchtoldsdorfer Sommerspiele zugetragen. Der bedauernswerte Darsteller des Oberon aus Shakespeares „Sommernachtstraum" war, just als er seine Rolle lernte – er tat dies stets lauthals deklamierend –, von seinem Lieblingsplatz in einer nicht sehr hoch gelegenen Fensternische des Hungerturms hinter der Burg abgestürzt und hatte sich dabei das Genick gebrochen. Einigen tönten seine letzten Worte aus dem „Sommernachtstraum", die er stets mit großer Dramatik über dem Burghof erschallen ließ, noch im Ohr:

„Nun genug!
Fort im Sprung!
Trefft mich in der Dämmerung!"

Auf der Stelle war er tot gewesen, der arme Schauspieler. So wie gestern am Abend der Herr Professor. Wie war das noch? Hatte man die beiden nicht auch zusammen gesehen? Beim Heurigen, wenn sie sich so sehr betranken, dass sie kaum mehr stehen konnten? Waren sie nicht gar befreundet gewesen? Das Gedächtnis und der damit verbundene Ideenreichtum mancher Perchtoldsdorfer war beachtlich. Besonders Frau Sternleitner tat sich hier hervor. Sie war Perchtoldsdorfs zuverlässigste Nachrichtenquelle, wobei sie es mit der Wahrheit nie allzu genau nahm. Anders gesagt: Sämtliche Neuigkeiten wurden von ihr analysiert und interpretiert, was dazu führte, dass sich manches bei ihr dann völlig anders anhörte als es der Wirklichkeit entsprach.

An diesem Morgen war sie, gleich nachdem sie in der Nachrichtensendung von „Radio Arabella" vom Geschehen erfahren hatte, eiligst aufgebrochen, um nach weiteren Informationen zu forschen: zunächst auf dem Gemeindeamt, weil sie dort am ehesten auf ausführlichere Auskünfte hoffte. Dies erwies sich als Irrtum, denn man gab sich auf die strikte Anweisung des Bürgermeisters hin verschlossen. Diese Nachrichtensperre hatte die Sternleitner'sche Fantasie geradezu beflügelt, und das Gerücht, das den jüngsten Todesfall mit jenem des Schauspielers in Verbindung brachte, war wie Wasser auf ihren gedanklichen Mühlen. Augenblicklich saß sie, obwohl es draußen noch empfindlich kühl war, sorgfältig frisiert und gekleidet, vor dem Café am Marktplatz, wo sie jeden Vorübergehenden im Blick hatte und für eine kurze Unterhaltung einfangen konnte.

„Was sagen Sie zu dieser schrecklichen Geschichte“, wollte sie eben von einer Bekannten aus der Elisabethstraße wissen.

„Wieso? Was für eine schreckliche Geschichte?“, antwortete diese als eine der wenigen Ahnungslosen etwas geistesabwesend. Ein gefundenes Fressen für Frau Sternleitner.

„Ja, sagen Sie bloß, Sie haben es noch nicht gehört! Der Schönberg, der Professor, ja, so hat er geheißen, ist gestern in der Burg zusammengebrochen. Tot. Ganz plötzlich. Und keiner weiß, warum. Der Notarzt hat ihm nicht mehr helfen können. Und! Stellen Sie sich vor. Nach Wien ist er gebracht worden.“

„Wer? Der Notarzt?“ Die Elisabethstraßen-Bekannte hörte nur mit halbem Ohr zu, weil sie ihren Einkaufszettel zu Hause vergessen hatte und derweil krampfhaft versuchte, ihre Notizen zu rekapitulieren. Außerdem konnte sie Frau Sternleitner nicht leiden. Ihr Geschwätz und ihre Neugier gingen ihr auf die Nerven.

„Geh, bitte. Wo denken Sie hin. Doch nicht der Notarzt. Der Schönberg. Ich hab's Ihnen grad erzählt.“

„Ach so, ja. So schnell kann's gehen“, kam die gleichgültige Erwiderung.

„Wer weiß, was dahintersteckt. Ich hab's schon gesagt. Der Schauspieler bei den Sommerspielen...“ Es folgte eine bedeutungsgeladene Pause. „Erinnern Sie sich noch an den? Der, der vom Turm gefallen ist. Der war schließlich befreundet mit dem Schönberg.“

Frau Sternleitner reckte ihren Kopf mit den frisch gefärbten kastanienbraunen Locken nach vorn, sodass er in der Verlängerung mit dem Oberkörper eine schräge Linie bildete, und musterte ihr Gegenüber erwartungsvoll. Die jedoch fasste diese günstige Gelegenheit beim Schopf, um sich rasch zu verabschieden.

„Ach so. Ja, dann. Einen schönen Tag noch. Auf Wiedersehen.“

Frau Sternleitner blieb der Mund offen stehen.

Wie konnte man nur so wenig interessiert an seiner Umwelt sein! Aber das nächste Opfer in Gestalt von Frau Brunner war auf der anderen Straßenseite schon in Sicht, geradezu ein Glücksfall, denn schließlich war sie es gewesen, die sich intensiv bemüht hatte, den toten Professor wieder ins Leben zurückzuholen. Frau Sternleitner hatte derweil aus diversen Quellen jede Einzelheit in Erfahrung gebracht.

„Ja, Grüß Gott, Frau Brunner. Haben Sie den Schock von gestern schon überwunden?", brüllte Frau Sternleitner quer über den Platz. „Kommen Sie herüber. Ich lade Sie auf einen Kaffee ein."

Dieser Aufforderung konnte Frau Brunner beim besten Willen nicht widerstehen, zumal dies eine gute Gelegenheit war, sich noch einmal über ihre nicht gewürdigte Hilfeleistung von gestern Abend auszulassen. Das wiederum interessierte ihre Gesprächspartnerin nicht, die wollte vielmehr ein weiteres Mal jedes Detail des tragischen Vorgangs geschildert bekommen. Aber um ihre Informantin nicht zu verärgern, stimmte sie halbherzig mit einem „ja, ja, so kann's einem gehen" in deren Entrüstung ein.

„Und wissen Sie was, Frau Sternleitner? Ein ganz merkwürdiger Mensch aus Deutschland war dabei. Der hat sich richtig verdächtig benommen."

„Was? Der Mörder stammt aus Deutschland?"

Verschwörerisch neigte sich Frau Brunner ihrer Gesprächspartnerin zu, blickte kurz nach rechts und links und antwortete dann: „Nein. Das kann man so direkt nicht sagen. Angeblich macht dieser Mensch hier Urlaub. Aber finden Sie es nicht auch eigenartig, dass er ausgerechnet gestern Abend in der Burg war? Wer geht schon freiwillig zu einem Schönberg-Vortrag?"

„Jetzt, wo Sie es sagen! Da steckt bestimmmt mehr dahinter. Vielleicht hat er den Schönberg gekannt. Vielleicht hat er was gegen ihn gehabt."

„Hm. Denkbar wäre es, aber was?"

„Ich sage nur Schauspieler und Sommerfestspiele." Frau Sternleitner legte ein weiteres Mal eine Pause ein und lehnte sich hoheitsvoll zurück. Und Frau Brunner tat ihr den Gefallen, auf diesen Einwurf prompt und aufgeregt zu reagieren und meinte ebenfalls: „Ja, jetzt, wo Sie es sagen.“

Konspirativ nickten sich beide Damen zu, und Frau Sternleitner beschloss, sich diesen angeblichen deutschen Touristen einmal näher anzusehen. So viele Möglichkeiten, in Perchtoldsdorf zu übernachten, gab es schließlich nicht. Sie würde schon herausbekommen, wo er wohnte.

Während vor dem Café weiterhin erzählt und spekuliert wurde, grübelte der leitende Facharzt für Gerichtsmedizin im Pathologischen Institut des AKH in Wien über dem vorläufigen Ergebnis der Obduktion. Alle bisherigen Untersuchungen deuteten darauf hin, dass es sich keinesfalls um ein Ableben aus natürlicher Ursache handeln konnte. Der Mediziner hegte einen vorläufig nur vagen, aber dennoch sehr begründeten Verdacht. Um seine Vermutung zu erhärten, entschloss er sich, den unbekannten Kollegen zu kontaktieren, der gestern die Anweisung gegeben hatte, den Toten in seine Obhut zu überstellen. Vielleicht konnte der ihm einige brauchbare Hinweise liefern. Die Privatnummer des Notarztes war rasch herausgefunden.

„Ja, hallo, hier Professor Geiler von der Pathologie“, meldete er sich. „Es geht um diesen Niederösterreicher, den Sie mir da in der Nacht haben herschicken lassen. Die Untersuchungsergebnisse sind noch nicht alle da. Aber Myokardinfarkt oder Apo können wir jedenfalls ausschließen. Das steht fest. Können Sie mir eventuell Näheres darüber sagen, wie Sie ihn gefunden haben? Was ist Ihnen aufgefallen?“

Der Angerufene war nicht eben erbaut von dieser Störung. Er hatte sich wenige Minuten zuvor nach seinem anstrengenden Notdienst, der ihn die ganze Nacht auf Trab gehalten hatte, ins Bett gelegt, und man musste Verständnis haben, dass es ihm momentan völlig egal war, ob der Tote in der Perchtoldsdorfer Burg infolge eines Herzinfarkts oder Schlaganfalls oder an etwas anderem gestorben war.

„Ja, was soll ich Ihnen sagen, Herr Kollege? Als ich ankam, war der schon tot“, gähnte er ins Telefon.

„Sicher. Aber Ihnen muss schließlich etwas Besonderes aufgefallen sein, sonst hätten Sie ihn ja kaum zu uns geschickt?", wiederholte der Pathologe seine Frage.

„Was soll mir aufgefallen sein?" Die Antwort hörte sich erschöpft und lustlos an. Über die anderen Notfälle der Nacht – und es waren einige gewesen – hatte der übermüdete Mediziner ein wenig den Überblick verloren. Mühsam versuchte er, sich Einzelheiten ins Gedächtnis zu rufen.

„Ja, was soll ich sagen", wiederholte er sich. „Der Tote wies eine sehr verkrampfte Haltung auf. Eine Hand hatte er noch um seine Klarinette gekrallt. So weit ich mich erinnere, handelt es sich um einen Musiker, der einen Vortrag halten wollte. Ach so, ja. Jemand aus dem Publikum hat mir erzählt, dass er – warten Sie, wie war das gleich – ja, komisch geredet habe, so, als ob er angetrunken gewesen sei. Gleich zu Beginn des Vortrags sei er dann in sich zusammengesunken. Jetzt fällt mir die Formulierung wieder ein. Ja, richtig, so, als ob er Stück für Stück steif geworden wäre – oder so ähnlich. Es hörte sich reichlich bizarr an. Hilft Ihnen das weiter, Kollege?"

„Ich denke schon. Ich habe da einen ganz bestimmten Verdacht, muss aber noch auf mehrere Laborergebnisse warten."

„Na dann viel Erfolg."

Mit diesen Worten beendete der schlaftrunkene Notarzt das Gespräch, und es fiel ihm erst danach ein, dass er vielleicht mehr Interesse hätte bekunden sollen. Auch egal. Jetzt wollte er nur eines: schlafen, und das sofort, möglichst lange und ungestört.

Am anderen Ende war Professor Geiler zwar etwas indigniert angesichts der Gleichgültigkeit seines Kollegen, vermutete aber ganz richtig, dass er ihn aus seiner verdienten Nacht- beziehungsweise Tagruhe gerissen hatte. Nichtsdestoweniger halfen ihm die raren Auskünfte insofern weiter, als sie die Richtung seines Verdachtes bestätigten. Demnach war keine Zeit zu verlieren. Er musste sich schnellstens mit der zuständigen Behörde in Verbindung setzen. Aber wer war das? Geiler arbeitete noch nicht lange als Chef der Fachabteilung für Gerichtsmedizin, und bisher waren seine Toten immer in Wien beheimatet gewesen. Aber Perchtoldsdorf gehörte – obwohl direkt an der Stadtgrenze gelegen – zu Niederösterreich. Wer also war zu kontaktieren? Die

Polizeidirektion in Wien? Das Bezirkspolizeikommando in Mödling? Oder gar das Landeskriminalamt in St. Pölten? Es war sicher am besten, wenn er dieses Problem einen seiner Assistenten lösen ließ und sich selbst weiterhin um die Laborergebnisse kümmerte.

Letzteres erwies sich schwieriger als die Erkundung der Zuständigkeit, die sich durch einen einfachen Anruf klärte: Für Gewaltverbrechen war angeblich das Referat für Leib und Leben des Landeskriminalamtes Niederösterreich in der Landeshauptstadt St. Pölten zuständig. Dorthin teilte Professor Geiler seinen Verdacht mit, dass er bei der Obduktion eines unter ungeklärten Umständen Verstorbenen einen strafrechtlich zu verfolgenden Fall meinte vor sich zu haben. Spezifische Einzelheiten konnte er noch nicht liefern, aber mit an Sicherheit grenzender Wahrscheinlichkeit war Gift als Todesursache zu vermuten.

Das Telefongespräch hatte Kontrollinspektorin Alexandra Jennerwein entgegengenommen. Sie gehörte der Truppe schon eine ganze Weile an und hatte sich berechtigte Hoffnungen gemacht, zur Chefinspektorin aufzusteigen. Doch dann hatte man ihr Johanna Grasel vor die Nase gesetzt. Damit konnte sie sich immer noch nicht abfinden, und die Stimmung zwischen den beiden Frauen war häufig gereizt. Auch heute war es einer Kleinigkeit wegen zu einem kurzen verbalen Schlagabtausch gekommen, sodass sich Alexandra vorgenommen hatte, ihre Vorgesetzte, so gut es eben ging, zu meiden. Das war nach diesem Anruf jedoch kaum mehr möglich. Dementsprechend betrat sie nach einem tiefen Atemzug deren Zimmer, blieb im Türrahmen stehen und gab übergangslos die Fakten wieder.

„Wir werden nach Perchtoldsdorf fahren müssen. Ich hatte eben einen Anruf aus der Gerichtsmedizin in Wien. Vermutlich ein Mordfall."

Mit diesen kargen Informationen ließ sie es bewenden.

„Geht es vielleicht etwas ausführlicher?", kam die Antwort daher nicht eben liebenswürdig zurück. „Und kommen Sie bitte herein, wenn es sich um einen solchen Tatbestand handelt. Es muss nicht jeder x-Beliebige auf dem Gang alles mitbekommen."

„Es ist niemand auf dem Gang", kam es patzig zurück. Dennoch hielt es Alexandra für geraten, die Tür hinter sich zu schließen. Ihre Chefin blickte sie erwartungsvoll an.

„Und?"

„Na ja, wie ich schon gesagt habe, ein Anruf aus der Gerichtsmedizin in Wien. Sie haben eine Leiche aus Perchtoldsdorf dort liegen, und der Arzt ist überzeugt, dass Gift im Spiel gewesen sein muss. Welches konnte er noch nicht sagen, weil er noch nicht alle Laborergebnisse beisammen hat. Er meinte, das sei ein Fall für uns."

„In Perchtoldsdorf? Wo genau liegt das denn?"

„Das sollten Sie eigentlich wissen. Sie stammen doch aus Wien – oder?"

„Es geht Sie zwar nichts an, aber ich stamme aus dem Waldviertel", entgegnete Chefinspektorin Grasel unfreundlich. Alexandra Jennerwein unterdrückte nur mit Mühe ein Grinsen. Natürlich wusste sie, dass ihre Chefin nicht aus Wien, sondern aus dem Waldviertel kam, und genauso war ihr noch aus dem Heimatkundeunterricht in der Schule gegenwärtig, dass dort der Räuber Johann Georg Grasel als Rädelsführer einer recht brutalen Bande gehaust und Anfang des 19. Jahrhunderts wegen Raubmord an den Galgen gebracht worden war. In ihrer ersten Wut über die verweigerte Beförderung hatte Alexandra Jennerwein ihr historisches Wissen mit süffisanten Anmerkungen sofort bei den Kollegen in Umlauf gebracht und damit ihre neue Chefin der Lächerlichkeit preisgegeben. Natürlich glaubte niemand ernsthaft daran, dass die Neue eine Räuberhauptmann-Nachfahrin war. Aber das Histörchen genügte, um ihrer Autorität, noch bevor sie überhaupt in der Abteilung zu arbeiten begonnen hatte, einen Knacks zu versetzen. Dass Alexandra selbst mit einem Namen behaftet war, der auf eine zwielichtige Familientradition verwies, verschwieg sie lieber. Einer ihrer Vorfahren war nachweislich der berüchtigte Wildschütz Jennerwein gewesen, der aber glücklicherweise sein Handwerk einst in Bayern ausgeübt hatte.

„Also. Was ist?"

„Was soll sein?", entgegnete Alexandra schnippisch.

„Jetzt hören Sie mir mal zu. Ich weiß sehr genau, dass Sie scharf auf meinen Job waren. Aber es ist nun einmal so, dass ich ihn habe und nicht Sie. Könnten Sie Ihre Aggressionen irgendwo anders ausleben und nur einfach Ihre Arbeit machen! Geht das?"

Konsequent waren die beiden Frauen beim unter den Kollegen unüblichen „Sie“ geblieben, nachdem sie zunächst die direkte Anrede sorgfältig vermieden hatten. Da die gegenseitige Abneigung sich noch verstärkt hatte, blieben sie beharrlich bei der distanziert-eisigen Förmlichkeit. Nach all den Sticheleien und boshaften Anspielungen vonseiten ihrer Mitarbeiterin hatte Johanna Grasel endgültig genug und keine Lust, länger still zu halten. Sie nahm sich vor, endlich ein Machtwort zu sprechen. Alexandra Jennerwein dämmerte, dass sie sich selbst mit ihrem Verhalten eine Blöße gab, sie schluckte deshalb weitere Bosheiten, die sie auf Lager hatte, hinunter und bemühte sich um Sachlichkeit.

„Perchtoldsdorf liegt an der südlichen Stadtgrenze von Wien. Dort ist gestern Abend während eines Vortrags der Referent tot zusammengebrochen. Und wie gesagt: Der Gerichtsmediziner vermutet einen Giftanschlag.“

Diese Information ohne jeden persönlichen Kommentar rang sie sich mit äußerster Kraftanstrengung ab.

„Gut. Dann sorgen Sie bitte für einen Dienstwagen, damit wir uns vor Ort umschauen können“, entschied ihre Chefin emotionslos. Sie hatte von diesem ständigen Kleinkrieg die Nase voll. Wenn die hier alle wüssten, wie unsicher sie selbst sich auf ihrer neuen Stelle fühlte! Welcher Teufel hatte sie nur geritten, sich zu bewerben! Ja, klar, sei gefälligst ehrlich, Johanna. Du wolltest weg aus Wien, nur weg und vor allem weg aus der Nähe dieses Deppen. So weit weg wie nur irgend möglich. Am besten nach Amerika. Oder Australien. Blöde Reden. Es hatte halt nur bis St. Pölten gereicht. St. Pölten – die Stadt, die sie noch nie hat leiden können. Nun hockte sie hier und fühlte sich vollkommen verlassen und heimatlos. Die vielen Umzugsschachteln, die sie immer noch nicht ausgepackt hatte, machten ihre kleine Zweizimmerwohnung alles andere als gemütlich. Selbst Schuld, meine Liebe. Die alte Geschichte, wahrscheinlich so alt wie die Menschheit. Aber du hast ja zwei Jahre lang unbedingt glauben wollen, dass du die große Ausnahme bist, dass er für dich seine Frau verlässt und sein bequemes Leben aufgibt! Keinen Gedanken hat er je daran verschwendet. Nicht einen. Keinen einzigen.

Und jetzt saß sie hier fest. Zwischen lauter Kollegen, die ihr das Gefühl gaben, dass sie unerwünscht war. Warum nur? Sie hatte doch niemandem etwas getan. Wahrscheinlich ging das alles von dieser Zicke, dieser Jennerwein, aus. Die hatte – wie sie fürchtete – von Anfang an gegen sie Stimmung gemacht, weil sie die Stelle nicht bekommen hatte. Da war sie sich sicher. Aber schließlich – was konnte sie dafür? Und irgendwie musste sie mit ihr auskommen.

Hätte Johanna Grasel geahnt, dass es nicht allein die Enttäuschung war, übergangen worden zu sein, sondern dass ihre Mitarbeiterin sich derzeit mit fast genau dem gleichen privaten Dilemma herumschlug wie sie selbst, wäre es für beide einfacher gewesen. Aber so bemühten sich beide krampfhaft, jegliche auch nur andeutungsweise freundliche Wendung zu vermeiden. Das Telefon auf dem Schreibtisch surrte.

„Ja?"

„Der Dienstwagen ist organisiert. Ich warte auf dem Parkplatz", teilte ihr Alexandra Jennerwein kühl mit.

„Ich komme."

Das würde eine trostlose und vermutlich lange Fahrt werden. Es regnete in Strömen, also benutzten noch mehr Leute als sonst ihr Auto, ein oder mehrere Staus auf der Strecke waren vorprogrammiert. Alexandra Jennerwein wartete neben dem Auto, das entfernt, auf der gegenüberliegenden Seite des Gebäudes parkte. Der Schirm verhinderte zwar, dass die Frisur der Chefinspektorin litt, nicht aber dass bereits auf den wenigen Metern ihre Beine bis hinauf zum hellen Rock vollgesprenkelt waren mit Dreckspritzern. Verflucht, weshalb war sie gerade heute auf die Idee verfallen, ein Kostüm statt der gewohnten Hosen anzuziehen. Unauffällig schielte sie, während sie einstieg, auf ihre Beine. Klar. Ein wildes Muster aus lauter dunklen, verschieden großen Punkten. Am linken Bein mehr als am rechten. Wie machten das bloß die anderen Frauen, die stundenlang durch den Regen marschierten ohne die geringsten Spuren?

„Sie können's ja nachher mit einem Papiertaschentuch abwischen. Wenn alles getrocknet ist", ertönte es schadenfroh vom Fahrersitz.

Das hatte ihr noch gefehlt. Jetzt hatte die Jennerwein auch noch ihr Missgeschick bemerkt.

„Kümmern Sie sich lieber ums Fahren."
„Wie Sie sehen, bin ich bereits dabei."
Während ihre Lenkerin sich nach einem gewagten Wendemanöver verwegen in die Autoschlange auf der Hauptstraße drängte, überlegte die Chefinspektorin, wie sie auf diese unverschämte Entgegnung reagieren sollte. Autorität hervorkehren? Oder gar nicht zur Kenntnis nehmen? Sie entschied sich für Letzteres, um die Atmosphäre nicht noch mehr aufzuheizen. Schließlich mussten sie diesen Tag in engerer Gemeinsamkeit als sonst überstehen, wenn sich jede in ihr Büro verkriechen konnte. So etwas Albernes. Wenn sie nicht aufpasste, tobte bald ein regelrechter Zickenkrieg. Und noch eine Kriegsfront konnte sie sich nicht leisten. Ihr genügten Erwartungshaltung und Skepsis ihrer obersten Chefs, die ihr als Frau in dieser Position entgegengebracht wurden. Manchmal meinte sie förmlich auf deren Stirn lesen zu können: ‚Mal sehen, ob die das überhaupt schafft. Und blond ist sie auch noch.' Aber die Frauenquote musste schließlich auch in dieser Abteilung erfüllt werden.
Es dauerte lange, bis sie die Stadt mit den Stopps an den vielen Ampeln und Fußgängerüberwegen hinter sich lassen und auf die Autobahn einbiegen konnten. Mehrmals war Alexandra in Versuchung, das Blaulicht auf das Wagendach zu platzieren, damit sie schneller vorwärts kamen. Aber da es nun einmal keinen dringenden Notfall gab, fürchtete sie nicht zu Unrecht einen entsprechenden Verweis vom Sitz nebenan. Wenigstens ging es auf der Autobahn flott voran. Alexandra genoss es, das Gaspedal des großen, komfortablen Dienstfahrzeugs trotz des unablässig strömenden Regens, der an die Frontscheibe klatschte, ordentlich durchzudrücken. Auto fahren, und das möglichst schnell, war eine ihrer Leidenschaften. Leider ließ es ihre Gehaltsklasse nicht einmal annähernd zu, dass sie ihren Traum von einem schnellen, chicen Cabrio verwirklichen konnte. So nutzte sie jetzt wenigstens die Chance, über die Autobahn zu jagen, fuhr konzentriert und sicher, während Johanna sich in ihren Gedankengängen verlor. Im Auto herrschte Stille, lediglich das Surren der Scheibenwischer war zu hören. Unvermutet bremste Alexandra so heftig, dass der Wagen ein wenig ins Schlingern geriet und sie in die Gurte gedrückt wurden.

„Um Himmels willen. Was ist los?", wollte Johanna Grasel, wie aus einer anderen Welt kommend, erschrocken wissen.

„Sehen Sie nicht? Geschwindigkeitskontrolle. Mist! Sonst stehen die hier nie."

Der Ton ihrer Kollegin verriet eine nur schwer unterdrückte Wut. Betont langsam bewegte sich ein uniformierter Kollege auf den Wagen zu, beugte sich zum heruntergelassenen Fenster auf der Fahrerseite und begann selbstgefällig, die beiden Insassinnen zu belehren.

„Na, haben wir das Hinweisschild nicht gesehen? Hier sind 120 km pro Stunde erlaubt und nicht 150 oder noch mehr. Schon gar nicht bei diesem Sauwetter. Noch nicht bemerkt?"

Alexandra setzte gerade an, sich zu rechtfertigen – wobei sie allerdings nicht genau wusste, was sie als plausiblen Grund für ihre Raserei vorbringen sollte –, als sich ihre Chefin einschaltete.

„Wir", die Betonung lag überdeutlich auf dem ‚wir', „werter Herr Kollege, haben das Hinweisschild sehr wohl gesehen, aber wir sind im Einsatz. Wie Sie unschwer am Nummernschild erkennen können, handelt es sich um ein Dienstfahrzeug."

„Ja, meine liebe gnädige Frau, aber auch für Sie gilt hier 120 km pro Stunde und nicht mehr. Und wenn Sie im Einsatz sind, haben Sie sicherlich auch ein Leuchtsignal dabei, das Sie auf dem Autodach anbringen können. Das ist ganz einfach. Soll ich es Ihnen erklären?"

Der Polizeibeamte kostete es mit Vergnügen aus, zwei Kolleginnen eines offenbar höheren Dienstgrades in ihre Schranken weisen zu können.

„Jetzt hören Sie mir mal genau zu", wurde ihm scharf vom Beifahrersitz aus geraten. „Was würden Sie tun, wenn Sie jemanden auf der Autobahn verfolgen müssen, der das nicht unbedingt sofort merken soll? Würden Sie dann mit Blaulicht und lautstarker Sirene hinterher jagen? Meinetwegen können Sie uns eine Verwarnung oder sonst was zustellen lassen. Das ist mir egal, aber ich werde Sie persönlich dafür verantwortlich machen, wenn uns ein Verdächtiger durch die Lappen gegangen ist. Verstanden? Name und Dienstgrad, bitte."

Alexandra Jennerwein starrte ihre Chefin entgeistert an. So viel Kaltschnäuzigkeit hätte sie ihr nie und nimmer zugetraut.

„Ja, ja, jaha, also dann will ich Sie nicht aufhalten. Aber Sie verstehen sicher, ich muss ja auch nur…, ich bin ja…, ich kann ja nicht ahnen…"

„Wiedersehen. Fahren wir, sonst schaffen wir das nie mehr. Na?"

„Ja, ja, ist gut", nun stotterte auch Alexandra Jennerwein, gab aber dennoch im gleichen Moment ordentlich Gas und brauste dem verblüfften Autobahnpolizisten davon.

„Auf so eine Idee wäre ich nie gekommen", musste sie – wenn auch etwas widerwillig – zugeben, „Sie haben dem ordentlich eingeheizt."

„Na und? Ist doch auch nur ein Mann – oder?" Ohne dass sie darüber nachgedacht hätte, war der Chefinspektorin diese diskriminierende Bemerkung herausgerutscht. Was ihre Mitarbeiterin heute schon zum zweiten Mal in Erstaunen versetzte, sie selbst allerdings in Verlegenheit. Das hätte sie sich sparen können. Alexandra Jennerwein war verunsichert. Entwickelte ihre Chefin auf einmal menschliche Züge? Sie hätte sie problemlos auflaufen lassen können, stattdessen erfand sie eine windige Ausrede, um genau zu sein, eine glatte Lüge. Sollte sie sich bedanken? Hm, wäre vielleicht angebracht.

„Danke, dass Sie mich…, ich meine, dass Sie… wegen einer Anzeige und so."

„Niemandem wäre mit einer Anzeige gedient gewesen, es hätte lediglich unnötigen, endlosen Papierkrieg gegeben. Es wäre aber für alle Beteiligten besser, wenn Sie sich in Zukunft an die Straßenverkehrsordnung hielten." Diese distanziert-kühle Maßregelung ließ – obwohl durchaus berechtigt – keine weitere Annäherung zu. So verlief die restliche Fahrt schweigend, aber immerhin auch ohne Stau. Erst kurz vor Perchtoldsdorf durchbrach Alexandra Jennerwein die Stille.

„Wo soll ich parken? Im Zentrum?"

„Ich kenne mich – wie Sie wissen – hier nicht aus. Wir müssen jedenfalls zuerst zur örtlichen Polizeidienststelle."

„Gut, dann stelle ich den Wagen einfach bei denen im Hof ab."

Eine ironische Bemerkung, die ihr hinsichtlich der Gefahr neuer Schmutzflecken an den Strümpfen auf der Zunge lag, versagte sich die Kontrollinspektorin. Sie musste noch einmal um den gesamten Häuserblock fahren, weil die Einfahrt nur von einer Einbahnstraße aus der anderen Richtung erreichbar war. Wäre sie allein gewesen, hätte sie die wenigen Meter im Rückwärtsgang riskiert, aber nach dem Vorfall von vorhin zog sie es vor, sich an die Verkehrsregeln zu halten. Ihre Chefin freute sich beinahe über den kleinen Umweg durch den Ort. Schön hier, trotz des Regens, dachte sie, da habe ich so viele Jahre in Wien gelebt und bin nie hier gewesen. Der mächtige Wehrturm und die nicht minder mächtige Pfarrkirche gefielen ihr. Genauso die hübschen, gepflegten Häuser, die ein Flair von Gemütlichkeit ausstrahlten. Hier wurde scheinbar noch darauf geachtet, dass das geschlossene Ortsbild erhalten blieb.

Das „einfach im Hof abstellen" des Autos erwies sich als nicht ganz so einfach. Obwohl sie ihren Besuch angekündigt hatten, öffnete sich das große Gittertor erst nach ausführlichen Erklärungen und dem Vorzeigen der Dienstausweise in das wachsame Auge der Videokamera. Aber Horst Czerny und Siegfried Riedel waren wenigstens zugegen, jene beiden Polizisten, die man zu Hilfe gerufen hatte, als sich Professor Schönberg in eine andere Welt verabschiedet hatte. Ihr Erstaunen darüber, dass sich seit Neuestem im Landeskriminalamt Niederösterreich gleich zwei Frauen mit der Aufklärung von Mordfällen befassten, hatten sie seit dem kurzen Telefonat, das Johanna Grasel von unterwegs geführt hatte, noch nicht ganz überwunden. Mit den Kolleginnen ihrer Dienstebene hatten sie sich ja in der Zwischenzeit abgefunden, aber mit einer Chef- und einer Kontrollinspektorin vom Referat Leib und Leben? Waren Frauen hierfür überhaupt hart genug? Was diese Befürchtung anbelangte, so mussten beide recht schnell umlernen, denn ihre St. Pöltener Kolleginnen wussten sehr präzise, was sie wollten. Eine Fülle von Fragen prasselte auf sie hernieder.

„Wann sind Sie gerufen worden?"

„Wie fanden Sie den Toten vor?"

„Was haben Sie unternommen?"

„Wen haben Sie alarmiert?"

So gut sie konnten, schilderten Czerny und Riedel die Einzelheiten des Abends.

„Haben Sie alle Gegenstände des Toten an sich genommen?", wollte Chefinspektorin Grasel wissen.

„Wie meinen Sie das?“ So ganz verstand Czerny die Frage nicht.

„Nun, wenn er einen Vortrag halten sollte, hatte er doch bestimmt ein Manuskript dabei und Ihrer Aussage gemäß auch ein Musikinstrument. Wo ist beides geblieben?“

„Ja, das müsste dann noch in der Burg liegen“, meinte Kollege Riedel etwas kleinlaut. Woher hätten sie denn wissen sollen, dass dieser Schönberg nicht an einem Herzinfarkt oder so gestorben war.

„Und das Musikinstrument?“

„Ich kann mich erinnern, dass der Doktor das fast mit Gewalt aus der Hand des Toten hat reißen müssen“, berichtete Czerny weiter.

„Und? Wo ist es jetzt?“ Alexandra Jennerwein schlug den beiden Männern gegenüber den gleichen anmaßenden Ton an wie bei ihrer Chefin. Die barsche Quittung erhielt sie postwendend: „Sie brauchen nicht zu glauben, dass wir hier hinter dem Mond daheim sind, so wie dieser deutsche Neugierige gestern. Wir kennen unsere Vorschriften. Aber wenn ein Referent schlapp macht und vor den Augen des Publikums stirbt, dann kämen auch Sie nicht sofort auf die Idee, dass irgendetwas nicht in Ordnung ist. Oder?“

„Schon gut, wir wollen Sie ja nicht sekkieren, aber es besteht schließlich der Verdacht, dass es kein natürlicher Tod war. Deshalb sind wir hier. Bitte seien Sie so freundlich und helfen Sie uns dabei. Und was hat es mit ‚diesem deutschen Neugierigen' auf sich?“ Johanna Grasel versuchte kraft ihrer Amtsautorität die aufgeregten Gemüter etwas zu besänftigen.

„Eigentlich nichts. Der war – glaube ich – halt zufällig da. Hat sich aber eingemischt“, kam die etwas schwammige Antwort.

„Sie wissen also nicht, wer das war und weshalb er sich eingemischt hat?“

„Nein. Er ist dann auch gegangen.“

Johanna überlegte. Sollte sie versuchen, diesen Deutschen ausfindig zu machen? Was konnte das nutzen? Vielleicht hatte er mehr gesehen oder gar etwas mit dem Toten zu tun? Einerlei. Sie würden dem schon noch auf die Spur kommen, wenn es notwendig war.

„Ist denn alles so geblieben, wie es war, oder hat womöglich schon eine andere Veranstaltung dort stattgefunden?“, fragte sie weiter.

„Ich glaube nicht, jedenfalls weiß ich nichts. Meistens finden alle Festivitäten sowieso am Wochenende statt", ging der etwas bedachtere Czerny bereitwillig auf die um Ausgleich bemühte Beamtin ein.

„Wir werden den Saalschlüssel holen, dann können wir gemeinsam hingehen."

„Bitte, tun Sie das. Wir warten. Kann uns jemand von Ihnen Näheres über diesen Professor Schönberg berichten?", fragte Johanna in die Runde der Bediensteten, die sich nach und nach eingefunden hatten, um die Kolleginnen aus St. Pölten zu besichtigen. Allgemeines Kopfschütteln.

„Aber der Ort ist doch nicht so groß, dass ihn hier niemand kannte – oder?" So schnell gab sie nicht auf.

„Das nicht, aber was über den Schönberg geredet wird, ist nur Klatsch und Tratsch. Ich kenne niemanden, der mit ihm näher bekannt oder gar befreundet gewesen wäre. Ihr?", ließ eine der jungen Polizistinnen verlauten. Erneutes Kopfschütteln.

„Gut, dann berichten Sie uns einfach, was man über ihn geredet hat. Dann und wann enthalten selbst Gerüchte ein Körnchen Wahrheit." Johanna dachte nicht daran aufzugeben.

„Na ja, schwierig war er bestimmt. Einige ham sogar g'sagt, er sei ein richtiger Bosnigel. Hin und wieder war er so b'soffn, dass er die anderen Gäste beim Heurigen beleidigt und beschimpft hat. Ein, zwei Mal haben wir ausrücken und ihn zur Vernunft bringen müssen", erzählte die junge Frau weiter.

„Na, das ist doch schon einmal was. Und kein Gerücht. Gibt's noch mehr?"

„Beschwert haben sich halt manchmal die Nachbarn, wenn er allzu laut seine schräge Musik gehört hat oder – noch schlimmer – bei offenem Fenster selber gespielt hat. Da sind wir dann einmal hin. Angenehm war das nicht. Angebrüllt hat er uns, hier würde niemand was von Musik verstehen, und wir seien alles, warten Sie, wie hat er gesagt, ich glaub' Banausen oder so. Er war ja nicht von hier. So ein arroganter Piefke aus Norddeutschland. Ich glaub, er wollte seine Nachbarn absichtlich ärgern."

Die beiden Frauen notierten sich alle Angaben. Das war eine der generellen Anweisungen, die Johanna Grasel in ihrer ersten Dienstbesprechung ausgegeben hatte: Sie bestand darauf, dass bei Vernehmungen, die sie und die Kollegen durchführten, sich stets jeder seine eigenen Notizen machte. Das hatte den Vorteil, dass hinterher die – manchmal in Nuancen sich unterscheidenden – subjektiven Eindrücke weit umfassender zusammengetragen und diskutiert werden konnten. Allmählich versiegte jedoch die Auskunftsbereitschaft, was schlicht daran lag, dass es nichts mehr zu berichten gab. Alle im Raum schauten bemüht in eine andere Richtung. Chefinspektorin Grasel wippte ungeduldig mit dem Fuß. Woher in aller Welt holte denn der Kollege diesen Schlüssel? Das dauerte ja ewig – mindestens kam es ihr so vor. Endlich, endlich erschien der junge Mann auf der Bildfläche.

„Entschuldigung, dass es so lang gedauert hat, aber ich wusste nicht genau, wo ich hin sollte. Auf der Gemeinde war grad niemand. Ich habe ihn dann bei der Bedienerin holen müssen, die dort immer putzt."

„Das kann ja heiter werden. Womöglich sind sämtliche Spuren, so es denn welche gegeben haben sollte, inzwischen ordentlich weggewischt", äußerte Alexandra Jennerwein ihren Unmut. Die gleiche Vermutung hegte auch ihre Chefin.

„Gehen wir nachschauen, was noch übrig ist." Sie erhob sich seufzend von dem nicht sehr bequemen Besuchersessel.

„Ja, wer kann denn auch wissen, dass es beim Tod von diesem Schönberg womöglich nicht mit rechten Dingen zugegangen ist", verteidigte Horst Czerny sich und seinen Kollegen eilig.

„Können wir jetzt gehen?" Johanna wurde ungeduldig. Sie war von Natur aus schon kein Ausbund an Gelassenheit, und bei ihrer derzeitigen Unausgeglichenheit war ihr diese Tugend gänzlich abhanden gekommen.

„Gemma", verkündete Horst Czerny entschlossen und erhob sich ebenfalls aus seinem Uralt-Bürosessel, dessen längst überfälliger Entsorgung er sich beharrlich widersetzte. Zu viert – Siegfried Riedel schloss sich der Gruppe ebenfalls an – setzten sie sich in Richtung Burg in Bewegung.

3

Draußen schien der Himmel sämtliche verfügbaren Schleusen geöffnet zu haben, es schüttete wie aus Kübeln. Die beiden Perchtoldsdorfer eilten mit schnellen Schritten voran, hinter ihnen gingen die zwei Frauen, von Johannas Mini-Schirm nur notdürftig geschützt. Obwohl es vernünftiger gewesen wäre, eng beieinander zu gehen, hielten sie gehörigen Abstand mit dem Ergebnis, dass die eine linke und die andere rechte Schulter nach wenigen Metern bereits triefend nass waren.

„Ist das trist hier", jammerte Alexandra Jennerwein.

„Der Ort ist aber sehr hübsch", widersprach ihre Vorgesetzte.

„Schon. Aber bei Sonne wäre er schöner."

Auf derart banale Unterhaltungen konnte Johanna Grasel gut verzichten, deshalb blieb sie weitere Kommentare schuldig. Nachdenklich musterte sie die vor ihnen stapfenden Polizisten. Dieser Czerny, der Revierinspektor, schien ganz gemütlich zu sein. Allerdings weckte sein Name in ihr ungute Erinnerungen. Nachdem sie im Klavierunterricht an Bartóks „Mikrokosmos" gescheitert war, waren Carl Czernys „Vorschule der Fingerfertigkeit" und die „Schule der Geläufigkeit" auf den Plan getreten. Wie hatte sie das ständige Üben gehasst. Und ganz besonders die Klavierstunden in der vollgestopften, miefig-stickigen Wohnung der Klavierlehrerin, die selbst einen ebensolchen Geruch verströmte. Unnachgiebig hatte die ihr Ziel verfolgt, aus ihrer Schülerin eine erfolgreiche Pianistin zu machen. Nie hatte sie ihr den Gefallen getan, eine Stunde ausfallen oder sie auch nur ein paar Minuten früher gehen zu lassen. Johanna gestattete ihren Gedanken einen solch intensiven Ausflug in die Vergangenheit, dass sie nicht bemerkte, wie sie mit ihren eleganten Schuhen von einer Pfütze in der nächsten landete.

Der laut klatschende Regen erlaubte es den beiden vor ihnen marschierenden Polizisten, sich ungeniert zu unterhalten, ohne fürchten zu müssen, dass die Frauen von ihrem Gespräch etwas mitbekamen.

„Wie findest du die Zwei?", fragte Riedel seinen älteren Kollegen unüberhörbar abschätzig.

„Muss man erst einmal schauen, wie sie sich machen." Horst Czerny war nicht so schnell aus der Ruhe zu bringen.

„Das sind doch arrogante Zicken."
„Wieso?"
„Halt so. Schon wie die Eine telefoniert hat. In einem Kasernenhofton sag ich dir! Und dann gleich die Anweisung, dass wir zur Verfügung zu stehen hätten."
„Aber als der Schönberg gestorben ist, waren wir halt dort. Und wir haben eh Dienst. Da ist es doch schließlich egal."
„Schon. Aber die hätten uns hundertprozentig auch antreten lassen, wenn dienstfrei gewesen wäre."
Diese Argumentation leuchtete Czerny zwar nicht recht ein, aber er wusste nicht, was er darauf antworten sollte.
„Die eine in ihrem vornehmen Gewand. Bei so einem Wetter. Die sitzt sonst garantiert nur am Schreibtisch und feilt sich die Fingernägel. Knochenarbeit sind die hundertprozentig nicht gewöhnt."
Siegfried Riedel befand sich offensichtlich nicht im Einklang mit der Entscheidung seiner höchsten Dienstherren, leitende Stellen beim Landeskriminalamt Niederösterreich an Frauen zu vergeben. Außerdem haderte er mit seiner vorübergehenden Versetzung von Wien nach Perchtoldsdorf, was größtenteils auf seinen unkollegialen Umgang mit Kollegen zurückzuführen war. Unter den erfahrenen Fittichen von Horst Czerny sollte sich dies ändern.
„Aber bitte. Was stellst du dir denn vor! Die machen ihre Arbeit bestimmt so gut sie können. Das siehst du doch bei den Frauen auf unserem Revier."
Czerny bemühte sich nach Kräften, die gehässigen Äußerungen des jungen Polizisten in vernünftige Bahnen zu lenken und ihm wenigstens einen Funken kollegialen Respekt einzupflanzen.
„Das ist was anderes. Die bei uns sind okay", muffelte Riedel ungerührt. Er war nicht bereit, sich von seinen Vorurteilen zu trennen.
Sie hatten das große Holztor, das in die Burg hineinführte, erreicht. Alle vier versuchten auf dem breiten Gang im Erdgeschoss vergeblich, die Nässe von sich abzuschütteln. Sie waren so durchweicht, dass sich keiner auch nur annähernd wohlfühlte, was die Stimmung vollends in den Keller sacken ließ. Über die breite Stiege erreichten sie den Saal mit dem bunten Gemälde, das eine ganze Wand einnahm. Es zeigte

das Ortsbild, wie es sich einst in die schützende Mauer eingeschmiegt hatte. Hier feierten die Perchtoldsdorfer ihre Feste genossen Konzerte und kamen nun nie wieder in den Genuss, einem Vortrag von Professor Schönberg zu lauschen. Die Sessel waren ordentlich aufeinander gestapelt, was bedeutete, dass sich dienstbare Geister zwischenzeitlich der Reinigung des Saales gewidmet hatten.

„Wie sollen wir da noch etwas finden", nörgelte Alexandra Jennerwein nicht zu Unrecht.

„Ich hab schon mehrmals gesagt, dass keiner wissen konnte, dass dieser Schönberg vielleicht, hm, ungewöhnlich zu Tode gekommen, ich meine…", setzte Riedel zur Verteidigung an.

„Sprechen Sie es ruhig aus", meinte die Chefinspektorin kühl. „Es besteht der Verdacht, dass er ermordet worden ist. Deshalb sind wir hier."

„Und das in unserem schönen Perchtoldsdorf", stöhnte Horst Czerny erschüttert.

„Warum sollte es hier anders sein als anderswo", erwiderte Alexandra ungerührt.

Sie nahmen die Bühne genauer in Augenschein. Auf der zugeklappten Tastatur des Flügels entdeckte Alexandra Jennerwein im gleichen Augenblick wie Siegfried Riedel die einsame Klarinette. Der Polizist wollte sie gerade an sich nehmen, als er vom harschen Befehl „nicht anfassen" gestoppt wurde.

„Sind Sie noch zu retten? Da können Spuren dran sein. Sie sind doch einmal in einer Ausbildung gewesen – oder?" Kontrollinspektorin Jennerwein ließ ihrem Unmut über das unprofessionelle Verhalten des Kollegen freien Lauf, was seine Sympathie den beiden Damen gegenüber nicht gerade steigerte. Die Chefinpsektorin entdeckte einen weiteren zu untersuchenden Hinweis.

„Schauen Sie mal. Hier auf dem Flügel ist noch der Rand eines Glases oder einer Flasche sichtbar. Das ist offenbar beim Putzen übersehen worden", wandte sie sich an ihre Mitarbeiterin. „Auf jeden Fall muss die Spurensicherung her. Könnten Sie das bitte veranlassen."

„Ich rufe sofort an. Die werden sich freuen, wenn sie bei diesem Wetter hier herausfahren dürfen."

Die gerunzelte Stirn und der strafende Blick ihrer Chefin signalisierten, dass die letzte Bemerkung überflüssig gewesen war.

„Und dann nichts mehr finden werden", setzte Riedel spöttisch nach.

Alexandra biss sich auf die Lippen. Es ging ihr leider oft so, dass ihr eine respektlose oder unbedachte Bemerkung entfuhr, bevor sie darüber nachgedacht hatte. Ihr war klar, dass ihr loses Mundwerk ihr im Dienst und auch privat manches Mal mehr schadete als nützte. So begnügte sie sich jetzt mit einem sachlichen Anruf in Richtung Wien, wo die Zuständigen wirklich nicht sehr erbaut waren, in Richtung Perchtoldsdorf aufbrechen zu müssen.

„Wo hat dieser Professor Schönberg gewohnt? Hatte er Angehörige? Sind die bereits verständigt worden?", wollte Chefinspektorin Grasel von Siegfried Riedel wissen.

„Ja, hm, eigentlich, nein, ich glaube, der hat allein gelebt." Ganz wohl fühlte sich Riedel bei dieser vagen Auskunft nicht, aber Czerny half ihm aus der Verlegenheit.

„Er hat allein gelebt, und ob er Verwandte hatte, haben wir noch nicht eruieren können. Hier in Perchtoldsdorf jedenfalls wohl nicht. Gewohnt hat er oben im Sonnbergviertel. Vornehmste Gegend, in einer Villa. Ich schreibe Ihnen die Adresse auf." Der Revierinspektor zeigte sich entschieden hilfsbereiter als sein junger Kollege.

„Ist das weit?", forschte Alexandra weiter.

„Eigentlich nicht so sehr. Aber bei diesem Wetter! Und Sie kennen sich ja auch nicht aus. Bis Sie das gefunden haben…"

Czerny sah die beiden Damen nachdenklich an. Wie hätte er auch wissen können, dass das St. Pöltener Dienstfahrzeug mit einem elektronischen Navigationssystem ausgerüstet war. Bevor Alexandra ihn davon in Kenntnis setzen konnte, hellte sich seine Miene aber schon auf.

„Wissen Sie was? Der Herr Riedel geht schnell zurück aufs Revier, holt einen Streifenwagen und fährt Sie hin."

Der ‚Herr Riedel' starrte seinen momentanen Vorgesetzten entgeistert an. Wie kam der gute Horst denn auf die Idee! Weshalb sollte er die zwei kutschieren? Die hatten schließlich selber ein Auto. Und einen Mund, um nach dem Weg zu fragen. Allerdings ließ der lange Blick, mit dem Czerny ihn bedachte, in Verbindung mit den hoch gezogenen Augenbrauen erkennen, dass er keine Widerrede duldete. Manchmal konnte der Horst richtig autoritär sein, fand Riedel. Es blieb ihm nichts anderes übrig, als sich der dienstlichen Anweisung zu beugen. Sein Gesichtsausdruck allerdings sprach Bände, was sowohl Johanna Grasel als auch Alexandra Jennerwein mit Genugtuung, aber wohlweislich kommentarlos vermerkten.

„Können Sie mir noch Weiteres über den toten Professor sagen?", wandte sich die Chefinspektorin nach Riedels wenig glorreichem Abgang an den Perchtoldsdorfer Polizisten.

„Auch nicht viel mehr als das, was die Kollegen auf dem Revier Ihnen schon berichtet haben. Er hat halt sehr zurückgezogen gelebt. Und das Meiste, was über ihn geredet wird, ist eh nur Klatsch und Tratsch. Sie haben's ja selbst gehört."

Horst Czerny hatte in vielen Dienstjahren gelernt, mit Worten bedacht umzugehen. Alexandra Jennerwein verstaute währenddessen behandschuht die Klarinette vorsichtig in einer Plastikfolie, um etwa noch vorhandene Spuren nicht zu verwischen. Das Instrument würde im Labor eingehend untersucht werden.

Es dauerte eine geraume Weile bis Siegfried Riedel wieder auftauchte. Er hatte es nicht für nötig befunden, sich zu beeilen und in aller Gemütsruhe seine Ersatzuniform angezogen, sodass er nun der Einzige war, der korrekt und trocken gekleidet war. Wozu sich abhetzen, hatte er sich gedacht. Schließlich kamen sie immer noch früh genug in das Haus des Professors. Der war sowieso tot. Seine Saumseligkeit trug ihm jedoch sofort Alexandras garstige Bemerkung ein: „Wo haben Sie denn das Auto hergeholt? Das hat ja ewig gedauert!"

Riedel verzichtete auf eine Erwiderung und sah sie nur böse an. Von der ließ er sich keine Dienstaufsichtsbeschwerde wegen einer sogenannten unqualifizierten Äußerung anhängen. Er begnügte sich deshalb mit der durch die Zähne gezischten Information: „Das Auto steht draußen."

Die angegebene Adresse erwies sich als veritable Villa, wohl erbaut um die Wende vom 19. zum 20. Jahrhundert, wie man unschwer an einigen Jugendstilelementen an der Fassade und der Umzäunung erkennen konnte. Damit glich sie anderen stattlichen Gebäuden in der unmittelbaren Nachbarschaft. Wer hier wohnte, nagte bestimmt nicht am Hungertuch.

Das Gartentor stand weit offen.

„Und wie kommen wir ins Haus hinein?", wollte Alexandra von ihrer Chefin wissen. „Sollten wir nicht besser auf die Spurensicherung warten?", wagte sie einen durchaus berechtigten Einwand, den Johanna Grasel jedoch geflissentlich überhörte.

„Diese alten Türschlösser lassen sich manchmal problemlos öffnen. Vielleicht haben wir Glück", entgegnete sie und zog aus ihrer Handtasche ein kleines Etui hervor, dem sie eine Nagelfeile entnahm. Riedel verdrehte die Augen und schaute Czerny triumphierend an. Hatte er es nicht gesagt? Dem entging dies jedoch, weil er verdutzt Zeuge wurde, wie nach wenigen schnellen und geschickten Handgriffen Johannas die schwere Eichentür aufsprang. So viel Fingerfertigkeit hatte auch er ihr nicht zugetraut.

Sie betraten einen kleinen, dämmrigen Vorraum, von dem aus vier, mit einem roten Läufer belegte Stufen ins Erdgeschoss führten und gingen zur nächsten Tür, die glücklicherweise nicht verschlossen war. Dahinter dehnte sich ein riesiger Raum aus, der auf den ersten Blick von einem ausladenden Flügel beherrscht wurde. Offenbar begleitet mich dieses Instrument derzeit als ständige Kulisse, dachte Johanna. „Bösendorfer", murmelte sie sachkundig.

An den Wänden entlang zogen sich vollgestopfte Bücherregale, einige kleine Tische und Sessel – zweifellos ebenfalls dem Jugendstil zugehörig – vervollständigten die Einrichtung. All dies vermittelte den Eindruck höchst gediegener und wohlhabender Bürgerlichkeit.

„Arm war der nicht. Wer so wohnen kann...", bemerkte Riedel neidisch.

Die drei Anderen stimmten insgeheim zu. Wer sich ein solches Ambiente leisten konnte, war gut betucht. Auch die übrigen Räume waren großzügig und weitgehend geschmackvoll möbliert. Alles passte zusammen. Empfindlich gestört wurde der Gesamteindruck freilich von den dicken Staubschichten, die alles bedeckten, sowie der gehörigen, überall herrschenden Unordnung. Hier hatte schon lange keine ordnende, geschweige denn putzende Hand eingegriffen.

Im oberen Geschoss befanden sich zwei Bäder und mehrere Schlafzimmer. Nur eines davon schien ständig benutzt worden zu sein. Die Wand hinter dem breiten, zerwühlten Bett war zur Hälfte bedeckt von einem aufwändig geschnitzten mit Blattgold verzierten Rahmen. Er fasste kein Bild ein, sondern lediglich einen in schwarzen, verschnörkelten und riesigen Lettern geschriebenen rätselhaften Satz: „Die Gesetze von Raum und Zeit sind weitgehend aufgehoben."

Alexandra warf ihrer Chefin einen fragenden Blick zu. Konnte die etwas damit anfangen?

„Diese Aussage passt jedenfalls zur Jugendstil-Einrichtung", beantwortete sie die ihr nicht gestellte Frage.

„Wieso? Woher wollen Sie das wissen?", mischte sich Riedel wieder einmal widerborstig ein.

Chefinspektorin Grasel musterte ihn despektierlich.

Sollte sie diesem Schnösel erklären, dass dies eines der zentralen Merkmale des Jugendstils war? Sie kannte sich ganz gut aus, weil sie von dieser historischen Phase des Umbruchs und der Neuerungen seit jeher fasziniert gewesen war und viel darüber gelesen hatte. Aber wie machte man jemandem, der davon keine Ahnung hatte und sich vermutlich auch nicht im Geringsten dafür interessierte, in drei Sätzen klar, worum es ging? Johanna hielt es für geraten, die Sache mit einem knappen, aber nachdrücklichen „Glauben Sie es mir einfach!" abzukürzen.

Nachdem sie sich vorschriftsmäßig die dünnen Handschuhe übergestreift hatte, öffnete sie eine der Schranktüren und erblickte zu ihrem Erstaunen eine Ansammlung teuerster Kleidungsstücke: Anzüge aus bestem Material, maßgeschneiderte Hemden, in denen das Etikett den jeweiligen Schneider auswies, auf dem Schrankboden zahlreiche Schuhpaare aus feinstem Leder.

„Wenn ich mich recht erinnere, hat mir jemand auf dem Revier mal erzählt, dass dieser Schönberg immer ziemlich nachlässig angezogen war", äußerte sich Horst Czerny beim Anblick dieser eleganten Üppigkeit erstaunt. „Und jedes Mal, wenn ich ihn gesehen hab, hatte er denselben uralten Cordanzug an."

„Wovon hat er eigentlich gelebt?“, wollte Johanna wissen.

„So viel ich weiß, war er im Ruhestand und früher an einer deutschen Musikhochschule. Ich glaube, in Berlin, aber sicher bin ich nicht“, gab Czerny weiterhin Auskunft.

„Das wird wohl herauszufinden sein.“ Ein entsprechender Blick ging in Alexandras Richtung. Die bekam ihn aber nicht mit, weil sie Riedel nicht aus den Augen ließ und eben bemerkte, wie der in irgendwelchen Papieren zu kramen begann, die auf dem alten, schweren Schreibtisch aufgetürmt waren.

„Sind Sie des Teufels!“, herrschte sie ihn an. „Lassen Sie das Zeug liegen. Sind Sie erst seit gestern bei der Polizei – oder wie?“

„Tun Sie bloß nicht so, als hätten Sie die Weisheit mit Löffeln gefressen. Wenn ich mich hier umschaue, gehört das schließlich zu meinem Job“, verteidigte sich Riedel höchst beleidigt.

„Gehört es ganz bestimmt nicht. Schauen Sie lieber zu, dass Sie hier mit Ihren Kleinkriminellen zurecht kommen. Perchtoldsdorf ist schließlich schon berüchtigt wegen der vielen nicht aufgeklärten Einbrüche. Oder irre ich mich da?“

Bevor der verbale Krieg zwischen den beiden Kontrahenten sich ausweiten konnte, schaltete sich Czerny vermittelnd ein.

„Wir machen unsere Arbeit, so gut wir können, so wie Sie auch“, besänftigte er. „Mit einem Mordanschlag haben wir es halt Gott sei Dank bisher noch nie zu tun gehabt. Und hoffentlich bleibt uns das auch für alle Zukunft erspart. Wir sind ein friedlicher Ort.“

‚Amen‘, setzte Alexandra im Geist hinzu.

„Ich denke, wir können auf Ihre Hilfe nun verzichten. Sie haben uns schon genug Zeit geopfert. Wir werden den Kollegen von der Spurensicherung Bescheid geben, dass nicht nur in der Burg, sondern auch hier Arbeit anfällt. Vielleicht erhalten wir dann mehr Aufschluss.“

Johanna Grasel wollte auf jeden Fall vermeiden, dass von ihren Nachforschungen im Hause Schönberg etwas nach außen drang, und zumindest bei Siegfried Riedel war sie sich keineswegs sicher, dass er Stillschweigen bewahren würde. Sie und Alexandra stellten sich ostentativ nebeneinander – quasi als Mauer, errichtet aus der deutlichen Aufforderung an die beiden Männer, das Weite zu suchen.

„Dann müssen Sie aber nachher zu Fuß durch den Regen gehen", wagte Riedel noch einen schadenfrohen Einwand.

„Wir werden schon eine Möglichkeit finden", versetzte Alexandra.

„Aber nicht mit uns. Wir sitzen bestimmt nicht abrufbereit, bis es den Damen passt."

Nach dieser letzten Respektlosigkeit hielt es Czerny für geraten, den impulsiven jungen Mann vor sich her und durch die Tür zu schieben. Mit einem etwas hilflosen Achselzucken und einem höflichen „Servus einstweilen" verabschiedete er sich.

Alexandra schüttelte den Kopf. „Und sowas ist im Polizeidienst! Keine Ahnung von irgendwas und dazu noch ungehobelt bis dorthinaus."

Ihre Chefin begann schweigend, einige der im Arbeitszimmer befindlichen Aktenordner zu sichten.

„Könnten Sie bitte mal nachsehen, ob der Computer was hergibt", bat sie gleich darauf ihre Kollegin.

„Okay, ich schalte mal ein." Es rührte sich jedoch nichts. Alexandra fluchte leise, weil sie die dünnen Handschuhe behinderten, als sie die Tastatur zu bearbeiten begann. Beide Frauen waren auf der Suche, ohne dass sie eine Ahnung gehabt hätten, wonach.

„Himmeldonner", maulte Alexandra vor sich hin.

„Was ist los?"

„Irgend etwas stimmt mit diesem Rechner nicht. Das Ding gibt keinen Pieps von sich. Alles schwarz. Vielleicht ein Virus oder so. Ob es in diesem Haushalt einen Schraubenzieher gibt? Dann könnte ich mal das Innenleben inspizieren."

Wortlos zog ihre Chefin ein weiteres Mal das Nagelnecessaire aus der Tasche und reichte einen kleinen Schraubenzieher über den Schreibtisch. „Geht der?"

„Ja klar, Mann, ich meine Frau, Sie sind aber ausgerüstet." Eine winzige Spur Bewunderung schwang in Alexandras Stimme mit, die sich wenig später in pure Verblüffung wandelte.

„Da ist überhaupt keine Festplatte drin. Kein Wunder, dass sich nix tut."

„Ein Computer ohne Festplatte? Das gibt's doch gar nicht."

„Hier schon. Es sind auch ganz kleine Kratzspuren am Gehäuse. Wenn man genau hinschaut, kann man sie mit bloßem Auge entdecken. Vermutlich hat jemand die Festplatte ausgebaut. Ich lasse sicherheitshalber mal alles so liegen, vielleicht finden die Spurenprofis was. Ich rufe gleich nochmal an, damit die sofort ein paar Leute herschicken. Haben Sie etwas entdeckt?"

„Die Bankauszüge seiner Konten. Ordentlich abgeheftet, aber bei den Beträgen, die hier drauf sind, ist es mir ein Rätsel, wie er sich diesen Lebensstil leisten konnte."

„Vielleicht geerbt", schlug Alexandra vor.

„Möglich, schauen Sie sich die Cognac- und Whiskyvorräte im Regal dort drüben an. Das ist das Teuerste vom Teuren."

„Ach ja? Davon versteh ich nichts. Ich suche mal die Küche. Vielleicht häufen sich ja dort Schampus und Kaviar."

Nach geraumer Zeit kehrte Alexandra zurück. Die Verblüffung stand ihr ins Gesicht geschrieben.

„Was ist?"

„Das glauben Sie nicht. Das müssen Sie sich ansehen. Eine Riesenküche, hochherrschaftlich, fast ein Saal. Mit allem, was Sie sich denken können. Sogar ein Springbrunnen ist in der Wand eingelassen. Und in der Abstellkammer daneben stehen echt jede Menge Kaviardosen. Ich glaub's einfach nicht. Und wissen Sie noch was? Ich war grad im Klo. Nein, natürlich habe ich es nicht benutzt. Bin ja nicht von gestern", setzte sie schnell hinzu, als sie den entsetzten Blick ihrer Chefin bemerkte. „Genauso hochherrschaftlich. Mit goldenen Armaturen. Woher hat dieser Mensch bloß das viele Geld gehabt?"

„Na, übertreiben Sie mal nicht. Es werden Messingarmaturen sein", wiegelte Johanna Grasel ab.

„Messing kann ich von Gold ganz gut unterscheiden. Gehen Sie doch selber schauen, wenn Sie es mir nicht glauben."

Die Aufsässigkeit war unüberhörbar. Zweifelnd schaute ihre Chefin sie an, wurde aber nach einem kurzen Blick in die luxuriösen Gemächer, die andernorts schlicht als Nasszellen bezeichnet werden, eines Besseren belehrt.

Immer mehr Rätsel türmten sich auf: Ein Toter in der Gerichtsmedizin, offenbar mittels eines noch unbekannten Giftes ins Jenseits befördert, ein Fremder als Augenzeuge, eine höchsten Ansprüchen gerecht werdende Villa als letzter Wohnsitz, das frühere Auftreten und die Erscheinung des Toten, das in völligem Gegensatz zu all dem stand und ein auf den ersten Blick äußerst magerer finanzieller Hintergrund. Wie passte das zusammen? Welche Geheimnisse verbarg dieses Jugendstil-Geisterhaus? Alle Hoffnung ruhte nun auf den gründlichen Suchaktionen der Spurensicherung, wo man gewohnt war, das Unterste nach oben zu kehren. Ein zufälliger Blick durch eines der großen Fenster zeigte Alexandra, dass die erwarteten Kollegen bereits im Anmarsch waren. Sie beluden sich draußen gerade aus dem direkt vor dem Haus geparkten Auto mit der notwendigen Ausrüstung.

„Die sind schon da", teilte sie verwundert mit. „Na, kein Wunder. Die haben es ja näher aus Wien und müssen nicht wie wir aus St. Pölten anreisen." So wenig wie Johanna Grasel das neue Domizil in der Hauptstadt Niederösterreichs schätzte, tat dies Alexandra Jennerwein. Sie hatte vergeblich gehofft, dass der Umzug ihrer Abteilung noch eine Weile auf sich warten lassen würde. So viel lieber wäre sie im gewohnten Wiener Gebäude geblieben.

„Wer ist das denn? Da kommt ein Fremder durch den Garten", vermeldete sie gleich darauf. Ihre Chefin trat neben sie. Auch sie kannte den Mann nicht, der nach einem kurzen Wortwechsel mit den Kollegen das Haus betrat. Die beiden Frauen sahen sich irritiert an. Wen ließen die sonst so pflichtbewussten und sturen Beamten von der Spurensicherung derart bereitwillig herein? Das Rätsel löste sich, als der Fremde in Begleitung eines der Kriminaltechniker eintrat.

„Guten Tag, die Damen. Der Herr hier hat eventuell einige wichtige Aussagen zu machen."

Fragend schauten sie auf den Unbekannten, der sich schnell vorstellte.

„Entschuldigen Sie bitte, dass ich hier so unvermittelt hereinplatze. Mein Name ist Lorenz. Hauptkommissar Reinhold Lorenz aus Deutschland, aus Freiburg, um es genau zu sagen. Ich bin auf Urlaub hier."

Die Chefinspektorin und ihre Mitarbeiterin begrüßten ihn zwar freundlich, aber distanziert. Was hatte ein deutscher Kollege hier zu suchen? Die Frage schien ihnen ins Gesicht geschrieben, denn Reinhold Lorenz lieferte sofort die Erklärung.

„Wie gesagt, entschuldigen Sie bitte mein Eindringen. Aber ich war zufällig am Abend anwesend, als dieser Professor in der Burg zusammengebrochen ist. Und in unserem Beruf schaut man halt automatisch näher hin, wenn so etwas geschieht. Wenn Sie also Fragen haben, stehe ich Ihnen gern zu Verfügung."

„Das ist nett von Ihnen. Aber woher wissen Sie überhaupt, wo dieser Schönberg gewohnt hat", wollte Johanna Grasel wissen, die sich an die Bemerkung über den ominösen deutschen Touristen erinnerte. Lorenz nahm sich einen kurzen Augenblick, um sie zu mustern. Ihm gefiehl die österreichische Kollegin auf Anhieb. Nicht mehr ganz jung, aber sehr attraktiv. Das Kostüm hatte zwar etwas zu viel Regen abbekommen, wirkte aber dennoch chic. Der kurze Augenblick geriet deutlich zu lang, denn Johannas Miene verriet bereits Ungeduld.

„Das war keine große Kunst. Im Ort weiß fast jeder, wo der Tote gewohnt hat und dass außerdem zwei Beamtinnen von der Mordkommission – entschuldigen Sie, ich weiß nicht, wie das bei Ihnen hier richtig heißt – aus St. Pölten angekommen sind. Darf ich nach Ihrem Namen fragen?"

Johanna Grasel und ihre Mitarbeiterin waren perplex. So schnell hatte sich ihre Anwesenheit herumgesprochen? Trotz des schlechten Wetters, das keinen Hund auf die Straße lockte? Da hatte Kollege Riedel wohl kräftig nachgeholfen. Johanna Grasel stellte sich und ihre Assistentin vor. Sie war sich nicht sicher, ob die Tatsache, als Augenzeugen einen deutschen Kommissar vor sich zu haben, sie glücklich machte. Hoffentlich mischte der sich nicht in die Ermittlungen ein. Das hätte ihr noch gefehlt.

„Schön. Wo wir nun gegenseitig wissen, mit wem wir es zu tun haben, erzählen Sie einfach, wie sich das Geschehen an besagtem Abend zugetragen hat. Allzu lange wollen wir Sie nicht aufhalten", fuhr Johanna Grasel kühl fort. Das ließ an Bestimmtheit nichts zu wünschen übrig: Sag, was du zu sagen hast und dann verschwinde, aber schleunigst. Im Grunde hatte er ja auch wirklich keine neuen Erkenntnisse beizutragen. Wenn man er ganz ehrlich war, so musste Lorenz zugeben, dass ihn die pure Neugier getrieben hatte, ob die Unsicherheit des Notarztes hinsichtlich der Todesursache begründet gewesen war oder nicht. Déformation professionel eben. Nichts weiter.

Hauptkommissar Lorenz hätte nun in zwei, drei nüchternen Sätzen den Ablauf des Abends schildern, sich daraufhin höflich verabschieden und fortan seinen Urlaub ungehindert genießen können. Nur – ihn hatte jäh der Blitz getroffen in Gestalt seiner österreichischen Kollegin.

4

Alle Blicke, auch die der Kriminaltechniker, waren auf Lorenz gerichtet, der sich auf einmal so unwohl fühlte, als befände er sich in einem Kreuzverhör.

„Ja, also", begann er. Ach du liebe Güte, jetzt verfiel er auch noch auf die von ihm so gehasste Verlegenheitsfloskel. Lorenz gab sich einen Ruck und richtete sich gerade auf. Entschlossen setzte er nochmals an.

„Ich weiß, wie lästig das ist, wenn ein Außenstehender sich einmischt. Ich will Sie auch nicht über Gebühr behelligen. Ich wollte Ihnen lediglich meinen Eindruck von der Szene an jenem Abend schildern."

Nach dieser unbeholfenen Einleitung gab er knapp und präzise den kurzen Auftritt des Professors und die nachfolgenden Ereignisse wieder. Johanna Grasel und ihre Assistentin hörten aufmerksam zu. Immerhin war dies das erste Mal, dass sie einigermaßen vernünftig und detailliert von den dramatischen Szenen, die sich in der Perchtoldsdorfer Burg abgespielt hatten, unterrichtet wurden.

„Ich danke Ihnen, Herr Lorenz", entgegnete die Chefinspektorin verbindlich, nachdem ihr deutscher Kollege seinen Bericht beendet hatte.

„Sollten wir noch weitere Fragen haben, werden wir uns an Sie wenden. Ich will Sie nicht länger aufhalten." Das war eine unüberhörbare Aufforderung zu gehen.

„Ich wohne in der Pension Maier", beeilte sich Lorenz anzufügen. „Bis zum Wochenende bin ich noch hier. Ich kann Ihnen gern meine Telefonnummer geben, unter der ich dann auch in Deutschland erreichbar bin, dienstlich und privat."

Lorenz, Lorenz, bist du noch ganz bei Trost, schalt er sich im gleichen Moment. Weshalb um alles in der Welt sollte dich diese österreichische Kollegin in Freiburg anrufen?

„Vielen Dank. Sie können Ihre Karte gern meiner Mitarbeiterin überlassen", kam es immer noch höflich, aber um eine Spur ungeduldiger zurück. „Auf Wiedersehen."

Lorenz blieb nichts anderes übrig, als sich ebenfalls zu verabschieden. Er tat dies zwar umständlich und langsam, musste letztlich aber

– ohne Chance auf einen näheren Kontakt – den Rückzug antreten. Die Kriminaltechniker in ihren weißen Schutzanzügen, intern meist respektlos, aber passend als „Vollkondom“ bezeichnet, machten sich derweil an die Arbeit.

„Wonach sollen wir eigentlich suchen?“, wollte der Leiter der Truppe, dessen starke Nikotinfahne auch die umfassendste Vermummung nicht überdecken konnte, von Johanna Grasel wissen – eine Frage, mit der er sie in Erklärungsnot brachte. Vage versuchte sie sich aus der Affäre zu ziehen.

„Wir vermuten einen tödlichen Giftanschlag, und es könnte sein, dass das Opfer bereits hier zu Hause damit in Berührung gekommen ist – wie auch immer.“

„Okay, wenn auch nur die kleinste Spur vorhanden ist, finden wir sie, verlassen Sie sich drauf.“

Im gleichen Moment klingelte Johannas Mobiltelefon. Professor Geiler, der das Institut für Pathologie leitete, war am anderen Ende.

„Frau Chefinspektorin? Die Laborergebnisse haben eindeutig bewiesen, dass es Mord war. Das Opfer ist vergiftet worden und zwar mit einer derart hohen Konzentration von Tetrodotoxin, die uns bislang noch nicht untergekommen ist.“

„Und was heißt das genau?“, wollte die Kriminalistin wissen, bereute aber sofort ihre Nachfrage, denn es folgte eine lange Erklärung chemischer Prozesse, gespickt mit lateinischen Fachbegriffen wie GIT-Phase, Ikterus, subendokardiale Blutungen und anderem ihr Unverständlichem. Mit all dem wusste sie, obwohl sie schon recht lange bei der Kriminalpolizei war und forensische Identifikationen ihr keineswegs fremd waren, auf die Schnelle wenig anzufangen. Geduldig hörte sie sich dennoch die ausufernden Mitteilungen an, die der Mediziner nicht ohne Eitelkeit ob der so schnell herausgefundenen Ergebnisse präsentierte. Als ihr Gesprächspartner endlich eine kurze Atempause einlegen musste, versuchte Johanna die ihr verständlich gewesenen Fakten kurz zusammenzufassen.

„Sie sind sich also erstens sicher, dass es ein Giftmord war, dass zweitens ein Selbstmord ausgeschlossen werden kann, dass drittens eine relativ kleine Menge genügt hätte, um den Tod herbeizuführen, dass viertens sowohl im Magen als auch noch in der Mundhöhle Spuren des Giftes nachweisbar waren, dass fünftens…"

Weiter kam sie nicht, denn der Pathologe unterbrach sie unwirsch.

„Moment, Moment, so einfach kann man das alles nicht sagen." Wiederum folgte eine ausführliche Vorlesung zum Thema „Forensische Thanatologie", die Johanna über sich ergehen lassen musste. Die Ausführungen überstiegen allerdings ihr Wissen auf diesem Gebiet. Schließlich unterbrach sie entschlossen den Redestrom.

„Entschuldigen Sie bitte, lieber Professor Geiler, das ist alles sehr interessant. Ich komme auch gern einmal vorbei und lasse mich ausführlich von Ihnen unterrichten, aber im Augenblick interessiert mich nur Eines: Woher könnte das Gift stammen?"

Hörbar verschnupft darüber, dass er seine Fachkenntnisse nicht ausreichend gewürdigt sah, antwortete der Mediziner recht schroff: „Eventuell Kugelfischgift, angereichert mit einer weiteren Substanz. Simpel genug für Sie?"

„Danke. Sie haben mir sehr geholfen." Johanna bemühte sich um einen verbindlichen Ton, denn sie wollte es sich mit dem Pathologen, den sie möglicherweise nochmals hinzuziehen musste, nicht verscherzen.

„Wir sind gerade im Haus des Opfers, und es tauchen so viele Fragen auf", setzte sie noch ziemlich zusammenhanglos hinzu.

„Dann suchen Sie mal schön. Vielleicht finden Sie irgendwo ein Häferl mit der Aufschrift ‚Gift'." Damit beendete der Gerichtsmediziner das Gespräch. Wieder einmal setzte sich die Kriminalpolizei – seiner Meinung nach – nicht ausreichend mit den forensischen Fakten auseinander. Er vertrat die Auffassung, dass dieser Bereich der Ausbildung sowieso zu kurz kam. Fragte man ihn, so würde er für eine umfassende rechtsmedizinische Bildung plädieren. Aber es fragte ihn halt keiner.

Johanna Grasel teilte unterdessen sowohl ihrer Assistentin als auch dem Leiter der Kriminaltechniker-Gruppe die ihr übermittelten Ergebnisse des Pathologen mit. Ein wenig wunderte sie sich über die verschlossenen Mienen der beiden, denn sie hatte sich so sehr auf das Gespräch konzentriert, dass sie nicht mitbekommen hatte, welch einen scharfen Verweis Alexandra hatte einstecken müssen, weil sie und ihre Chefin bereits damit begonnen hatten, sich ein wenig genauer umzusehen. Der Kriminaltechniker schaute grimmig drein.

„Nett, dass Sie uns das mitteilen. Vielleicht finden wir ja noch Spuren, falls die Damen uns nicht mit ihrer unkonventionellen Art einen Strich durch die Rechnung gemacht haben“, meinte er beißend.

Ob der sich auch bei männlichen Kollegen derart aufspielt, überlegte Alexandra noch, als ihre Chefin bereits scharf zurückschoss.

„Glauben Sie, dass wir uns nur vor das Haus zu stellen brauchen, und ein guter Geist trägt uns alle notwendigen Informationen zu? Außerdem können Giftspuren noch im Nanobereich festgestellt werden, ebenso problemlos Fingerabdrücke, und nicht einmal Blutspuren verschwinden gänzlich. Wozu haben Sie Ihre teure Ausrüstung? Wie lange rechnen Sie, bis Sie fertig sind? Werden Sie das in zwei Tagen schaffen?“

Nun habe ich es mir nicht nur mit dem Pathologen verscherzt, sondern auch noch mit dem Kollegen von der Spurensicherung, dachte Johanna wütend über sich selbst. Das konnte heiter werden. Aber warum glaubten derzeit alle Männer, dass sie Frauen haushoch überlegen seien?

„Möglich, dass wir es in drei Tagen schaffen, vielleicht sogar weniger. Zaubern können wir nicht“, konterte der Spurensucher rauhbeinig.

„Gut. Dann werden wir uns weiter umsehen.“

Damit endete der kurze aggressive Dialog, nicht aber die Überlegungen der Chefinspektorin. Wonach, bitte, sollten sie sich umsehen? Außer der Information, dass es sich um einen Giftmord handelte, hatten sie nicht den geringsten Anhaltspunkt. Das heißt, es würde die mühsame Kleinarbeit beginnen, sich im Umfeld des Ermordeten voranzuackern, wer ein Motiv gehabt haben könnte, den schrulligen Professor ins Jenseits zu befördern. Eines zumindest war sicher: Es war ein kaltblütig geplanter Mord, denn das Gift, das verwendet worden war, gab es schließlich nicht an jeder Straßenecke zu kaufen.

Die letzte Bemerkung ihrer Chefin hatte Alexandra Jennerwein mit einem fragenden Blick beantwortet. Sie fühlte sich im Moment ebenso hilflos wie ihre Vorgesetzte, nur durfte diese sich das nicht anmerken lassen.

Eine kurze Weile sahen die beiden tatenlos den Kollegen bei ihrer systematischen Suche zu, so, als hofften sie, dass einer von ihnen umgehend den Stein der Weisen fand, dann entschlossen sie sich, das Haus zu verlassen. Sie hatten eben die schwere Eichentür erreicht, als sie zurückgerufen wurden.

„Warten Sie bitte noch einen Augenblick. Ich habe etwas entdeckt." Das war nicht der kauzige Leiter, sondern die Worte kamen von einem der Mitarbeiter, der ihnen nacheilte.

„Ja, bitte." Johanna wandte sich bereitwilligst und hoffnungsvoll um.

„Am Schloss der Terrassentür habe ich Kratzspuren gefunden, die summarisch darauf schließen lassen, dass versucht wurde, sie gewaltsam zu öffnen. Meinem Eindruck nach äußerst dilettantisch. Übrigens habe ich ebenfalls vorn an der Haustür Spuren einer unsachgemäßen Öffnung gefunden. Es wundert einen immer wieder, wie leichtsinnig die Leute sind. Ein professioneller Einbrecher braucht nur Sekundenbruchteile, um hier hereinzukommen."

Johanna sagte kein Wort darauf und sah ihre Mitarbeiterin durchdringend an. Hoffentlich hielt die ihren vorlauten Mund.

„Können Sie abschätzen, ob die Manipulationen zur gleichen Zeit stattgefunden haben?", fragte sie vorsichtig.

„Summarisch kann ich das nicht sagen, aber ich bin ziemlich sicher, dass die an der Haustür neueren Datums sind."

„Ach so", meinte Johanna Grasel gedehnt. Hoffentlich kam niemand auf die Idee, dies näher zu überprüfen, und hoffentlich hielten die Perchtoldsdorfer Polizisten ihren Mund darüber, wie sie ins Haus gekommen waren.

„Waren die – sagen wir mal – Einbrecher denn beide Male erfolgreich?", wollte sie dann scheinheilig wissen.

„Summarisch kann ich das nicht sagen, aber ich bin ziemlich sicher, dass es beide Male gelungen ist, ins Haus einzudringen", lautete die Antwort.

Guter Junge, dachte Alexandra. Mich würde interessieren, ob du summarisch sagen kannst, wenn du eine Freundin hast oder ob du dir auch dann nur ziemlich sicher bist.

„Das ist immerhin schon mal was. Wir werden auf der Polizeiinspektion nachfragen, ob eventuell eine Anzeige eingegangen ist. Vielen Dank." Damit verabschiedeten sie sich und verließen die Villa. Überraschenderweise hatte es nicht nur aufgehört zu regnen, sondern es wagten sich zwischen den Wolken sogar ein paar vereinzelte Sonnenstrahlen hervor.

„Und vorhin hat man noch geglaubt, die Welt ginge unter", kommentierte Alexandra diese unverhoffte Wetterbesserung.

Ihre Vorgesetzte schielte sie misstrauisch von der Seite an. Keine hatte, nachdem sie unter sich waren, auch nur ein einziges Wort fallen lassen über die „unsachgemäße Öffnung" der Haustür. Das war eindeutig ein Fehlverhalten gewesen. Ob ihr diese missgünstige Schlange daraus einen Strick drehte? In der Tat hatte Alexandra Jennerwein das einen kurzen Augenblick lang erwogen. Damit hätte sie ihrer Chefin spielend eins auswischen können. Aber andererseits hatte die ihr am Vormittag bei der Verkehrskontrolle auf ziemlich anständige Weise aus der Patsche geholfen, und außerdem was erreichte sie damit? Das war der erste gemeinsame Mordfall, und den in stetem Kriegszustand bearbeiten zu müssen, würde vermutlich nicht lustig werden. Also beschloss sie, lieber den Mund zu halten. Sie hatten nur ein kleines Stück auf der Straße, die steil bergab führte, zurückgelegt, als die Chefinspektorin ihre Begleiterin am Ellbogen fasste, sodass diese direkt vor ihr stehen bleiben musste. Mit betont konzentriertem Gesichtsausdruck wandte sie sich ihr zu, als wolle sie ein intensives Gespräch beginnen.

„Nicht umdrehen. Aber auf der gegenüberliegenden Straßenseite lungert seit einer ganzen Weile ein junger Kerl herum. Ich habe ihn schon vom Fenster aus gesehen. Er geht auf und ab, die ganze Zeit über beobachtet er, was hier geschieht."

Alexandra nickte, um den Anschein des Gesprächs aufrechtzuerhalten.

„Was sollen wir tun? Wir können ihn schlecht verhaften, nur weil er neugierig ist", meinte sie dann.

„Sicher nicht. Trotzdem kommt mir die Sache merkwürdig vor – schon deshalb, weil er sich auch vorhin vom Regen nicht hat vertreiben lassen. Gehen wir einfach zurück, als hätten wir etwas vergessen, damit er nicht merkt, dass wir es auf ihn abgesehen haben und er uns nicht entwischt."

„Ich kann ganz gut rennen. Und so hochhackige Schuhe wie Sie habe ich nicht an." Kleine boshafte Anspielungen wie diese konnte sich Alexandra eben nicht völlig versagen. Johanna Grasel überhörte sie bewusst ein weiteres Mal. Ganz langsam gingen sie die wenigen Meter zurück, den jungen Mann aus den Augenwinkeln heraus ständig beobachtend. Sie hatten fast die gleiche Höhe erreicht, als er die Aufmerksamkeit der beiden Frauen zu spüren schien. Zögerlich ging er ein paar Schritte rückwärts, dann drehte er sich blitzschnell um und rannte los. Da Alexandra darauf gefasst gewesen war, setzte sie zum Spurt an und holte ihn ein, bevor er um die nächste Kurve biegen konnte. Mit geübtem Griff hielt sie ihn an den Armen fest, sodass er keine Möglichkeit hatte, sich aus der Umklammerung zu befreien.

„Langsam, langsam, mein Freundchen. Jetzt erkläre uns erst einmal, was du hier zu suchen hast", fuhr sie ihn an.

„Wieso? Ich kann hier stehen, so lange ich will – oder? Ist das neuerdings verboten? Wer sind Sie überhaupt?"

Johanna Grasel ging auf die Frage überhaupt nicht ein, sondern erwiderte frostig: „Du weißt doch ganz genau, dass die Villa gegenüber von der Polizei durchsucht wird. Schließlich stehst du lange genug hier."

Der hochgewachsene Junge war peinlichst darauf bedacht, jeden Blickkontakt zu vermeiden und begnügte sich damit, Löcher in die Luft zu starren. Die Chefinspektorin beschloss, ihn bei dieser Tätigkeit nicht weiter zu stören, denn sie hoffte, dass es ihn nervös machen würde, wenn sie einfach nur abwarteten. Sie nahm ihn derart intensiv in den Blick, dass man förmlich spüren konnte, wie er sich von Sekunde zu Sekunde unwohler fühlte, zumal Alexandra ihren eisernen Griff nicht lockerte.

‚Nun rede schon, du Würstchen', drängte ihn Johanna Grasel in Gedanken. Sie war sich nicht im Klaren darüber, was sie von diesem jungen Kerl halten sollte. Er war größer als sie beide, sein Alter schätzte sie auf etwa achtzehn Jahre. Gekleidet war er wie viele seiner Generation in ein farbloses T-Shirt, eine abgetragene, viel zu große Jeans, deren Schritt ihm zwischen den Knien hing; an den Füßen trug er ausgelatschte Turnschuhe mit offenen Schuhbändern. Johanna runzelte die Stirn. Sie überlegte, wie diese Jungen es wohl schafften, dass die Hose nie gänzlich herunterrutschte. Den einzigen Vorteil, den sie bei dieser Mode einmal entdeckt hatte, war der, dass sie ihrem Träger beim Sitzen eine ideale Fläche bot, auf der man komfortabel eine Zeitung ausbreiten konnte.

„Wird's bald", schnauzte Alexandra ihn an. Ihr wurde dieses Schweigen allmählich lästig.

„Was?", kam es patzig zurück.

„Du hast die Frage gehört – oder?"

„Klar, aber ich habe auch was gefragt."

Die Chance, dass er durch weiteres lastendes Schweigen nervös wurde, war vertan, er hatte wieder Oberwasser. Die Chefinspektorin funkelte ihre Mitarbeiterin wütend an, erklärte dem Jungen dann aber kurz und bündig:

„Du weißt sehr genau, dass wir von der Polizei sind. Also, mach den Mund auf. Rede. Was hast du hier zu suchen?"

„Nichts. Ist doch amüsant, wenn mal jede Menge Mistelbacher auftauchen. Muss man schließlich gesehen haben."

„Wie heißt du?"

„Geht Sie das was an?"

„Na schön, dann eben anders. Wir nehmen dich mit auf die Polizeistation. Dort wird dich sicher jemand kennen."

„Ist ja schon gut", lenkte der junge Mann ein. „Daniel Schreder."

„Schön, und wo wohnst du?"

„Hier."

„Geht's genauer?"

„Na, da oben."

„Geht's noch genauer? Vielleicht mit einer Straßenangabe?"

Johanna wappnete sich mit Sanftmut.

„Werfelgasse."

„Gibt's einen Ausweis?"

Aus den Tiefen seiner unsäglichen Hose fingerte Daniel nach längeren Grabungsarbeiten seine etwas lädierte Führerschein-Karte hervor und zeigte sie lässig vor.

„Reicht das?“

„Na, geht doch. Und jetzt sagst du uns, was du hier zu suchen hast.“

„Hab ich eben gemacht.“

„Hör mal zu, mein Freund, auch unsere Geduld hat Grenzen, und eine solche wäre hiermit erreicht.“ Das war nicht laut, dafür aber mit drohendem Unterton geäußert, der auch Daniel nicht entging. Er riss sich merklich zusammen.

„Schon gut“, gab er wieder nach, ohne jedoch weitere Anstalten zu machen, die Frage nach dem Grund seines Hierseins endlich zu beantworten. Johanna blickte ihn auffordernd an.

„Ja, ist ja gut. Dieser blöde Schönberg war ein Bekannter von uns, und ich wollte halt sehen, was jetzt passiert. Wo der doch ermordet worden ist.“

„Ach ja? Und woher weißt du, dass er ermordet worden ist?“

„Wenn Sie's noch nicht wissen, dann fragen Sie ruhig im Ort nach, da kann's Ihnen jeder sagen. Da pfeifen es die Spatzen von den Dächern. Hören Sie's? Da oben zwitschert schon wieder einer. Übrigens dürfen Sie zu mir ruhig auch ‚Sie' sagen.“

Der unverschämte Tonfall, den er kurzfristig aufgegeben hatte, war nun wieder da. Johanna verzichtete wohlweislich darauf, das zur Kenntnis zu nehmen.

„Professor Schönberg war also ein guter Bekannter deiner, äh, Ihrer Familie?“, fragte sie stattdessen weiter.

„Gut würde ich nicht direkt sagen. Aber er ist halt öfter bei uns zu Besuch gewesen. Hatte irgendwas Geschäftliches mit meinem Vater zu besprechen.“

„Aha. Ist Ihr Vater auch Musikwissenschafter?“

„Was? Wie kommen Sie denn darauf? Mein Vater ist Rechtsanwalt.“

„Ach ja? Gab es denn juristische Angelegenheiten, die Ihr Vater und Professor Schönberg zu besprechen hatten?“

„Sie können vielleicht fragen. Woher soll ich denn das wissen? Wenn der Schönberg im Anmarsch war, habe ich mich schleunigst verzogen.“

„Und weshalb?“

„Jessas na, können Sie fragen!“

„Ja, kann ich. Also?"
„Erstens hat der immer sofort mich erziehen wollen, wenn er nur meinen Kopf gesehen hat. Die Frisur hat ihm nicht gepasst, am Gewand hat er was auszusetzen gehabt, dass ich nicht tagein, tagaus am Schreibtisch sitz und lern hat er kritisiert und so weiter. Dabei hat grad der es nötig gehabt. Der hat jedes Mal so g'soffen, dass er am Schluss blunz'nbladldicht war."
„Was war er?"
„Blunz'nbladldicht. Zu. B'soffn. Klar?"
„Klar."
„Mehr wissen Sie nicht über Professor Schönberg?"
„Mir langt's. Aber Sie können ja meinen Vater selber fragen, wenn es Sie so arg interessiert."
„Das werden wir ganz bestimmt tun." Chefinspektorin Grasel versprach sich zwar nicht allzu viel von einer solchen Befragung, zumal sie ein gesundes Misstrauen gegenüber Rechtsanwälten und deren Verhaltensweisen in solchen Situationen hegte.
„Nun bliebe noch die Antwort darauf, was Sie hier wirklich zu suchen hatten."
Daniel stöhnte.
„Jetzt glauben Sie's mir halt. Ich war einfach neugierig."
„So sehr, dass Sie nicht einmal der Regen vorhin davon abgehalten hat?"
„Soll ich vielleicht in den Teich springen, um dem Regen zu entfliehen?"
„Wie bitte?"
Daniel grinste die beiden Frauen breit an.
„Literatur, meine Damen, Goethe. Sprichwörtliches. So und jetzt muss ich wirklich gehen. Lernen. Bildung aneignen. Den Weg zu uns habe ich Ihnen ja nun gewiesen."
Die Beamtinnen starrten ihn entgeistert an. Johanna fasste sich als Erste.
„Lassen Sie ihn los, Frau Jennerwein. Wir haben seine Adresse, und vielleicht überlegt sich der junge Mann bis zum nächsten Mal eine ausreichende Begründung."
„In Ordnung. Fantasie hab' ich jede Menge."

Daniel Schreder beschrieb mit Zeige- und Mittelfinger von seiner Herzgegend aus einen großen Bogen in die Luft wie einst Winnetou beim Abschied von Old Shatterhand und stakste in Richtung Werfelgasse gemütlich davon.

„Was soll man davon halten!" Unschlüssig schaute Alexandra Jennerwein ihm nach.

„Ich weiß es auch nicht. Er ist ziemlich unverschämt, aber irgendwie gefällt er mir. Der Junge hat einen gewissen Humor, der den meisten in seinem Alter abgeht", entgegnete ihre Chefin.

„Mindestens haben wir einen kleinen Hinweis, wo wir eventuell einhaken können, obwohl es wahrscheinlich auch nichts bringt, wenn wir diesen Rechtsanwalt-Vater um Auskünfte über Schönberg bitten."

Keine der beiden Frauen konnte zu diesem Zeitpunkt ahnen, in welch ein Wespennest sie mit einem solchen Vorhaben stechen würden.

5

Langsam machten sich die Chefinspektorin und ihre Assistentin ein zweites Mal auf den Weg zum Perchtoldsdorfer Polizeirevier am Marktplatz. Die Sonne hatte sich nun endgültig gegen die Regenwolken durchgesetzt, die in Richtung Wien davonzogen, und es war deutlich wärmer geworden.

„Wir kriegen noch richtig schönes Wetter für die Heimfahrt", stellte Alexandra Jennerwein fest.

„Fällt Ihnen eigentlich nichts Besseres ein, als ununterbrochen übers Wetter zu reden?", erwiderte ihre Vorgesetzte genervt. Im Grunde ärgerte sie sich zwar weniger über die banalen Äußerungen als vielmehr darüber, dass sie noch keine klare Linie hatte, wie sie diesen Mordfall angehen sollte, was unter anderem auch daran lag, dass sie mit den Gedanken oft nicht ganz bei der Sache gewesen war. Das Einzige, was sie gerade wieder erreicht hatte, war, dass Alexandra beleidigt schwieg und höchst interessiert die Villen betrachtete, an denen ihr Weg sie vorbei führte.

„Entschuldigung, ich hab's nicht so gemeint", gab Johanna Grasel nach und beschloss spontan, ihre Ratlosigkeit preiszugeben. „Nichts geht voran im Moment. Ich habe das Gefühl, dass wir auf der Stelle treten. Wo sollen wir nur ansetzen? Außer diversen vagen Angaben darüber, dass dieser Schönberg offenbar ein schwieriger Zeitgenosse war, haben wir nichts in der Hand. Gar nichts."

„Das ist kein Wunder. Schließlich sind wir quasi eben erst angekommen. Da können Sie nicht verlangen, dass die Lösung des Falls schon in Sicht ist. Vielleicht fördert die Spurensicherung etwas zutage. Oder sollten wir noch einmal bei der hiesigen Polizei nachfragen?", ging Alexandra sofort auf das unterschwellige Versöhnungsangebot ein.

„Ich glaube kaum, dass es etwas bringt, wenn wir uns dort noch mehr Gerüchte anhören. Das wird noch schlimm genug werden, wenn wir die Nachbarn befragen. Vermutlich ist es wirklich besser, wenn wir nicht abwarten, bis die Kriminaltechniker alles komplett durchsucht haben, sondern einfach dort beginnen, wo die schon fertig sind. Also zurück. Irgend etwas muss zu finden sein."

Unschlüssig waren beide stehengeblieben, dann machten sie kehrt. Sie hatten die pompöse Villa beinahe erreicht, als auf der gegenüber liegenden Straßenseite eine zwischen hohen Hecken verborgene Gartentür mit einem rostig-quietschenden Geräusch geöffnet wurde.

„Sie da!", ertönte es so herrisch, dass sie sich erschrocken umdrehten.

„Meinen Sie uns?", rief Alexandra hinüber.

„Sehen Sie sonst noch jemanden? Natürlich meine ich Sie."

Die impertinent laute Entgegnung stammte von einem älteren Herrn, der sich militärisch stramm, mit einer Hand die Klinke des Gartentors umklammernd, vor seinem Grundstück postiert hatte. Sie wechselten auf die andere Straßenseite. Ohne sich vorzustellen, begann der äußerst korrekt in Anzug und Weste gekleidete Herr, die Frauen unverhohlen ins Visier zu nehmen. Bevor Chefinspektorin Grasel etwas sagen konnte, ergriff er das Wort.

„Ich sehe Ihnen schon eine ganze Weile zu, wie Sie hier ratlos auf und ab marschieren. Hat man etwa Sie hergeschickt, um sich sich mit der Sache zu befassen? Gibt es bei der Polizei keine Männer mehr, die sich um so etwas kümmern können?"

Johanna Grasel rang um Fassung und stellte so kühl distanziert, wie es ihr möglich war, sich und ihre Mitarbeiterin vor, ohne auf die anmaßende Beleidigung einzugehen. „Und mit wem haben wir es bitte zu tun?", fragte sie dann.

„Herr Hofrat Naderer", erwiderte der Grauhaarige beinahe jeden einzelnen Buchstaben betonend. Er reckte sich zu seiner vollen Größe auf, sodass er die beiden Frauen um mehr als einen Kopf überragte.

„Ist bei der Polizei jetzt auch schon die Unsitte eingekehrt, dass sich Frauen überall breit machen?", setzte er seine Provokation fort.

„Wenn Sie uns etwas zu sagen haben als Nachbar, dann tun Sie das bitte und zwar ohne Anzüglichkeiten, wenn ich Ihnen raten darf. Das führt allzu leicht zu einer Anzeige wegen Beamtenbeleidigung." Johanna Grasel, die sich langsam an solche und ähnliche unqualifizierten Äußerungen gewöhnte, nahm unbewusst ebenfalls eine kerzengerade Haltung an, lächelte aber im Gegensatz zu ihrer schroffen Erwiderung zuckersüß.

„Uhmm."
„Bitte?"
„Kommen Sie in Gottes Namen rein."
Sie folgten Hofrat Naderer wortlos durch einen verwilderten Vorgarten ins Haus, das wie jenes des verblichenen Schönberg ebenfalls eine mindestens hundertjährige Vergangenheit hatte. Der große Vorraum, in dem Naderer stehen blieb, war jedoch entschieden spartanischer gestaltet als der seines Nachbarn gegenüber.
Ohne dass Naderer Anstalten machte, sie weiter hereinzubitten, holte er tief Luft, stemmte eine Hand in die Seite und legte die andere so gebieterisch auf eine Kommode, als erwarte er, dass sie sich unter seinen Worten ducke.
„Ich pflege mich grundsätzlich nicht in die Angelegenheiten anderer Leute zu mischen", begann er seine Ausführungen, „aber in diesem speziellen Fall denke ich, dass ich verpflichtet bin, meine Beobachtungen zu Gehör zu bringen – in der Hoffnung, dass sie an der richtigen Stelle zur Kenntnis genommen werden."
Die Chefinspektorin versagte sich eine weitere Zurechtweisung, und ihr Blick hin zu Alexandra ließ diese spüren, dass sie sich ebenfalls jeglichen Kommentars enthalten sollte. Erwartungsvoll blickten sie Naderer an.
„Nun denn, ich mische mich grundsätzlich…"
„Sie erwähnten es bereits!"
„Wie?"
„Sagen Sie uns bitte endlich klipp und klar, was Sie zu sagen haben."
Es kostete Hofrat Naderer sichtlich Überwindung, auf eine weitere Zurechtweisung zu verzichten. Nach einigen tiefen Atemzügen entschloss er sich endlich zu sprechen:
„Nun denn. Wie Sie unschwer erkennen können, habe ich von meinem Haus aus direkten Einblick in das Grundstück dieses Schönberg." Naderer vermied es offenbar bewusst, den Professorentitel Schönbergs zu nennen, machte nach dieser Einleitung aber wieder eine längere Pause, die den beiden Frauen beinahe ein Übermaß an Geduld abverlangte. Sie begnügten sich dennoch damit, ihn aufmerksam anzusehen.

„Nun denn. Nicht genug damit, dass dieser Schönberg die gesamte Nachbarschaft mit seiner schrägen Musik traktiert hat, ohne dass die Polizei je eingegriffen hätte" – schon wieder eine lange, diesmal von sichtlicher Empörung getragene Pause – „nein, er hatte zudem obskurste Besuche."

Naderer schwieg, um seine Aussage wirken zu lassen, doch die Beamtinnen ließen sich zu keiner Reaktion provozieren.

„Interessiert es Sie überhaupt, welche Mitteilungen ich zu machen habe?", schnarrte Naderer mit bebender Stimme.

„Sicherlich. Aber wir warten ja immer noch darauf." Alexandra konnte ihre Wut über so viel Arroganz kaum mehr unterdrücken.

„Was meinen Sie mit ‚obskurste Besuche'?", griff die Chefinspektorin sachlich ein, bevor die Unterhaltung vollends ins Absurde entglitt.

„Nun denn. Er bekam beispielsweise Damenbesuch beziehungsweise Besuch von Damen, die ich nicht als solche bezeichnen würde. Vor allem in der Nacht."

Johanna wollte nicht schon wieder die Auskunftsbereitschaft des Hofrates gefährden und widerstand der Versuchung, zu erwidern, dass Schönberg als erwachsener Mensch nach Belieben welchen Besuch auch immer empfangen konnte.

„Sie machen sich keine Vorstellung vom Lotterleben, das da drüben geherrscht hat. Ich kann es beweisen." Naderer dreht sich um und öffnete die oberste Schublade der Kommode, auf die er sich bis eben gestützt hatte. Er zog mehrere Papierbögen heraus.

„Nun denn. Sehen Sie selbst", forderte er die Kriminalbeamtinnen auf und hielt ihnen die eng beschriebenen Blätter unter die Nase. Die Notizen – in gestochen scharfer Handschrift, am äußersten Rand links oben beginnend, jedes freie Fleckchen ausnützend, bis ganz unten rechts – waren in der Tat erstaunlich. Minuziös war mit Datum und Uhrzeit auf die Sekunde genau festgehalten, wer wann bei Schönberg ein- und ausgegangen war. Bei einigen Personen hatte Naderer sorgfältige Beschreibungen stichwortartig angefügt, zum Beispiel ‚weiblich, Haare blond gefärbt, schwarzer, viel zu kurzer Lederrock, schwarze Stiefel, zu enger Pullover, offensichtlich Prostituierte'.

„Weshalb haben Sie einige Besucher genauer beschrieben und andere nicht?“, wollte Alexandra wissen, nachdem sie sich von ihrer Überraschung erholt hatte.

„Das könnten Sie sich eigentlich selbst beantworten, wenn Sie sich vergegenwärtigen, zu welcher Tages- bzw. Nachtzeit die Besuche erfolgt sind“, ätzte Naderer verächtlich. „Nachts kann man eben keine Einzelheiten erkennen.“

„Können Sie uns diese Liste bitte überlassen?“, bat die Chefinspektorin.

„Die Originale selbstverständlich nicht. Man weiß ja nie, in welchen Akten sie auf Nimmerwiedersehen verschwinden.“ Naderer kramte ein wenig und entnahm dann der gleichen Schublade einen Stapel Fotokopien. Auf dem letzten freien Plätzchen am oberen Rand hatte er ordentlich mit rotem Stift das Datum eingetragen, an dem die Kopien angefertigt worden waren, außerdem den Betrag, den er im Copystudio dafür bezahlt hatte.

„Haben Sie noch weitere Beobachtungen gemacht?“, forschte Alexandra immer noch irritiert von dieser besonders ausgeprägten Form nachbarschaftlichen Interesses.

„Selbstverständlich. Nun denn. Auf den folgenden Dokumenten ist vermerkt, wann er bei geöffnetem und bei geschlossenem Fenster den Bewohnern dieser Straße sein völlig unzureichendes Klarinettenspiel zugemutet hat.“

Ein weiterer Griff in das Kommodenschubfach förderte auch diese Kopien zutage. Naderer überreichte sie der Chefinspektorin mit einer Miene, die unzweifelhaft erkennen ließ, dass er Worte bewundernder Anerkennung erwartete. Doch Johanna tat ihm den Gefallen nicht, sondern fragte ungerührt weiter: „Ist das alles?“

„Selbstverständlich nicht. Wenn ich etwas mache, dann mache ich es richtig.“

Der nächste Griff galt dem umfangreichsten Packen.

„Bitte sehr. Hier sind die Kennzeichen der Fahrzeuge aufgeführt, deren Besitzer das Haus betreten haben. Selbstverständlich mit der dazu gehörigen Zeitangabe.“

Was der alles für selbstverständlich hält, staunte Alexandra, musste insgeheim aber zugeben, dass die Listen für ihre Nachforschungen ein wahres Himmelsgeschenk sein könnten – worin sie sich mit ihrer Vorgesetzten durchaus einig wusste.

„Zu welchem Zweck haben Sie all diese Listen angelegt?"

„Frauen können wohl keine schlüssigen Folgerungen ziehen", kam postwendend die abfällige Entgegnung auf die Naderers Meinung nach völlig überflüssige Frage, was sowohl Johanna als auch Alexandra ein weiteres Mal an den Rand ihrer Selbstbeherrschung brachte.

„Nun denn. Dieser Schönberg war ein Schandfleck für die ganze Gegend, eine Beleidigung für jeden Anrainer, eine Zumutung, eine..., eine...", Naderer rang nach Luft und weiteren verbalen Ergüssen, um seine Empörung gebührend zum Ausdruck zu bringen. „Volltrunken war er, andauernd. Und wie! Gearbeitet hat er nichts, uns alle hier nur mit seiner Anwesenheit traktiert, trotzdem ist er im Geld geschwommen."

Ach, daher wehte der Wind, da war purer Neid im Spiel, dachten die Beamtinnen gleichzeitig. Dennoch gab sich die Chefinspektorin mit den Beschimpfungen nicht zufrieden.

„Woher nehmen Sie denn die Vermutung, dass Schönberg im Geld geschwommen ist?"

„Vermutung? Ich höre immer Vermutung", schnauzte Naderer. „Vermutung", äffte er sie dann noch einmal nach. „Ich glaube es nicht. Schauen Sie sich doch um. Schauen Sie die Villa da drüben an."

„Waren Sie einmal drin?"

„Selbstverständlich. Damals als dieser Schönberg hier eingezogen ist. Man legt ja schließlich Wert auf eine gute Nachbarschaft!"

‚Und darauf, alles von ihr und über sie zu wissen', bemerkte Alexandra Jennerwein still für sich und grinste unwillkürlich.

„Sie brauchen gar nicht zu feixen", erreichte sie sofort Naderers Rüge. „So jemand verdient es einfach nicht, dass sich andere um ihn kümmern. Und was den Reichtum anbelangt, so war das viele Geld, mit dem er sich diese Villa leisten konnte, durch Lug und Trug erschlichen. Durch Lug und Trug, sage ich Ihnen."

Obwohl sich Naderer immer mehr ereiferte, konnte sich Alexandra nicht zurückhalten: „Na, in einem Sozialbau leben Sie ja auch nicht gerade, wenn ich das hier so sehe!"

Bevor er sich über diese Respektlosigkeit aufregen konnte, mischte sich rasch Johanna Grasel in das Wortgefecht ein. „Was veranlasst Sie denn zu den Anschuldigungen, dass Schönberg möglicherweise unredlich Geld erworben haben könnte?"

„Anschuldigung? Unredlich? Unredlich?" Jetzt überschlug sich Naderers Stimme endgültig. „Anschuldigung? Ich habe Beweise", brüllte er. „Ich habe Beweise. Weshalb sonst wäre dieser windige Rechtsanwalt permanent aufgetaucht. Auch so einer von denen, die das Geld scheffeln, ohne dass man weiß, woher es kommt. Wahrscheinlich gehören alle zur Mafia."

Der Hinweis auf den Rechtsanwalt ließ die Frauen aufhorchen.

„Meinen Sie Rechtsanwalt Schreder aus der Werfelgasse?", hakte Johanna auf gut Glück ein.

„Selbstverständlich, wen denn sonst!"

In seiner Wut bemerkte Naderer nicht einmal, dass der Kriminalbeamtin dieser Name geläufig war.

„Sind die Besuche dieses Rechtsanwalts ebenfalls hier verzeichnet?", wollte Alexandra – nur der Form halber – wissen, obgleich sie die Antwort schon zu kennen glaubte und auch nicht enttäuscht wurde.

„Selbstverständlich. Allerdings muss ich einschränkend bemerken, dass eventuell das eine oder andere Besuchsende bzw. der Beginn fehlt, weil ich hin und wieder Termine wahrnehmen muss. Hausarzt. Die Bronchien. Altes Kriegsleiden."

‚Na, ich weiss nicht, so, wie es hier nach Rauch stinkt, wird es wohl nicht nur das Kriegsleiden sein.' Alexandras Sympathien für den blasierten Hofrat hielten sich in engsten Grenzen. Im Geist rechnete sie nach, wie alt dieser rüstige und gut erhaltene Hofrat wohl sein mochte. Scheinheilig und sehr leutselig ging sie auf seine gesundheitlichen Beschwerden ein.

„Dann haben Sie den Krieg wohl aktiv miterleben müssen?"

„Selbstverständlich. Ich habe immer gewusst, welche Pflichten ich meinem Vaterland gegenüber habe. Auf meine Berichte konnten sich stets alle verlassen. So wie auf diese hier." Er tippte mit dem Zeigefinger auf die Blätter in ihren Händen.

„Ich verstehe nicht ganz. Wie bitte?"

„Nun denn. Ich war im Ministerium beschäftigt. Als ganz junger unerfahrener Mann. Aber bis zuletzt haben wir ausgeharrt. Auch bei bitterster Kälte, als es fast nicht mehr möglich war, die Räume heizen zu lassen. Und die Evakuierung nach den Angriffen des Feindes habe ich ebenfalls mitgemacht. Höchstpersönlich habe ich die Akten verpackt, damit sie in Sicherheit gebracht werden konnten. Da lernt man, was es heißt, genau zu arbeiten, meine Dame."

Der Stolz über seine aufopfernde Vaterlandstreue war unüberhör, und Alexandra verschluckte nur mit größter Mühe alles, was ihr dazu einfiel.

„Vielen Dank für die Unterstützung. Haben Sie sonst noch etwas mitzuteilen?", fragte ihre Chefin den Kriegshelden abschließend.

„Sonst noch etwas? Ist das nicht genug? Forschen Sie das alles erst einmal richtig aus – falls Sie das gelernt haben."

„Keine Sorge. Das haben wir. Sollte Ihnen noch etwas einfallen, geben Sie mir bitte Bescheid. Hier ist meine Karte. Unter der Mobilnummer bin ich immer zu erreichen."

„So ein Quatsch. Denken Sie, ich gebe ein horrendes Geld aus, um Sie auf diesem Ding anzurufen?"

„Schon gut. Sie werden einen Weg finden. Auf Wiedersehen und – wie gesagt – vielen Dank."

„Moment, meine Dame, so einfach geht das nicht."

„Wie bitte?"

„Sie sind mir 15 Euro dreißig schuldig?"

„Was sind wir?", fragten beide Frauen wie aus einem Mund.

„Schuldig. 15 Euro dreißig."

„Und wofür?"

„Ja, glauben Sie, ich könnte es mir leisten, die Kosten für die Kopien selbst zu tragen?"

Verwirrt starrten sie den Mann an, dann zog die Chefinspektorin ihre Geldbörse aus der Tasche und zählte 15 Euro fünfzig auf die Kommode.

„Wenn ich um eine Quittung bitten dürfte. Die 20 Cent überlasse ich Ihnen zusätzlich für Ihre Mühen."

Nun starrte zur Abwechslung Naderer sie entgeistert an, stellte dann aber in seiner akuraten Schrift eine Quittung auf einem Blatt Papier aus, dessen nicht benutzte Fläche er sorgfältig mit einer Schere abschnitt. Nach diesem aberwitzigen Auftritt drehten sich Johanna Grasel und Alexandra Jennerwein rasch um, bevor dem Kriegshelden eine weitere Bosheit einfiel, mit der er sie beleidigen konnte. Grimmig und kopfschüttelnd blickte er den beiden hinterher.

„Miese, widerliche, alte G'wandlaus", machte Alexandra ihrem Zorn Luft, nachdem sie außer Hörweite waren.

„Wie?", fragte ihre Chefin belustigt nach.

„Ja halt, Krauterer, Mistvieh, Gfraßtsackl", erweiterte Alexandra bereitwilligst ihre Schimpfkanonade.

„Meinetwegen", stimmte Johanna zu, „aber immerhin haben wir ihm mehr als nur einen Anknüpfungspunkt zu verdanken. Und dem Hinweis auf den Rechtsanwalt werden wir heute noch nachgehen."

„Ja, aber, wann kommen wir denn dann nach Hause?", wollte die Assistentin, wenig begeistert über die mit Sicherheit anfallenden Mehrstunden, wissen.

„Wenn Sie auf einen geregelten Arbeitsalltag Wert legen, hätten Sie sich bei der Post bewerben sollen", fuhr Johanna sie gereizt an.

Jedes Mal, wenn ein kleiner Moment des Einverständnisses zwischen beiden aufgekeimt war, schaffte es eine der beiden, diesen umgehend wieder zunichte zu machen. Obwohl ihnen das im Nachhinein stets sofort bewusst wurde, zugegebenermaßen meist auch leid tat, schien es einfach nicht möglich, etwas zu ändern. So war Alexandra nach der letzten Bemerkung ihrer Chefin wieder einmal pikiert. Die soll sich bloß nicht so aufspielen, dachte sie missmutig. Schließlich hatte man ja noch so etwas wie ein Privatleben. Allerdings – das musste sie sich ehrlicherweise eingestehen – legte sie im Moment wenig Wert auf allzu viele freie Stunden, in denen sie nichts mit sich anzufangen wusste und nur in sinnloses Grübeln darüber verfiel, weshalb es ihr nicht gelungen war, ihre Beziehung aufrechtzuerhalten oder gar auf legale Beine zu stellen. Fünf Jahre lang war sie die Zweitfrau von Wolfgang gewesen. Sie hatte akzeptiert, dass er Weihnachten, Ostern, Geburtstage und sonstige Feiertage mit der Familie verbrachte und sie allein in ihrer Wohnung sitzen ließ. Mit zusammengebissenen Zähnen hatte sie ebenfalls hinnehmen müssen, dass er jedes Jahr drei Wochen mit seiner Frau in die Karibik geflogen war, obwohl die Ehe – wie er nicht müde wurde zu beklagen und Alexandra dies allzu gern glaubte – längst zerrüttet war. Als sie es schließlich nicht mehr ausgehalten und ihn vor die Entscheidung gestellt hatte, entweder sie oder ich, erklärte er ihr ohne Zögern, dass er die lange Gemeinsamkeit mit seiner Frau der Kinder wegen, die im Übrigen fast erwachsen waren, nicht aufgeben könne. Er sähe aber ein, dass er ihr, Alexandra, dieses Versteckspiel nicht mehr länger zumuten könne. Deshalb müsse er das Opfer bringen, auch wenn es noch so weh täte, und sich von ihr trennen. Sie war zunächst sprachlos gewesen ob so viel Unverfrorenheit, hatte ihn dann aber kurzerhand aus der Wohnung geworfen und war zutiefst deprimiert zurückgeblieben. Sie hatte sich endlich eingestanden, dass sie die ganzen Jahre über jeden Gedanken daran, dass er sie nur ausnutzte, erfolgreich verdrängt hatte. Mit dieser Einsicht kämpfte sie immer noch.

Und dann war zu allem Übel noch ihre Bewerbung auf den Posten der Chefinspektorin abgelehnt und diese Grasel ihr vor die Nase gesetzt worden. Zugegeben: Sie hatte sie schon nicht gemocht, bevor sie die Neue überhaupt zu Gesicht bekommen hatte. Aber war das ein Wunder? Und hatte sie nicht recht gehabt mit ihrer Befürchtung, dass die Andere eine hochnäsige Ziege war? Die sollte sich ja nicht einbilden, dass sie sich von ihr klein kriegen ließ. Solche nicht sehr positiven Gedanken wirbelten durch Alexandra Jennerweins Kopf, während sie neben ihrer Chefin die wenigen Schritte hinüber zur Schönberg-Villa ging.

Die Kriminaltechniker waren nicht sehr erbaut vom Vorhaben ihrer St. Pöltener Kolleginnen, sich ebenfalls in der Villa umzusehen, während sie noch am Werk waren. Sie zogen es bei Weitem vor, ungestört zu arbeiten, da sie andernfalls, so ihre Überzeugung, ständig aufpassen mussten, dass ihre Suchtätigkeit nicht unsachgemäß beeinträchtigt wurde.

„Wir machen das nicht zum ersten Mal“, versuchte die Chefinspektorin, eh nicht gerade in bester Laune, die hervorgebrachten Bedenken zu zerstreuen.

„Schon. Aber…“, wandte der Kollege ein.

„Kein Aber. Wo können wir beginnen? Welche Bereiche haben Sie bereits durchforstet?"

„Meinetwegen, hier unten im Arbeitszimmer", maulte der Leiter der Spurensucher.

„Danke. Also los, Frau Jennerwein, machen wir uns an die Arbeit. Sie gehen die Aktenordner dort im Regal durch, ich werde mir den Schreibtisch vornehmen."

Dagegen war nichts zu sagen, und ohne ein weiteres Wort begannen die Kriminalbeamtinnen ihre Suchaktion, wobei sie immer noch nicht wussten, wonach. Sie förderten haufenweise Notizen und Fotokopien zutage, die sich fast alle auf die Lieblingskomponisten des Professors bezogen, nämlich die Jägermeier-Brüder.

Johanna Grasel war mit der Inspizierung des gewaltigen Eichenholz-Schreibtisches fast fertig, lediglich die unterste schmale Lade fehlte noch. Doch sie klemmte und ließ sich auch mit Gewalt nicht herausziehen.

„Könnten Sie mir bitte helfen", bat sie einen der Kriminaltechniker. „Vielleicht kommt man von unten an das Fach dran."

Bereitwillig hob der mit Alexandras Unterstützung das schwere Möbel an einer Ecke ein wenig an, sodass Johanna – flach auf dem Bauch liegend – mit der Hand darunter greifen konnte. Doch was war das? Unter der Lade war ein Packen Papier deponiert. Deshalb also ließ sie sich nicht öffnen.

„Können Sie noch halten?", fragte sie ihre Helfer, die nur mit äußerster Anstrengung das gewaltige Ding einige Zentimeter hoch wuchteten. Auf diese Weise konnte Johanna alles hervorkramen, was sich unter der linken Seite des Schreibtisches verbarg, und das war eine ganze Menge.

„Okay, Sie können wieder runterlassen", erlöste sie die beiden Lastenträger und erhob sich.

„Mist. Ist das hier schmutzig", schimpfte sie, während sie sich den Staub aus ihrem hellen Kostüm klopfte.

„Was war denn da unten vergraben?", wollte ihre Mitarbeiterin wissen und stellte sich neugierig neben sie.

„Keine Ahnung, ich bin auch gespannt."

Gemeinsam beugten sie sich über den Schreibtisch, auf dem sie ihren Fund ausbreiteten. Es handelte sich samt und sonders um Zeitungsausschnitte älteren Datums, die vom tragischen Unfalltod jenes unglücklichen Schauspielers berichteten, der von der Ruine des kleinen Turms hinter der Perchtoldsdorfer Burg gefallen war und sich dabei das Genick gebrochen hatte.

„Was hatte dieser Schönberg denn damit zu tun? Warum hat er die alten Zeitungsausschnitte aufgehoben? Und dann auch noch an einem Platz, wo sie keiner findet?"

Auf Alexandra Jennerweins Fragen hätte auch ihre Chefin gern eine Antwort gehabt. Vorläufig aber hatte sie keine Ahnung, ob überhaupt und wenn ja, welche Bedeutung ihr Fund für die weiteren Ermittlungen haben könnte.

„Es bleibt uns wohl nichts anderes übrig, als bei unseren Befragungen all jener Leute, die der fleißige Hofrat aufgelistet hat, auch in dieser Richtung zu sondieren. Ein kleiner Anhaltspunkt ist es allemal. Wenn auch ein rätselhafter."

„Wollen Sie jetzt wirklich noch zu diesem Rechtsanwalt? Es ist schon arg spät", erlaubte sich Alexandra zu fragen.

„Vielleicht haben Sie recht. Wir müssen eh noch die Besitzer der Autos eruieren, deren Kennzeichen dieser Spion von gegenüber protokolliert hat. Außerdem werden wir unten am Marktplatz im Gasthof nachfragen, ob wir ab morgen dort nächtigen können."

„Bitte, was machen wir?"

„Wollen Sie Tag für Tag von St. Pölten hierher fahren? Wir werden kaum von unseren Schreibtischen aus dem Mörder auf die Spur kommen. Wir quartieren uns, so lange es nötig ist, hier ein."

Das war kein Vorschlag, sondern ein definitiver Beschluss, den die Assistentin wohl oder übel akzeptieren musste. Allerdings – wie hätten beide ahnen können, dass beim ersten Überdenken dieser Entscheidung keine sonderlich traurig darüber war, das einsame, mit unangenehmen Erinnerungen angefüllte Zuhause vorübergehend gegen ein neutrales Hotelzimmer eintauschen zu können.

6

Erst um die Mittagszeit des nächsten Tages konnten Johanna Grasel und Alexandra Jennerwein sich, ausgerüstet mit kleinem Gepäck, auf den Weg von St. Pölten nach Perchtoldsdorf machen. Zuvor hatten sie vollauf damit zu tun, die Aufstellung jener Autobesitzer zu durchforsten, die zu Professor Schönbergs Lebzeiten seine Besucher gewesen waren. Die Hoffnung, dass irgendein guter Bekannter aus dem Polizeicomputer darunter war, erfüllte sich leider nicht. So blieb ihnen nur die nichtssagende Namensliste und die Aussicht darauf, mühsamst alle aufzusuchen und hinsichtlich etwaiger Anhaltspunkte auszuforschen.

Außerdem hatten sie einige Zeit darauf verwendet, Näheres über den obskuren Tod des Schauspielers herauszubekommen, für den der Sturz vom Perchtoldsdorfer Hungerturm so tragisch geendet hatte. Doch auch hier war ihnen das Glück nicht hold gewesen. Außer dem, was in den Zeitungsausschnitten zu lesen war, die Johanna unter dem Schönberg'schen Schreibtisch hervorgeangelt hatte, gab es keine Informationen, die auf etwas anderes als einen Sturz mit tödlichem Ausgang hindeuteten. Eine nähere Untersuchung über die Umstände des tiefen Falls war damals wohl unterblieben.

Beide Frauen hatten zügig und konzentriert gearbeitet, sich ausnahmsweise ohne jede Häme über die notwendigen Aufgaben verständigt. Den Gedanken an die ihnen bevorstehende enge Zweckgemeinschaft und die Skepsis, wie sich das gestalten würde, hatten sie vorübergehend verdrängt. Das wurde ihnen erst wieder richtig bewusst, als sie nebeneinander im Auto saßen.

„Es ist wohl am besten, wenn wir zuerst einen Abstecher ins Hotel machen und unser Gepäck abstellen“, durchbrach Alexandra auf halbem Wege die wieder einmal zwischen ihnen lastende Stille.

„Machen wir das“, stimmte ihre Chefin zu.

Das waren für den Rest der Fahrt die einzigen Worte, es blieb beim bleiernen Schweigen. Die üble Mischung aus Verlegenheit, Unsicherheit und gegenseitigen Vorbehalten hatte eine undurchdringliche Mauer zwischen ihnen errichtet.

Vom Parkplatz des Gasthofes zog jede ihren Koffer hinter sich her durch den breiten Eingang, der auf einen langen Gang mündete. Eine Rezeption oder Ähnliches gab es hier nicht. Und weit und breit war kein Personal auszumachen. Nach einigen Minuten des Wartens wurde es Johanna zu bunt.

„Wo haben Sie uns denn hier untergebracht?", fauchte sie ihre Assistentin an.

„Ich? Ja, woher soll ich denn wissen, wo man hier nächtigen kann! Sie haben doch selber mitbekommen, dass ich gestern, bevor wir zurückgefahren sind, diesen Czerny gefragt habe. Und Sie sind genauso wie ich daneben gestanden, als der die Zimmer für uns gebucht hat", wehrte die sich zu Unrecht angegriffene Alexandra.

„Hier ist aber niemand", kam die nicht ganz logische Antwort.

„Dafür kann ich auch nichts", entgegnete Alexandra schnippisch.

Johanna wollte sich eben wütend auf die Suche machen, als von oben das Geräusch einer sich öffnenden Tür zu hören war. Eine ältere, nicht sehr gepflegt wirkende Frau stieg langsam die Treppe herunter. Sie beäugte ihre neuen Gäste mit unverhohlen strengem Blick.

„Ja, bitte?"

„Für uns sind gestern von Revierinspektor Czerny Zimmer reserviert worden", beeilte sich Alexandra zu erklären, um einem Wutanfall ihrer Chefin zuvorzukommen. Und sie übernahm auch gleich die persönliche Vorstellung samt Vorzeigen des Dienstausweises, was keinerlei Eindruck zu machen schien.

„Sie sind das. Ich hatte schon gedacht, Sie kämen nicht mehr. Schließlich ist schon Nachmittag. Ach so, ja, ich bin Frau Blumenthal. Mir gehört das Hotel. Kommen Sie halt mit. Ich zeige Ihnen den Weg."

Zu dritt stiegen sie die Treppe hinauf in den ersten Stock. Die Hotelbesitzerin schloss in einer verwinkelten Nische eine Tür auf.

Der Raum war recht groß, aber nur sehr karg mit dem Nötigsten eingerichtet. Die Möbel waren allesamt geschmacklose Einzelstücke und stammten ohne Frage aus einer Billigproduktion der fünfziger Jahre. Seither hatten sich eindeutige Gebrauchsspuren in Form von Kratzern und abgesplittertem Lack eingegraben.

„Das Bad ist hinter der Tapetentür", erklärte Frau Blumenthal kurz angebunden. „Frühstück gibt es von sieben bis acht. Der Hausschlüssel ist zugleich der fürs Zimmer. Mitnehmen am Abend, wenn Sie weggehen. Schönen Aufenthalt."

Damit wollte sie das Zimmer verlassen.

„Moment", hielt Johanna Grasel sie auf. „Wo bitte ist das andere Zimmer?"

„Welches andere Zimmer?"

„Wir hatten zwei Zimmer bestellt!"

„Ach so, ja, wir sind ausgebucht. Ich konnte schließlich nicht wissen, ob Sie noch kommen. Ich hatte nicht mehr mit Ihnen gerechnet. Sie hätten halt Bescheid sagen sollen. Vorhin habe ich das andere Zimmer vermieten können. Ich muss auch schauen, dass ich zu meinem Geld komme. Bei zwei Doppelzimmern, die ich nur als Einzelzimmer vermiete, habe ich sowieso nur Verlust. Und wenn Sie überhaupt nicht gekommen wären, hätte ich wenigstens ein Zimmer vermietet. Und weil der Czerny gesagt hat, dass Sie zwei Damen sind, dachte ich, dass Sie sich ruhig ein Zimmer teilen können."

„So, dachten Sie!" Johanna schäumte vor Wut. „Wo kann man hier im Ort noch übernachten?"

„Es gibt mehrere Gasthöfe, aber Sie werden kein Glück haben. Die sind mit Sicherheit alle belegt. In Wien findet ein internationaler Medizinerkongress statt. Da ist auch in der Umgebung alles voll. Dass ich noch was frei hatte, war purer Zufall, weil jemand kurzfristig abgesagt hat."

Ratlos blickten sich die Kriminalbeamtinnen an. Das hatte ihnen noch gefehlt. Nicht nur den ganzen Tag gemeinsam verbringen, sondern ebenfalls die Nacht?

„Was ist jetzt? Wollen Sie oder wollen Sie nicht? Ich könnte das Zimmer sofort weiter vergeben", drängelte die Hotelbesitzerin.

„Die Alternative wäre, jeden Tag hin und her zu fahren. Mir würde es nichts ausmachen", teilte Alexandra gleichmütig mit.

„Meinetwegen. Vielleicht ergibt sich ja die Möglichkeit, dass ein zweites Zimmer morgen frei wird", gab ihre Chefin seufzend nach.

Frau Blumenthal nickte, wobei unklar war, ob sie der Hoffnung auf ein zweites Zimmer zustimmte oder lediglich zur Kenntnis nahm, dass sich die beiden nun doch mit ihrem Doppelzimmer begnügten.

Alexandra schaute ihre Vorgesetzte irritiert an. Weshalb akzeptierte die auf einmal das Zimmer?

„Was ist?", wollte diese anschließend verärgert wissen.

„Ja, ich wundere mich halt, dass Sie auf einmal doch mit dem Doppelzimmer zufrieden sind."

„Sie haben Nerven. Sie haben gerade eben erklärt, dass es Ihnen nichts ausmachen würde!"

„Oh, Sch…", entfuhr es Alexandra, die sich aber noch rechtzeitig bremste. „Das war ein Missverständnis. Ich habe damit gemeint, dass mir die Fahrerei nichts ausmachen würde."

„Dann drücken Sie sich nächstens gefälligst deutlicher aus. Jetzt haben wir in drei Teufels Namen eben diesen Alptraum von einem Zimmer am Hals. Versuchen wir das Beste draus zu machen. Hoffentlich funktioniert die Dusche. In diesem alten Kasten muss man mit allem rechnen."

Diese Befürchtung wenigstens erwies sich als grundlos. Das Bad war – ganz im Gegensatz zur Zimmereinrichtung – großzügig, vergleichsweise fast komfortabel, was die beiden Frauen ein klein wenig mit ihrem schweren Los versöhnte.

„Ob es in den Kästen wohl Ungeziefer gibt?", erwog Alexandra allen Ernstes.

„Malen Sie den Teufel nicht an die Wand."

„Ich schaue lieber nach."

Auch diese Sorge war glücklicherweise unbegründet. Zwar lag auf dem Boden des Schranks eine deutlich sichtbare Staubschicht, die den Schluss zuließ, dass entweder nicht sehr oft Gäste hier nächtigten oder dass jene, die das Zimmer bewohnt hatten, ihre Garderobe lieber nicht ausgepackt hatten. Wortlos nahm Alexandra einige der Plastikfolien, die sie im Dienst für alle Fälle immer bei sich hatte, und schützte damit die Staubschicht vor Beschädigungen. Der Fußboden war mittelmäßig sauber.

Mit einem kurzen „Danke" würdigte ihre Chefin diese Maßnahme und stellte sich dann an die Tür.

„Gehen wir?“
„Sollen wir nicht erst unsere Sachen aufhängen?“
„Das können wir am Abend machen. Jetzt gehen wir zur Villa und schauen nach, wie weit die Kollegen von der Kriminaltechnik mit ihrer Arbeit gediehen sind, und anschließend werden wir diesem Rechtsanwalt einen Besuch abstatten. So, wie wir es heute Morgen geplant haben.“
Das erlaubte keinen Widerspruch, sodass Alexandra wortlos nach dem Autoschlüssel griff.
„Lassen Sie den ruhig stecken. Wir können die paar Meter zu Fuß gehen“, bestimmte Johanna. Sie war heute in ihren Jeans und den Mokassins entschieden zweckmäßiger, deshalb aber nicht weniger elegant gekleidet als gestern.
„Wie Sie meinen“, entgegnete ihre Mitarbeiterin gedehnt. Sie gehörte nicht zu den begeistertsten Fußgängern.
„Ja, ich meine. Etwas Bewegung schadet uns nichts. Außerdem ist es ganz hübsch, durch den Ort zu gehen. Man bekommt ein Gefühl für das Umfeld, in dem dieser Schönberg gelebt hat.“
„Aha.“
Sie brauchten nur zehn Minuten bis zur Villa. Der davor geparkte Transporter signalisierte, dass die Kriminaltechniker immer noch in vollem Einsatz waren.
„Gibt es Neuigkeiten?“, wollte die Chefinspektorin vom Leiter der Truppe wissen.
„Möglicherweise. Wir haben in der Küche winzige Spuren eines weißen Pulvers gefunden. Vielleicht war es das Gift, aber vielleicht auch nur Backpulver. Ist schon auf dem Weg ins Labor. Vermutlich wissen wir gegen Abend mehr.“
„Gut. Und sonst noch?“
„Jede Menge Fingerabdrücke von verschiedensten Leuten. Bis wir die alle ausgewertet haben, dauert es seine Zeit.“
„Okay. Wir werden uns inzwischen weiter umsehen.“
In diesem Moment rief einer der Techniker aus dem oberen Stock. „Chef, könnten Sie mal raufkommen. Ich hab, glaube ich, was gefunden.“

Neugierig begleiteten die beiden Frauen den Kollegen bis vor Schönbergs Schlafzimmer, wo der Mitarbeiter – es war jener, der gestern die Kratzspuren am Türschloss analysiert hatte – am Treppengeländer wartete.

„Ich habe einige Unterlagen entdeckt“, empfing er sie. „Und zwar an einem etwas merkwürdigen Ort. Sie waren hinter diesem komischen Spruch versteckt.“

Die Beamtinnen wussten sofort, was er damit meinte: das goldgerahmte Jugendstil-Textstück ‚Die Gesetze von Raum und Zeit sind weitgehend aufgehoben.‘ Alle drei griffen begierig nach den Blättern, die ihnen der junge Kriminaltechniker entgegenstreckte. Johanna gewann den Wettbewerb um den schnellsten Zugriff.

„Das sind Verträge über eine Stiftung. Eine Jägermeier-Gedächtnis-Stiftung“, stellte sie verblüfft fest, nachdem sie die Dokumente kurz überflogen hatte. „Hier, auf der nächsten Seite ist das Stiftungskapital festgelegt: eine Million Euro. Beachtlich.“

„Gehörte das dem Schönberg?“, meinte Alexandra verwundert.

„Schwer zu sagen. So weit ich weiß, darf Stiftungskapital nicht angegriffen werden, wohl aber die daraus entstehenden Zinsen. Wenn er mit der Verwaltung dieser Summe betraut war, könnte er sich möglicherweise daran bereichert haben“, überlegte die Chefinspektorin, setzte aber gleich hinzu: „Reine Spekulation natürlich. Seltsam ist nur der Ort, an dem dieser Schönberg das alles aufbewahrt hat. Außer ihm konnte schließlich kaum jemand etwas damit anfangen. Aber er scheint eine Vorliebe für obskure Verstecke gehabt zu haben.“

„Vielleicht wollte er sichergehen, dass sie niemand klaut“, meinte ihre Assistentin. „Erinnern Sie sich, dass gestern auf dem Polizeirevier von den vielen Einbrüchen in Perchtoldsdorf die Rede war?“

„Ja, schon, nur: Welcher Einbrecher könnte es auf eine derartige Urkunde abgesehen haben. Wenn das alles legal zugegangen ist, dann….“ Johanna ließ den Rest des Satzes offen, blätterte nachdenklich die Dokumente nochmals durch und setzte dann hinzu: „Als Anhaltspunkt können wir sie allemal werten, zumal der Fundort wirklich dubios ist. Ich denke, es wird allerhöchste Zeit, dass wir diesem Rechtsanwalt unseren Besuch abstatten. Wenn jemand etwas weiß, dann wohl am ehesten er. Laut den Aussagen unseres Spions von gegenüber soll der bei Schönberg ja ein und aus gegangen sein."

In diesem Moment säuselte das Mobiltelefon des Chefs der Technikergruppe in solch süß-meditativen Tönen, dass Alexandra unwillkürlich grinste. Eine darauf sich beziehende Bemerkung versagte sie sich eingedenk ihrer gestern erfolgten Einsicht, dass sie mit unüberlegten Worten oft allzu schnell war. Sie bohrte stattdessen ihren Blick in die Spitze ihres schwarzen Stiefels, während der Kollege sich auf das Gespräch konzentrierte, wobei seine Miene immer verblüffter wurde.

„Nein. Das gibt's ja nicht. Und du bist ganz sicher?"

„Das habe ich in meiner ganzen Laufbahn noch nicht gehört."

„Und wie?"

„Aha. Und das hat genügt, um die tödliche Wirkung zu erzielen?"

Jetzt horchten die beiden Frauen auf und sahen ihn aufmerksam an.

„Ja, danke. Ich gebe es weiter."

„Was ist?", erkundigte sich die Chefinspektorin. „Gibt es neue Erkenntnisse?"

„Das kann man wohl sagen. Wissen Sie, was die Kollegen herausgefunden haben?" Er schwieg vielsagend, um die beiden Frauen ein wenig auf die Folter zu spannen und kostete das auch sichtlich aus.

„Nein, wenn Sie es uns nicht sagen, dann nicht." Immer konnte Alexandra ihrem Vorsatz nicht treu bleiben. Allerdings stimmte ihre Chefin ihr ausnahmsweise zu, denn sie fand die Spannung, die der Kollege so theatralisch aufbaute, ebenfalls überflüssig.

„Na?", half sie deshalb nach.

„Stellen Sie sich vor. So etwas habe ich noch nie erlebt. In meiner ganzen Laufbahn noch nicht!" Er schüttelte ein ums andere Mal den Kopf.

„Sie sagten es bereits."

„Ja, aber wenn's doch stimmt. Wissen Sie, zu welchem Ergebnis die Kollegen im Labor mit ihren Untersuchungen gekommen sind?"

Ein zweifaches aufgebrachtes „Nein!" antwortete ihm.

„Jetzt passen Sie mal auf. So etwas haben auch Sie noch nicht gehört. Wissen Sie, was diesen Schönberg hat das Zeitliche segnen lassen? Gift."

„Das wissen wir schon lange", klang es unwillig.

„Aber nicht, dass das Mundstück der Klarinette damit präpariert worden ist."

„Das ist gut möglich. Der Pathologe hat gestern gesagt, dass es sich um ein sehr starkes Gift handeln könnte. Muss es ja auch, denn auf dem Mundstück einer Klarinette hat nicht viel Platz. Bleibt die Frage, wer die Möglichkeit gehabt hat, das zu tun."

„Letzteres herauszufinden, ist wohl Ihre Aufgabe." Der Spurensicherer war sehr enttäuscht darüber, dass seine Mitteilung nicht mehr Furore gemacht hatte. Dennoch holte er zu einem detaillierten Kommentar aus: „Ich werde Ihnen dieses Instrument erläutern, denn ich habe es zufällig selbst jahrelang in einem Orchester gespielt. Also: Die Klarinette gehört zur Familie der Holzblasinstrumente. Sie hat eine vorwiegend zylindrische Bohrung. Das Mundstück ist mit einem einfachen Rohrblatt ausgestattet."

Alexandra Jennerwein unterbrach ihn ungeduldig. „Okay. Wir wissen, wie so ein Ding ausschaut. Also, wie genau kam das Gift hinein?"

„Etwas Geduld müssen Sie schon aufbringen."

Wie sollte er ahnen, dass keine der beiden vor ihm Stehenden mit dieser Tugend übermäßig gesegnet war. Vielleicht hätte er sich dann etwas kürzer gefasst. Bedächtig wählte er seine Worte:

„Das Mundstück ist schnabelförmig. Die meisten modernen Instrumente sind heutzutage aus Kunststoff, das des Toten war noch ein altes und aus Holz. Der Ton entsteht durch ein einfaches Rohrblatt. Das wiederum ist immer aus Holz, weil alle anderen Materialien nicht diesen Wohlklang erzeugen können. Übrigens zählt zu den bekanntesten Herstellern von Klarinetten die Firma Leblanc. Also weiter. Der Musiker schnitzt sich diese Blättchen – vorn sind sie hauchdünn – immer selbst. Bevor es dann in das Instrument eingesetzt wird, befeuchtet es der Spieler mit seinem Speichel. Und genau auf diesem Blättchen und auch auf denen, die zur Reserve bereit lagen, wurden Giftspuren gefunden."

Nach dieser ausführlichen Unterweisung in die Geheimnisse der Klarinette und in jenes des Mordes an Christoph Schönberg schwieg der Kriminaltechniker mit unverkennbarem Stolz ob seiner umfassenden Kenntnisse.

„Wenn ich Sie richtig verstanden habe, sind diese Blättchen sehr klein“, fragte seine Kollegin vom Morddezernat höflich nach.

„Ungefähr fünf bis sechs Zentimeter.“

„Und diese kleine Fläche genügte, um das Gift darauf zu platzieren? Nicht zu glauben.“

„Vermutlich nicht ganz. Es hat aber mit Sicherheit den entscheidenden letzten Ausschlag gegeben. Im Labor sind sie sich ganz sicher, dass schon eine kleine, aber ausreichende Menge des hochwirksamen Giftes, dessen genaue Konsistenz noch nicht feststeht, zuvor im Körper des Opfers gewesen sein muss, denn sonst hätte es nicht so schnell gewirkt. Da müssten Sie wohl nochmal genauer nachfragen.“

„Das werden wir tun. Erst einmal vielen Dank.“

„Bitte, gern. Für weiter reichende Informationen stehe ich zur Verfügung.“

‚Bloß nicht', dachte Alexandra, ‚bevor der in seiner Begeisterung die Bauweise sämtlicher anderer Orchesterinstrumente erklärt, ergreife ich lieber die Flucht.'

„Immerhin etwas. Und Spuren des Giftes im Magen hat unser Pathologe ja schon festgestellt.“ Johanna Grasel war ausnahmsweise weniger unzufrieden.

„Schon. Wir wissen, dass er vergiftet worden ist, dass er vielleicht in dunkle Geldgeschäfte verstrickt war, dass er merkwürdige Besuche empfangen hat, mehr aber auch nicht“, relativierte ihre Mitarbeiterin.

„Was haben Sie denn erwartet? Dass der Mörder hinter der Hecke wartet und sich uns mit erhobenen Händen ergibt?“, funkelte Johanna sie spöttisch an. „Schließlich werden wir dafür bezahlt, dass wir unsere Arbeit machen, und die besteht momentan darin, herauszufinden, wer diesen Schönberg umgebracht hat. Wenn Sie mir dabei behilflich wären, anstatt immer nur herumzumeckern, wäre ich Ihnen sehr verbunden.“

Das Letzte hatte wieder einmal schärfer geklungen als eigentlich beabsichtigt, und Johanna schalt sich selbst dafür. Schließlich hatte sie in der Ausbildung mehr als genug über Gesprächs- und Mitarbeiterführung gelernt. Aber in der Zusammenarbeit mit Alexandra Jennerwein missachtete sie permanent alle Regeln, selbst die grundlegendsten. Woran lag das nur? Um die Stimmung nicht noch weiter dem Tiefpunkt zuzutreiben, lenkte sie ein.

„Lassen Sie uns überlegen, welche Anhaltspunkte wir noch haben", fuhr sie etwas verbindlicher fort.

Alexandra, die sich gewaltig über die Impertinenz ihrer Vorgesetzten ärgerte, versuchte ihr Bestes, um sachlich zu bleiben.

„Okay, wie Sie meinen."

„Gehen wir die Sache andersherum an. Wer hätte ein Motiv gehabt, diesen Schönberg umzubringen? In dieser Hinsicht tappen wir leider noch völlig im Dunkeln. Weiter. Der Mörder muss die Möglichkeit gehabt haben, Schönberg bereits vor seinem Auftritt in der Burg einen Teil des Giftes zu verabreichen. Und das mit ziemlicher Sicherheit hier im Haus. Sollte sich dieses undefinierbare Pulver, das vorhin gefunden wurde, als das gleiche Gift herausstellen wie das auf dem Klarinettenmundstück, so können wir davon ausgehen, dass der Mörder Zugang zu diesem Haus gehabt oder sich mindestens verschafft hat. Die Methode, wie der oder auch die diesen Schönberg umgebracht hat, ist nicht nur raffiniert, sondern ziemlich perfide – wenn man überhaupt von einer Qualität des Mordens sprechen will."

Johanna starrte auf den schön geschwungenen Knauf des Treppengeländers, ohne ihn wirklich zu sehen. Sie schweifte gedanklich ab, denn ihr kam plötzlich wieder einmal zum Bewusstsein, für welchen Beruf sie sich entschieden hatte: Sie grub in den tiefsten menschlichen Abgründen, suchte nach Gewaltverbrechern, stellte Befragungen an mit dem Ziel, zu ermitteln, was einen Menschen so weit trieb, einem anderen Gewalt anzutun bis hin zum kaltblütigen Mord. Sie kam nicht weiter in ihren tief schürfenden Gedankengängen, ihre Mitarbeiterin hatte ihre Unkonzentriertheit bemerkt.

„Alles in Ordnung?", fragte sie etwas verunsichert.

„Wie? Ja doch, sicher, danke. Ich habe nur… Überlegen wir weiter", fuhr sie dann entschlossen fort.

„Rätselhaft sind die beiden Funde, einmal die Dokumente über diese Jägermeier-Stiftung, zum anderen die Zeitungsausschnitte. Beides an und für sich völlig belanglose Unterlagen."

„Dagegen spricht, dass sie so sorgfältig versteckt waren. Das muss einen Grund gehabt haben."

„Der Meinung bin ich auch. Nur kennen wir ihn im Augenblick noch nicht. Ich denke, wir besuchen endlich diesen Anwalt. Die Befragung der anderen angrenzenden Nachbarn steht uns übrigens auch noch bevor."

„Wenn die alle so penetrant sind wie der schnüffelnde Naderer können wir uns freuen." Alexandra ging lustlos voran.

„Immerhin hat er einige Hinweise geliefert."

„Aber die meisten sind bisher im Sand verlaufen, wie wir heute Morgen festgestellt haben."

Sie durchschritten die großzügigen Räume der Villa, die noch bevölkert waren von den ruhig vor sich hin arbeitenden Kriminaltechnikern in ihren weißen Overalls, die lediglich das Gesicht frei ließen. ‚Auch kein toller Job', dachte Alexandra, ‚das wäre nichts für mich, den ganzen Tag in dieser Verkleidung herumstapfen und dann nicht einmal wissen, wonach ich suchen soll. Dann schon lieber mit der Grasel auf Mördersuche gehen. Jessasmarantjosef, jetzt muss ich mit der heut noch in einem Bett übernachten. Wenn mir das gestern jemand erzählt hätt. Hoffentlich schnarcht sie nicht.'

In diese wenig erbaulichen Gedanken versunken trottete Alexandra Jennerwein hinter ihrer Chefin her in Richtung Werfelgasse, zum Haus des Rechtsanwaltes Schreder.

7

Der Wohnsitz des Rechtsanwalts entsprach ganz der übrigen Umgebung: eine elegante Villa inmitten eines sorgfältig gepflegten Parks von beachtlicher Größe.

„In Perchtoldsdorf scheinen Geldsegen und Geldsorgen so weit voneinander entfernt wie Sonne und Mond“, bemerkte Alexandra nicht ganz neidlos.

„Wer weiß. Dahinter schauen kann man nirgendwo. Und vielleicht sieht es hinter den Kulissen manches Mal weit weniger pompös aus, als man glaubt“, entgegnete Johanna Grasel zweifelnd, während sie am Tor nach einem Namensschild fahndete.

„Die Hausnummer stimmt jedenfalls. Aber vermutlich ist sich der Herr Anwalt zu fein, um jedem Dahergelaufenen kundzutun, dass er hier ansässig ist“, setzte sie hinzu und drückte entschlossen auf den blank polierten Messingklingelknopf.

Sie hatten Glück. Ein junger, ausgesprochen attraktiver Mann, der spielend als Model für einen exklusiven Herrenausstatter posieren könnte, öffnete gleich darauf die Tür. Offensichtlich hatte er jemand anderen erwartet, denn seine Miene nahm einen erstaunten und auch leicht unwilligen Ausdruck an, als er die beiden Frauen erblickte.

„Ja bitte?“ Das klang ebenfalls nicht sehr zuvorkommend, und als ihm die Polizeibeamtinnen ihre Dienstausweise vor die Nase hielten, reagierte er noch unwilliger.

„Der Herr Rechtsanwalt hat jetzt keine Zeit“, verkündete er unwirsch und wollte die breite Eingangstür wieder schließen, was ihm dank Alexandras Stiefelspitze jedoch misslang.

„Der Herr Rechtsanwalt wird sich die Zeit wohl nehmen müssen“, erwiderte sie angriffslustig. „Schließlich geht es hier um den Mord an seinem besten Freund Schönberg.“

„Mord? Was für ein Mord? Das war doch kein Mord. Schönberg ist doch… Schönberg hat doch…, er war doch…“, stotterte der modische Schönling nun völlig verunsichert. Die Chefinspektorin nutzte seine Bestürzung, indem sie ihn zur Seite schob, sodass sie endlich eintreten konnten.

„Sie kannten Professor Schönberg also auch?", fragte sie währenddessen beiläufig.
„Ja. Ja, sicher, natürlich."
Der junge Mann war sichtlich aufgewühlt.
Derweil ertönte aus einem der Räume dröhnend eine tiefe, ungeduldige Stimme: „Verdammt nochmal, was ist denn los, Richard. Wo bleibt ihr denn?"
Augenscheinlich war man hier auf Besuch eingestellt. Weil besagter Richard seine Fassung immer noch nicht wieder gewonnen hatte und wie angewurzelt stehenblieb, folgten die Kriminalbeamtinnen der Stimme. Die ungeheure Bestürzung und das kreideweiß gewordene Gesicht des jungen Mannes, der auf einmal kindlich-hilflos wirkte, hatten sie sehr wohl konstatiert, und am liebsten hätten sie dies auch gleich auf der Stelle ausgenutzt und ihn in die Zange genommen. Doch in der Tür erschien bereits ein großer, nicht sehr schlanker Mann, der seinem Unmut über den ungebetenen Besuch freien Lauf ließ.
„Was wollen Sie denn hier? Wer sind Sie? Richard, warum lässt du fremde Leute hier herein?", richtete sich sein Zorn gegen den Jungen. Er beruhigte sich auch dann nicht, als er wusste, mit wem er es zu tun hatte, sondern ließ seinen Ärger nun an den beiden Frauen aus.
„Sie sind unrechtmäßig in mein Haus eingedrungen. Wenn Sie etwas von mir wollen, dann melden Sie sich gefälligst vorher an. Verstanden!", brüllte er.
Johanna Grasel ignorierte den Wutausbruch des Hausherrn, heftete ihren Blick nachdenklich und fest auf ihn und schwieg erst einmal. Die Gedankenverbindung Stiftung, Rechtsanwalt, Versteck ließ sie nicht mehr los; vielleicht konnte man hier anknüpfen. Sie hatte keinerlei konkrete Handhabe, in ihrem Kopf spukte lediglich eine vage Idee, aber ihre Intuition sagte ihr, dass sie einen Versuchsballon starten sollte. Wie würde dieser aufgebrachte Jurist wohl reagieren, wenn sie ins Blaue hinein ein wenig fantasierte? Kurzerhand entschied sie sich für diesen Überraschungsangriff.
„Wir haben im Haus Ihres ermordeten Freundes Professor Schönberg sämtliche Unterlagen über die Jägermeier-Stiftung gefunden, mit deren Ausfertigung und Verwaltung Sie betraut waren."

Alexandra Jennerwein schaute überrascht. Sie spulte im Geist die Szene herunter, als ihnen der Kollege von der Spurensicherung die Papiere gegeben und sie diese durchgesehen hatten. So weit sie sich erinnern konnte, war dort nirgendwo Schreders Name aufgetaucht. Sollte ihre Chefin so verwegen sein und eine völlig aus der Luft gegriffene Behauptung aufstellen, um diesen dünkelhaften Rechtsanwalt zu überrumpeln?

Der Bluff schien ins Schwarze zu treffen, denn Schreder rang um Fassung, hob die Hand, ließ sie wieder sinken und näselte dann: „Einem Freund hilft man bei rechtlichen Angelegenheiten. Was ist daran falsch?"

„Nichts. Nur wenn dieser Freund ermordet wird und wir bei der Durchsuchung seiner Villa solch wichtige Unterlagen an einem derart ungewöhnlichen Ort finden, stellt sich uns natürlich die Frage, weshalb das so ist und welches Interesse Sie als Anwalt an dieser Stiftung haben. Und welche Vorteile."

Die Formulierung, was den Fundort anbelangte, war mit Bedacht gewählt.

„Unterstellungen sind das. Böswillige Unterstellungen. Wollen Sie mich etwa gar der Unredlichkeit bezichtigen? Was kann ich dafür, dass Christoph einige kleine Marotten hatte. Die hat schließlich jeder. Wir sind alle nur Menschen!"

„Sie wussten also, wo Schönberg diese Unterlagen aufbewahrte?"

Zum ersten Mal meinte Johanna, bei Schreder ein unsicheres Flattern der Augenlider zu sehen und hakte sofort nach: „Weshalb hat Schönberg die Unterlagen, mit denen im Grunde niemand etwas anfangen kann, derart sorgfältig versteckt?"

„Unterstellungen, böswillige Unterstellungen", widerholte Schreder, ohne auf Johannas Frage einzugehen.

‚Was soll das denn jetzt?', überlegte Alexandra irritiert, und ihr fiel – im Gegensatz zu ihrer Chefin – erst jetzt auf, wie selbstverständlich Schreder die Bemerkung von der Ermordung seines Freundes hingenommen hatte.

„Bisher habe ich keinerlei Unterstellungen geäußert und werde das auch in Zukunft nicht tun", widersprach Johanna Grasel sachlich und sehr ruhig. „Lassen Sie uns lediglich gemeinsam die Sachverhalte klären. Sie waren der Rechtsberater von Professor Schönberg?"

„Rechtsberater! Was heißt Rechtsberater", äffte Schreder Johanna nach, die völlig unbeeindruckt blieb und weiter fragte: „Woher kam das Geld für diese Stiftung? Welches war Ihr Part dabei, und welchen Grund hatte Schönberg, diese Unterlagen zu verbergen."

„Sie haben ja keine Ahnung", blaffte Schreder zurück.

„Eben deswegen frage ich Sie", gab Johanna ungerührt zurück.

„Na, kommt dir jemand auf deine krummen Touren?", tönte es plötzlich spöttisch von der Tür her. Unbemerkt war Schreders Sohn Daniel, den die beiden Beamtinnen bereits am Vortag kennengelernt hatten, dort erschienen.

„Halte du gefälligst dein freches Maul!" Wieder überschlug sich die Stimme des Juristen.

„Hallo. Da sind ja meine sportlichen Mädeln von gestern", stellte Daniel Schreder respektlos grinsend fest.

„Was hast du damit zu tun? Das geht dich überhaupt nichts an. Verschwinde!", schrie Schreder. „Und du kannst gleich mitgehen", bezog er den hübschen jungen Mann, der verstört ins Leere blickte, in seinen Unwillen ein.

„Moment. So einfach geht das nicht. Der junge Mann hier – wie ist eigentlich Ihr Name? – soll uns ruhig noch ein wenig Gesellschaft leisten. Haben Sie sich von Ihrem Schock erholt?", fragte Johanna scheinheilig.

„Wie? Ja. Ich weiß nicht."

„Wie heißen Sie denn?"

„Gerstner. Richard Gerstner."

„Und Sie wohnen auch hier?"

„Na klar, immer wenn's meinem Vater passt", antwortete Sohn Daniel statt seiner süffisant.

„Halt's Maul. Ich habe dir schon mal gesagt: Verschwinde endlich! Du hast hier nichts zu suchen!"

In seiner unverhohlenen Wut machte Schreder einen beinahe furchterregenden Eindruck.

„Das kannst du gar nicht brauchen, dass dir jemand auf die Schliche kommt, hä", feixte Schreder junior und machte immer noch keine Anstalten, der Aufforderung seines Vaters zu folgen, sodass dieser völlig außer sich geriet und auf seinen Sohn losgehen wollte. Der schien an solche Angriffe gewöhnt, sprang geschickt zur Seite und verließ dann, hämisch grinsend, den Raum, aber in seinen Augen war unschwer abzulesen, dass ihn die Angst hinaustrieb.

‚So geht's also zu in der upper class? Merkwürdige Umgangsformen haben die in der Familie', sinnierte Alexandra.

„Herr Schreder", nahm die Chefinspektorin einen neuen Anlauf.

„Rechtsanwalt Dr. Schreder, wenn ich bitten darf."

„Schön, Herr Dr. Schreder. Fangen wir noch einmal von vorn an. Und Sie, Herr Gerstner, bleiben bitte hier." Trotz des höflichen ‚bitte' war dies in ausgesprochenem Kommandoton geäußert.

„Was hat Ihr Sohn gemeint mit ‚krummen Touren' und ‚auf die Schliche' kommen?" Johanna hatte sich mit Geduld gewappnet.

„Was weiß denn ich, was der sich ausdenkt, wenn der Tag lang ist. Hat einfach zu viel Zeit, sollte lieber was Ordentliches arbeiten. Schauen Sie sich doch nur mal seine Haltung an. Ist Ihnen nicht aufgefallen, wie krumm der geht? Kein Rückgrat. Kein Verantwortungsgefühl. Kein Ordnungssinn. Aber mir etwas unterstellen wollen", entrüstete sich Vater Schreder lauthals.

„Wie kommen Sie permanent darauf, dass Ihnen jemand etwas unterstellen will", griff Alexandra Schreders derzeitigen Lieblingsbegriff auf.

„Weil es so ist", dröhnte der zurück.

„Wäre es Ihnen vielleicht möglich, unsere Fragen zivilisierter und möglicherweise auch genauer zu beantworten?" Die Chefinspektorin wurde nun ebenfalls fordernder, worauf ihr Gegenüber sich endlich bemühte, sich und seine Wut unter Kontrolle zu bringen. Ihm dämmerte wohl langsam, dass er mit seinem Auftreten keine Sympathien gewinnen konnte, wenn es ihn nicht gar in Misskredit brachte. Überdeutlich sah man ihm aber an, dass er innerlich fluchte. Nach einigen tiefen Atemzügen wechselte er die Taktik. Mit schneidendem Klang in der Stimme versuchte er, sich bei den beiden Frauen Respekt zu verschaffen.

„Es liegt wohl an Ihnen und Ihrer Gesprächsführung, dass Sie nicht in der Lage sind, eine Befragung sachlich durchzuführen." Dabei reckte er sich zu seiner ganzen Größe auf. „Ist auch schwierig bei solch haltlosen Verdächtigungen", fügte er unwirsch hinzu.

Dieses gegenseitige Kräftemessen vollzog sich eindeutig zu Gunsten von Johanna Grasel, die nach außen hin vollkommen gelassen blieb. Sie setzte ein eigentümliches Lächeln auf, musterte ihr Gegenüber eindringlich und schwieg – so intensiv bis dieses lauernde Schweigen sich wie eine lastende Wolke zwischen sie und ihren Kontrahenten legte. Ihre Assistentin hatte im letzten Moment, bevor sie den Mund zu einer Entgegnung öffnen wollte, begriffen, dass dies ein wohl kalkulierter Schachzug war, den anderen zu verunsichern. Sie kostete die Situation genüsslich aus, gespannt, ob Schreder ihr gewachsen war. Er war es nicht. Seine Züge verkrampften sich wieder, und er durchbrach die Stille – wiederum mit einer beleidigenden Äußerung:

„Haben Sie das auf der Polizeischule gelernt? Den anderen durch Schweigen weich zu machen? Diese Art von Verhör hat man vor zwanzig Jahren einmal angewendet. Ist aber längst aus der Mode gekommen", versetzte er.

Die Chefinspektorin legte einen Ausdruck sanfter Verachtung an den Tag, ansonsten waren ihr keine Gefühlsregungen anzumerken, und Alexandra, die sich mit aller Gewalt zusammenreißen musste, um nicht dazwischen zu fahren, bewunderte ihre Vorgesetzte in diesem Augenblick ehrlich. Wie schaffte die das, derart beherrscht zu bleiben?

„Als Rechtsanwalt müssten Sie eigentlich wissen, dass es schon längst keine Verhöre mehr gibt, sondern lediglich Vernehmungen", entgegnete Johanna Grasel sachlich. „Und nun wäre es für Sie an der Zeit, endlich auf meine Fragen einzugehen. Im Übrigen: Bisher haben wir keinerlei Verdächtigung gegen Sie erhoben. Ich muss aber zugeben, dass Ihr Verhalten dies durchaus nahelegen würde."

Bevor Schreder ein weiteres Mal explodieren konnte, wiederholte die Chefinspektorin die Fragen, die sie ihm eingangs gestellt hatte: nach seiner Beziehung zu Christoph Schönberg, nach seiner Kenntnis von der hoch dotierten Jägermeier-Stiftung und der Rolle, die er in dieser finanziellen „Vereinbarung", wie sie es nannte, spielte. Schreder hielt es für angebracht, sich keine weitere Blöße zu geben und tat nun so, als ob er sein Gedächtnis durchforste.

„Natürlich war ich mit Christoph befreundet. Wir haben uns schon hin und wieder gesehen“, räumte er ein.

„Was heißt ‚hin und wieder'?“

„Was weiß denn ich. Strichlisten habe ich keine geführt.“

„Ein Nachbar von Professor Schönberg hat beobachtet, dass Sie fast täglich Gast in der Villa waren.“ Diese Behauptung stimmte zwar nicht ganz, aber um den Rechtsanwalt aus seiner Reserve zu locken, war sie hervorragend geeignet.

„Dieser Naderer? Dieser Hausmeister! Dieser Voyeur! Dieser Denunziant! Dieser Spion! Daran ist kein wahres Wort!“, brauste Schreder abermals auf. Der Schlagabtausch ging weiter.

„Wie auch immer. Sie waren jedenfalls häufig Gast im Hause Schönberg. In welcher Beziehung standen Sie zu ihm?“

„Beziehung? Ich höre immer Beziehung! Bekannte waren wir. Soll vorkommen – oder?“

„Gut. Lassen wir es vorläufig dabei bewenden. Haben Sie Ihren, ähm, Bekannten in Sachen Jägermeier-Stiftung beraten? Von wem stammt das Stiftungskapital? Wer ist mit der Verwaltung betraut? Wer entscheidet über die Verwendung der Zinsen?“

Wie eine Kaskade prasselten die Fragen auf Schreder nieder.

„Was verstehen Sie denn davon? Reden Sie nicht von Dingen, von denen Sie keine Ahnung haben.“

Ein weiteres Mal überging die Chefinspektorin die ihr zugedachten Beleidigungen ohne jede Regung, was Alexandras Bewunderung steigerte. Eine solch kühle Professionalität hatte sie ihrer Vorgesetzten nicht zugetraut. Sie selbst wäre schon längst ausgerastet und hätte diesem fiesen Rechtsanwalt ordentlich Kontra gegeben. Kurz schoss ihr der Gedanke durch den Kopf, ob die Grasel vielleicht doch geeigneter war für den Job? Das wurde aber rasch wieder verdrängt.

„Ich warte immer noch auf eine Antwort. Wenn es Ihnen aber unangenehm ist, sich hier meinen Fragen zu stellen, lasse ich Ihnen gern eine offizielle Vorladung morgen Früh ins Landeskriminalamt nach St. Pölten zukommen“, bot Johanna Grasel ruhig an.

„Es geht Sie zwar nichts an, aber bitte“, gab Schreder endlich nach. „Professor Schönberg war ein bekannter Wissenschafter, der es sich zur Aufgabe gemacht hatte, die Werke des Komponisten Jägermeier der Nachwelt zu erhalten und diese hierfür zu sensibilisieren.“

„Das wissen wir bereits.“

„Was fragen Sie dann?“

„Es geht um die Stiftung“, half Johanna Grasel dem Schreder'schen Gedächtnis auf die Sprünge.

„Diese Stiftung ist Teil dieser Aufgabe.“

„Geht's genauer? Woher kam das Geld für die Stiftung?“ Die Chefinspektorin wurde ungeduldig. Auch ihre Beherrschung hatte Grenzen.

„Aus dem Nachlass.“

„Und wer verwaltet ihn?“

„Ich.“

„Ach ja? Und weshalb machen Sie dann ein solches Geheimnis daraus?“

„Geheimnis? Wieso Geheimnis? Ich sage es Ihnen ja eben.“

Die Kriminalbeamtin verzichtete auf einen Kommentar und fragte stattdessen weiter: „Nur Sie allein?“

„Nein.“

„---“

„Die Frau von Professor Schönberg.“

„Schönberg war verheiratet?“ Das war neu. Bislang war überall die Rede davon gewesen, dass Schönberg allein gelebt hatte, und in der Villa hatte es keinerlei Hinweise darauf gegeben, dass eine Frau sie mitbewohnte. Auch auf der Polizeiinspektion hatte niemand etwas davon erwähnt.

„Geschieden.“

„Geben Sie mir bitte Namen und Adresse der Dame“, forderte Alexandra Jennerwein und zückte ihr Notizbuch. Um weiteren Verzögerungstaktiken vorzubeugen, setzte sie schnell hinzu: „Wenn Sie gemeinsam für die Stiftung zuständig waren, ist Ihnen ja beides bekannt.“

„Anna Raender-Gramme. Sie wohnt in Wien.“

„Wo genau?“

„Da muss ich erst nachsehen. Die Adresse habe ich in meinem Arbeitszimmer.“

„Tun Sie das bitte. Frau Jennerwein begleitet Sie gern. Ich werde mich derweil mit Herrn Gerstner unterhalten“, entgegnete Johanna.

„Im 13. Bezirk. Hietzing. Ich schreibe Ihnen die Adresse auf“, kam es auf einmal zögerlich von Rechtsanwalt Schreder. ‚Der erste kleine Sieg’, stellte Johanna Grasel bei sich ein wenig triumphierend fest. ‚Ich kriege dich noch.’

„Danke. Also Sie und Frau Raender-Gramme sind zuständig für die Verwaltung. Und wer entscheidet über die Verwendung der Zinsen, die alljährlich anfallen?“

„Der Stiftungsrat.“

„Aus welchen Personen besteht dieser Stiftungsrat?“

„Ich weiß überhaupt nicht, was Sie das angeht. Das hat mit dem Tod des armen Schönberg nicht das Geringste zu tun.“

Ein letztes Aufbäumen.

„Das zu entscheiden, überlassen Sie bitte uns. Also?“

„Frau Raender-Gramme, Christoph Schönberg und ich.“

„Darüber gibt es doch bestimmt schriftliche Unterlagen.“

„Selbstverständlich.“

„Könnten Sie uns diese bitte übergeben.“

„Die habe ich nicht. Die sind alle bei Christoph.“

Das heißt, dass die Aktenordner in der Schönberg’schen Villa nochmals einer genaueren Durchsicht unterzogen werden mussten, denn bisher hatten sie nichts Entsprechendes finden können. Oder waren etwa die diversen Daten auf der verschwundenen Festplatte abgespeichert worden?

„Um welche Beträge handelt es sich bei den jährlichen Zinsen?“

„Das weiß ich nicht auswendig. Für so etwas gibt es Unterlagen.“

„Ich erwarte auch nicht, dass Sie uns die Beträge bis zum letzten Cent auflisten, aber eine grobe Übersicht haben Sie doch sicherlich.“

„Das kommt drauf an.“

„Worauf kommt es an?“ Johannas Geduld schien endlos.

„Darauf, wie man das Geld anlegt.“

„Gut. Das wird zu klären sein. Wie hoch also ungefähr?“

„Zwischen sechzig- und achtzigtausend ungefähr.“

„Das ist eine hübsche Summe. Wer ist deren Nutznießer?“

Hier geriet die Unterhaltung wiederum ins Stocken, denn Schreder wand sich – auch körperlich, indem er mit seinem Rückgrat schlangenartige Bewegungen vollzog – wie ein Aal.

„Das ist auch unterschiedlich. Je nachdem."

„Geht es genauer?"

Nach kurzem Zögern antwortete er entschlossen: „Nein, bedaure. Das muss alles im Hause Schönberg lagern. Oder bei Frau Raender-Gramme. Mehr kann ich Ihnen wirklich nicht sagen. Wenn Sie mich jetzt bitte entschuldigen würden."

Johanna Grasel dachte nicht daran aufzugeben. Bei Schreder war wohl im Moment nicht mehr herauszuholen, aber sie nahm sich Richard Gerstner vor.

„Sie sind also häufiger Gast hier im Haus." Das hörte sich eher wie eine Feststellung an als eine Frage.

Gerstner warf einen unsicheren Blick auf Schreder, der ihn indes nicht zur Kenntnis zu nehmen schien.

„Nun ja", antwortete Gerstner zögerlich.

„Sind Sie der Assistent von Herrn Schreder?"

„So ähnlich."

„Was heißt das nun wieder?"

„Ich helfe ihm gelegentlich, wenn er viel Arbeit hat."

„Dann sind Sie also ebenfalls Jurist?"

„Das nicht gerade."

„Sondern?"

„Ich habe zwei Semester Jura studiert und mache mein Praktikum bei Herrn Dr. Schreder."

„Ach so. Wie lange schon?"

„Ungefähr seit Anfang letzten Jahres."

„Das sind ja fast anderthalb Jahre. Wie lange dauert solch ein Praktikum denn?", wollte Alexandra ehrlich entsetzt wissen.

„Mal so, mal so", kam es etwas peinlich berührt und sehr leise zurück.

„Handelt es sich um ein bezahltes ‚Praktikum'?"

„Was glauben Sie denn? Denken Sie, dass ich die Leute, die für mich arbeiten, ausnütze", mischte sich an dieser Stelle Schreder wieder ins Gespräch.

‚Das könnte ich mir mehr als gut vorstellen', antwortete ihm Johanna in Gedanken. ‚Außerdem könnte ich mir ebenso gut vorstellen, dass du die Abhängigkeit dieses hübschen jungen Burschen noch anderweitig ausnutzt.' Doch diese Überlegung verbot sie sich sofort, denn sie war sich selbst gegenüber ehrlich genug, um sie als Unterstellung zu klassifizieren.

„Weshalb waren Sie denn vorhin so erschrocken, als ich den tragischen Tod von Professor Schönberg erwähnte?"

„Na, hören Sie mal!" Wieder schaltete sich Schreder ins Gespräch ein. „Richard kannte den Professor schließlich auch. Und da sollte er nicht erschrecken, wenn er von dessen Tod erfährt? Es ist nicht jeder so abgebrüht wie Sie vielleicht."

„Wie gut kannten Sie Professor Schönberg?" Die Kriminalbeamtin hielt es für geraten, den Einwurf zu ignorieren.

„Ich habe Herrn Dr. Schreder öfter zu Professor Schönberg begleitet. Und er war auch hin und wieder hier zu Gast, wenn ich da war", kam es schüchtern zurück, wobei Richard Gerstner seinen Gönner nicht aus den Augen ließ, immer auf der Hut und sich an dessen Mienenspiel orientierend.

„Wussten Sie ebenfalls von der Stiftung?"

Wieder ging ein Blick in Richtung Schreder, der desinteressiert wegschaute.

„Ja."

„Was heißt das?"

„Nun ja, ich... Genaues weiß ich natürlich nicht... Das ist schließlich – wie soll ich sagen – schließlich Vertrauenssache. Ich bin in diesen Dingen nicht so sehr bewandert", versuchte Gerstner das ihm offensichtlich peinliche Thema zu umgehen.

„Konkret, Herr Gerstner. Haben Sie je von irgendwelchen finanziellen Transaktionen erfahren, oder waren Sie daran beteiligt?"

Zur großen Erleichterung Richard Gerstners riss Schreder das Wort wieder an sich.

„Wie Sie gehört haben, ist Herr Gerstner, Richard, noch Anfänger. Solch komplizierte Dinge bedürfen der Hand und des Wissens eines erfahrenen Juristen", schallte es laut und würdevoll.

Johanna streckte die Waffen. Sie sah ein, dass sie derzeit wenig Chancen hatte, mehr zu erfahren, dafür hatte sie noch viel zu wenig konkrete Informationen parat. Eindeutig war, dass hier Einiges nicht stimmte beziehungsweise vehement versucht wurde, zu vertuschen. Ebenso war klar, dass dies nicht ihr letzter Besuch in diesem Haus gewesen war.

„Gut. Frau Jennerwein und ich werden Sie wieder aufsuchen, wenn wir mit unseren Ermittlungen weitergekommen sind. Auf Wiedersehen bis dahin."

Mit diesen sehr bestimmt vorgebrachten Worten trat sie den Rückzug an. Ihre Mitarbeiterin nickte nur knapp mit dem Kopf.

Unwillkürlich atmeten beide auf, als sie auf der Straße standen. „Das war vielleicht mühsam", seufzte Alexandra.

„Das können Sie laut sagen. Aber dieser Schreder scheint Weltmeister im Verschleiern zu sein. Der weiß viel mehr, als er zugibt. Und über den jungen Snob bin ich mir auch noch nicht im Klaren. Tut der nur so, oder ist er wirklich so unbedarft und scheu?"

„Der einzig Normale in diesem Laden scheint der Sohn zu sein. Obwohl er eine gehörige Portion Frechheit an den Tag legt", erwiderte Alexandra.

„Das schon. Nach außen hin. Aber haben Sie bemerkt, wie er unter den Worten seines Vaters zusammengezuckt ist? Einerseits lehnt er sich gegen ihn auf, andererseits kann er sich vermutlich von dessen Herrschaft nicht befreien. Da ist mit Sicherheit mehr Gewalt und Zwang in der Erziehung im Spiel gewesen, als auf den ersten Blick erkennbar ist."

„Schon möglich. Was halten Sie denn von der Sache mit Stiftung?"

„Die stinkt zum Himmel. Eine klare Auskunft über Herkunft und Verwendung des Geldes haben wir nicht bekommen. Und über die rechtlichen Grundlagen einer solchen Angelegenheit wissen wir nichts. Haben Sie eigentlich Ihren Laptop dabei, damit wir uns nachher im Hotel ein bisschen schlau machen können?"

„Ja, hab ich. Allerdings wage ich zu bezweifeln, dass es in dem altmodischen Kasten einen Internetanschluss gibt und W-Lan habe ich leider nicht. Aber in unserer Abteilung gibt es einen Mitarbeiter, der vor einiger Zeit mit ähnlichen Dingen zu tun hatte und in die Materie eingearbeitet sein dürfte. Den werde ich anrufen und ausquetschen."

„Das trifft sich gut. Schauen Sie zu, dass Sie so viel Informationen bekommen wie nur möglich. Dieser Schreder kommt nicht ein zweites Mal in Versuchung, uns in die Rolle der naiven Polizistinnen zu drängen. Gehen wir ein Stückchen weiter. Von der Ecke dort oben haben wir den Eingang gut im Blick. Ich möchte zu gern wissen, auf wen dieser Rechtsanwalt wartet."

Die Geduld der beiden wurde auf eine harte Probe gestellt. Eine Viertelstunde lang warteten sie, aber es tat sich nichts. Niemand ging ins Haus oder verließ es.

„Wie lange sollen wir noch warten?" Alexandra wurde ungeduldig. „Ich hab, ehrlich gesagt, ziemlichen Hunger. Und wenn wer kommt, wissen wir immer noch nicht, wer's ist."

„Das nicht. Aber möglicherweise treffen wir diesen oder diese Jemand im Laufe unserer Ermittlungen."

„Okay, aber was wäre damit gewonnen? Außer dass wir wissen, dass der- oder diejenige heute hier war?"

Das zweite Argument war für Johanna durchaus nachvollziehbar, das erste noch weit mehr. Auch sie hatte seit dem Frühstück nichts mehr gegessen und merkte auf einmal, wie hungrig sie war.

„Bleiben wir noch fünf Minuten, und dann gehen wir", entschied sie.

„Na gut", ergab sich Alexandra in ihr Schicksal, „aber es wäre ja auch möglich, dass jemand durch einen anderen Eingang ins Haus gekommen ist. Der Garten ist riesig und hat bestimmt irgendwo noch ein Tor. Und dieser Schreder ist nicht blöd. Der kann sich denken, dass wir möglicherweise sein Haus beobachten. Und hat per Telefon längst seinem Besuch gesagt, dass er hintenherum kommen oder besser gleich wegbleiben soll."

Der Einwand war nicht unberechtigt, und vielleicht verhielt es sich auch so, denn niemand ließ sich auf der Straße blicken. Einen Moment lang überlegte Johanna Grasel, ob sie jetzt gleich noch einmal Rechtsanwalt Schreder einen Besuch abstatten sollten, um nachzuforschen, ob und wer ihn besuchte. Im selben Augenblick verwarf sie diese Überlegung wieder, denn es war abzusehen, dass man sie kaum mehr einlassen würde. Sie hatte zwar das untrügliche Gefühl, dass in der Villa irgendetwas vor sich ging, was mit dem Mordfall zusammenhing, aber letztlich hatten sie keinerlei rechtliche Handhabe, um sich mit Gewalt Einlass zu verschaffen. Nach weiteren ereignislosen fünf Minuten marschierten Johanna Grasel und Alexandra Jennerwein einträchtig und ganz langsam die Straße hinunter, vorbei an Schreders Villa, der – falls er sie aus einem der Fenster beobachtete – ruhig wissen sollte, dass sie ihn nicht aus den Augen ließen. Als sie in die Straße einbogen, in der sich Schönbergs Domzil gegen den Nachthimmel erhob, konnten sie schon von Weitem sehen, dass in vielen Räumen noch Licht brannte, was bedeutete, dass die Kollegen von der Spurensicherung nach wie vor am Werk waren.

„Gehen wir zu einem Heurigen", schlug Alexandra vor. „Mir knurrt nämlich schon ziemlich der Magen."

„Machen wir. Da vorn hängt ein Buschen."

Zum ersten Mal wich das ständige Kräftemessen, das zwischen den beiden bislang geherrscht hatte, einer etwas gelösteren Stimmung. Das Abendessen verlief zwar nicht gerade freundschaftlich, aber zumindest friedlich und im gegenseitigen Einverständnis, den rätselhaften Umständen des Mordes am Jägermeier-Verehrer Schönberg so rasch wie möglich auf die Spur zu kommen.

8

Trotz des unterschwellig rumorenden, unguten Gefühls, dass der Heurigenabend in der ungewollten Gemeinsamkeit eines kargen Hoteldoppelzimmers enden würde, hatte es keine spitzzüngigen Bemerkungen gegeben. Stattdessen hatten Johanna Grasel und Alexandra Jennerwein sachlich die bislang ausgeforschten Informationen und Eindrücke gesammelt, gegliedert und diskutiert. Im Mittelpunkt hatte natürlich das höchst seltsame Vorgehen gestanden, wie man Christoph Schönberg ins Jenseits befördert hatte.

„Das war ein ganz perfide geplanter, vorsätzlicher Mord. Jemand muss diesen Menschen so sehr gehasst haben, dass er ihm vor seinem Tod unbedingt noch Schmerzen zufügen, beziehungsweise ihn in Todesangst versetzen wollte“, überlegte Alexandra.

„Nicht nur das“, ergänzte ihre Vorgesetzte. „Der Umstand, dass das Gift auf dem Mundstück der Klarinette war, die er während des Vortrages benutzte, weist darauf hin, dass es dem Mörder darauf ankam, Schönberg in aller Öffentlichkeit sterben zu lassen.“

„Hm. Ich weiß nicht. Schließlich hätte es durchaus sein können, dass der Notarzt weniger aufmerksam reagiert und als Todesursache einfach Herzinfarkt oder so bescheinigt.“

„Dann wäre man in der Pathologie draufgekommen“, gab Johanna zu bedenken.

„Oder auch nicht. Sie wissen doch, dass es genug Morde gibt, die nicht als solche identifiziert werden. Und woher hätten die in der Pathologie wissen sollen, dass Gift im Spiel war!“

„Sie trauen den Ärzten dort wohl nicht viel zu. Die haben aber mehr Erfahrung und auch Spürsinn, als man gemeinhin glaubt und können anhand winziger Spuren an der Leiche die Todesursache genau ausmachen. Ich habe mal einige Semester lang Lehrveranstaltungen über Forensische Thanatologie besucht, war äußerst interessant.“

„Damit habe ich mich auch beschäftigen müssen in der Ausbildung, aber nur am Rande. Weshalb haben Sie sich denn so ausgiebig damit befasst?“, staunte Alexandra.

„Na ja, ich hätte nicht…, das heißt, es war…, es hat mich halt interessiert, privat, meine ich." Johanna Grasel senkte nach dieser nicht gerade erschöpfenden Auskunft den Blick. Da hätte sie sich beinahe verplappert. Was musste die andere schließlich wissen, dass sie keineswegs aus purem Pflichtgefühl oder beruflichem Interesse in die Vorlesungen und Seminaren gerannt war, sondern deshalb, weil ihr Verflossener der Dozent und sie von seiner Rhetorik und der Form, wie er sein umfangreiches Wissen weitergab, so fasziniert war wie die meisten anderen Studierenden, vor allem der weibliche Teil.

Hinterher waren sie häufig miteinander essen gegangen, und sie hatte es genossen, dass die jungen Studentinnen, die ‚ihren' Professor anhimmelten, ihr so manches Mal neidvoll hinterher geschaut hatten. Wenn die gewusst hätten, welch ein mieser Egoist hinter dieser Fassade steckte.

‚Sinnlos, du dumme Gans, sich das alles immer wieder ins Gedächtnis zurückzurufen', wies sich Johanna selbst in die Schranken. Aber wie sollte man es anstellen, dass die vielen, vielen Verletzungen und Zurücksetzungen, die sie klaglos in dieser Beziehung zugelassen und erlitten hatte, nicht fortwährend immer noch am Selbstbewusstsein nagten? Wenn sie die Jahre, die sie in dieser Beziehung vergeudet hatte, nur irgendwie zurückholen könnte. Und die Scham darüber überwinden, sich selbst so grandios verleugnet zu haben. Unwillkürlich stieg es ihr heiß in die Augen, und ihre Mundwinkel zuckten ein wenig. Das hatte gerade noch gefehlt, dass sie hier in Tränen ausbrach. Zwei Achtel Rotwein, und schon kriegte sie das heulende Elend.

Alexandra Jennerwein beobachtete ihre Chefin aufmerksam. Sie hatte nicht nur das deutliche Gefühl, dass die mit ihren Gedanken ganz woanders weilte, sondern dass sie unwissentlich an etwas gerührt hatte, womit die andere offenbar nicht fertig wurde.

Außerdem entging es ihr genauso wenig, dass Johanna krampfhaft versuchte, die Tränen fortzublinzeln. Sollte sich hinter der harten Schale, die sie zur Schau trug, eine ganz andere Grasel verbergen? Und weil sie selbst vor nicht allzu langer Zeit eine nahezu gleiche Misere hinter sich gebracht hatte, ging Alexandras Fantasie zufällig schnurgerade in die richtige Richtung: Die Grasel lebte allein. War sie vielleicht ebenfalls auf irgendeinen Deppen hereingefallen, der sie dann hat hängen lassen? Weiter kam sie in ihren gedanklichen Konstrukten nicht, denn ihre Chefin erhob sich und erklärte mit entschlossener, wenn auch belegter Stimme:

„Wir sollten jetzt wirklich gehen. Sie wollten eh noch Ihren Laptop in Bewegung setzen wegen des Stiftungsrechtes etc."

„Nein, das eigentlich nicht. Der fehlende Internetanschluss. Sie wissen schon. Ich wollte bei einem Kollegen nachfragen, der sich da auskennt", korrigierte ihre Mitarbeiterin.

„Ach so, ja. Dazu ist es nun wohl etwas zu spät."

„Ach, überhaupt nicht, der Bruno ist immer lange auf. Wir könnten zusammen noch ein Fluchtachterl trinken, und ich telefoniere derweil. Es ist ja schon ziemlich leer hier, sodass ich niemanden störe. Was halten Sie davon?"

Aus irgendeinem Grund, den sie selber nicht genau benennen konnte, tat Alexandra die Grasel plötzlich ein wenig leid, und neue Informationen lenkten sie bestimmt ab.

„Gut. Einverstanden. Aber das zahle ich dann. Herr Wirt, bitte noch ein Achterl Rot", ging Johanna Grasel sofort das Angebot ein, während Alexandra bereits die Mobiltelefonnummer des Kollegen eingab, der sich mit Betrug und ähnlichen Vergehen zu befassen hatte.

„Ja, du, hallo, sorry, dass ich jetzt noch anrufe. Aber du warst sicher noch wach, oder?" – „Hab ich's doch gewusst. Also, hör zu. Kannst du mir ein paar Infos geben über private Stiftungen? So ganz allgemein." – „Was? Nein, Genaueres kann ich dir nicht sagen. Einfach nur allgemeine Infos."

Es folgte eine lange Pause von Alexandras Seite, während der sie sich auf einer Serviette unablässig Notizen machte.

„Begünstigte? Keine Ahnung. Was heißt ‚Begünstigte'?" – „Ach so, ja. Klar. Danke, das genügt vorerst. Wenn ich mehr brauche, rufe ich dich nochmal an." – „Nein, heute Abend nicht mehr. Bussi und danke!"

„Und?", wollte Johanna wissen.

„Der weiß ziemlich gut Bescheid, alles habe ich – ehrlich gesagt – nicht verstanden. Aber das Wichtigste, denke ich, schon. Ich soll im Internet nach dem österreichischen Privatstiftungsgesetz von 1993 nachschauen. Aber wahrscheinlich versteht dieses Juristendeutsch sowieso kein Schwein. Also Folgendes: Privatstiftungen können gemeinnützig sein, müssen es aber nicht, das heißt, es kann Begünstigte geben, die in diesem Fall nicht im Vorstand sein dürfen. Der wiederum muss aus drei Personen bestehen. Ach so, Ehegatten und Angehörige dürfen auch nicht Mitglieder des Stiftungsvorstandes sein. Die Ausschüttungen müssen versteuert werden. Dazwischen hat er noch Einiges erzählt, aber wie gesagt, das habe ich auf die Schnelle nicht verstanden."

„Für uns heißt das, dass wir zunächst herausfinden müssen, wer wirklich im Vorstand ist und wer von dieser Stiftung profitiert. Richtig?"

„Ja, aber wo sollen wir da nachfragen?" Alexandra schaute etwas hilflos.

„Wir können schließlich nicht alles allein machen. Die Kollegen in St. Pölten werden uns sicherlich gern helfen und bei den entsprechenden Stellen Auskünfte einholen", erklärte Johanna.

„Das ist eine gute Idee. Ich rufe gleich morgen früh nochmal an."

„Was mich im Grunde aber viel mehr beschäftigt, ist die Frage, was dieser Schönberg für ein Mensch war", sagte Johanna Grasel nachdenklich und lehnte sich zurück.

„Na, man hat uns schließlich ausführlichst darüber informiert, dass er ein ziemlich übler Zeitgenosse war", meinte Alexandra.

„Schon. Aber ein Mensch kann nicht nur negative Seiten haben." Johanna drehte zerstreut ihr Glas immer in die gleiche Richtung. „Wir sollten uns jedenfalls um seine Vergangenheit kümmern. Wo hat er nochmal gelebt, bevor er hierher gezogen ist?"

„Irgendwer hat, glaube ich, gesagt, in Berlin, hat an einer Musikhochschule oder so unterrichtet. Aber ob es uns weiterbringt, wenn wir dort Erkundigungen anstellen, wage ich zu bezweifeln. Was sollen wir fragen? Ob dieser Schönberg sich früher genauso ungehobelt benommen hat? Falls er sich etwas Größeres hätte zu Schulden kommen lassen, wäre das aktenkundig, und ich habe natürlich im Polizeicomputer nachgesehen. Aber da war nix."

„Hm. Vielleicht erfahren wir bei der Befragung seiner geschiedenen Frau mehr. Anna Raender-Gramme. Merkwürdiger Name. Wohnt im 13. Bezirk. Hietzing. Vornehme Gegend. Wir werden sehen. Aber ich denke, jetzt sollten wir wirklich gehen, wir sind beinahe die Letzten. Die Kellnerin wischt schon die Tische sauber."

„Na schön. Begeben wir uns in unsere Nobelherberge", erklärte sich Alexandra seufzend bereit und erhob sich ebenfalls.

Im Hotel war alles still, und die Flure waren lediglich durch mattes Dämmerlicht notdürftig beleuchtet, sodass die beiden sich eher vorsichtig tastend, denn zielstrebig auf die Suche nach ihrem Zimmer machten.

„Totenlicht", schimpfte Alexandra halblaut vor sich hin.

Auch die auf Sparsamkeit ausgerichtete Deckenlampe im Zimmer verbreitete keineswegs Heimeligkeit, sondern vermittelte einen noch ungastlicheren Eindruck als am Tag.

„Toll, einfach toll. Was sich dieser Czerny dabei gedacht hat, uns hier einzuquartieren", ließ Alexandra ihrem Unmut freien Lauf.

„Jetzt ist es nicht mehr zu ändern. Arrangieren wir uns halt, so gut es geht."

Beide Frauen machten sich daran, ihre Koffer auszupacken, zumindest so weit, dass sie das Notwendigste zur Hand hatten. Während Johanna ihre Tiegel und Stifte bereits im Bad auf die Konsole vor dem kleinen Spiegel ordnete, wühlte Alexandra leise fluchend in ihrem Gepäck.

„Was ist denn los? Haben Sie etwas vergessen?", fragte Johanna.

„Ja. Mist. Ich hab anscheinend meine Tasche mit sämtlichen Kosmetika daheim stehen lassen."

„Kein Problem. Sie können meine mitbenutzen. Nur eine zweite Zahnbürste habe ich nicht dabei."

„Oh, das ist aber nett. Danke. Die Zahnbürste ist das geringste Problem. Ich habe immer eine in der Handtasche."

‚Wenigstens ein Vorteil, wenn ich schon mit der Grasel das Zimmer teilen muss', dachte sich Alexandra. ‚Hätte ich einen männlichen Kollegen dabei, müsste ich mich morgen ungeschminkt als Naturkind erst einmal auf die Suche nach Wimperntusche und Lidschatten machen. Schreckliche Vorstellung.'

Dennoch hatte jede mit dem Gefühl einer gewissen Peinlichkeit zu kämpfen. Die Kommunikation erschöpfte sich mit den Fragen, wer zuerst ins Bad ging und wer welche Seite des Bettes belegte. Als Alexandra den geschmacklosen Bettüberwurf herunterzog, bemerkte sie entsetzt, dass es für beide nur eine gemeinsame und zudem noch recht dünne Decke gab. Auch das noch. Weder im Schrank noch in der Kommode fand sich etwas Wärmendes. Das konnte heiter werden.

„Wir haben nur dieses eine dünne Ding für uns beide", teilte sie der eben aus dem Bad kommenden Johanna Grasel finster mit.

„Ach du lieber Himmel. Sollten wir diesen schrecklichen Fetzen da noch dazu nehmen?" Sie schaute angewidert auf das auf dem Boden liegende mit Volants versehene Tages-Schmuckstück.

„Wir haben keinen Bezug. Und wer weiß, wer da schon drunter geschlafen hat. Iiih." Alexandra schüttelte sich vor Abscheu.

„Ich würde ja die Hotelbesitzerin wecken. Bei dieser Minimalausstattung geschähe es ihr ganz recht, wenn sie aus dem Schlaf gerissen würde. Aber ich habe keine Ahnung, ob und wo die hier wohnt. Manchmal erreicht man über die Null oder die Eins die Rezeption. Ich versuche es mal."

Doch das Telefon auf dem Glastisch neben dem Bett reagierte weder auf die Anwahl einer Null, noch einer Eins, es reagierte überhaupt nicht. Der Anschluss war offenbar lahm gelegt, und der Apparat diente lediglich der Dekoration.

„Das ist eine Unverschämtheit", schimpfte Alexandra. „Ich habe eine Idee. Ich rufe auf dem Handy die Nummer des Hotels an. Vielleicht meldet sich jemand."

Die Idee an sich war nicht schlecht, aber die Hoffnung, dass am anderen Ende jemand abhob, erwies sich als gänzlich unbegründet.

„Für diese eine Nacht muss es halt gehen", entschied Johanna seufzend. „Aber morgen erzähle ich dieser Blumenthal was. Die kann sich freuen."

Als jede sich zunächst auf der äußersten Kante ihrer Bettseite niedergelegt hatte, zeigte sich bald, dass diese Form der gegenseitigen Rücksichtnahme auf Dauer nicht durchführbar war. Die Matratze war von vielen Paaren in vielen Jahren auf ihre Mitte fixiert worden, sodass beide trotz aller Anstrengungen immer wieder in die vorgefertigte Mulde rutschten.

„Wir werden auch das noch überleben." Eine stoische Ruhe hatte sich bei Johanna eingestellt. Es war nun einmal nicht zu ändern. Man musste sich fügen.

„Gute Nacht."

„Ich schlafe bestimmt schlecht oder gar nicht", maulte Alexandra vor sich hin. „Gute Nacht."

Doch schon nach wenigen Minuten verkündeten sehr regelmäßige Atemzüge das Gegenteil. Sie schlief so fest, dass sie nicht merkte, wie sie Johanna immer näher kam. Die versuchte zwar zunächst, sich noch weiter an den Rand zu legen, musste dann aber einsehen, dass das nicht möglich war, ohne aus dem Bett zu fallen.

‚Seltsames Gefühl, auf einmal wieder jemanden neben sich liegen zu haben.' Voller Sehnsucht dachte sie an ihr bequemes heimisches Doppelbett, in das sie sich kreuz und quer platzieren konnte. Und erstaunt stellte sie fest, dass sie begann, dies mittlerweile als eine große Annehmlichkeit des Alleinseins zu schätzen.

Auch das Erwachen war nicht sonderlich erhebend. Die Achtel des Vorabends hatten sowohl um Johannas als auch um Alexandras Augenpartie deutliche Spuren hinterlassen. Der bereits zurückliegende vierzigste Geburtstag der einen und der im nächsten Jahr bevorstehende der anderen ließ sich zu dieser frühen Stunde nicht in Abrede stellen. So vermieden sie es geflissentlich, einander anzusehen, bevor nicht ausgiebige Restaurierungsarbeiten vor dem viel zu kleinen Badezimmerspiegel vollzogen waren. Johanna legte die hierfür notwendigen Utensilien auf Alexandras Duschhandtuch und gab ihr so zu verstehen, dass sie diese ebenso selbstverständlich mit ihr teilte wie am Abend zuvor. Alexandra revanchierte sich, indem sie Johanna in Ruhe ließ, weil sie wusste, wie sehr diese es hasste, schon in der Früh angesprochen zu werden. Allzu oft hatte sie diese Schwäche im Büro ausgenutzt und ihre Chefin zu früher Stunde mit unwichtigen Kleinigkeiten überfallen – einzig zu dem Zweck, sie zu ärgern. Doch heute herrschte einvernehmlicher Friede.

Das Einvernehmen änderte sich nicht, wohl aber der Friede. Als die Frauen den kleinen, mit billigen und teilweise zerschlissenen Plastikmöbeln bestückten Frühstücksraum betraten, war weit und breit niemand zu sehen. Auch Gedecke standen nicht bereit.

„Kriegt man in diesem Laden nicht mal einen Kaffee?", polterte Alexandra los. „Das lassen wir uns nicht bieten. Ich finde dieses Weib, und wenn ich es an den Haaren herbeiziehen müsste. Ich will mein Frühstück."

In dieser Beziehung verstand sie keinen Spaß. Wütend marschierte sie durch den Raum und riss die Schiebetür auf, die zu einem kleinen offensichtlich als Büro genutzten Kämmerchen führte, wo Frau Blumenthal an ihrem Schreibtisch saß. Unwillig schaute sie auf, und ihre säuerliche Miene verriet unverkennbar, dass sie sich gestört fühlte.

„Was ist?", fragte sie unfreundlich.

„Ist es vielleicht möglich, dass wir frühstücken können?", blaffte Alexandra.

„Sicher. Aber nicht bei mir."

„Wie bitte?"

„Ich habe Ihnen gestern gesagt, dass es Frühstück bis acht Uhr gibt. Jetzt ist es Viertel neun. Sie müssen sich schon nach der Ordnung richten."

„Sind Sie noch bei Trost? Erst vermieten Sie uns diese Bruchbude, in der man im Bett fast erfriert, weil es nur einen dünnen Fetzen gibt zum Zudecken. Und dann nicht einmal ein Frühstück?"

„Anscheinend haben Sie aber trotzdem gut geschlafen. Sonst wären Sie ja früher aufgestanden."

Nach einem kurzen Moment der Sprachlosigkeit machte Alexandra ihrer Wut mit einer solchen Vehemenz Luft, dass ihre Chefin, die das kurze, Gift sprühende Intermezzo verfolgt hatte, nur noch staunen konnte über Wort- und Stimmgewalt, die ihrer Mitarbeiterin zu dieser frühen Morgenstunde bereits zur Verfügung standen. Sie spie förmlich Gift und Galle. Eine wahre Kanonade von Schimpfworten und Beleidigungen ergoss sich über Frau Blumenthal, die einige Male erfolglos versuchte, Einspruch zu erheben, aber Alexandras Wut war sie nicht gewachsen. Die blieb stur, eine Hand hatte sie auf den Schreibtisch gestützt, mit der anderen wies sie in die Richtung, wo sie eine Küche oder Ähnliches vermutete, und brüllte die entgeisterte Frau Blumenthal an:

„Sie begeben sich sofort und ohne Umstände in die Küche und richten ein anständiges Frühstück her. Und wenn wir heute am Abend wiederkommen, liegt erstens eine zweite Decke in unserem Zimmer, und zweitens sorgen Sie dafür, dass es hier eine ordentliche Beleuchtung gibt, sodass man nicht Angst haben muss, sich die Haxen zu brechen. Die Alternative ist, dass wir auf der Gemeinde diese unhaltbaren Zustände bekannt machen. Ist ja nicht wirklich ein Renomee für den Ort, wie die Gäste hier behandelt werden. Wird's bald mit dem Frühstück?"

Derartiges hatte die Hotelbesitzerin wohl kaum je erlebt. Viele Gäste hatten sich zwar schon über dies und jenes beschwert, aber eine solche Heftigkeit war sie nicht gewohnt. Das hatte noch keiner gewagt. Im Ort war Frau Blumenthal für ihr rüdes Auftreten und ihre wenig gastfreundliche Haltung bekannt, die Touristen, die ahnungslos ein Zimmer buchten, konnten das freilich nicht wissen.

Johanna verfolgte diese filmreife Szene nicht ohne eine gewisse Schadenfreude hinsichtlich Frau Blumenthal einerseits und einer Mischung von Staunen und Bewunderung für den temperamentvollen Auftritt ihrer Mitarbeiterin andererseits. Sie war gespannt, wie die Frau reagieren würde. Die verzog das Gesicht zu einer wütenden Grimasse, die überdeutlich stumme Verwünschungen verriet, schob dann ihren Sessel zurück, öffnete den hinter ihr stehenden Kasten und entnahm ihm zwei Frühstücksgedecke.

„Ewig haben wir nicht Zeit. Es darf ruhig etwas schneller gehen", setzte Alexandra noch nach. „Kommen Sie, Frau Chefinspektorin, wir setzen uns derweil schon einmal hin." Damit stolzierte sie hoch erhobenen Hauptes voran und ließ sich mit herausforderndem Blick und verschränkten Armen am größten Tisch des Raumes nieder.

Die Hotelbesitzerin knallte wortlos die beiden Gedecke auf den Tisch, lieferte sogar eine Platte mit Schinken und Käse, einen gut gefüllten Brotkorb und eine große Kanne Kaffee. Dann schloss sie die Tür mit einem lauten Knall und kümmerte sich nicht weiter um ihre Gäste.

„Ich habe nicht gewusst, dass Sie schon morgens über so viel Sprachgewalt verfügen", wunderte sich Johanna Grasel.

„Wenn es um mein Frühstück geht, dann schon", grinste ihre Mitarbeiterin.

Auf der Fahrt nach Hietzing zur angegebenen Adresse von Anna Raender-Gramme, der geschiedenen Frau Schönberg, waren einige kleinere Hindernisse zu überwinden. Zuerst verstellte ihnen auf der Breitenfurter Straße ein Müllwagen den Weg, hinter dem sich sekundenschnell eine lange Autoschlange bildete. Weil nach Meinung eines Autolenkers die Arbeiter es sich allzu gemütlich machten, sprang er wütend aus seinem Gefährt und brach ein erregtes Wortgefecht vom Zaun, an dem sich ein Gleichgesinnter sofort intensiv beteiligte. Das war jedoch kontraproduktiv, denn die Müllwerker ließen ihre Mistkübel stehen und nahmen ambitioniert Stellung in der lautstark geführten Diskussion über ihr Arbeitstempo.

„Oh du lieber Himmel", stöhnte Johanna Grasel ungeduldig. „Können die nicht einfach nur abwarten. Jetzt dauert es noch länger."

Erst nach mehr als zehn Minuten hatten sich die Hitzköpfe einigermaßen beruhigt, und die Schlange löste sich langsam auf. Dafür standen sie wenig später vor einer Umleitung, die die freundliche Stimme aus dem Navigationsgerät wohl noch nicht kannte, denn sie riet zur Durchfahrt. Alexandra überlegte kurz, ob sie dem Umleitungsschild oder der elektronischen Empfehlung folgen sollte und entschied sich für Letzteres. Das erwies sich leider als fatal, denn der Straßenbelag war nur bis zur Hälfte des Weges abgetragen worden, sodass sie nach hundert Metern die unüberwindliche Hürde eines mindestens dreißig Zentimenter höheren Abschnittes vor sich sahen, der von den Baumaschinen noch unberührt geblieben war. Fluchend machte Alexandra kehrt.

Auch die weitere Suche nach der Villa von Anna Raender-Gramme – keiner der beiden kam es in den Sinn, dass es sich bei deren Adresse um etwas anderes als ein veritables Haus handeln könnte – war problematisch. Eine alte Dame mit Einkaufswagen, die sie nach dem Weg fragten, nickte zwar freundlich und gestikulierte mit dem Arm nach links und rechts. Ihre Ausführungen allerdings waren nicht zu verstehen, da sie am Morgen wohl vergessen hatte, ihr Gebiss einzusetzen. Der nächste Passant, den sie fragten, versicherte hoch und heilig, dass es diese Adresse in Hietzing gäbe, doch wo sie sich befände, konnte er leider nicht sagen. Auf gut Glück fuhren sie auf der von hohen Bäumen gesäumten ruhigen Straße langsam ein Stückchen weiter. Weit und breit war keine Menschenseele zu sehen.

„Mist, dass ich nicht daran gedacht habe, einen Stadtplan mitzunehmen“, schimpfte Alexandra vor sich hin.

„Das wäre sicher gut gewesen. Da vorn ist eine Apotheke. Wir fragen dort nach“, entschied ihre Chefin kühl.

Hier hatten sie endlich Erfolg. Die hilfsbereite Apothekerin zeichnete den Weg so genau auf, dass sie ohne Schwierigkeiten ihr Ziel fanden. Doch als sie dort angelangt waren, wunderten sie sich sehr.

„Hier soll die wohnen?“, zweifelte Alexandra, denn sie befanden sich keineswegs vor einer feudalen Villa, sondern vor einer etwas heruntergekommenen Gemeindebauanlage aus den fünfziger Jahren, für deren Sanierung seither wohl keine städtischen Gelder zur Verfügung gestellt worden waren. Anna Raender-Gramme wohnte im vierten Stock ohne Aufzug. Im Stiegenhaus, das ebenfalls keinen sonderlich gepflegten Eindruck machte, roch es muffig. Und genauso muffig war die Miene der Frau, die auf ihr Klingeln nach geraumer Zeit den Schlüssel von innen umdrehte und den Kopf herausstreckte.

„Was ist? Wer sind Sie?“, fragte sie trotz der beiden Dienstausweise, die ihr durch den Türspalt entgegengehalten wurden.

„Wir würden Sie gern im Zusammenhang mit dem überraschenden Tod Ihres früheren Gatten sprechen“, erläuterte Johanna geduldig.

„Er ist ermordet worden, und wir versuchen, den Fall aufzuklären“, setzte ihre Assistentin hinzu, was ihr einen bösen Blick von ihrer Chefin eintrug. Was musste die schon gleich wieder mit der Tür ins Haus fallen.

„Ach! Ermordet ist der worden? Soso. Geschieht ihm recht“, lautete die gleichgültige Antwort. Der Stimme war keine Gefühlsregung anzumerken.

„Können wir jetzt bitte hineingehen. Es muss nicht das halbe Haus unsere Unterhaltung mithören“, erklärte Johanna Grasel um einiges energischer. Sie hatte bemerkt, dass die nebenan liegenden beiden Wohnungstüren vorsichtig einen Spalt breit geöffnet worden waren.

„Meinetwegen. Wenn’s denn sein muss. Aber aufgeräumt habe ich nicht.“

Da müsste sich das Ehepaar wenigstens in dieser Beziehung gut verstanden haben, dachte Alexandra, denn der Schmutz und Staub in dieser Wohnung waren durchaus mit jenem in der Villa Schönberg vergleichbar.

„Wollen Sie sich hinsetzen?“, bot Anna Raender-Gramme halbherzig an, wobei unüberhörbar ein ‚etwa gar' mitschwang.

„Danke. Wir wollen Sie nicht lange aufhalten“, lehnte die Chefinspektorin das unfreundliche Angebot ab, nicht nur, weil sie keine Möglichkeit entdecken konnte, es anzunehmen, sondern weil sie keine Lust hatte, sich inmitten dieses Chaos niederzulassen.

Sie betrachtete die Frau eingehend, die so gar nicht zum herrschaftlichen Perchtoldsdorfer Anwesen passte. Sie war nachlässig und unmodern gekleidet, von einer Frisur zu sprechen, wäre vermessen gewesen, und ihre Gesichtszüge wirkten verhärmt, doch der Blick war lauernd – so, wie der eines Tieres, jeden Moment bereit zum Angriff.

„Wer hat Sie vom Tod Ihres geschiedenen Mannes unterrichtet?“, begann Johanna.

„Sie sind gut. Lesen Sie keine Zeitungen? Das war schließlich die Sensation.“

„Vorhin hörte es sich aber so an, als wäre es Ihnen neu, dass er ermordet worden ist.“

„Kann sein.“

„Nochmal: Von wem haben Sie es erfahren? Haben Sie gemeinsame Bekannte oder Freunde?“

„Hab ich schon lange nicht mehr. Mit diesem Gesindel will ich auch nichts zu tun haben“, antwortete sie höhnisch.

„Seit wann sind Sie geschieden?“

„Naja, eigentlich, geschieden, ich meine, so richtig…“, kam es zögerlich.

„Was meinen Sie damit?“ Johannas Sensoren waren auf höchste Aufmerksamkeit ausgerichtet.

„Ja. Schließlich. Was hätte es gebracht. Er zahlt ja sowieso nicht.“

Immer noch wich Anna Raender-Gramme einer klaren Antwort aus.

„Sie meinen, dass Sie immer noch mit Schönberg verheiratet sind, beziehungsweise waren", brachte Alexandra das Gestammel auf den Punkt.

„Ja. Und? Was hätte es gebracht!" Doch plötzlich änderte sich der Tonfall, und sie richtete sich auf. „Sie kommen mir eigentlich ganz gelegen. Sie wissen doch bestimmt, was ich unternehmen muss wegen des Erbes. Das gehört schließlich jetzt alles mir."

„Dafür sind wir leider nicht zuständig. Da müssen Sie sich an die zuständigen Behörden wenden. Mit Sicherheit werden Sie einen Erbschein oder etwas Ähnliches vorweisen müssen. Existiert ein Testament, oder gibt es sonstige Erben?"

„Das ist mir völlig egal. Ich habe lange genug hier vegetiert. Schauen Sie sich doch um. Jetzt will ich, was mir zusteht. Und – verlassen Sie sich darauf – diesmal lasse ich mich nicht über den Tisch ziehen."

„Wann hat man Sie denn über den Tisch gezogen? Und womit?"

„Na, damals, mit dieser blöden Stiftung. Der Schreder, der krumme Lumpenhund, der Lügenbeutel, der Prolet hat mich überredet, mich dran zu beteiligen. Der hat mich hinters Licht geführt und wie! Und mein sauberer Herr Ehemann hat davon gewusst."

Die Behauptung, dass Johanna Grasel und Alexandra Jennerwein hellhörig geworden wären, könnte man als grandiose Untertreibung bezeichnen. Beide ließen die Raender-Gramme keine Sekunde aus den Augen. Die Ungereimtheiten, die ihnen hier aufgetischt wurden, waren eklatant.

„Sie sind also in irgendeiner Form an der Stiftung beteiligt?", erkundigte sich die Chefinspektorin sachlich.

„In irgendeiner Form? In irgendeiner Form? Sie sind gut. Meine Ersparnisse stecken da drin, weil dieser…, dieser Lumpenhund mir einen Zinssatz versprochen hat, den ich auf keiner Bank kriege", wütete die Raender-Gramme.

„Moment", unterbrach Johanna, „was genau haben Sie denn mit dem Jägermeier-Stiftungsvermögen zu tun? Das kommt doch aus dem Nachlass Jägermeier."

„Wenn Sie es sagen, wird es so sein. Der Schreder hat mir jedenfalls erklärt, dass auf diese Weise jede Menge Geld für mich herausspringt, und der Schönberg, der hat mir auch noch zugeredet."

„Sie meinen Ihren Mann, äh... Ihren verstorbenen Mann?"
„Reingelegt haben sie mich, alle beide, an meinem Geld haben Sie sich bereichert."
„Wie hoch war denn die Summe?", fragte Alexandra.
„Fünfzigtausend."
„Schilling?"
„Schilling! Dass ich nicht lache. Fünfzigtausend Euro.
„Das ist eine ganze Menge. Woher hatten Sie denn so viel Geld?"
„Ich wüsste nicht, was Sie das angeht, außerdem ist das schon Jahre her."
„Wieviel Jahre?"
„Ungefähr vier oder fünf oder auch nur drei."
„Na, so lange ist das nun auch wieder nicht."
Die Raender-Gramme verzichtete auf einen Kommentar und zeichnete mit ihrem Zeigefinger bizarre Gebilde in den Staub des Blumenregals.
„Ist sonst noch was?", wollte sie dann, etwas nervös geworden, wissen, denn ihre Besucherinnen begnügten sich momentan damit, sie weiterhin eindringlich, aber stumm zu mustern.
„Wenn Sie mir eh nicht sagen können, was ich jetzt unternehmen muss, betrachte ich unsere Unterhaltung als beendet", forderte sie die Beamtinnen unverblümt zum Gehen auf.
„Einige Fragen hätte ich schon noch", entgegnete Johanna Grasel gelassen und so liebenswürdig, dass ihre Mitarbeiterin wusste, dass nun für die andere höchste Aufmerksamkeit geboten war.
„Hatten Sie noch Kontakt zu Ihrem Ehemann?"
„Was heißt ‚Kontakt'?"
„Haben Sie sich manchmal getroffen, telefoniert?"
„Nein."
„Nie?"
„Nein."
„Wann haben Sie ihn das letzte Mal gesehen."
„Keine Ahnung. Ist schon ewig her."
„Und gesprochen?"
„Keine Ahnung. Ist auch schon ewig her."
Die schmuddelige Erscheinung vor ihnen erweckte mit ihren knap-

pen Antworten den Eindruck, als bereute sie, dass sie eingangs so viel preisgegeben hatte.

„Hatten Sie mit Dr. Schreder Kontakt? Haben Sie ihn zwischenzeitlich gesehen oder gesprochen?"

„Nein."

„Haben Sie vom Tod Ihres Mannes wirklich erst aus den Zeitungen erfahren?"

„Ja."

„Sind aus Ihrer Ehe eigentlich Kinder hervorgegangen?"

„Das hätte mir noch gefehlt. Kinder! Und dann noch mit dem! Außerdem haben wir uns erst spät kennengelernt. Noch was?"

Die Befragte schien den festen Vorsatz zu haben, weitere Auskünfte so gut es ging zu verweigern. Johanna Grasel wollte schon aufgeben, als ihr plötzlich noch eine Idee durch den Kopf schoss. Beiläufig fragte sie: „Wie gut kannten Sie übrigens den Schauspieler, mit dem Ihr Mann befreundet war und der auf so tragische Weise ums Leben gekommen ist?"

‚Wie kommt sie denn jetzt auf den', überlegte Alexandra. ‚Was soll der mit der ganzen Sache zu tun haben? Schließlich ist er schon lange tot.' Sie hütete sich jedoch, ihrer Chefin mit einer Bemerkung in die Parade zu fahren.

Nur für kurze Zeit schien Anna Raender-Gramme verunsichert. Ihr Blick, mit dem sie die Chefinspektorin maß, bekam etwas Verschlagenes, und ihr Mundwinkel verzog sich spöttisch, doch dann erwiderte sie teilnahmslos: „Ich erinnere mich. Aber nur dunkel. Da ist jemand vom Turm gefallen – oder?"

„Genau gesagt von der Ruine des kleinen Hungerturms neben der Perchtoldsdorfer Sommerbühne."

„Wenn Sie es sagen, dann wird es wohl stimmen."

„Kannten Sie ihn?"

„Wen? Den Turm?"

„Bitte, ja!! Wir sprechen immer noch vom Schauspieler."

„Ach so. Flüchtig."

„Und woher?"

„Weiß ich nicht mehr."

„Haben Sie ihn bei Ihrem Mann getroffen."
„Kann sein. Weiß ich nicht mehr."
Johanna musste wieder einmal einsehen, dass sie sich für dieses Mal mit den mageren Auskünften zu begnügen hatte. Aber sie war sich völlig sicher, dass Anna Raender-Gramme viel mehr wusste, als sie zugab.
Nachdem sie sich verabschiedet hatten und wieder unten auf der Straße waren, konnte Alexandra endlich die Frage stellen, die sie die ganze Zeit über schon beschäftigt hatte: „Wie sind Sie denn darauf gekommen, sich bei diesem Weib nach dem Schauspieler zu erkundigen?"
„Ich weiß es selber nicht. Ich dachte auf einmal, dass ich ihr damit ein wenig Unbehagen bereiten könnte. Und so ganz falsch liege ich – glaube ich – nicht. Haben Sie gesehen, dass sie einen kurzen Augenblick verunsichert war?"
„Hm. Eigentlich nicht. Aber wenn Sie meinen…"
„Eines ist jedenfalls sicher: Diese Frau Raender-Gramme werden wir im Auge behalten, der traue ich keinen Zentimeter über den Weg."
„Ein Motiv, ihren Noch-Gatten ins Jenseits zu befördern, hätte sie zumindest gehabt. Sie erbt alles."
„Langsam, langsam. Erstens ist noch gar nicht klar, ob es nicht vielleicht doch jemanden gibt, der ebenfalls Ansprüche erheben könnte. Und zweitens: Trauen Sie der so viel Umsicht zu, das Gift zu besorgen, es ungesehen in der Villa zum Beispiel in ein Getränk zu mischen und dann auch noch das Mundstück der Klarinette zu präparieren?"
„Ich weiß nicht. Die Sache mit der Erbschaft müssen wir wohl überprüfen, aber bei Ihrem zweiten Argument bin ich skeptisch. Sie sagen doch selbst immer, dass man nicht vorschnell urteilen soll. Dass diese Schlampe uns angelogen hat, war doch nicht zu übersehen. Wer weiß, ob die nicht noch etwas auf dem Kerbholz hat."
„Was meinen Sie damit?"
„Ich weiß es wirklich nicht. Nur so ein Gefühl halt."
Johanna Grasel konnte ihrer Kollegin kaum widersprechen. Auch sie hegte ein gewaltiges Misstrauen gegenüber dieser merkwürdigen Frau. Das Kapitel Raender-Gramme jedenfalls war noch längst nicht abgeschlossen.

9

„Ich denke, es wird Zeit, dass wir diesem Schauspieler-Tod einmal nachgehen“, sinnierte Alexandra auf der Rückfahrt. „Irgendeine Bewandtnis muss es mit dem haben.“

Johanna blieb die Antwort schuldig. Ihre Gedanken beschäftigten noch immer die mehr als befremdlich wirkende Musikwissenschafter-Witwe. Es war nicht nur das äußere Erscheinungsbild, das so gar nicht in die vornehme Perchtoldsdorfer Umgebung des Rechtsanwalts und seines toten Freundes passte – falls sie denn jemals dort gelebt haben sollte. Bei Johanna breitete sich zunehmend ein diffuser Argwohn aus, den sie zwar nicht näher definieren konnte, und ihrer Assistentin ging es – der folgenden Frage nach zu urteilen – genauso: „Vielleicht weiß dieser Naderer von gegenüber mehr über die Raender-Gramme. Der lebt sicher schon länger in der Straße als Schönberg. Ob die Raender-Gramme überhaupt je in der Villa gewohnt hat? Oh verdammt, wir haben vergessen, sie das zu fragen.“

„Stimmt. Aber ob sie uns die Wahrheit gesagt hätte, halte ich für sehr zweifelhaft. Wir werden uns beim Meldeamt erkundigen. Würden Sie das veranlassen, bitte?“

„Ja. Mache ich. Ich muss eh noch in St. Pölten anrufen wegen der Besitz- oder Eigentumsverhältnisse, oder wie hieß das gleich noch mal? Halt wegen der Jägermeier-Stiftung.“

„Stiftungsvorstand“, half Johanna Grasel aus.

„Genau. Sobald wir wieder in Perchtoldsdorf sind, erledige ich das. Übrigens könnten wir ruhig mal auf dem Polizeirevier vorbeigehen und dem Czerny ordentlich die Leviten lesen wegen seiner Hotelempfehlung. Das ist schließlich das Letzte.“

Einen Moment lang wollte die Chefinspektorin widersprechen, denn weshalb sollte man den Polizisten, der ihnen im Grunde ja nur behilflich sein wollte, verärgern. Doch dann siegte auch bei ihr der Unmut über die unkomfortable Unterbringung. Czerny sollte ruhig wissen, welch fabelhafte Leistung er da vollbracht hatte. Und seinen Fehler wieder gutmachen.

„Warum sollen wir eigentlich alles allein ausforschen“, meinte Johanna Grasel nach diesem Gedankengang, dem Alexandra natürlich nicht folgen konnte.

„Was? Wie meinen Sie das?"

„Czerny kann uns ruhig etwas Arbeit abnehmen. – Wenn er uns schon diese Bruchbude beschert hat, soll er oder sein begnadeter Riedel eine genaue Liste vom Meldeamt der Gemeinde besorgen, wer unserer Kandidaten wann und wie lange in Perchtoldsdorf ansässig war: Schönberg, eventuell die Raender-Gramme, Schreder, sein Sohn, Naderer. Und außerdem brauchen wir die Akten über den Unfalltod des Schauspielers und alles, was damit zusammenhängt. Der tödliche Unfall oder was immer das war, ist schließlich in seinem Bezirk geschehen."

Alexandra schmunzelte. Das gönnte sie vor allem Riedel, den sie vom ersten Moment an nicht hatte leiden können.

„Super. Das ist eine Super-Idee. Und was machen wir derweil?"

„Wir werden die anderen Nachbarn von Schönberg befragen. Es gibt ja nicht nur diesen Naderer. Aber zuerst fahren wir zur Polizeiinspektion."

Czerny und Riedel hatten auch an diesem Tag Dienst, und wie vorauszusehen, waren sie nicht begeistert von den Anweisungen, die ihnen Chefinspektorin Grasel und Kontrollinspektorin Jennerwein vom Landeskriminalamt St. Pölten knapp und präzise erteilten. Horst Czerny versuchte vorsichtig, Einspruch zu erheben, weit massiver jedoch Siegfried Riedel, der definitiv erklärte, er fühle sich den Beamtinnen gegenüber nicht weisungsgebunden. Alexandra Jennerwein wies das kühl, aber unmissverständlich mit dem Argument auf ihre übergeordnete Kompetenz zurück. Dagegen waren beide Männer machtlos. Der gutmütige Czerny fügte sich ergeben, Riedel hingegen stapfte mit grimmigem Gesicht und dem festen Vorsatz davon, das den beiden Kolleginnen, die er nicht als solche betrachtete, irgendwie heimzuzahlen. So weit war er noch lange nicht, dass er sich von zwei Frauen herumkommandieren ließ, und wenn sie hundert Mal einen höheren Rang hatten.

Die wiederum machten sich auf den Weg in Richtung Schönberg-Villa, die nun verwaist lag. Die Kollegen von der Spurensicherung hatten augenscheinlich ihre Arbeit beendet, denn der große Transporter, der ihre opulente Ausrüstung barg, parkte nicht mehr vor dem Haus.

„Wetten, dass die Nachbarn hier immer noch hinter dem Vorhang lauern?", meinte Alexandra geringschätzig. „Die sind vermutlich froh, dass in dieser langweiligen Gegend endlich einmal etwas passiert ist."

„Na, so langweilig scheint mir die Gegend nicht zu sein. Wenn Sie allein an die vielen Einbrüche denken, von denen man uns neulich auf dem Polizeirevier berichtet hat", widersprach ihre Chefin. Sie wollten eben am Tor des Nachbargrundstücks anläuten, als bereits die Haustür geöffnet wurde.

„Und? Was habe ich gesagt", triumphierte Alexandra, während sie durch den Garten zum Haus gingen, wo ein älterer Mann sie am Eingang erwartete.

„Sie sind von der Polizei, nicht wahr? Wir haben Sie schon öfter nebenan gesehen. Das musste ja so kommen. Bitte, hier herein."

Bevor sie fragen konnten, was denn hatte so kommen müssen, wurden sie vom Hausherrn in einen großen, mit altertümlichen Möbeln völlig überladenen Raum geschoben, in dessen Mitte erwartungsvoll seine Frau stand.

„Wir haben uns schon gedacht, dass Sie kommen werden", stimmte diese in die Einleitung ihres Mannes ein.

„Bitte, weshalb?", erkundigte sich Johanna Grasel und zückte ihren Dienstausweis, dem aber keine Beachtung geschenkt wurde.

„Ja, ja, wir wissen, wer Sie sind. Wir haben Sie schließlich beobachtet."

Wieder ging ein vielsagender Blick Alexandras zu ihrer Chefin.

„Schön. Was haben Sie uns zu berichten?", begann diese die Befragung.

Das Ehepaar stellte sich nebeneinander in Positur. Beide mochten die siebzig bereits überschritten haben, doch nur der Mann bekannte sich wacker zu seinen grauen Haaren. Seine Frau präsentierte stolz einen pechschwarzen Schopf, der oberhalb der Stirn allerdings von einer feinen, weißen Linie gesäumt war, die auf die natürliche Haarfarbe verwies. Die Dame des Hauses war stark, dabei aber so ungeschickt geschminkt, dass die vielen unterschiedlichen Farben, die sie für ihr Gesicht verwendet hatte, mehr enthüllten als verdeckten. Ihre wichtigen Mienen jedoch glichen sich: Das Paar schien felsenfest überzeugt, die Lösung für die Aufklärung des Mordfalles Schönberg parat zu haben.

„Wenn Sie gleich zu uns gekommen wären, hätten wir Ihnen schon längst reinen Wein einschenken können, was sich da drüben abgespielt hat", erklärte ihnen die Frau mit fester Stimme.

„Einen Augenblick, bitte, darf ich zunächst einmal erfahren, wie Sie heißen?", bremste die Chefinspektorin den zu befürchtenden Redefluss.

„Was? Viktor, sag Ihnen, wer wir sind", herrschte die Gattin ihren Mann an.

„Geiger. Professor Viktor Geiger", kam er brav ihrem Wunsch nach und verbeugte sich leicht, „und das ist meine Gattin."

„Frau Professor Geiger", ergänzte sie.

Alexandra konnte der Versuchung nicht widerstehen und fragte scheinheilig: „Sie waren beide Lehrer?"

„Nein, natürlich nur mein Mann", lautete ihre entrüstete Antwort.

„Ach so. Entschuldigung, ich dachte, weil Sie sich auch ‚Professor' genannt haben."

Bevor die Unterhaltung ausuferte, griff die Chefinspektorin ein.

„Sie wollten uns etwas Wichtiges mitteilen."

„Das kann man wohl sagen. Wissen Sie überhaupt, wie es da drüben zugegangen ist? Wie in einem Freudenhaus", empörte sich Frau Geiger.

„Woher wissen Sie denn so genau, wie es in einem Freudenhaus zugeht?" Alexandra konnte es einfach nicht lassen. Wenn ihr jemand von Herzen unsympathisch war, gab sie das auch unmissverständlich zu verstehen – eine Eigenschaft, die in ihrem Beruf nicht gerade wünschenswert war. Und ihr auch sofort und wie so oft einen mahnenden Blick ihrer Chefin eintrug. Welcher Teufel ritt nur immer diese Jennerwein! Eine Weile ging immer alles gut, beinahe hatten sie dieses Mal schon Hand in Hand gearbeitet, und jetzt fing sie wieder an zu spinnen. Sie musste sich doch selbst sagen, dass sie den Ermittlungen auf diese Weise mehr schadete als nutzte. Johanna versuchte, die gereizte Stimmung wieder in ruhigere Bahnen zu lenken, indem sie auf die eben geführte Unterhaltung nicht einging, sondern sachlich nach den Vorkommnissen fragte.

Der abrupt unterbrochene Wortschwall von Frau Geiger kam langsam wieder in Schwung. Sie berichtete von vielen „abnormen" Besuchen fremder Damen und Herren, von lautstarken Auseinandersetzungen und Lärm, von unerträglich lauter Musik. Und wenn sie eines der Ereignisse nicht drastisch genug schilderte, soufflierte ihr Mann, indem er diverse Ausschmückungen anfügte. Alles in allem jedoch ergab sich nichts Neues. Ähnliches hatten sie bereits von Naderer gehört, der allerdings zusätzlich mit zeitgenauen Angaben aufgewartet hatte. Außer der Lärmbelästigung durch Schönbergs Musikdarbietungen standen diese Aussagen in krassem Gegensatz zur Auffassung, dass Schönberg extrem zurückgezogen gelebt hatte – was man auf dem Polizeirevier kolportiert hatte.

„Sind Sie auch Gäste im Hause Schönberg gewesen?", forschte Johanna Grasel und erntete erstaunlicherweise ein kurzes, betretenes Schweigen.

„Na ja", erwiderte Frau Geiger zögerlich. „Am Anfang waren wir das eine oder andere Mal drüben. Jetzt sag doch auch einmal etwas, Viktor."

Sie machte eine unbestimmte Bewegung mit dem Kopf hin zu ihrem Mann.

„Na ja", begann auch dieser. „Dieser Schönberg war nicht so ganz der gesellschaftliche Umgang, den wir bevorzugen. Er hat – im Vertrauen und unter uns – ", hier neigte er sich so nahe zu den beiden Frauen, dass diese unwillkürlich zurückwichen, „wie gesagt, unter uns: dieser Schönberg hat getrunken."

„Getrunken nennst du das", ereiferte sich seine Gemahlin, „stockb'suffn war er, und das fast jeden Tag, a richtiger Lump." Sie geriet derart außer sich, dass sie spontan von der bis dahin bemühten Hochsprache in den Dialekt verfiel.

„Ja, das stimmt schon", bestätigte ihr Mann. „Und in dem Zustand hat er immer sämtliche Gäste beschimpft. Einen nach dem anderen."

„Wie jetzt?", fragte Alexandra verdutzt. „Weswegen denn?"

„Der hat immer was g'fundn. Dem war's wurscht, wen's troffen hat."
„Was meine Gattin sagt, hat seine Richtigkeit. Sobald er ein gewisses Quantum an Alkohol konsumiert hatte, hat er losgelegt. Aber wie. Deshalb sind wir dann nicht mehr hingegangen."
„Wir haben es nämlich nicht nötig, uns mit so jemandem abzugeben", setzte Frau Geiger in ihrer nun wieder gezierten Ausdrucksweise hinzu.
„Was haben Sie beobachtet, das im Zusammenhang mit dem Mord an Professor Schönberg stehen könnte?", wollte die Chefinspektorin nach diesen weitschweifigen Darlegungen wissen.
„Ist das nicht genug? Der Lebenswandel, den der geführt hat, spricht schließlich Bände." Frau Geiger verstand die Frage nicht.
„Für Sie war sicherlich die Lärmbelästigung durch die Musik ärgerlich, aber es war schließlich Schönbergs Privatsache, wen er eingeladen hat. Oder? Dadurch sind Sie ja nicht gestört worden."
„Was heißt hier ‚gestört'? Würden Sie gern mit einem solchen Nachbarn, einem solchen Kretin, einem solchen Proleten leben?" Frau Geiger sprühte förmlich vor Verachtung.
Johanna Grasel sah ein, dass sie auf diese Weise nicht weiterkam, deshalb wurde sie konkreter.
„Gehörte Rechtsanwalt Schreder zu den ständigen Gästen drüben?"
„Der und sein Assistent oder was immer das war. Die waren dauernd da."
„Ist Ihnen etwas Besonderes aufgefallen?"
„Reicht es Ihnen nicht, was wir erzählen?" Frau Geiger wurde langsam ungehalten über so viel polizeiliches Unverständnis.
„Haben Sie sonst noch jemanden gekannt, der zum Freundes- oder Bekanntenkreis Schönbergs gehörte und häufig dort war?" Mühsam rang Johanna Grasel um Geduld.
Das Ehepaar schaute sich unschlüssig an, dann zuckten beide mit den Schultern.
„Zum Beispiel die Gattin von Professor Schönberg?"
„Was? Der war verheiratet? Das haben wir ja gar nicht gewusst!" Frau Geiger war vom Donner gerührt. „Siehst du. Siehst du, Viktor, wie ich dir immer gesagt habe. Der hat etwas zu verbergen. Aber du wolltest

mir nie glauben", blaffte sie, nachdem sie ihre Sprache wiedergefunden hatte, ihren Mann an.

„Warum glauben Sie, dass Schönberg etwas zu verbergen gehabt hätte", ging Alexandra Jennerwein auf die Bemerkung von Frau Geiger ein.

„Wenn jemand ständig alle Vorhänge zuzieht, selbst am hellen Tag, wenn kein Mensch weiß, wovon der da drüben gelebt hat, wenn der nie etwas erzählt von früher – werden Sie dann nicht auch misstrauisch?"

„Eigentlich nicht. Es bleibt schließlich jedem selbst überlassen, wie er lebt, solange er niemanden belästigt", hielt Alexandra sachlich dagegen.

„Das heißt, Sie haben keinerlei konkrete Hinweise, die uns bei der Aufklärung des Mordfalles weiterbringen könnten."

Mit dieser Feststellung gedachte Johanna Grasel die unergiebige Unterhaltung zu beenden und wollte gerade gehen, als ihrer Mitarbeiterin noch etwas einfiel: „Ihr Nachbar von gegenüber, der Herr Naderer…"

„Ja, der Herr Hofrat. Das ist ein wirklich vornehmer Mensch. Der hat sich genauso wie wir auch zurückgezogen von diesem Schönberg", erklärte Frau Geiger würdevoll.

„Moment. Wollen Sie damit sagen, dass Naderer, ich meine Hofrat Naderer, ebenfalls zu Schönbergs Freundeskreis gehört hat?", fragte Alexandra ungläubig nach.

„Einige Zeit ja. Und es spricht für den Herrn Hofrat, dass er immer wieder versucht hat, die Entgleisungen dieses Menschen zu verzeihen. Aber schließlich ist es selbst ihm zuviel geworden, und er hat das Haus nicht mehr betreten."

Schau einer an, das hat uns dieser akurate Herr Hofrat aber prompt verschwiegen. Johanna runzelte die Stirn.

„Gab es einen konkreten Anlass dafür?" Alexandra ließ nicht locker.

Wieder schaute sich das Ehepaar an, er zuckte mit den Schultern, sie schüttelte den fast schwarzen Schopf. „Nein. Das heißt, zumindest hat uns der Herr Hofrat nichts Näheres berichtet. Er hatte wohl einfach nur endgültig genug. Vermutlich hat ihn dieser Schönberg auch wieder einmal grundlos beleidigt – wie üblich."

Sollte ich hier auch nach diesem rätselhaften Schauspieler fragen?, erwog die Chefinspektorin. Schaden konnte es nicht.

„Kannten Sie auch den Schauspieler, der vor einigen Jahren auf so tragische Weise ums Leben gekommen ist?"

„Ja, der...", klang es gedehnt. „Der war ein ähnlicher Hallodri wie der Schönberg. Wahrscheinlich hatte er an dem Tag, als er vom Turm gefallen ist, ebenfalls heftig zugelangt."

„Wie bitte?"

„Na, halt b'soffn wird er g'wesen sein", verdeutlichte Frau Geiger.

„Haben Sie ihn persönlich gekannt?"

„Gesehen halt, aber mit so wem gibt man sich nicht ab", war die hochmütige Antwort.

„Nur weil er Schauspieler war?"

„Ach und sonst auch noch. Hurenbock. Einer wie der andere!" Die zur Schau getragene Vornehmheit von Frau Geiger erlitt ab und zu empfindliche Einbrüche.

Die beiden Beamtinnen wurden ob der verbalen Entgleisungen mit der Zeit etwas konfus und wollten nun endgültig den Rückzug antreten. Außer vagen Vermutungen und dunklen Andeutungen, die letztendlich nichts brachten, war im Hause Geiger wohl nichts zu holen. Johanna war schon an der Tür, als ihre Mitarbeiterin plötzlich vor einem gerahmten Notenblatt Halt machte und dann näher trat.

„Ist das ein Autograf?", fragte sie erstaunt.

„Ja", bestätigte Viktor Geiger stolz. „Das ist die originale Handschrift von Karl Friedrich Jägermeier, dem Bruder des etwas bekannteren Otto Jägermeier. Beides aber berühmte Komponisten."

„Aha."

„Und woher haben Sie das?" Johannas Interesse war mit einem Mal wieder geweckt.

„Das hat uns Schönberg überlassen, als wir noch miteinander verkehrt haben. Eine äußerst rare Seltenheit." Gattin Geiger stellte sich wieder in Positur, und Alexandra verzichtete ausnahmsweise auf einen spöttischen Verweis hinsichtlich der ‚raren Seltenheit'.

„Er hat es Ihnen geschenkt?" Johanna staunte.

„Geschenkt? Nein, natürlich nicht. Wo denken Sie hin. Solch eine wertvolle Handschrift kann man doch nicht einfach verschenken. Da wäre uns auch unangenehm gewesen, nicht wahr, Viktor?"

Viktor nickte heftig. „Nein, wir haben dieses Auto..., dieses Notenblatt käuflich erworben. Rechtmäßig. Wenn ich das hinzusetzen darf."

„Daran zweifeln wir nicht. Wieviel haben Sie denn dafür zahlen müssen?"

„Wieviel war das nochmal, Viktor?"

„Billig war es nicht, aber dafür haben wir ja auch einen Wert erworben. Wer weiß, wenn die Jägermeier-Werke bald weltweit gewürdigt werden, dann steigen solche Dokumente natürlich immens in ihrem Wert", erläuterte Frau Geiger pathetisch.

„Okay, wieviel?" Alexandra hätte es gern auf den Punkt gebracht.

„Damals – das war noch zu Schilling-Zeiten, vor dem Euro, wissen Sie –, ich meine, es war schon eine Menge Geld, aber wenn man den Wert bedenkt..." Viktor Geiger war sich offenbar nicht sicher, ob er über die Kaufsumme Auskunft geben sollte oder durfte oder nicht, doch seine Gattin nahm ihm die Entscheidung ab: „Siebzigtausend Schilling."

„Siebzigtausend..., das sind ja, Moment, das sind ja ungefähr fünftausend Euro. Für ein einziges Notenblatt?" Alexandra war perplex.

„Da staunen Sie, nicht wahr? Aber Kunst, ich meine wirkliche Kunst, war noch nie billig. Und Schönberg hat sicherlich noch mehr Schätze in seinem Haus gehortet." Frau Geiger zeigte sich von der ‚seltenraren' Wertanlage überzeugt, verstummte aber, als ihr Mann ihr einen warnenden Blick zuwarf.

„Haben Sie denn noch mehr von dem ...?" ‚Kram' hatte Alexandra fragen wollen, bremste sich aber noch rechtzeitig.

„Ja, Schönberg hat uns damals ein komplettes kleines Werkchen von Jägermeier überlassen. Eine kleine Serenade, eine wirklich hervorragende Komposition. Die hüten wir aber selbstverständlich wie unseren Augapfel und halten sie unter Verschluss." Viktor Geiger teilte den Stolz seiner Angetrauten.

„Und wieviel..., ich meine, was hat diese Serenade gekostet? Ich frage nur so. Quasi, weil man so etwas selten zu Gesicht bekommt."

Alexandra versuchte ihrem Interesse einen beiläufigen Anstrich zu geben, denn sie wollte auf jeden Fall vermeiden, dass das Ehepaar Geiger argwöhnisch wurde und womöglich andere Dinge, deren Bedeutung sie bislang noch nicht erkannt hatten und von denen sie und Johanna Grasel nichts ahnten, zu vertuschen suchten.

„Ein ganzes Werk ist selbstverständlich teurer. Sie müssen sich das wie bei einer Briefmarkensammlung vorstellen. Da ist eine komplette Serie ebenfalls erheblich mehr wert als einzelne Marken."

„Ich verstehe schon", murmelte Alexandra etwas schwach. „Und?"

„Rund dreihunderttausend Schilling werden es wohl gewesen sein."

„Über zwanzigtausend Euro!"

„Wenn Sie es so sehen, ja. Aber Sie müssen die Wertsteigerung in Betracht ziehen. Würden wir das an ein Archiv oder Museum verkaufen, bekämen wir mit Sicherheit ein Drittel mehr, wenn nicht gar das Doppelte."

‚Das wage ich stark zu bezweifeln', dachten sowohl Johanna als auch Alexandra, behielten dies aber wohlweislich für sich. Allerdings war ihnen schlagartig klar geworden, womit Schönberg seinen feudalen Lebensstil bestritten haben könnte. Falls es ihm gelungen war, noch weitere ahnungslose Käufer mit mehr oder minder wertlosen Jägermeier-Hinterlassenschaften – falls sie überhaupt echt waren und sich nicht als Fälschung erwiesen, aber das war in diesem Fall auch schon egal – zu versorgen, so wäre das eine sprudelnde Einnahmequelle gewesen.

Johanna Grasel mischte sich noch einmal in das Gespräch ein, und die folgende raffiniert formulierte Aussage bestätigte Alexandra, dass ihre Chefin auf der gleichen Fährte war.

„Vielen Dank für die Auskünfte, das hilft uns sicherlich weiter. Möglicherweise muss man den Mord an Professor Schönberg auch in Zusammenhang mit den Einbrüchen sehen, die in Perchtoldsdorf und ganz besonders hier in Ihrer Straße derzeit leider überhand nehmen."

„Was? Was sagen Sie da?"

Das blanke Entsetzen stand dem Ehepaar Geiger ins Gesicht geschrieben.

„Damit muss man immer rechnen", goss Alexandra noch mehr Öl ins Feuer. „Aber Sie haben ja bestimmt Sicherheitsvorkehrungen getroffen für Ihre Wertgegenstände. Ein Tresor oder so."

„Nein, nein, einen Tresor haben wir nicht", stotterte Viktor Geiger immer noch bestürzt.

„Ich denke, dass Einbrecher es auch weniger auf Notenhandschriften abgesehen haben, deren Wert sie kaum auf Anhieb beurteilen können", tröstete Johanna Grasel. „Oder haben Sie sonstige Kostbarkeiten?"

„Was man halt so hat. Das Familiensilber, den Schmuck und die Einrichtung halt."

„Aber Bargeld haben Sie hoffentlich nicht allzu viel im Haus. Ich vermute, dass Sie für die Bezahlung der Handschriften nur so viel von der Bank geholt haben, wie Sie brauchten, um Professor Schönbergs Forderung zu begleichen."

„Ja, da sind wir freilich vorsichtig. Ich bin von der Bank direkt zu Professor Schönberg gegangen und habe ihm das Geld übergeben", bestätigte Herr Geiger seine Vorsichtsmaßnahmen.

‚Bingo', dachte Alexandra, ‚das hat sie gut hingekriegt. Deshalb war auf den Konten nichts Spektakuläres zu finden. Der hat alles schwarz abgewickelt.'

„Ich würde Ihnen empfehlen, sich in Wien bei der Beratungsstelle der Polizei nach Sicherheitsmaßnahmen für Ihr Haus zu erkundigen. Das ist kostenlos, und Sie brauchen sich keine weiteren Sorgen zu machen. Wir werden uns nun verabschieden. Vielen Dank für die Auskünfte. Auf Wiedersehen."

Die Beamtinnen brachen endgültig auf, begleitet von den Geiger'schen Dankesworten für so viel Verständnis und Beratung.

Als sie außer Hörweite waren, griff Alexandra den gezierten Tonfall der Geiger-Gattin auf: „Sagen Sie, Frau Chefinspektorin, haben Sie je etwas von den berühmten Jägermeier-Brüdern und ihren ‚seltenraren' Kompositionen gehört?"

Johanna musste lachen, denn Alexandra hatte ihre Stirn genauso bemüht würdig in Falten gelegt wie eben Frau Geiger. „Ehrlich gesagt, nein", antwortete sie dann. „Ich bilde mir zwar ein, mich in der Musikgeschichte ganz gut auszukennen, aber an eine Komposition eines Jägermeier erinnere ich mich nicht. – Obwohl, der Name an sich ist mir schon begegnet, ich weiß nur nicht mehr, in welchem Zusammenhang. Ich überlege schon eine ganze Weile."

„Ist auch nicht so wichtig. Entscheidend ist, dass dieser Schönberg mit der Naivität der Leute seine Geschäfte gemacht hat. Es ist nicht zu glauben, aber die Dummen sterben nie aus. Erinnern Sie sich noch an den Skandal mit den angeblichen Hitler-Tagebüchern vor ein paar Jahren? Da hat ein genialer Fälscher fleißig Nacht für Nacht intime Bekenntnisse in mühseliger Kleinarbeit aufgeschrieben, und eine ganze Nation ist darauf hereingefallen."

„Ja, das ist mir noch gut im Gedächtnis. Aber was hat das mit Jägermeier zu tun?"

„Ich meine ja bloß... Es könnte immerhin sein, dass dieser Schönberg selber die Handschriften produziert und dann teuer verkauft hat."

„Ach so. Ja, aber reicht das als Mordmotiv?"

„Hm. Es sind schon Leute für weniger umgebracht worden."

„Ist auch wieder wahr, aber glauben Sie allen Ernstes, dass die Geigers einen Mord begehen würden? Das traue ich ihnen einfach nicht zu. Die hätten viel zu viel Angst. Außerdem: Was würden denn dann die Leute sagen!! Und sie sind so sehr davon überzeugt, Eigentümer wertvoller Handschriften zu sein, dass sie bestimmt nicht auf die Idee gekommen sind, hintergangen worden zu sein. – Oder wollten die uns absichtlich auf eine falsche Fährte locken? Und wenn ja, warum? Dann müssten sie schon sehr gute Schauspieler sein. Und das traue ich ihnen auch nicht zu."

„Ich kann's mir genauso wenig vorstellen, dass sie etwas mit dem Mord zu tun haben", gab Alexandra bereitwillig zu. „Allerdings: Nervös sind sie schon geworden, als wir die Einbrüche erwähnt haben. Könnte sein, dass sie sich im Hause Schönberg selbst bedient haben. Immerhin gibt es an der Hintertür Spuren einer unsachgemäßen Öffnung, zu deutsch: Einbruch."

Nachdenklich schaute Johanna ihre Mitarbeiterin an. Ganz von der Hand zu weisen waren die Verdachtsmomente nicht, aber es dürfte schwer werden, auf dieser Fährte weiterzukommen.

„Eines ist ja wohl glasklar", überlegte Alexandra weiter laut vor sich hin. „Diese sogenannten Handschriften sind nie und nimmer so viel wert, wie die angeblich dafür gezahlt haben."

„Bestimmt nicht", bestätigte ihre Chefin. „Wir können uns gelegentlich einmal erkundigen, ob sie überhaupt einen Wert haben. Hinsichtlich der Aufklärung unseres Falls scheint mir das jedoch im Moment eher zweitrangig."

„Das habe ich auch nicht gemeint. Aber interessieren würde es mich halt schon sehr...", beharrte Alexandra.

„Geben Sie's zu. Sie können die Geigers nicht leiden und hätten zu gern die Gewissheit, dass sie bei ihrem Kauf gründlich hereingelegt worden sind", brachte Johanna das lebhafte Interesse ihrer Mitarbeiterin durchaus richtig auf den Punkt.

„Hm, ja schon. Und bevor Sie mich darauf hinweisen: Ich weiß, dass es unprofessionell ist, sich vorschnell Urteile zu bilden, erst recht dann, wenn man jemanden nicht leiden kann. Aber, es ist..., na ja..." Alexandra fand keinen einsichtigen Grund, um sich zu verteidigen.

„Ist schon in Ordnung. Wenn Ihnen das klar ist..."

‚Blöde Ziege', dachte Alexandra eingeschnappt. ‚Diesen Großmut hätte sie sich sparen können. Ich möchte wetten, dass die auch nicht viel anders denkt als ich. Nur ist sie nicht so ehrlich, das zu sagen.'

Ganz im Geheimen musste sie allerdings zugeben, dass das Verhalten ihrer Vorgesetzten weniger mit Ehrlichkeit als mit routinierter Disziplin zu tun hatte. Trotzdem schob sie diesen Gedanken lieber schnell wieder weg, weil es sich nicht mit dem von ihr konstruierten und so gern gepflegten Denkschema vereinbaren ließ, hinter fast allem und jedem, was die Grasel ihr gegenüber äußerte, eine Gemeinheit oder mindestens Überheblichkeit zu vermuten.

Stumm gingen sie die wenigen Schritte nebeneinander her bis zum Haus von Hofrat Naderer.

Diesmal hatten sie kein Glück. Naderer hatte offenbar seinen Beobachtungsposten kurzfristig verlassen, denn auf ihr Läuten rührte sich nichts. Sie wollten sich eben wieder der Schönberg'schen Villa zuwenden, als mit eiligen Schritten Frau Sternleitner die Straße heraufkam und ihnen aufgeregt winkte.

„Sie sind doch die Polizistinnen, die den Mord am Schönberg aufklären", rief sie mit ihrer durchdringenden Stimme schon von Weitem.

Chef- und Kontrollinspektorin blieben etwas widerwillig stehen bis Frau Sternleitner sie erreicht hatte.

„Das ist ein Glück, dass ich Sie endlich treffe", erklärte diese außer Atem.

„Wer sind Sie denn bitte?"

„Ich? Mein Name ist Sternleitner, Frau Sternleitner, und ich habe Ihnen etwas Wichtiges mitzuteilen."

„Und das wäre?"

„Dieser Schönberg, der hatte es faustdick hinter den Ohren. Alle haben immer gedacht, dass er nur spinnert ist, aber jetzt, jetzt, wo er ermordet worden ist, zeigt sich, was das wirklich für ein Mensch war."

Weder Johanna noch Alexandra konnten dieser Logik folgen, hatten aber keine Chance, den Sternleitner'schen Redeschwall zu bremsen.

„Wie der immer dahergekommen ist, sage ich Ihnen. Schlampert und ungepflegt. Und dann die Riesenvilla da. Die war nicht billig, das kann ich Ihnen nur sagen, und er hat sie gekauft. Von was, frage ich Sie! Von was! Der ist noch nicht so lange hier. So ein Piefke war der, der alles besser gewusst hat. Sie hätten den mal hören sollen, sage ich Ihnen. Arrogant und hochnäsig. Ich sag's Ihnen. Der hat überhaupt nicht hierher gepasst. Schon der Gang, den der gehabt hat. Und die Haltung. Ich kann Ihnen sagen!!"

Johanna Grasel wurde es zu bunt. So viel ‚Gesagtes' ohne jeglichen Informationswert konnte sie nur schwer verkraften, und Alexandras grimmige Miene verriet, dass sie ähnlich dachte. Solche Tratschen konnten sie nicht ausstehen. „Bitte, Frau… Wie war Ihr Name nochmal?", unterbrach die Chefinspektorin energisch den Redeschwall.

„Ich? Sternleitner heiße ich. Habe ich doch schon gesagt."

„Und wohnen Sie hier in der Nähe?"

„Hier? Nein, ganz bestimmt nicht. In dieser Gegend wohnen nur die Großkopfeten."

Wo hat sie denn diesen Ausdruck her, wunderte sich Alexandra und fragte spitz: „Dann wohnen Sie also in einer etwas weniger vornehmen Gegend?"

„Sie. Also Sie, jetzt will ich Ihnen mal was sagen. Ich und mein Mann, wir haben unser Haus auf ehrliche Weise gebaut, nicht wie die hier alle.“ Frau Sternleitner war die personifizierte Empörung.

„Wollen Sie damit ausdrücken, dass die Leute, die hier wohnen, sich allesamt etwas zu Schulden haben kommen lassen? Das dürfte denn doch sehr übertrieben sein – oder?“ Auch Johannas Geduld war nicht unendlich, und das hörte man sehr deutlich daran, wie sie die Sternleitner'sche Tirade zurückwies.

„Ich hab's Ihnen gesagt. Mehr kann ich nicht tun. Wenn Sie's nicht hören wollen, bitte – bitte. Aber hinterher brauchen Sie sich nicht zu beschweren und zu behaupten, dass Sie von nichts gewusst hätten. Und der da, der in dem Haus wohnt, der hat auch keine reine Weste. Wie die anderen hier.“

„Was heißt das?“

„Was das heißt? Ich will nichts gesagt haben. Alle von der gleichen Mischpoche.“ Mit diesen Worten rauschte Frau Sternleitner – erbittert über so viel polizeiliche Ignoranz – grußlos davon.

„Was war das denn jetzt“, wunderte sich Alexandra. „Müssen wir das ernst nehmen?“

„Ich glaube kaum. Denn außer haltlosen Anschuldigungen, die alle aus einem gewissen Neid heraus kommen, hat sie nichts Konkretes vorgebracht, womit man etwas anfangen könnte.“

„Tja, dann machen wir uns in der Schönberg-Villa also noch einmal auf die Suche nach etwas, was die Spurensicherung nicht gefunden hat. Fragt sich nur, was das ist und ob wir etwas finden, was denen entgangen ist.“ Alexandra betrachtete seufzend den eindrucksvollen Jugendstil-Bau auf der gegenüberliegenden Straßenseite.

10

Sie hatten gerade mit dem ihnen von den Kriminaltechnikern überlassenen Schlüssel das Eingangstor geöffnet, als sich Alexandra, einer plötzlichen Eingebung folgend, nochmals umdrehte und wie angewurzelt stehen blieb. Ihre Chefin, die bereits die wenigen Stufen ins Erdgeschoss hinaufgestiegen war, rief von innen: „Wo bleiben Sie denn? Was gibt es? Kommt dieses Tratschweib nochmal zurück?"

Alexandra machte ihr mit der Hand aufgeregt ein Zeichen, nicht weiterzusprechen. Langsam kam Johanna Grasel zurück und stellte sich neben ihre Mitarbeiterin, die schweigend auf die andere Straßenseite deutete. Dort war eine ausgesprochen mondän gekleidete Dame einem Mercedes entstiegen und läutete bei Hofrat Naderer.

„Irgendetwas an der kommt mir bekannt vor", flüsterte Alexandra.

„Kann mich nicht erinnern, diese Frau jemals gesehen zu haben."

„Ich auch nicht, aber …"

Weiter kam Alexandra nicht, denn die fremde Dame hatte wohl eingesehen, dass niemand zu Hause war und lenkte ihre Schritte nun entschlossen der Schönberg'schen Villa zu, wo die Beamtinnen – neugierig, ob die Fremde auch hier anläuten würde – sich so flach es ging, hinter der Tür an die Wand drückten. Ein durchdringender Gong tönte durch das Haus. Einige Sekunden warteten die Beamtinnen, was noch geschehen würde, doch genau in dem Augenblick, als Johanna öffnen wollte, merkten sie, dass ein Schlüssel ins Schloss gesteckt wurde. Weil die Tür aber nur angelehnt war, gab sie nach, und verblüfft sahen sich drei Frauen an. Als Erste fasste sich Alexandra: „Sie??", entfuhr es ihr höchst erstaunt. Johanna Grasel brauchte einen Moment, bis sie begriffen hatte, wer da vor ihnen stand.

„Frau Raender-Gramme", brachte sie dann ebenfalls verdutzt hervor. „Was machen Sie denn hier?"

Die unerwartete Besucherin hatte ihre erste Schrecksekunde sehr rasch überwunden, räusperte sich hastig und begrüßte die Kriminalbeamtinnen fast unterwürfig.

„Oh, guten Tag, das ist aber nett, dass ich Sie hier treffe. Dann können wir ja gemeinsam durch das Haus gehen und …"

Johanna schnitt ihr das Wort ab: „Heute Morgen haben Sie uns erklärt, dass Sie die Villa seit Langem nicht mehr betreten haben, und nun stellt sich heraus, dass Sie sogar im Besitz eines Hausschlüssels sind. Wie passt das zusammen?"

„Erstens habe ich nur gesagt, dass ich mit meinem Ex-Mann und seinen feinen Freunden nichts zu tun haben wollte, und zweitens haben Sie mich nicht danach gefragt, ob ich einen Schlüssel habe. Und warum auch nicht? Schließlich war ich mit diesem Schönberg verheiratet."

Frau Raender-Grammes eben noch zur Schau gestellte Demut verflog im Nu und wich einem aufsässigen Widerstand.

„Ist das Ihr Auto da drüben?" Alexandra dachte nicht daran, auf die windige Rechtfertigung einzugehen.

„Geht Sie das was an?"

„Sie müssen uns schon zugestehen, dass wir uns ein wenig wundern. Am Vormittag erklären Sie uns, Sie seien die ärmste Kirchenmaus, die sich nicht einmal eine ordentliche Schürze leisten kann, und ein paar Stunden später entsteigen Sie im teuren Outfit einer Nobelkarosse."

Der Kontrast zu jener Anna Raender-Gramme, die sie vor wenigen Stunden im Hietzinger Gemeindebau angetroffen hatten und jener, die vor ihnen stand, war in der Tat überwältigend. Die gegenwärtige Frau Raender-Gramme war sorgfältig geschminkt und frisiert, trug ein geschmackvolles, dezentes Ensemble, das ihr perfekt passte. Das alles machte sie um Jahre jünger.

„Ich glaube nicht, dass ich Erklärungen abgeben müsste." Es sollte empört klingen, doch ein gewisses Maß an Verunsicherung war herauszuhören.

„Gehen wir zunächst einmal hinein. Sie kennen ja den Weg", schlug Johanna Grasel milde vor. Dieses Gesäusel kannte Alexandra inzwischen. Immer wenn ihre Chefin derart girrte, wurde es für ihr Gegenüber – wer auch immer das war – gefährlich. Zögernd ging die Raender-Gramme voraus. Ihre Unsicherheit war ihrer Haltung deutlich anzumerken: Sie hatte den Kopf ein wenig eingezogen und ging leicht gebückt. Die Kriminalbeamtinnen, die ihr folgten, wechselten einen vielsagenden Blick.

„So, und nun wollen wir uns ein wenig ehrlicher unterhalten, nicht wahr, Frau Raender-Gramme." Johanna Grasel blieb bei ihrem harmlosen, fast fürsorglichen Ton und bot ihr mit einer Handbewegung einen Platz auf einem der Sessel an.

„Ich denke schon, dass Frau Jennerwein nicht fehl darin geht, wenn sie etwas Aufklärung erwartet."

Bei der Befragten war ein wechselndes Mienenspiel zu beobachten. Ihre überhebliche Sicherheit geriet ins Wanken, aber sie versuchte freilich krampfhaft, sich das nicht anmerken zu lassen. Sie hielt den Kopf nun sehr gerade und vermied blasiert jeden Blickkontakt.

„Was wollen Sie hier?", schoss die Chefinspektorin schroff ihre erste Frage ab.

„Was soll ich hier wollen?", wich die Gefragte aus.

„Das will ich von Ihnen wissen. Und zwar ohne Umschweife."

„Ich erbe das alles, da habe ich schließlich das Recht, man kann fast sagen die Pflicht, hier zu sein." Es schlich sich bereits wieder eine gehörige Portion Aufsässigkeit in die Raender-Gramme'schen Antworten.

„Das ist noch völlig ungeklärt. Also. Antwort. Was suchen Sie hier?"

„Nichts. Nichts von Belang. Ich wollte mich halt umschauen."

„Das können Sie irgendwem erzählen, aber nicht uns. Was suchen Sie hier?" Johanna Grasel blieb hart, doch bei der befragten Dame schien sie auf Granit zu beißen, denn die schwieg beharrlich und blickte gelangweilt aus dem Fenster.

„Warten Sie darauf, dass Herr Naderer nach Hause kommt?", stieg auch Alexandra in das etwas einseitige Frage- und Antwortspiel ein und konnte immerhin die kleine Genugtuung verbuchen, dass Frau Raender-Grammes Augenbraue ein wenig zuckte.

„Wir warten auf Antwort." Die Chefinspektorin gedachte ihr so wenig Zeit wie möglich zum Nachdenken zu lassen.

„Weshalb wollten Sie zuerst zu Naderer?"

Anna Raender-Gramme holte tief Luft und antwortete dann leutselig: „Er war immer einer von den netten Nachbarn gewesen. Da gehört es sich einfach, dass man ‚guten Tag' sagt, wenn man herkommt." Sie wartete einige Sekunden, in denen sie augenscheinlich nach einem weiteren Argument suchte, dann fuhr sie fort: „Außerdem, ja gut, ich gebe es ja zu. Außerdem war ich ein bisserl neugierig, ob es in der Gegend, das heißt in der Nachbarschaft Neuigkeiten gibt."

Diese Begründung war derart an den Haaren herbeigezogen, dass Johanna wütend wurde.

„Halten Sie uns bitte nicht für blöd. So, wie Sie sich hier aufführen, bleibt kein anderer Schluss als der, dass Sie zum inneren Kreis der Verdächtigen gehören, die etwas mit dem Mord an Schönberg zu tun haben."

Die gewesene Schönberg-Gattin richtete sich auf diese Anschuldigung hin in ihrem Sessel kerzengerade auf, schnappte wie ein Karpfen nach Luft und verkündete dann würdevoll: „Das habe ich nicht nötig, mir das sagen zu lassen. Das ist eine böswillige Unterstellung. Gegen die kann ich gerichtlich vorgehen. Und verlassen Sie sich darauf. Das werde ich tun."

Weder die Chefinspektorin, noch ihre Mitarbeiterin ließen sich durch solche Drohungen einschüchtern.

„Das liegt ganz bei Ihnen. Tun Sie das ruhig. Ich möchte Ihnen trotzdem dringend raten, endlich mit der Wahrheit herauszurücken. Diese Form von Arroganz, die Sie hier an den Tag legen, zieht bei uns nämlich nicht."

Nur einen kurzen Moment stutzte Anna Raender-Gramme, dann erhob sie sich majestätisch aus dem Sessel, warf den Kopf trotzig in den Nacken, schob das Kinn nach vorn und schleuderte den beiden Frauen entgegen: „Niveau, meine Damen, Niveau sieht nur von unten aus wie Arroganz."

Das war zu viel für die Chefinspektorin. Sie schäumte vor Wut, durfte indes nicht so auf diese gehässige Bemerkung antworten, wie sie es gern getan hätte.

Während dieses Intermezzos hatte niemand auf die Tür des Wohnraums geachtet, in der plötzlich ein lässig gekleideter Herr mittleren Alters stand und sich mit einer höflichen Verbeugung entschuldigte: „Ich hoffe, ich störe nicht. Bitte, nehmen Sie mir mein Eindringen nicht übel."

„Was machen Sie hier? Wie kommen Sie hier herein?"

Im ersten Moment erkannte die Kriminalbeamtin Reinhold Lorenz nicht, dann erinnerte sie sich daran, dass er bereits einmal in der Villa gewesen war.

„Bitte entschuldigen Sie, aber die Tür stand offen“, lieferte Lorenz zumindest die Erklärung dafür, wie er ins Haus gekommen war.

„Ach, und da meinen Sie, Sie könnten einfach überall hineinspazieren, wie es Ihnen passt?“ Johanna konnte für die kollegiale deutsche Neugier derzeit überhaupt kein Verständnis aufbringen.

„Nein. Natürlich nicht. Entschuldigen Sie bitte. Man kann halt seinen Beruf selbst im Urlaub nicht verleugnen. Ich hoffe, Sie erinnern sich noch an mich. Lorenz ist mein Name. Kommissar Reinhold Lorenz.“ Dann deutete er eine weitere leichte Verbeugung an hin zu Frau Raender-Gramme: „Oh, eine Bekannte. Ich freue mich, Sie hier zu treffen. Wir waren nämlich zusammen im Saal, als dieser Professor Schönberg zusammengebrochen ist“, wandte er sich erklärend an seine Kolleginnen. „Nicht wahr?“

Die Miene der Raender-Gramme nahm einen Ausdruck an, als hätte man ihr Essigsäure pur eingeflößt. Weder Johanna noch Alexandra war im Moment klar, was sie von dem freundlichen Urlauber-Kommissar und seinen Ausführungen halten sollten.

„Ich verstehe überhaupt nichts mehr“, erklärte Alexandra verwirrt.

Reinhold Lorenz hatte schon einige Ferientage hinter sich und war entsprechend gelassen.

„Ich dachte, dass ich vielleicht ein wenig Amtshilfe leisten könnte. Deshalb bin ich noch einmal hergekommen“, bot er zuvorkommend, aber etwas linkisch an. Dass dies nicht der wahre Grund war, sondern seine Einmischung der Bewunderung für Johanna Grasel entsprang, wollte er nicht einmal sich selbst eingestehen.

Frau Raender-Gramme hatte sich zwischenzeitlich wieder etwas gefangen, musterte Lorenz abschätzig und verlangte patzig einen Beweis für seine Behauptung: „Das kann jeder sagen. Ich kann das glauben oder nicht.“

„Meinen Dienstausweis habe ich auch im Urlaub bei mir. Bitteschön.“ Damit präsentierte Lorenz seine Legitimation, die ihn als Kriminalkommissar auswies.

„Das ist sehr nett von Ihnen, Herr Kollege, aber wir kommen schon zurecht. Wenn Sie uns nur noch sagen, was es mit der Anwesenheit dieser Dame am Abend des Mordes auf sich hat", wies Johanna das Hilfsangebot von Reinhold Lorenz kühl zurück.

„Ich will nicht aufdringlich sein, bestimmt nicht, nur…"

„Moment, Moment, wo wollen Sie denn hin?"

Während der eben geführten kurzen Unterhaltung zwischen Johanna und Lorenz hatte sich die Schönberg-Witwe diskret und sehr vorsichtig der Wohnzimmertür genähert und war eben im Begriff, rasch den Raum zu verlassen, als Alexandra mit einem Sprung den geplanten Rückzug verhinderte.

„Wo wollten Sie denn hin, Frau Raender-Gramme?", fragte die Kriminalbeamtin noch einmal lauernd. „War Ihnen die Aussage unseres deutschen Kollegen vielleicht unangenehm? Weswegen waren Sie beim Vortrag, und warum haben Sie uns das verschwiegen?"

„Ich war überhaupt nicht da. Daran ist kein wahres Wort", plusterte sich die Angesprochene auf. „Der", und sie machte eine Kopfbewegung zu Lorenz hin, „muss sich irren. Bin ich verrückt, dass ich zu einem dieser unsäglichen Vorträge ginge?!" Sie hatte schon wieder Oberwasser.

„Es tut mir leid, dass ich Sie korrigieren muss, meine Dame. Aber ich irre mich keineswegs. Wir haben am Ausgang sogar einige Worte miteinander gewechselt. Es ging um die Bereitschaft und das Können der meisten Menschen, wenn sie Erste Hilfe leisten sollen. Erinnern Sie sich?"

Die gespielte Entrüstung von Frau Raender-Gramme erlitt nun doch merklich Risse. Das Kräfteverhältnis hatte sich eindeutig zu ihren Ungunsten verschoben: drei gegen eine. Denn dass die beiden Kriminalbeamtinnen ihrem Kollegen, auch wenn er aus Deutschland kam, mehr glaubten als ihr, konnte sie sich an den fünf Fingern abzählen. Hinter ihrer Stirn begann es mächtig zu arbeiten, und sie entschloss sich zu einer neuen Taktik.

„Versetzen Sie sich doch einmal in meine Situation. Ich hatte einen Schock. Auf der Bühne ist an diesem Abend schließlich mein Gatte verstorben."

„Ach. Das war Ihr Mann?“ Lorenz hätte erstaunter nicht sein können. „Dafür haben Sie aber einen äußerst unbeteiligten Eindruck gemacht.“

„Ich sagte es eben. Ich hatte einen Schock. Und Sie müssen ja von Berufs wegen wissen, dass sich Menschen in einer solchen Extremsituation nicht rational oder gar vernünftig nachvollziehbar verhalten“, verteidigte sich Schönbergs Witwe heftig. Keiner der Anwesenden im Raum glaubte ihr auch nur eine Silbe dessen, was sie da von sich gab, zumal alles wahrlich zusammenhanglos daherkam.

„Und weshalb haben Sie gerade eben so heftig bestritten, dort gewesen zu sein?“

„Weiß ich, ob Sie mir daraus nicht einen Strick drehen wollen? Ich bin nicht so gefestigt, dass ich in der Lage wäre, mich adäquat zu wehren.“ Ein rosa gerändertes Taschentüchlein trat auf den Plan, mit dem die Raender-Gramme sich völlig unnötigerweise die Augenwinkel betupfte.

„Machen Sie sich ja nicht ins Hemd“, gab Alexandra ein wenig leger ihrer Überzeugung Ausdruck, dass sie kein Wort glaubte.

„Herr Lorenz, ist Ihnen Frau Raender-Gramme eigentlich erst beim Hinausgehen aufgefallen oder schon vorher?“, erkundigte sich Johanna Grasel höchst interessiert.

„Gleich zu Beginn, das heißt, die Dame kam ziemlich abgehetzt, ich glaube sogar, als Letzte herein. Mir fiel ihre vornehme Erscheinung auf.“ Lorenz verbeugte sich schon wieder in Richtung der ‚vornehmen Erscheinung‘, was seinem Naturell überhaupt nicht entsprach; er wunderte sich selbst über sich und seine Umständlichkeit.

„Aha. Und weshalb waren Sie so spät dran?“, wollte Johanna Grasel wissen.

„Mein Gott. Ich habe keinen Parkplatz gefunden.“ Das klang plausibel.

„Was wollten Sie denn an diesem Abend in der Burg? Sie haben selbst zugegeben, dass die Vorträge Ihres verstorbenen Mannes Sie kein bisschen interessiert haben.“

„Haben sie auch nicht. Aber ich wollte hinterher mit diesem Schwein reden.“ Die Schönberg-Witwe ließ die gewählte Ausdrucksweise im Stich.

„Wie bitte?“

„Hab ich Ihnen nicht erzählt, dass er und dieser widerliche Rechtsanwalt mich belogen und betrogen haben? Ich wollte ihn zur Rede stellen. Endlich mein Geld haben. Das, was mir gehört und was die sauberen Herren mir gestohlen haben.“ Ihre finstere Miene verriet, dass wenigstens ein Körnchen Wahrheit in ihrer Begründung stecken musste.

„Liebe Frau Raender-Gramme, meinen Sie nicht, dass es endlich an der Zeit wäre, die ganze Wahrheit auf den Tisch zu bringen. Sie könnten sich damit möglicherweise ganz schnell vom Verdacht befreien, den wir gegen Sie haben müssen.“ Johanna versuchte es mit einem Appell an die Vernunft dieser merkwürdigen, aber facettenreichen Frau.

„Ich wüsste wirklich nicht, weshalb ich verdächtig sein sollte, den ermordet zu haben. Mir ist schon klar, dass Sie einen Sündenbock suchen, damit Sie schnell einen Erfolg vorweisen können. Aber mit mir nicht. Nicht mit mir!“

Damit rauschte sie hoch erhobenen Hauptes an den Dreien vorbei, drehte sich an der Tür nochmals um und verkündete: „Wenn sich etwas Neues ergibt, können Sie es mir gern mitteilen. Sie wissen, wo ich wohne.“ Damit verließ sie den Raum.

Alexandra schaute fragend zu ihrer Chefin. „Sollten wir die nicht festsetzen? Wenigstens für eine kleine Weile. Die ist doch verdächtig hoch zehn.“

„Natürlich müssen wir sie im Auge behalten. Aber wir haben keine ausreichende Handhabe, um sie zu festzunehmen. Dass sie am bewussten Abend bei Schönbergs Vortrag war, ist zwar ein Verdachtsmoment, reicht aber für eine Untersuchungshaft wahrlich nicht aus. Und dass sie uns heute Morgen als Aschenputtel entgegengekommen ist und sich am Nachmittag als Grande Dame präsentiert, noch viel weniger“, entgegnete die Chefinspektorin dumpf. Es passte ihr genauso wenig wie ihrer Assistentin, dass sie Frau Raender-Gramme ziehen lassen mussten.

„Aber die Schlüssel“, warf Alexandra ein. „Sie hat Schlüssel zu diesem Haus gehabt.“

„Na und? Glauben Sie, dass sie die Einzige war? Hier gab es zu Lebzeiten Schönbergs mit Sicherheit eine Bedienerin. Vielleicht hat sogar der Rechtsanwalt welche gehabt. Wer weiß."

„Die Frage kann ich Ihnen beantworten", mischte sich Kommissar Lorenz ein.

„Wie bitte?" Beide Frauen fragten wie aus einem Mund.

„Ja, wissen Sie, die berufliche Neugier halt. Ich bin häufiger hier vorbeigegangen, und da habe ich einmal gegen Abend gesehen, wie dieser Schreder die Tür aufgesperrt hat."

„Moment. Woher kennen Sie den Rechtsanwalt, und woher wissen Sie, dass er Schreder heißt?"

„Ganz einfach. Ich bin ihm nachgegangen bis er in seinem Haus verschwunden ist. Und dann habe ich meine Pensionswirtin gefragt. Sie ist Perchtoldsdorferin und kennt hier jeden."

Alexandra vergaß für einen Moment den Mordfall und fragte höchst interessiert: „Wo sind Sie denn untergekommen, Herr Lorenz?"

„In der Pension Maier. Im ersten Moment schien sie mir recht einfach, und ich habe schon mit dem Gedanken gespielt, woanders hinzugehen, aber dann hat sich die Buchung als wahrer Glücksfall erwiesen. Ich habe ein herrlich ruhiges und großes Zimmer mit wunderschöner Aussicht, komfortablem Bad, und die Wirtin ist ganz reizend. Sie redet zwar unendlich viel, ist aber eine Seele von Mensch. Beim Frühstück werde ich derart verwöhnt, dass ich fürchte, mit mehreren zusätzlichen Kilos zurückzukommen."

Beide Frauen bedachten ihn mit einem elegischen Blick, und man brauchte wahrlich kein Hellseher zu sein, um zu wissen, was sie in ihnen vorging.

„Meinen Sie, dass dort noch zwei Zimmer frei sind? Wir haben nämlich genau das Gegenteil erwischt", seufzte Alexandra und würde am liebsten stehenden Fußes umsiedeln.

„Ja, ich weiß nicht. Aber fragen will ich gern. Kommen Sie denn nicht aus Perchtoldsdorf?"

„Nein. Unsere Dienststelle ist in St. Pölten, aber wir wollten uns die tägliche Fahrerei ersparen und sind hier in einer richtigen Absteige gelandet", beschwerte sie sich mit finsterer Miene.

„Gar so arg ist es nicht, aber wenn Sie sich erkundigen könnten, wären wir Ihnen dankbar. Haben Sie übrigens noch weitere Beobachtungen gemacht?"

Johanna besann sich auf ihre dienstlichen Aufgaben, während Alexandra sich gedanklich bereits mit ihrem Auszug aus dem ungeliebten Etablissement beschäftigte, bei dem sie Frau Blumenthal noch einige heftige verbale Watsch'n zu verabreichen gedachte.

„Leider nein", bedauerte Lorenz. „Ich bin mir schon etwas blöd vorgekommen, als ich das Haus hier beobachtet habe. Schließlich bin ich auf Urlaub, und außerdem weiß ich genau, wie das ist, wenn einem unablässig jemand seine Mithilfe aufdrängt. Wissen Sie, ich habe in Freiburg den Herbert Fehringer. Der hat früher, bevor er in Pension gegangen ist, auf dem Wochenmarkt einen eigenen Stand gehabt und Bratwürste verkauft. Im Prinzip sind wir ja nun fast so etwas wie Freunde geworden…"

„Ja, dann kann ich mich nur bedanken", unterbrach Johanna höflich, aber ohne Umschweife die zu befürchtenden langatmigen Erklärungen ihres Kollegen. Ihr war dieser Herbert Fehringer, oder wie immer er hieß, mit seinen Bratwürsten herzlich egal.

„Darf ich Sie denn wenigstens heute Abend zum Heurigen einladen?", schlug Lorenz schüchtern vor, weil er fürchtete, dass diese abschließenden Worte bereits das Ende seiner neuen, kurzen Bekanntschaft sein könnten. Dabei würde er zu gern Chefinspektorin Johanna Grasel näher kennenlernen.

„Ja, super", stimmte Alexandra sofort zu, noch ehe ihre Chefin überhaupt den Mund aufmachen konnte. „Da können Sie gleich vorher fragen, ob in Ihrer Pension noch was frei ist. Vielleicht könnten wir heute noch umsiedeln. Wo sollen wir uns treffen?"

Diese unüberlegte Reaktion trug ihr wieder einmal Johannas Missbilligung ein. Was sollte sie mit diesem deutschen Kommissar anfangen, der sich mit seiner Einmischung nun womöglich noch bestärkt fühlte. Sollte diese dumme Gans ihn doch allein treffen.

„Ich würde vorschlagen, dass wir zum Sommerbauer gehen. Um acht? Eventuell haben wir ein wenig Glück, und wir treffen auf jemanden, der etwas gesehen hat, ohne es einordnen zu können. Es gibt solche Zufälle. Ich habe das selber schon erlebt", ging Lorenz freudig auf Alexandras Zusage ein. Gleichzeitig griff er sich innerlich an den Kopf. Reinhold Lorenz, was für einen Blödsinn gibst du da eigentlich von dir. So deppert hast du schon lange nicht mehr dahergeredet.

„Meinetwegen", stimmte Johanna halbherzig zu. „Ein Achtel können wir ja auf die deutsch-österreichische Zusammenarbeit trinken, auch wenn sie kurz war." Mit dem letzten Zusatz signalisierte sie unüberhörbar, dass sie diese hiermit als beendet betrachtete. Reinhold Lorenz allerdings war davon keineswegs überzeugt, hütete sich aber, dies zu verlautbaren.

„War das notwendig, dass Sie uns diesen Kommissar Zufall noch weiter auf den Hals hetzen?", pflaumte sie Alexandra an, nachdem Lorenz das Haus verlassen hatte.

„Wieso? Erstens wird der jetzt alles unternehmen, um uns eine bessere Bleibe zu verschaffen, und zweitens – sooo unsympathisch finde ich ihn nicht. Vielleicht wird es ein netter Abend. Und er himmelt Sie so lieb an", verteidigte sich Alexandra.

Johanna stöhnte: „Oh Gott, bloß das nicht. Der Himmel bewahre mich davor. Das hätte mir noch gefehlt."

Aber dann kehrte sie sofort zu ihrem dienstlichen Ton zurück. „Eigentlich sind wir hierher gekommen, um uns noch einmal umzusehen. Ist Ihnen das noch im Gedächtnis?", erinnerte sie ein wenig süffisant.

„Na, sicher doch. Aber wo und was sollen wir suchen? Die Spurensicherer haben nix gefunden, und normalerweise kann man sich bei denen drauf verlassen, dass sie das Unterste nach oben kehren. Ach so, ja, und nach irgendwelchen Kontoauszügen brauchen wir auch nicht zu fahnden. Bruno hat nachgeforscht. Der Schönberg hatte nicht mehr als das auf den Konten, was wir neulich schon gefunden haben."

„Ach, das ist ja nett, dass ich das en passant auch erfahre."

„Entschuldigung. Ich hab es in dem ganzen Trubel vergessen. Bruno hat in der Früh schon angerufen, und da waren Sie noch im Bad. Und hinterher wollte ich Sie nicht gleich damit überfallen, weil Sie das morgens nicht mögen", erhob Alexandra Einspruch gegen den ihrer Meinung nach unberechtigten Vorwurf.

Verflixt, so etwas darf mir nicht passieren, schalt sich Johanna. Es ging nicht, dass ihre engste Mitarbeiterin sich überlegen musste, wann es der Chefin am besten passte, eine dienstliche Information entgegenzunehmen. Ein wenig geknickt lenkte sie deshalb ein.

„Danke. Das ist immerhin etwas. Aber trotzdem habe ich das Gefühl, dass wir nicht gut vorwärtskommen. Haben wir etwas übersehen? Wer ist eigentlich Bruno?"

„Bruno Webern. Das ist der, den ich wegen dieser Stiftungssache angerufen habe. Sie haben ihn sicher schon gesehen. Auf das ‚n' am Schluss seines Namens legt er übrigens großen Wert."

„Ach so, ja." Johanna erinnerte sich dunkel an einen zurückhaltenden, aber recht sympathisch wirkenden jungen Mann. Sie wollten eben mit ihrem Inspektionsgang durch die Villa beginnen, als Alexandras Handy klingelte.

„Ja? Ach du, Bruno. Wir haben grad von dir gesprochen. Was ist?" – „Ähm, im Ernst?" – „Aha. Ang'schnarzt hat er dich?" – „Deixfigur, damische. Ja, ich sag's ihr. Dank dir für die Vorwarnung. Bussi."

„Was ist? Etwas Unangenehmes?"

„Schon. Aber machen Sie sich nix draus. Der spinnt öfter."

Alexandra versuchte schon im Vorfeld, der Meldung, die sie weiterzugeben hatte, ein wenig die Spitze zu nehmen.

„Wer? Bruno?"

„Nein. Der Alte spinnt. Der Oberst."

„Geht's deutlicher?"

„Ja, halt, unser Polizeigeneral ist sauer auf uns."

„Und weshalb?"

„Weil wir erstens keine offizielle Genehmigung dafür eingeholt haben, dass wir hier übernachten, dass wir zweitens nicht jederzeit zum Rapport parat stehen, dass er drittens fürchtet, die Presse auf den Hals zu kriegen und dann nichts zu sagen weiß und dass wir viertens angeblich keinen Schritt weitergekommen seien. Was weiß denn der schon."

Johanna spürte, dass ihr ein leichtes Kribbeln vom Nacken abwärts über den Rücken lief. Das bekam sie, so lange sie denken konnte, immer dann, wenn sie sich von einem ihr Weisungsberechtigten unter

Druck gesetzt fühlte. Schon bei ihrem Vater war ihr das so gegangen. Und schon damals hatte sie sich darüber geärgert, wie leicht sie einzuschüchtern war und sich nicht zu wehren traute.

„Und? Was sollen wir machen?“, fragte sie ein wenig hilflos.

„Nix. Weitermachen“, entschied Alexandra stoisch. „Der Alte beruhigt sich schon wieder. Ich kenne ihn. Und wenn nicht – dann kann er uns anschnauzen, wenn wir zurückkommen. Wir verlieren nur unnötig Zeit, wenn wir jetzt nach St. Pölten fahren und uns mit ihm anlegen.“

‚Dein Gemüt möchte ich haben‘, dachte Johanna. ‚Ich bin schließlich noch relativ neu in der Abteilung, und von mir erwarten alle, dass ich mich super bewähre, am besten von jetzt auf gleich.‘ Johanna war derart tief in ihre Befürchtungen versunken, dass ihr nicht bewusst war, wie deutlich sich ihre Sorgen in ihrem Gesicht abzeichneten. Sie tat Alexandra plötzlich ein wenig leid; die hatte ein dickeres Fell und musste zudem nicht überzogenen Erwartungen standhalten. War es womöglich gar nicht so übel, dass der Kelch dieses leitenden Postens an ihr vorübergegangen war? Es fiel ihr nicht einmal auf, dass sie sich diese Frage schon zum wiederholten Mal stellte.

11

Etwas unschlüssig blieben die Beamtinnen nach Lorenz' Abgang im Wohnzimmer des auf solch seltsame Art verblichenen Professors zurück. Wo sollten sie anfangen? Welche handfesten Anhaltspunkte gab es, um den Mordfall aufzuklären? Wenn man es genau nahm, eigentlich nur wenige. Es galt viele Fäden zu entwirren, einige Verdächtige, sogar andeutungsweise denkbare Motive für den Mord. Mit etwas wirklich Konkretem konnten sie vorläufig gleichwohl noch nicht aufwarten. Gedankenverloren blätterte Alexandra in einem kleinen Büchlein, das auf dem Tisch lag.

„Der Garten der Erkenntnis. Hübscher Titel. Kennen Sie das?", fragte sie ihre Chefin.

„Ja. Leopold Andrian. Es ist das einzige, was er geschrieben hat. Ich mag es sehr."

„Solch einen Garten müssten wir finden", seufzte Alexandra. „Aber uns bleibt wohl nichts anderes übrig als hier alles umzupflügen, ohne Sinn und Verstand."

„Was ist denn mit Ihnen los? So kenne ich Sie gar nicht", wunderte sich Johanna.

„Ach, ist doch wahr. Nix, gar nix haben wir, und vorwärts kommen wir auch nicht, und der Alte in St. Pölten sitzt auf seinem bequemen Lehnstuhl und wartet auf Erfolgsmeldungen, aber rasch, wenn ich bitten dürfte."

Johanna sah zu ihrer Mitarbeiterin hinüber. Da hatte sie doch geglaubt, nur auf ihr allein laste der Druck der gnadenlosen Maßregelung des obersten Vorgesetzten, sie wäre nicht im Traum darauf gekommen, dass auch Alexandra sich dessen gefürchtete Zurechtweisungen zu Herzen nehmen könnte. Versöhnlich legte sie deshalb ihre Hand auf deren Arm und meinte aufmunternd und ganz gegen ihre eben angestellten Überlegungen: „Sehen Sie nicht gar zu schwarz. Wir haben immerhin schon Einiges heraus bekommen, und jetzt müssen wir halt tiefer in der Vergangenheit dieses Schönberg graben. Denn darin, dass der keine reine Weste hatte, sind wir uns wohl einig. Es gibt mehrere Punkte: einmal den Handel mit wohl weitgehend wertlosen

Autografen, dann diese geheimnisvolle Stiftungsangelegenheit, in die auch unser Rechtsanwalt verwickelt scheint und schließlich die Verwandlungskünste der Schönberg-Witwe."

„Schön und gut. Aber wer hätte ein ausreichendes Motiv gehabt, Schönberg ins Jenseits zu befördern?"

„Wann ist ein Motiv für einen Mord ausreichend?"

„Ja, ist ja gut. Sie wissen schon, wie ich es meine."

„Für mich gibt es momentan zwei Hauptverdächtige: den Anwalt und die Witwe", stellte die Chefinspektorin fest.

„Viel mehr Leute kennen wir ja auch nicht aus seinem Umfeld. Die naiven Nachbarn von nebenan werden es kaum gewesen sein. Etwas klauen, vielleicht. Aber die würden sich bestimmt am meisten davor fürchten, was die Leute sagen, wenn sie jemanden umbrächten!" Alexandra flüchtete sich in Sarkasmus.

„Langsam. Langsam. Wir werden genau das tun, was Sie vorgeschlagen haben: alles umpflügen und in der Vergangenheit graben. Wir haben noch nichts über den Schauspieler erfahren, der durch den Sturz zu Tode gekommen ist."

„Da hätte ich eine Idee. Dieser deutsche Kommissar hat doch erzählt, dass er eine Pensionswirtin hat, die alle und jeden hier kennt und gern tratscht. Da ist vielleicht eine Spur Wahrheit dabei. Der könnten wir einen Besuch abstatten."

„Hm. Das wäre eine Möglichkeit. Wir werden das aufschieben bis heute Abend, da treffen wir uns eh. Vielleicht kann er uns ankündigen."

„Sehen Sie, war doch für was gut, dass ich auf seinen Vorschlag eingegangen bin." Diese kleine Genugtuung konnte sich Alexandra nicht versagen.

Im selben Moment schreckten beide aus ihren Überlegungen auf. Aus dem Stiegenhaus ertönte ein leises Geräusch, als ob sich jemand Zutritt verschafft hätte.

„Hier scheint es üblich zu sein, dass diverse Leute ein und aus gehen", wisperte Alexandra. Beide wichen einige Schritte zurück und traten hinter ein Regal. Aber die Gestalt, die auf der Bildfläche erschien, versetzte sie keineswegs in Erschrecken, sondern in höchstes Erstaunen.

„Was wollen Sie denn hier?", überraschte die Chefinspektorin den Eindringling.

„Hä? Was? Ach du liebe Zeit, Sie sind das bloß! Wie können Sie einem jungen Menschen einen solchen Schrecken einjagen! Das gibt leicht einen Schock fürs Leben."

Vor ihnen räkelte sich schlaksig mit einem schiefen Grinsen im Gesicht Daniel Schreder, der sicherlich nicht damit gerechnet hatte, in der Villa jemanden anzutreffen.

„Meine lieben Damen! Schön, Sie wieder mal zu sehen", grüßte er ironisch und verbeugte sich übertrieben untertänig.

„Was wollen Sie hier?"

„Sorry, aber mein Erzeuger bat mich um eine kleine Gefälligkeit. Und als braves Kind, das ich bin, habe ich zu gehorchen. Oder sehen Sie das anders?"

„Hören Sie gefälligst mit dem Quatsch auf und sagen Sie uns, wie Sie hier hereingekommen sind und was Sie wollen", forderte Johanna energisch.

„Schön, schön, nur die Ruhe, meine Damen. Hereingekommen bin ich durch die Kellertür, da mein werter Erzeuger, ich erwähnte ihn bereits, befürchtet hat, dass der Haupteingang versiegelt sein könnte."

Alexandra verdrehte die Augen, und Johanna kämpfte mühsam um Beherrschung. Sie wusste genau, dass die Impertinenz des Jungen aus dessen Unsicherheit resultierte und wollte nicht riskieren, ihn durch ein falsches Wort noch weiter in seine ironische Abwehrhaltung zu treiben. So beließ sie es bei einem fragenden „Und?"

„Was? Und?"

„Was sollen Sie hier tun? Wozu hat Ihr Vater Sie gezwungen?"

Einen Augenblick lang hatte es den Anschein, als wollte der junge Daniel Schreder weiter provozieren, dann verwandelte sich sein Gesichtsausdruck plötzlich. Er blickte sich um wie ein gehetztes Tier, das zu entkommen versucht. Doch an der Tür hatte sich wohlweislich Alexandra postiert. Daniel fühlte sich augenscheinlich in der Falle, und binnen Sekunden brach das Gerüst aus gespielter Selbstsicherheit und Überheblichkeit zusammen, seine Schultern sackten nach vorn, und er ließ den Kopf hängen – eine wahre Jammergestalt.

„Woher wissen Sie das?"
„Was?"
„Dass mein Vater mich gezwungen hat?"
„Das war nicht zu übersehen", erklärte Johanna Grasel knapp, wurde dann aber verbindlicher: „Nun erzählen Sie mal. Was sollten Sie hier suchen?"
„Eine Liste mit Namen."
„Was für eine Liste?"
Johannas Geduld wurde wieder einmal arg strapaziert, aber sie gab sich alle Mühe, diesen verstörten Jungen so behutsam wie möglich zu behandeln.
„Ich weiß es nicht. Ich weiß es ehrlich nicht. Er hat nur gesagt, eine Liste in einem blauen Schnellhefter, der in Schönbergs Arbeitszimmer liegen müsse."
„Ist Ihnen denn nicht klar, dass Sie widerrechtlich hier eingedrungen sind?"
„Ja sicher ist mir das klar. Bin ja nicht blöd. Aber was soll ich denn machen? Wenn Schreder etwas befiehlt, hab ich überhaupt keine Chance gegen ihn. Schon als Kind nicht. Früher gab's so lange Prügel bis ich funktioniert habe, wie er wollte. Ich kann mich jetzt noch nicht gegen ihn wehren. Irgendetwas setzt in meinem Gehirn aus, wenn er mich anbrüllt. Ich kriege so eine Wahnsinnsangst, dass ich fast zusammenbreche und nur noch einen einzigen Gedanken habe: tu, was er verlangt. Ich verstehe es selber nicht", wimmerte das Häufchen Elend, das da mitten im Zimmer stand.
Johanna hatte im Laufe ihrer Berufsjahre gelernt, dass bei armen, um Mitleid heischenden Würstchen Vorsicht geboten war, doch in diesem Fall war sie versucht, an die düstere Wahrheit, die ihr präsentiert wurde, zu glauben. Immerhin hatte sie Schreder selbst erlebt und die Art, wie herablassend und verletzend er seinen Sohn und auch seinen Angestellten ungeachtet der Anwesenheit von Fremden behandelte.
‚Schwarze Pädagogik' war seit Mitte der siebziger Jahre der Fachbegriff dafür. Ihrer hatte sich der ehrbare Rechtsanwalt bei der Erziehung seines Sohnes zweifellos mit Fleiß bedient.

„Noch einmal“, begann sie vorsichtig. „Sie sollen einen blauen Schnellhefter mit Adressen suchen. Und Sie wissen nicht genau, was es damit auf sich hat? Aber eine Vermutung haben Sie sicherlich.“

Daniel druckste bei dieser direkten Frage ein wenig herum. Man brauchte kein gewiefter Psychologe zu sein, um zu erkennen, dass er seine momentane Situation als denkbar unangenehm empfand.

„Na?“, half Johanna hartnäckig nach.

„Wissen tue ich es nicht. Bestimmt nicht“, antwortete Daniel ausweichend.

„Gut. Aber eine Vermutung hast du bestimmt.“ Unwillkürlich verfiel die Chefinspektorin wieder, wie zu Beginn ihrer Bekanntschaft, ins vertrauliche ‚Du‘, weil der junge Kerl, der da nervös versuchte, seine Hände irgendwo unterzubringen, immer mehr den Eindruck eines hilflosen Kindes machte.

„Schon“, gab Daniel zögernd zu.

„Und? Nun sag halt.“

„Es ist aber nur eine Vermutung. Beweisen kann ich es nicht.“

„Das ist egal. Es zieht dich niemand zur Rechenschaft.“

Wieder folgte eine lange Pause, in der man Daniel krampfhaft nachdenken sah, während ihn die beiden Frauen nicht aus den Augen ließen.

„Ich habe den Verdacht, dass Schreder in irgendwelche kriminellen Machenschaften verstrickt ist“, begann der Junge schließlich vorsichtig.

Alexandra seufzte resigniert an ihrem Bewachungsposten an der Tür. Das war nun wirklich nichts Neues. Darauf waren sie auch schon gekommen. Sie wollte entsprechend kontern, fing aber einen warnenden Blick ihrer Chefin auf, der ihr das verbot. Sie war sich sicher, dass Daniel die auf ihm lastende, erwartungsvolle Stille nicht lange aushalten würde. Und auch hier ging ihre Taktik auf.

„Meine Gedanken habe ich mir schon gemacht. Der Herr Rechtsanwalt hat quasi keine Klienten, dafür aber Geld wie Heu. Ich habe ihn mal gefragt, wo das herkommt, aber da hat er mich nur angeschrieen, dass mich das nichts anginge, dass ich froh sein solle, dass es mir so gut gehe bei ihm und so.“

„Wo ist eigentlich Ihre Mutter?“ Ganz konnte Alexandra die Neugier nicht unterdrücken.

„Die ist schon längst davongelaufen. Ohne je wieder etwas von sich hören zu lassen. Verstehen kann ich es. Bei diesem Ekel von Mann. Zu ihr hat er sich genauso benommen – wenigstens so weit ich mich erinnern kann. Ist schon ewig her."

Johanna ging auch darauf nicht ein. Sie wollte nicht Gefahr laufen, in einer immer noch nicht vernarbten Wunde des Jungen herumzurühren. Stattdessen griff sie nochmals seinen Verdacht auf.

„Du hast gesagt, äh, ach entschuldigen Sie, im Eifer des Gefechts habe ich Sie gerade..."

„Lassen Sie nur. Ist schon okay. Es war ja eh nur ein Schmäh mit dem ‚Sie'."

„Gut. Du hast gesagt", setzte Johanna von Neuem an, „dass du deinen Vater verdächtigst, in unlautere Machenschaften oder Geschäfte verwickelt zu sein. Weißt du etwas Näheres, oder ist das eine pure Vermutung?"

Wieder schaute der Junge sie trübsinnig an, auf ihm schien eine Zentnerlast zu ruhen.

„Ich weiß wirklich nichts Genaues. Wirklich. Ehrlich. Und wenn ich jetzt noch weiter rede... Der bringt mich um. Der ist dazu imstande."

Diese so gern und oft gebrauchte Floskel hörte sich aus dem Munde des Jungen absolut nicht wie eine leere Drohung an.

„Du kannst uns schon vertrauen. Wir werden es deinem Vater sicher nicht sagen, wenn wir durch dich einen Hinweis im Hinblick auf den Mord an Schönberg bekommen", versuchte Johanna den Schreder-Sohn zu beruhigen.

„Moment, das hab ich nicht gesagt. Ob er mit dem Mord etwas zu tun hat, weiß ich nicht. Obwohl – zuzutrauen wär's ihm. Der ist eiskalt."

Trotz aller Nachsicht und allem Verständnis wurde Johanna ungeduldig, bemühte sich aber nach Kräften, dies nicht zu zeigen. Mit einer aufmunternden Kopfbewegung versuchte sie Daniel zum Sprechen zu bringen, aber er konnte sich – so schien es – nicht dazu durchringen. Er kniff die Augen zusammen und begann mit einem Kugelschreiber zu spielen, den er sich vom Schreibtisch genommen hatte. Sanft nahm Johanna ihn aus seiner Hand.

„Daniel, es wird nicht besser, wenn du den Mund hältst, ganz im Gegenteil. Wenn du etwas weißt, dann musst du es uns sagen. Du merkst doch selbst, dass du damit nicht fertig wirst“, bemühte sie sich, ihn aus der Reserve zu locken.

Noch ein tiefer Seufzer, dann schien Daniel endlich so weit, wenn auch zögerlich, seinen Verdacht zu äußern.

„Aber ich kann's nicht beweisen, ehrlich, es ist nur...“

„Schon gut. Jetzt rede, wir werden das schon richtig zu bewerten wissen.“

„Ich hab den Verdacht, dass mein Vater Menschenhandel betreibt.“

„Wie bitte? Wie kommst du darauf?“

„Nun ja, zum einen, das habe ich schon gesagt, hat er quasi keine Klienten. Aber dauernd kommen irgendwelche Leute zu uns ins Haus.“

„Du meinst illegale Einwanderer?“

„Ach du lieber Himmel, wo denken Sie denn hin? Mit diesen armen Schweinen will mein Vater garantiert nicht in Berührung kommen. Nein, ich meine die Mittelsmänner, Schleuser oder wie immer man die nennen will. Mein Vater organisiert das Ganze, sichert sich den größten Teil vom Kuchen, die kriegen ihren Anteil, und die aus dem Kosovo, Albanien, der Ukraine oder sonst woher werden verschachert als billige Arbeitskräfte ohne Rechte und Absicherung. Was aus ihnen wird, interessiert niemanden.“

„Das sind schwerwiegende Beschuldigungen, Daniel.“

„Ich weiß, deshalb bin ich ja so vorsichtig. Und auch – ich sag's jetzt nochmal – weil ich es nicht beweisen kann.“

„Wie kommst du überhaupt auf die Idee? Nur allein durch die Leute, die euch besuchen? Das könnten doch wirklich Klienten sein.“

„Halten Sie mich für bescheuert? Natürlich nicht. Irgendwann habe ich unten im Vorzimmer mal einen Streit mitgekriegt. Einer dieser Schleuser war anscheinend mit seinem Anteil nicht zufrieden. Mein geliebter Vater hat nicht gewusst, dass ich zu Hause bin, deshalb hat er ganz ungeniert herumgebrüllt: er sehe überhaupt nicht ein, weshalb er mehr zahlen solle. Und das letzte Mal sei nur minderwertiges Material bei der Lieferung gewesen – stellen Sie sich vor, so hat der von Menschen geredet –, die auf den Baustellen völlig untauglich gewesen seien. Und er hätte dann den Ärger mit den Bauunternehmern am Hals gehabt. Zuerst konnte ich mir überhaupt keinen Reim darauf machen, zumal ich nicht gleich kapiert habe, dass er mit ‚Material' Menschen meinte. Aber dann habe ich mal ein bissel in seinen Dateien herumgespielt, und da ist mir ein Licht aufgegangen."

„Du hast dich an seinen Computer getraut? Ist der denn nicht mit einem Passwort gesichert?", fragte Johanna ein wenig ungläubig nach.

„Oh, Frau Kriminal, wo leben Sie denn? Natürlich bin ich nicht an seinen Computer gegangen. Ich habe meinen eigenen. Und ein normales Passwort knacken kann mittlerweile schon ein mittelmäßiger Mittelschüler. Nur Leute aus eurer Generation wissen das nicht. Deshalb ist er auch nie dahintergekommen."

Daniels anfängliche furchtsame Zurückhaltung war nun einer Mischung aus Stolz über sein technisches Können und der Erleichterung darüber, dass er sein bis dahin sorgsam gehütetes Geheimnis endlich jemandem preisgeben konnte, gewichen.

„Von woher kommen die Illegalen?" Diese Frage schien Alexandra von Belang zu sein.

„Das ist doch letztlich egal – oder? Menschenschmuggel ist und bleibt es, gleich woher", entgegnete ihre Chefin.

„Schon, aber wenn die zum Beispiel wirklich aus der Ukraine kämen, würde das den vielen Kaviar in der Schönberg-Küche erklären. Dort gibt's doch billigen Kaviar, oder?"

„Sie haben Sorgen. Außerdem fällt dieses Verbrechen nicht in unser Ressort. Da müssen wohl die Kollegen ran. Aber sag mal, Daniel, was hast du denn noch herausfinden können, als quasi Profi-Hacker?"

„Allzu viel leider nicht. Aber immerhin hat er einige Bauunternehmer und deren Baustellen aufgelistet, an die er die Leute verscherbelt hat. Und diverse Datumsangaben. Aus denen bin ich aber nicht schlau geworden. Und dann noch eine Aufstellung irgendwelcher merkwürdiger Begriffe. Könnten Decknamen sein oder so. Da operiert sicher keiner unter seinem richtigen Namen. Die Liste, die ich hier suchen sollte, enthält wohl noch mehr Angaben solcher Gewährsmänner, oder wie man das nennen soll, vermute ich jetzt mal", ließ Daniel seinen Vermutungen freien Lauf.

„Und was machen wir jetzt? Hast du eine Idee?“, erkundigte sich Alexandra ratlos. „Schließlich können wir nicht in die Villa deines Vaters spazieren und ihn fragen, ob und welchen Zusammenhang seine dubiosen Machenschaften mit dem Mord an Schönberg haben. Wer weiß, ob es überhaupt einen gibt – außer dem Kaviar.“

„Jetzt lassen Sie doch endlich den Kaviar aus dem Spiel.“ Johanna wurde ungehalten, weniger wegen des Kaviars als vielmehr deshalb, weil ihre Mitarbeiterin gerade im Begriff zu sein schien, in Daniel Schreders Anwesenheit den Mordfall Schönberg und das weitere Vorgehen detailliert mit ihm zu erörtern. Wer konnte wissen, ob dem Jungen zu trauen war, ob er nur eine Show abzog und sich in Wirklichkeit weit mehr auskannte oder gar im Auftrag seines Vaters den Stand der Ermittlungen ausforschen sollte. Der letzte Gedanke jagte ihr einen gehörigen Schrecken ein, deshalb wollte sie Daniel so schnell es ging loswerden, jedoch nicht ohne zuvor noch einmal gründlich nachzufragen: „Gibt es noch etwas, was du uns sagen kannst? Was wichtig für uns sein könnte? Hast du sonst noch etwas gehört oder mitbekommen?“

„Nein, eigentlich nicht.“ Daniel verbreitete wieder einen sehr unsicheren Eindruck, die leichte Überheblichkeit von eben war verschwunden.

„Und uneigentlich? Hast du vielleicht auch den Auftrag bekommen, die Festplatte aus Schönbergs Computer auszubauen?“

„Ach? Die ist weg? Nein, ehrlich, das war ich nicht. Hätte mir aber Spaß gemacht. Nein, wirklich. Ich hab alles gesagt.“

„Könnte das vielleicht dieser Gerstner bewerkstelligt haben?“

„Könnte schon, ob er hat, weiß ich nicht. Echt nicht.“

„Also gut. Glauben wir dir mal. Das war alles sehr wichtig für uns. Vielen Dank. Du weißt selbst am besten, dass es nicht ratsam wäre, wenn du gegenüber deinem Vater etwas von diesem Gespräch erwähnst.“

„Sie halten mich für total bescheuert, wie? Natürlich nicht. Ich bin schließlich nicht lebensmüde. Übrigens – lassen Sie mich bloß aus der Sache raus. Wie gesagt, dem kommt’s nicht drauf an, mich tot zu prügeln.“

„So schlimm wird es schon nicht sein. Aber so weit es geht, werden wir selbstverständlich versuchen, dich zu schützen. Du kannst dich darauf verlassen. Solltest du noch mehr in Erfahrung bringen, gib uns bitte sofort Bescheid. Hier ist meine Telefonnummer, auch die mobile. Du kannst jederzeit anrufen. Und jetzt ist es besser, wenn du gehst. Sonst kriegst du womöglich noch Probleme, wenn du so lange fort bleibst."

„Wieso? Dem ist egal, was ich mache, so lange ich ihn nicht störe. Außerdem brauche ich noch die Liste. Das wiederum wäre ihm nicht egal, wenn ich die nicht bringe."

„Ach so, die Liste. Meine Güte. Wo kann die sein? Wir haben nichts in dieser Art gefunden. Oder ist Ihnen etwas aufgefallen, Frau Jennerwein?"

„Nein, schon gar kein blauer Schnellhefter."

„Der muss aber hier sein", beharrte Daniel sichtlich nervös werdend. „Ich kann ohne das Ding nicht nach Hause kommen."

„Wieso? Dein Vater weiß schließlich, dass die Spurensicherung hier alles total durchkämmt und mehrere Kisten voll Papierkram mitgenommen hat. Da ist es mehr als wahrscheinlich, dass dieser ominöse Schnellhefter drunter war."

„Na gut", gab Daniel nach, machte aber keine Anstalten zu gehen, ganz im Gegenteil. Er lümmelte sich auf das ausladende braune Ledersofa und beobachtete die beiden Kriminalbeamtinnen interessiert. „Und? Jetzt?", brachte er wieder recht aufsässig hervor.

„Was? Jetzt? Du gehst nach Hause", erklärte ihm die Chefinspektorin. Ihr waren die abrupten Stimmungswechsel des Jungen nicht geheuer. Entweder hatte der Kerl durch seine verkorkste Erziehung einen extremen psychischen Schaden erlitten, oder er war so abgebrüht, dass er alles versuchte, sie bewusst in die Irre zu führen. Johanna Grasel fühlte sich in der augenblicklichen Situation etwas hilflos, hatte vor allem die wachsende Empfindung, dass weder ihr gesunder Menschenverstand noch ihre intensive polizeipsychologische Ausbildung ihr nutzten, um den Charakter und die Aussagen dieses rätselhaften Jungen richtig einzuschätzen. Das anfängliche Mitleid begann sich bei ihr in ein solides Misstrauen, gepaart mit leichter Aggressivität zu wandeln.

„Na? Wird's bald? Wir sind dir dankbar für deine Hinweise. Aber wir schaffen's allein."

Das war zwar ein nicht misszuverstehender Rauswurf, aber Daniel bewegte sich keinen Zentimeter, nur seine Mimik veränderte sich. Die zur Schau getragene Sicherheit machte wieder einem hilflosen Ausdruck Platz.

„Ich würde gern noch ein bisschen hier bleiben. Darf ich? Da drüben kann man es fast nicht aushalten. Sie haben ihn doch erlebt. Und mit Ihnen kann man wenigstens reden wie mit normalen Menschen. Ich hab das nicht so oft", entgegnete er mit einer immer leiser werdenden, weinerlichen Stimme. Allerdings half ihm auch das nichts, denn Johanna Grasel komplementierte ihn erbarmungslos hinaus: „Jetzt reiß dich zusammen, Daniel. Hier gibt es nichts mehr zu sehen, und wenn du nicht nach Hause willst, dann geh spazieren, laufen, schwimmen oder mach sonst was."

Auch Alexandra Jennerwein war verunsichert. Sie kannte sich mit ihrer Chefin nicht mehr aus, die vor Kurzem noch so klar Partei für Daniel Schreder ergriffen hatte, und auf einmal ziemlich rabiat mit ihm umsprang.

Sie hatte sich auf der Lehne eines der ausladenden Sessel niedergelassen, ein Bein hochgezogen und das andere gegen ein kleines Bücherregal gestemmt. Wortlos schaute sie zu, wie der junge Schreder sich langsam, sehr langsam und ächzend aus dem bequemen Sofa wand, ihrer Chefin einen langen, anklagenden Blick zuwarf und dann schließlich den Raum verließ.

„Mit dem sind Sie aber arg harsch umgesprungen. Ich dachte, er hätte Ihr Herz erweicht und Sie haben so großes Verständnis für ihn", drückte sie ihre Verwunderung aus.

„Moment", entgegnete die Chefinspektorin und ging mit schnellen Schritten zur Tür. „Hab ich es mir doch gedacht", sagte sie dann laut. „Raus jetzt. Auf der Stelle. Hier gibt es für dich weder etwas zu tun, noch zu hören. Klar?"

Aus dem Vorzimmer war nur undeutliches Gemurmel zu hören, unmittelbar danach erschütterte die mit einem lauten Knall zugeworfene Tür das Haus, dem das leise Geräusch eines sich im Schloss umdrehenden Schlüssels folgte. Wenige Sekunden später betrat Johanna Grasel wieder das Zimmer.

„Wollte er lauschen?“, fragte Alexandra, die noch auf ihrer Sessellehne wippte.

„Ja. Sicherheitshalber habe ich von innen abgeschlossen. Man weiß ja nie“, erwiderte ihre Chefin.

„Also, ehrlich. Ich verstehe Sie nicht. Da erklären Sie mir lang und breit, dass er ein durch die väterliche Erziehung zutiefst bemitleidenswerter, armer Junge ist, und dann behandeln Sie ihn auf einmal nicht viel anders, als er das von zu Hause gewöhnt ist.“

„Da ist wohl noch ein kleiner Unterschied“, protestierte Johanna. „Aber ich kann nicht einschätzen, wo ich dran bin bei diesem Kerl. Soll man ihm seine Räuberpistolen glauben, oder sind die frei erfunden? Man kann schließlich nicht wissen, welche Folgen die üble Dressur seines Vaters gezeitigt haben. Möglicherweise ein übersteigertes Geltungsbedürfnis, wenn nicht gar massive Wahrnehmungsstörungen, Realitätsverluste, was weiß denn ich.“

„Hm. Könnte sein. Andererseits könnte was dran sein an seinen Verdächtigungen, denn dass sein Vater nicht zu den Ärmsten gehört, ist unzweifelhaft“, überlegte Alexandra laut und schaukelte auf der etwas lockeren Sessellehne weiter hin und her.

„Vielleicht lassen wir uns zu sehr vom äußeren Schein leiten“, gab die Chefinspektorin zu bedenken. „Wer sagt uns denn, dass er zu den Reichen gehört? Seine Konten haben wir nicht überprüft, und die feudale Villa allein ist kein überzeugendes Indiz. Die kann im Extremfall auch einer Bank gehören.“

„Schön und gut, aber…“ Weiter kam Alexandra nicht, denn durch das Hin- und Herwippen löste sich plötzlich die Armlehne, und sie saß mit verdutztem Gesicht auf dem Boden und rieb sich ihr Hinterteil. „Au, verdammt, dass das Ding so baufällig ist, habe ich nicht gedacht“, schimpfte sie.

Ihre Vorgesetzte wollte ihr gerade aufhelfen, doch als sie sich bückte, vergaß sie ihren Vorsatz, und ihre Miene verriet höchstes Erstaunten.

„Was haben wir denn da schon wieder?“ Sie griff in das abgebrochene Teil zwischen Sitz und Armlehne.

„Wieso? Was?" Alexandra beugte sich – immer noch auf dem Boden sitzend – nach vorn. Damit, was Johanna Grasel aus dem Versteck zog, hatten sie beide nicht gerechnet: ein Plastiksäckchen, vollgefüllt mit kleinen glitzernden Steinen.

„Oh Heimatland, weshalb hat dieser Schönberg denn seine Glasperlen in den Sessel gestopft? Sollten sich seine Gäste fühlen wie die Prinzessin auf der Erbse?"

Alexandra Jennerwein war, im Gegensatz zu ihrer Chefin, von dem Fund nicht sonderlich beeindruckt.

„Ich glaube nicht, dass das Glasperlen sind. Das sieht mir verdächtig nach Diamanten aus, und die dürften einen erheblichen Wert haben. Schauen Sie sich den Schimmer der Steine mal genau an", belehrte sie ihre Mitarbeiterin, die diese Mitteilung jedoch sehr skeptisch aufnahm. „Woher wollen Sie wissen, dass es sich bei diesen Dingern um Diamanten handelt?"

„Mit aller Sicherheit kann das natürlich nur ein Fachmann beurteilen, aber ich bin bereit, einen Besen zu fressen, falls meine Vermutung nicht stimmt."

„Hm. Kein sehr viel versprechendes Mahl. Das Versteck jedenfalls könnte darauf hinweisen, dass an der Theorie was dran ist. Dieser Schönberg scheint überhaupt ein Meister der finsteren Verstecke gewesen sein. Irgendwie gestört. Finden Sie nicht? Die ehemalige rumänische Securitate ist nix gegen den. Wenn nicht einmal die Spurensicherung das Zeug gefunden hat…"

Johanna Grasel teilte die Meinung ihrer Mitarbeiterin und hegte nun den berechtigten Verdacht, dass es möglicherweise noch mehr geheime Winkel geben könnte. Ratlos blickte sie um sich.

„Überlegen Sie, wo dieser Kerl noch weitere Nester angelegt haben könnte?", deutete Alexandra den Blick ihrer Chefin richtig.

„Ja, aber wir können schließlich nicht das ganze Haus auseinandernehmen. Ob wir unter diesen Voraussetzungen die Kriminaltechniker nochmal bitten sollten, sich umzusehen?"

Alexandra schüttelte energisch den Kopf. „Das würde ich nicht tun. Erstens sind die tödlich beleidigt, wenn sie den Eindruck kriegen, dass man ihnen unterstellt, sie hätten ihre Arbeit nicht ordentlich gemacht, zweitens kann man die Villa und das Riesengrundstück, wo theoretisch auch noch Dinge vergraben sein könnten, nicht in einen Trümmerhaufen verwandeln. Und drittens könnte dieser Sonderling durchaus raffiniert genug gewesen sein, Geld, Wertgegenstände oder Sonstiges in Erdlöchern oder ähnlichem außerhalb zu horten."

Die Chefinspektorin überlegte, und ein weiteres Mal musste sie Alexandra zustimmen. „Na schön", lenkte sie deshalb ein. „Versuchen wir, weiter in der Vergangenheit des Mordopfers zu graben. Übrigens: Haben Sie eigentlich in Berlin anfragen lassen, wo er vorher gearbeitet hat, ob es dort Anhaltspunkte gibt, an die wir anknüpfen könnten?"

Alexandra wurde ein wenig rot, weil sie diesen Auftrag, den ihr die Chefinspektorin gleich zu Beginn übertragen hatte, schlicht vergessen hatte. Sie versuchte, sich aus der Verlegenheit herauszuwinden. „Noch nicht. Es war noch keine Zeit. Wir sind doch ununterbrochen auf Tour. Und um alles kann ich mich nicht kümmern", setzte sie patzig hinzu.

Die Chefinspektorin blickte ihre Mitarbeiterin vorwurfsvoll an. Ihr lag ein geharnischter Verweis auf der Zunge, aber sie beherrschte sich, weil dadurch auch nichts gewonnen, sondern ganz im Gegenteil die Motivation ihrer Assistentin weitere Einbrüche erleiden würde. Daher versuchte sie, die Angelegenheit sachlich-kühl zu regeln. „Könnte das vielleicht dieser Herr..., Herr..., wie hieß der nochmal, den Sie in der Stiftungsangelegenheit angerufen haben?"

Alexandra staunte, denn sie hatte fest mit einem Rüffel gerechnet und sich bereits entsprechend gewappnet; auf diese schlichte Erwiderung war sie nicht gefasst. „Sie meinen den Bruno. Den Bruno Webern mit ‚n'. Ja, den könnte ich drum bitten. Der hat ein Talent, so etwas auszukundschaften. Aber was genau soll er denn nachforschen?"

Nun war Johanna Grasel doch leicht genervt, denn sie hatte vorausgesetzt, dass die ihr zugeordnete Kontrollinspektorin Jennerwein sich bei den Ermittlungen etwas inspirierter zeigen und nicht nur auf Anweisungen reagieren würde in ihrem kindischen Futterneid wegen des entgangenen Jobs. Der kurze Friede, der zwischen ihnen geherrscht hatte, geriet wieder ins Wanken. Mit aller Gewalt riss sich die Chefinspektorin zusammen – eingedenk des ihr während der Ausbildung eingeimpften Psychogramms einer guten Kriminalistin, bei dem Selbstbeherrschung an oberster Stelle steht. Sie holte tief Luft.

„Frau Jennerwein. Um systematisch vorgehen zu können, sollten wir versuchen, uns ein Stück weit in das Mordopfer hineinzudenken. Bisher haben wir lediglich Informationen, die Schönberg als rücksichtslosen, gerissenen Schurken erscheinen lassen, der seiner überheblichen Art wegen überall unbeliebt war. Mehr wissen wir im Grunde nicht. Auch über das Motiv können wir nur spekulieren. Und erst recht, was den möglichen Täter angeht. Theoretisch könnte es durchaus sein, dass sich jemand aus der Vergangenheit aus irgendeinem Grund an Schönberg gerächt hat."

Interessiert verfolgte Alexandra Jennerwein die Darlegungen ihrer Chefin, ohne jedoch herauszuhören, was genau nun Bruno Webern im Berliner Umfeld auskundschaften sollte. Direkt zu fragen traute sie sich kein zweites Mal. Sie konnte ja nicht ahnen, dass Johanna Grasel sich ab sofort strikt an ihre Professionalität als Chefinspektorin zu halten gedachte.

Laut begann Alexandra nachzudenken: „Bruno könnte zunächst bei den deutschen Kollegen in Berlin fragen, ob dort etwas gegen Schönberg vorliegt."

„Ich dachte, das hätten Sie längst getan."

„Im Polizeicomputer habe ich schon nachgesehen und die entsprechenden Dateien abgecheckt."

„Na also. Ihr Bruno soll versuchen, so viel Auskünfte wie möglich aus dem früheren beruflichen Umfeld dieses Schönberg zu bekommen. Wie hat er sich im Kollegenkreis verhalten? Hat er sich Abhängigkeiten geschaffen? Hat es eventuell Skandale um seine Person gegeben? Welches Ansehen hat er genossen? Vielleicht ist etwas dabei, aus dem sich ein Anhaltspunkt für uns ergibt. Schließlich war dieser Schönberg doch eher die Karikatur eines Gelehrten als ein ernst zu nehmender Wissenschafter."

„Okay, ich rufe Bruno sofort an", erklärte Alexandra erleichtert. Sie war froh, dass die Chefinspektorin auf ihren faux pas nicht weiter einzugehen schien. Sie verschwand rasch aus dem Zimmer, um in ihrem Rucksack, den sie im Vorzimmer abgestellt hatte, das Handy zu suchen.

Eine ganze Weile, in der Johanna Grasel eingehend die Papiere durchsah, die die Kriminaltechniker auf dem Schreibtisch zurückgelassen hatten, war alles vollkommen still, auch Alexandras Stimme, die eigentlich schon längst mit Bruno Webern telefonieren müsste, war nicht zu hören. Dann aber stand sie mit hochrotem Kopf, den offenen Rucksack in der Hand haltend, wütend im Türrahmen: „Diese miese Ratte. Dieser kleine Verbrecher", fauchte sie.

„Was ist los?"

„Dieser Daniel. Der muss mein Handy aus dem Rucksack geklaut haben, bevor er gegangen ist."

„Wann haben Sie es denn zum letzten Mal gehabt?"

„Ja, Moment, ja, wann war das? Habe ich heute schon telefoniert? Ja klar. In der Früh. Und vorhin. Mit dem Bruno."

„Haben Sie es hier irgendwo abgelegt?" Johanna Grasel schaute sich suchend um.

„Bestimmt nicht. Ich stecke es immer gleich wieder ein. Weil ich Angst habe, es liegenzulassen. Ich habe es ganz bestimmt in den Rucksack getan. Dieser Daniel hat es geklaut. Es kann nur er gewesen sein."

„Wenn dem so war, werden wir dem Knaben auf die Schliche kommen. Hier, nehmen Sie erstmal meins." Die Chefinspektorin reichte ihrer Mitarbeiterin das eigene Telefon.

„Danke. Der kann was erleben. Nie und nimmer hätte ich den für so verschlagen gehalten." Alexandra konnte sich schier nicht beruhigen.

„Wir werden das schon klären", wiegelte die Chefinspektorin ab. „Sagen Sie jetzt Ihrem Bruno Bescheid, und dann werden wir uns auf den Weg machen zum Heurigen Sommerbauer, weil dort Ihre Verabredung vermutlich schon auf uns wartet."

„Ach so. Ja. Was machen wir übrigens mit den Steinchen? Nehmen wir die einfach mit?"

Johanna schluckte. Eigentlich müssten die sofort zu einem Experten ins Wiener Polizeipräsidium verfrachtet werden. Ob sie dort heute noch jemanden erreichten? Hatte das nicht auch bis morgen Zeit? Schließlich wusste niemand außer ihnen etwas über diesen Fund. Freilich könnte man sie auch auf dem örtlichen Polizeirevier deponieren, aber das zöge einige unnötige Erklärungen nach sich. Und wenn die Dinger eventuell wertlos waren? Dann machten sie sich nur lächerlich.

„Wir werden gut drauf aufpassen“, erklärte Johanna entschlossen. „Wir können sie ja später in unserer gemeinsamen Liegestatt deponieren. Falls die Steine echt sind, würde es diese ungemein aufwerten.“

12

Als die beiden die Villa verließen, sickerte bereits das bläuliche Halbdunkel der beginnenden Nacht über den Ort, das von den in diesem Viertel nur sparsam platzierten Straßenlaternen nicht allzu sehr durchbrochen wurde. In den Tiefen der ausladenden Tasche der Chefinspektorin waren die Steinchen mit der ungeklärten Herkunft sicher vergraben, und in den Köpfen beider Frauen spukten diverse unangenehme Gedankengänge. Sie beschäftigten sich mit all jenen ungelösten Fragen, die ihnen dieser Mordfall aufbürdete und außerdem mit den damit einhergehenden ein wenig unglücklich verlaufenen kleinen Begebenheiten, die auf ihr jeweils eigenes Konto gingen: bei Alexandra die versäumte Berliner Auskunft und bei Johanna das Wissen darum, dass sie derzeit hinsichtlich ihrer Dienstvergehen – eines lagerte gerade unrechtmäßig in ihrer Tasche – mindestens einen gehörigen Verweis zu erwarten hatte, wenn das herauskam. Dazu kam die Einsicht, dass der oberste Chef in St. Pölten nicht ganz zu Unrecht auf einen persönlichen Rapport wartete. Was hätten sie machen sollen? Sofort zurückfahren? Das hätte wenigstens den Vorteil eines eigenen Bettes gehabt, und die ominösen Steine hätten ebenfalls ordnungsgemäß abgeliefert werden können. Schließlich war die Strecke nach St. Pölten nicht gerade unüberbrückbar.

Blicklos stapfte Johanna Grasel neben ihrer Mitarbeiterin her. Ob es nun an der spärlichen Beleuchtung oder der völligen Problemversunkenheit lag, war im Nachhinein nicht mehr zu klären, jedenfalls strauchelte Johanna am kleinen Vorsprung einer Gartenmauer, und bevor sie reagieren konnte, fand sie sich der Länge nach auf der Straße liegend wieder. Sofort spürte sie einen heftigen Schmerz über der Augenbraue und war sich im gleichen Moment völlig sicher, dass sie die nächsten Tage mit einer gehörig verfärbten linken Gesichtshälfte zubringen würde.

Alexandra war so erschrocken, dass sie im ersten Augenblick einfach nur dastand, ohne ihrer Chefin Hilfe zu leisten, die aber kam bereits selbst wieder auf die Beine. Nur ein entsetztes „oh verdammt“ entfuhr ihr, was von ihrer Begleiterin mit einem sehr undamenhaften

„verdammte Scheiße" erwidert wurde, als sie das Blut bemerkte, das Johanna über das Gesicht lief. Doch dann besann sie sich auf ihre Erste-Hilfe-Kenntnisse.

„Haben Sie Schmerzen? Ist etwas gebrochen? Können Sie Arme und Beine bewegen? Ist Ihnen schwindlig?", forschte sie besorgt, während sie versuchte, Johanna Grasel etwas zu stützen. Die schüttelte benommen den Kopf.

„Nein, ist alles okay, nur die Stirn blutet, glaube ich."

„Wir müssen zum Arzt. Sofort", kommandierte Alexandra.

„Sonst noch etwas? Wegen einer kleinen Schürfwunde? Der lacht sich ja tot", erwiderte Johanna hastig. Aus irgendeinem Grund war ihr dieser Unfall entsetzlich peinlich, und sie schämte sich.

„Aber Sie könnten eine Gehirnerschütterung haben", gab Alexandra Jennerwein berechtigterweise zu bedenken.

„Habe ich nicht", mauerte ihre Chefin. „Alles okay. Haben Sie noch ein paar Papiertaschentücher?"

„Ja, klar. Ein ganzes Packerl. Moment. Oh je, was ist denn das?"

„Was ist?"

„Mein Handy. Ich habe es vorhin in den kleinen Beutel für die Taschentücher gegeben, damit ich es im Rucksack nicht ewig suchen muss. Jetzt fällt's mir wieder ein."

„Na, wenigstens was. Ein Verdacht weniger auf den Schultern des Schreder-Sohns."

„Hier – die Taschentücher. Meine Güte, das blutet aber ordentlich. Sollten wir nicht vielleicht doch…?"

„Nein", beharrte Johanna. „Das hört gleich auf. Ich weiß gar nicht, wie das passieren konnte. Ich habe mir eben überlegt, ob wir heute noch in unsere Dienststelle zurückfahren sollten, und da lag ich auch schon."

„Hm, wie soll man das jetzt interpretieren? Was will uns das Schicksal signalisieren?", sinnierte Alexandra.

„Ja, glauben Sie, ich würde so unserem Herrn und Meister gegenübertreten? Wir bleiben hier."

„Mir soll's recht sein. Wenn er sich beschwert, können wir immer noch sagen, dass Sie nicht transportfähig waren", erwiderte Alexandra mit dem ihr bisweilen eigenen Phlegma. Dann aber meldete sich umgehend wieder die ehrliche Besorgnis.

„Geht's Ihnen wirklich gut? Stützen Sie sich auf mich. Ich bringe Sie zum Hotel, damit Sie die Wunde gleich kühlen können. Vielleicht hält sich die Beule dann in Grenzen."

Als Johanna jedoch das Tuch von der Augenbraue nahm, erkannte Alexandra, dass dieser Wunsch ein frommer gewesen war, denn die Wirklichkeit hatte im wortwörtlichen Sinne zugeschlagen: Die linke Stirnhälfte ihrer Chefin zierte eine solch ausladende Erhebung, dass sich einem unwillkürlich die Erinnerung an das Einhorn-Fabeltier aufdrängte.

„Wieso Hotel?", begehrte die Chefinspektorin auf. „Wir sind schließlich mit diesem Lorenz verabredet."

„Wollen Sie allen Ernstes so zum Heurigen?"

„Wieso? Schaut es so arg aus?"

„Hm. Ein bissel schon."

„Oh Gott, haben Sie einen Spiegel?"

Alexandra hatte einen, hielt es aber geraten, ihrer Chefin diesen Schock zu ersparen bis sie sich an den Gedanken an ihre neu erworbene Deformation etwas gewöhnt hatte.

„Das ist jetzt auch schon egal. Wir setzen uns in die hinterste Ecke. Es blutet auch fast nicht mehr. Vielleicht hat der Wirt Eiswürfel, die ich draufgeben kann. Im Hotel kriegen wir bestimmt keine."

Gegen das letzte Argument war nichts zu sagen. Sie lenkten also ihre Schritte in Richtung des Heurigen von Erwin Sommerbauer, dessen Grundstück so groß war, dass es den ganzen Raum zwischen zwei parallel laufenden Straßen einnahm. Daher mussten Sie nicht vorn durch den Haupteingang, sondern konnten von rückwärts her durch den ausgedehnten Garten gehen, in dem sich im Sommer die Gäste an den Tischen drängten.

„Vielleicht kriegen wir ganz hinten einen Platz. Der Kommissar wird uns schon finden."

„Ja, das ist eine gute Idee", stimmte die Chefinspektorin etwas matt zu. Gemeinsam gingen sie langsam die Straße entlang, wobei Alexandra Jennerwein sicherheitshalber den Arm ihrer Vorgesetzten hielt, die das auch geschehen ließ, denn ein wenig schindlig war ihr zugegebenermaßen.

Von der Seite warf Alexandra ihr immer wieder besorgte Blicke zu, was Johanna sehr wohl bemerkte und als wohltuend empfand. Wann hatte sie dergleichen das letzte Mal erlebt? Sie wußte sich keine Antwort darauf zu geben.

Die beiden Frauen hatten Glück, denn das hintere Stüberl war vom übrigem großen Gastraum abgetrennt und auch nicht sehr frequentiert, sodass sie weitgehend ungesehen hineinschlüpfen konnten. Johanna setzte sich mit der linken Seite so zur Wand, dass ihre Verletzung auf den ersten Blick nicht erkennbar war.

„Bleiben Sie sitzen. Ich bin gleich wieder da." Damit wandte sich Alexandra zur Tür, kehrte aber nochmals um und fragte: „Geht's auch wirklich? Ist alles in Ordnung? Ist Ihnen schlecht? Soll ich nicht vielleicht doch die Rettung rufen?"

Ob es nun der Schreck, ein kleiner Schock oder nur die pure Rührung darüber war, wie sehr sich ihre Mitarbeiterin, die ihr bislang nur die kalte Schulter gezeigt hatte, kümmerte, war nicht ganz klar, jedenfalls schossen Johanna die Tränen aus den Augen, und Alexandra setzte sich schnell neben sie und nahm sie vorsichtig in die Arme.

„Ist gleich wieder in Ordnung. Das ist nur der Schock", tröstete sie. „Sehen Sie, wie gut es ist, dass wir ein gemeinsames Zimmer haben. Dann kann ich Sie wenigstens im Auge behalten."

„Im rechten oder im linken? Danke. Danke, das ist sehr lieb von Ihnen. Es ist nur.... Es ist nichts, nur... ich bin das nicht mehr gewöhnt, dass sich jemand um mich kümmert", versuchte Johanna zu erklären und musste unter Tränen schon wieder ein klein wenig lächeln bei dem Gedanken an den Tiefschlaf ihrer Mitarbeiterin in der letzten Nacht. Sie drückte Alexandras Hand fest und dankbar.

„Alles in Ordnung. Wirklich."

„Also gut. Bin sofort wieder da." Damit verschwand Alexandra eilig nach vorn und kehrte innerhalb kürzester Zeit zurück. Im Schlepptau hatte sie Kommissar Lorenz und das Ehepaar Sommerbauer, Letztere bereits ausgerüstet mit Salben, Handtüchern und Eisbeutel, die Frau Sommerbauer – erprobt durch diverseste Sport- und sonstige Verletzungen ihrer Kinder – sachgerecht und ohne viel Aufhebens zur Anwendung brachte.

Johanna Grasel war dieser Auftrieb zwar einigermaßen peinlich, aber sie fügte sich. Reinhold Lorenz zerfloss derweil vor Mitleid und nahm die Gelegenheit zum willkommenen Anlass, Johannas Hand zu halten und sie auch nicht mehr loszulassen. Die war allerdings nicht so schwer verletzt, dass sie ihm mit dem gesunden Auge nicht einen schiefen Blick zuwerfen konnte und die Hand schleunigst wieder entzog.

„Einen weißen Spritzer können Sie schon vertragen. Das schadet bestimmt nicht", entschied Erwin Sommerbauer, „und Ihnen bringe ich einen Kuss-Cuvée", erklärte er Alexandra, gleich mit der zugehörigen Busserl-Attacke als Erklärung für die Namensgebung.

„Schön", stimmte diese lachend zu. „Da bin ich mal gespannt."

Nachdem Reinhold Lorenz sich dermaßen ausgiebig in Mitleidsbekundungen erging, dass er den beiden Frauen auf die Nerven zu gehen begann, machte Johanna dem Lamento kurzerhand ein Ende.

„Kollege Lorenz, ich denke, wir haben beide in unserem Beruf schon weit Schlimmeres gesehen. Ich könnte mir vorstellen, dass ich diesen kleinen Unfall überlebe. Aber falls nicht, würde ich vorher gern wissen, ob Sie von Ihrer Wirtin zwischenzeitlich etwas Neues in Erfahrung bringen konnten. Hat sie vielleicht zufällig einmal etwas über den rätselhaften Tod eines Schauspielers erwähnt?", fragte sie sehr kühl und sachlich.

Reinhold Lorenz war beeindruckt. Eine tolle Frau, entschied er. So schwer verletzt und trotzdem so beherrscht. Seine Brigitte hätte sicherlich anders reagiert. Oder vielleicht auch nicht. Wenn er ehrlich war, musste er zugeben, dass seine Frau alles andere als wehleidig war und sich den Wechselfällen des Familienlebens immer sehr couragiert entgegengestellt hatte. Aber warum hatte sie ihn dann verlassen? Sie hätte doch…

Weiter kam Reinhold Lorenz in seiner Vergangenheitsbewältigung nicht, denn die österreichische Chefinspektorin hatte das gedankliche Intermezzo, währenddessen Lorenz durch sie förmlich hindurch geschaut hatte, etwas ungeduldig konstatiert. Sie wusste es natürlich nicht zu deuten, zeigte aber auch nicht das geringste Interesse daran, ihm auf die Spur zu kommen.

„Ja, und Sie wollten auch noch bei Ihrer Wirtin nachfragen, ob die vielleicht Zimmer für uns hat", erinnerte Alexandra.

„Ach so, ja, ja natürlich."

Hauptkommissar Reinhold Lorenz vom Polizeipräsidium Freiburg im Breisgau riss sich zusammen.

„Also, natürlich habe ich nachgefragt. Im Moment leider nicht, aber in zwei Tagen wäre ein schönes Doppelzimmer frei, hat mir die Frau Maier gesagt. Tut mir leid, ich hätte Ihnen so gern gleich geholfen", bedauerte er aufrichtig.

„Dann eben nicht. Bleiben wir halt in unserer Rumpelkammer. Schließlich wissen wir nicht, ob wir in zwei Tagen noch hier sind." Alexandras Blick sagte Johanna Grasel, was ihre Mitarbeiterin damit meinte. Ihren gemeinsamen obersten Vorgesetzten würden sie wohl kaum so lange hinhalten können, ohne persönlich Bericht zu erstatten und gleichzeitig glaubhaft zu begründen, weshalb ihre fortdauernde Anwesenheit in Perchtoldsdorf erforderlich war.

„Und – was ist jetzt? Gibt es Neuigkeiten von Ihrer Frau Maier?", drängelte die Chefinspektorin.

„Nein, auch hier muss ich Sie enttäuschen. Wir sind gar nicht mehr zum Reden gekommen."

„So. Na, dann nicht." Johanna Grasel war etwas enttäuscht. „Ihre Informationsquelle scheint nicht wirklich zu sprudeln", kommentierte sie ein wenig spöttisch

Die Chefinspektorin reagierte ganz gegen ihre sonstige Gewohnheit heftig und emotional, was ihre Assistentin mit Recht auf das Konto des kleinen Unfalls von vorhin verbuchte. Allerdings hatte auch sie sich ein bisschen Klatsch erhofft.

„Tut mir leid, wirklich", bedauerte Reinhold Lorenz einmal mehr aufrichtig. „Ich hätte Ihnen gern tatkräftiger geholfen bei der Aufklärung dieses Falls. Ach, doch. Ich habe Frau Maier noch gefragt, ob sie etwas weiß über Schönbergs Frau beziehungsweise jetzt Witwe, die mir ziemlich fragwürdig vorkommt."

„Und?"

„Nicht viel. Sie soll Hals über Kopf vor Jahren aus der Schönberg-Villa aus- und bei einem unmittelbaren Nachbarn eingezogen sein."

Johanna Grasel und Alexandra Jennerwein reckten die Hälse. Es kam ihnen sehr merkwürdig vor, dass diese Frau Maier das wusste, das Ehepaar Geiger von nebenan sich aber unwissend gestellt hatte, als sie auf Schönbergs Frau zu sprechen gekommen waren.

„Wissen Sie bei wem sie untergekommen ist?", fragte Johanna.

„Ja. Moment. Den Namen habe ich behalten, weil er mich an die österreichische Geschichte erinnert hat. Metternichs Spione sind mit diesem Spitznamen tituliert worden: Naderer."

Ein zweites zweifaches etwas erstaunt geäußertes „aha" folgte.

„Können Sie damit etwas anfangen?", fragte Lorenz.

„Mal sehen", entgegnete Johanna vorsichtig, aber Alexandra platzte heraus: „Das ist der Nachbar von Schönberg, der alle ausspioniert. Das wäre ein Ding, wenn der ein Verhältnis mit der Schönberg-Witwe gehabt hätte."

„Langsam, langsam", beschwichtigte ihre Chefin. „Erstens ist das nicht verboten, allenfalls aus der Sicht irgendwelcher Moralapostel, zweitens könnte das auch völlig harmlos gewesen sein. Sie hat vielleicht nach einem Krach dort nur vorübergehend Quartier bezogen. Denken Sie mal an den Altersunterschied. Zwischen Naderer und der Schönberg-Witwe liegen mindestens zwanzig Jahre, wenn nicht mehr."

„Und? Wenn's Geld stimmt? Wenn sie gedacht hat, sie könnte ihn aberben? Oder wenn sie sonst gemeinsame finanzielle Interessen hatten? Wenn sie vielleicht den Schönberg gemeinsam erpresst haben?"

„Frau Jennerwein, jetzt geht die Fantasie mit Ihnen durch", rügte Johanna.

„Das ist genau wie bei meinem Assistenten in Freiburg", freute sich Reinhold Lorenz. „Der ist ein ganz lieber Junge, der Matthias Thiele, aber wenn der anfängt seine Theorien zu spinnen, dann rette sich wer kann."

Die beiden Frauen blieben ihm darauf eine Antwort schuldig, was Lorenz aber momentan nicht auffiel, weil seine Gedanken gerade in heimatliche Gefilde wanderten.

'Was die beiden, seine Tochter Julia und besagter Assistent, wohl gerade anstellten? Als er vor einigen Tagen losgefahren war, waren sie noch ein inniglich verbundenes Liebespaar, ein Herz und eine Seele gewesen. Aber aus langjähriger Erfahrung wusste er, dass die Abenteuerlust und der Einfallsreichtum seiner Tochter schier unbegrenzt waren. Thiele hingegen war weitaus beständiger, man konnte auch sagen unbeweglich. Oh gütiger Himmel, lass die beiden noch ein wenig in gegenseitiger Liebe entbrennen. Ich will nicht nach Hause kommen und einen verlassenen untröstlichen Thiele trösten müssen. Überhaupt: als Mann war man sowieso immer im Nachteil. Diese Chefinspektorin ist eine Super-Frau, aber sie interessiert sich überhaupt nicht für mich. Bin ich schon so alt, dass ich nichts mehr hermache? Oder stelle ich mich einfach nur zu blöd an? Das wäre eine Frau für mich, da würde Brigitte Augen machen.'

Die machte derzeit aber Johanna Grasel, denn Lorenz schaute sie so melancholisch-schwärmerisch an, dass selbst einem gänzlich Unbeteiligten aufgefallen wäre, wie gern er ihr ein wenig näher kommen würde. Das hatte ihr gerade noch gefehlt. Eine unglückliche Beziehung noch nicht überwunden und dann ein linkischer deutscher Kriminalkommissar, der versuchte, sie zu becircen? Oh nein, ganz bestimmt nicht.

„Das war wirklich alles, was Ihre Pensionswirtin gesagt hat? Dann danke ich Ihnen sehr. Wir werden uns kaum mehr sehen." Kühl versuchte sie, ihm unmissverständlich zu signalisieren, dass sie an einer weiter reichenden Bekanntschaft kein Interesse hatte.

Lorenz war enttäuscht. Was sollte er sagen? Er konnte sie schlecht zum Bleiben überreden, ohne den Eindruck gänzlicher Rücksichtslosigkeit zu erwecken. Vielleicht war ihre Verletzung doch schlimmer als sie zugeben wollte? Sollte er anbieten, sie zu einem Arzt zu begleiten? Halte dich zurück, Lorenz, widesprach er sich gleich postwendend: Diese Frau ist tough genug, um selbst zu entscheiden, was sie will und was nicht. Leider!

„Ich werde bestimmt noch einmal bei Frau Maier auf den Busch klopfen. Es könnte ja sein, dass ihr noch etwas einfällt", war das Einzige, was ihm noch einfiel.

„Schön. Frau Jennerwein, würden Sie dem Kollegen bitte Ihre Visitenkarte geben. Wenn es etwas Spektakuläres gibt, können Sie sich gern bei ihr melden."

Das war eine Abfuhr erster Klasse. Ganz klar ließ sie ihn wissen, dass er sich nicht an sie, sondern an die Assistentin wenden sollte.

„Gehen wir?" Sie drehte sich Alexandra zu.

„Gern. Aber wir müssen noch zahlen."

„Ich bitte Sie, das erledige ich selbstverständlich. Das ist doch selbstverständlich", beeilte sich Lorenz zu versichern und fühlte sich dabei wie ein pubertärer Grünschnabel, der sich nicht einmal richtig ausdrücken konnte.

„Vielen Dank. Das ist nett. Auf Wiedersehen. Einen schönen Abend noch."

Frommer Wunsch, dachte Lorenz, während er den beiden nachschaute. Was sollte an diesem Abend noch schön werden! Bin ich zu alt, zu blöd, zu unansehnlich, zu uninteressant, sodass sich keine Frau mehr für mich interessiert? Oder habe ich einfach nur verlernt, wie man das macht? Egal, es ist nun einmal so. Trübsinnig beschloss Kommissar Reinhold Lorenz an diesem Abend, sich still und in sich gekehrt ein wenig zu betrinken. Den Gedanken daran, dass er diesen Entschluss morgen eventuell bitter bereuen könnte, schob er weit von sich.

Die beiden Frauen machten sich unterdessen auf den Weg zum Hotel, und Alexandra konnte es sich nicht versagen, über die ungeschickten Annäherungsversuche des Kommissars ein wenig zu lästern.

„Den haben Sie aber ganz schön in die Schranken gewiesen. Dabei ist er so verschossen in Sie." Eine gehörige Portion Spott schwang in ihrer Feststellung mit.

„Ja sicher. Das habe ich gemerkt. Aber das ist so ziemlich das Letzte, was ich momentan brauchen kann. Ein verliebter Endfünfziger, der sich uns an die Fersen heftet. Sind Sie wild darauf?"

„Ich? Oh Gott, nein. Bloß nicht. Mir langt's für eine ganze Weile", brach es aus Alexandra heraus.

„Wie meinen Sie das?" Johanna Grasel war, überrascht von diesem emotionalen Ausbruch, stehen geblieben. Ihre Begleiterin biss sich auf die Lippen. Da war sie wieder einmal mit ihren Worten zu schnell gewesen. Sollte sie der anderen gegenüber etwa eine Andeutung machen? Aber – wie war das neulich im Auto? War da nicht eine ähnliche Bemerkung von der Grasel gekommen? Ach, jetzt war schon alles egal. Was hatte sie zu verlieren? Sie würde einfach in ein, zwei Sätzen sachlich den Grund für ihre Bemerkung erklären. Das Sommerbauer'sche Viertel Kuss-Cuvée trug sicherlich dazu bei, dass ihr diese Entscheidung leicht fiel.

Immer noch standen sie nebeneinander auf der Straße, als Alexandra Jennerwein sich ein Herz fasste. Im schlimmsten Fall machte sie sich lächerlich. Na und?

„Wie soll ich es wohl meinen? Ich bin eine von denen, die jahrelang auf die Versprechungen eines solchen Idioten hereingefallen sind, der Stein und Bein geschworen hat, dass er einen liebt und sich eines Tages", an dieser Stelle machte sie eine großartige Bewegung mit ihrer Hand gen Himmel, „sich eines schönen Tages endgültig für einen entscheiden wird. C'est tout. Das alte Lied eben." Dann setzte sie noch hinzu: „Sie können mich ruhig für noch blöder halten, als Sie es eh schon tun."

Unsicher versuchte Alexandra im – wenn auch zwangsläufig sehr eingeschränkten – Mienenspiel ihrer Chefin zu lesen. Hatte sie sich jetzt komplett blamiert? Johanna schwieg, zögerte und das aus genau dem gleichen Grund wie eben ihre Begleiterin. Sollte sie zugeben, dass es ihr kein bisschen anders ergangen war? Egal. Vertrauen gegen Vertrauen. Sie gab sich einen Ruck.

„Weshalb sollte ich Sie für blöd halten? Dazu habe ich nicht das mindeste Recht. Genau das gleiche Dilemma habe ich hinter mir. Einen aufgeplusterten Gockel bedauern müssen, wie hart das Leben mit ihm umgesprungen ist. Dass er mich nicht früher kennengelernt hat. Als Zweitfrau Weihnachten, Ostern, Geburtstag allein verbringen müssen. Allenfalls ein kurzes, heimliches Telefonat. Mir anhören, wie wunderbar ich bin und wie doof dagegen seine Frau. Dass er sie schon ewig nicht mehr liebt, eigentlich noch nie wirklich geliebt hat, aber sie wegen Haus, Kindern oder was weiß ich nicht verlassen kann. Mir reicht's. Nie mehr. Wer sind wir denn?!"

Alexandra hatte mit offenem Mund dieser überraschenden Enthüllung gelauscht. Sie brauchte eine kleine Weile, um zu begreifen, dass hinter der verhassten Chefin das gleiche Häufchen Unglück steckte wie sie selbst. Die Komik der Situation kam ihr erst zum Bewusstsein, als Johanna ihr die Hand hinstreckte und sagte: „Da stehen zwei beschränkte, beleidigte Kampfhennen zu fast nachtschlafener Zeit auf der Perchtoldsdorfer Hochstraße und gestehen sich gegenseitig ihre Dummheiten ein. Wäre das nicht ein günstiger Zeitpunkt, um wenigstens unseren persönlichen Kriegsschauplatz aufzugeben? Vielleicht klappt's nicht auf Anhieb, ein bisschen beißen werden wir uns wohl auch in Zukunft, aber insgesamt wäre es einen Versuch wert – oder?"

Alexandra ergriff ohne zu zögern Johannas Hand. „Wenn ich gewusst hätte, dass..."

„Ist okay, ich bin Jo und bitte auf gar keinen Fall Hanna. Das habe ich zu lange gehört."

„Ehrlich. Das hätte ich dir – wir duzen uns doch jetzt, oder?" Johanna nickte „Also, das hätte ich dir nicht zugetraut, dass du so, so..."

„Lass es gut sein. Gibt es für deinen Namen auch eine Abkürzung, die du nicht leiden kannst?"

„Hm", nickte Alexandra dumpf. „Xenia. So hat mich mein – wie hast du gesagt – aufgeplusterter Gockel immer genannt. Er fand es romantisch. Sag einfach Alex."

„Auf Xenia wäre ich auch nicht gekommen", entgegnete Johanna laut auflachend, um gleich darauf ein „Aua. Verflixt. Lachen tut verdammt weh!" von sich zu geben. Sie griff sich unwillkürlich mit der Hand an die Stirn.

„Wirst du wohl aufhören mit dreckigen Händen an die Wunde zu langen", protestierte die neu ernannte Freundin. „Außerdem stehen wir hier seit Ewigkeiten herum, wo wir doch ein so gemütliches Hotelzimmerchen unser Eigen nennen können. Und so wertvoll. Los komm."

„Ach, du Heiliger. Die habe ich ganz vergessen. Und den Zorn unseres Oberbosses auch. Wie sollen wir den je wieder besänftigen?"

„Mir fällt schon etwas ein", meinte Alexandra entschlossen. „Und wenn ich deine Beule zu einer lebensbedrohlichen Gehirnerschütterung hochstilisieren müsste."

„Du meinst wohl hochsterilisieren", erwiderte Johanna, woraufhin beide in Lachen ausbrachen, Johanna allerdings sehr vorsichtig.

Die halbe Nacht verbrachten sie mit den Schilderungen ihrer gegenseitigen schlechten Erfahrungen, die sie noch nicht überwunden hatten. Erstaunt stellten sie fest, dass es die immer gleichen Schemata waren. Und da hatte jede geglaubt, nur sie allein sei derart vom Schicksal geschlagen. In regelmäßigen Abständen wechselte Johanna die kalten Kompressen auf ihrer Beule und hoffte, dass sie dadurch am nächsten Morgen wenigstens mittelmäßig passabel aussehen würde. An Schlaf war bei ihr vorerst nicht zu denken. Anders als bei Alexandra, die sich schließlich, weit nach Mitternacht, zur Seite drehte und auf der Stelle Morpheus in die Arme sank. Vorher hatte sie allerdings noch bekundet, nur ab und an ein wenig dösen zu wollen, damit sie jederzeit ihrer neuen Freundin zur Seite stehen könne.

‚Sie ist wirklich nicht so unausstehlich, wie sie immer tut', grübelte Johanna Grasel, ‚aber zur Florence Nightingale taugt sie nicht.'

Der Morgen begann erschreckend, zumindest für Johanna, die gehofft hatte, dass durch die Kompressen zwar nicht alle Spuren des Sturzes getilgt, aber doch gemildert würden. Das Gegenteil war der Fall: Ihr Gesicht bot eine farblich interessante Mischung. Zwar konnte sie das Ganze im Spiegel nur einäugig besichtigen – das andere Auge war komplett zugeschwollen –, aber der Anblick war so entsetzlich, dass sie fast in Ohnmacht fiel.

„Oh Gott, wie sehe ich denn aus! Alex, schau dir das an", drang eine entsetzte Klage aus dem Badezimmer. Auch die gerade erst erwachte Alexandra starrte im ersten Moment ihre Chefin entgeistert an und stotterte: „Äh, ja, hm. Ja, vielleicht. Äh."

„Sag ruhig, dass ich ausschau wie ein Halloween-Gespenst."

„Hm. Vielleicht nicht direkt, aber schaurig schon. Soll ich dich vielleicht doch nach Hause fahren?"

Einen Augenblick schwankte Johanna. Das wäre vielleicht das Beste. Sich im Bett verkriechen und einfach so lange warten bis das Schlimmste vorüber war. Aber was wurde dann aus dem Mordfall? Allein konnte sie Alexandra die Ermittlungen nicht aufbürden. Gerade jetzt, wo

Aussicht bestand auf eine konstruktive Zusammenarbeit. Andererseits: Wenn dieser halbfertige Halawachel vom hiesigen Polizeirevier sie so sah, konnte sie sich auf etwas gefasst machen. Und? Dann? ‚Johanna, du bist ein Feigling. Du wirst dich gegen so etwas doch wohl zu wehren wissen.'

„Nein. Irgendwie geht es schon. Ich schmiere ein bissel Farb' drauf und besorge mir eine große Sonnenbrille." Es war nicht Johannas Art, vorschnell aufzugeben. Lieber biss sie die Zähne mit Gewalt zusammen.

„Die Sonnenbrille ist okay, aber das mit der Farbe wirst du schön bleiben lassen auf der offenen Wunde", widersprach Alexandra. „Ich gehe schnell in die Apotheke und besorge eine Großpackung unauffälliges Pflaster. Und eine chice Sonnenbrille auch."

„Wahrscheinlich ist das wirklich besser. Danke", gab Johanna nach – immer noch tief versunken in ihr abenteuerliches Spiegelbild.

„Und wenn dich jemand blöd anmacht, sagst du einfach, dass die anderen fünf im Spital liegen", schlug Alexandra vor.

Natürlich zogen sie, beziehungsweise die Chefinspektorin, sofort alle Aufmerksamkeit auf sich, als sie einige Zeit später das Polizeirevier betraten, um sich bei den uniformierten Kollegen zu erkundigen, ob die erbetenen Daten vom Meldeamt eingetroffen waren. Daraus müsste beispielsweise ersichtlich sein, wie lange die Schönberg-Witwe in der Villa gewohnt hatte.

Siegfried Riedel fixierte die Chefinspektorin unverhohlen grinsend. Die Schadenfreude war ihm ins Gesicht geschrieben.

„Na? Ist doch nicht der richtige Job für Frauen? Hat der große Unbekannte zugeschlagen? Hat das Auge des Gesetzes was auf's Auge bekommen?" Er lehnte sich zurück, faltete die Hände über dem Bauch und feixte.

„Immer noch besser, sich aktiv zu betätigen, auch auf die Gefahr hin, etwas einstecken zu müssen, als im gemütlichen Büro als Ritter von der traurigen Gestalt den Sessel zu reiten", konterte Alexandra Jennerwein giftig.

Das konnte Siegfried Riedel nicht auf sich sitzen lassen. Wütend sprang er auf, und einen kurzen Moment schien es, als wollte er auf Alexandra losgehen, die sich überlegen lachend in eine aus dem Kampfsport erprobte Abwehrhaltung begab.

„Schluss jetzt", donnerte Horst Czerny dazwischen. Ihm war die ungehobelte Art seines jungen Kollegen mehr als peinlich. Welchen Eindruck bekamen denn die beiden Kriminalbeamtinnen von seinem Polizeirevier und seiner Befehlsgewalt!

„Die Wahl zum beliebtesten Polizisten Niederösterreichs gewinnen Sie bestimmt nicht", schob Alexandra schnell noch hinterher und warf Riedel einen vernichtenden Blick zu.

Czerny schüttelte den Kopf, hielt es aber für besser, die Situation nicht zur Kenntnis zu nehmen, um nicht noch weiter Öl ins Feuer zu gießen. Er reichte der Chefinspektorin zwei Kopien von Meldefomularen hinüber: „Hier ist die Auskunft des Gemeindeamtes." Eine betraf den verblichenen Professor Schönberg, die andere seinen Nachbarn Franz Karl Naderer.

Johanna Grasel warf einen kurzen Blick darauf und fragte dann ebenso erstaunt wie irritiert nach: „Und was ist mit Frau Schönberg?"

„Da weiß ich nichts. Sie war scheint's nie hier gemeldet."

„Haben Sie sich gefragt?"

Die Chefinspektorin traute dem Ergebnis der Nachforschungen nicht.

„Ja, freilich. Mich hat das auch gewundert. Ich bin zwar nicht in die Familiengeschichte der Schönbergs eingeweiht, aber Sie hatten ja extra um diese Angabe gebeten."

Also wieder ein Fehlschlag.

„Dann eben nicht", erklärte Alexandra. „Wir haben noch mehr zu tun. Gehen wir's an, Jo?"

Ihre Chefin schaute erstaunt über die Sonnenbrille hinweg. Was hatte ihre Assistentin vor? Die stand zum Aufbruch parat.

‚Na schön', dachte Johanna ergeben, ‚hier kriegen wir sowieso nichts mehr raus.'

„Vielen Dank und bis zum nächsten Mal", verabschiedete sie sich. Alexandra beließ es bei einem gnädigen Kopfnicken zu Horst Czerny.

„Warum hast du es so eilig?", wollte Johanna wissen, als sie draußen waren.

„Ist doch klar", schmunzelte Alexandra. „Wenn hier irgendjemand verlässliche Auskünfte geben kann, dann ist das diese Frau Maier. Die Pensionswirtin deines Möchte-gern-Verehrers. Gehen wir einfach mal hin und fragen sie. Wer weiß, wie dieser Lorenz sich angestellt hat."

„Na ja, das muss man ihm vielleicht nachsehen. Er ist auch nur ein Mann und außerdem nicht in unsere Ermittlungen eingearbeitet", nahm Johanna Grasel ihn zu ihrem eigenen Erstaunen in Schutz, woraufhin Alexandra spottete: „Hallo, hat er womöglich doch Eindruck gemacht?"

„Ich bitte dich. Worüber haben wir uns die halbe Nacht unterhalten?", begehrte Johanna auf, „nie wieder oder zumindest auf absehbare Zeit nicht."

„Also, komm", lachte ihre Assistentin, „das wollte ich nur hören."

13

Sie brauchten nicht lange, um zur Pension Maier zu kommen, dem derzeitigen Domizil ihres deutschen Kollegen.

„Blöder Affe", schimpfte Alexandra auf dem Weg vor sich hin. Sie ärgerte sich maßlos über die Arroganz des jungen Burschen auf dem Revier. „Kaum hat er eine Uniform an, glaubt er, er sei was Besseres. Der vergiftet die ganze Atmosphäre."

„Jetzt mach aber mal halblang", versuchte Johanna ihre impulsive Begleiterin zu besänftigen. „Vielleicht ist er nur unsicher und hat grad eine Beziehungskrise, oder seine Freundin hat ihn verlassen oder sonst etwas in der Art."

„Falls das so ist, kann man der Freundin nur von Herzen gratulieren", wütete Alexandra weiter, sodass die Chefinspektorin lieber schnell das Thema wechselte:

„Da vorn ist die Pension. Hoffentlich ist diese Frau Maier zu Hause."

„Das hoffe ich auch. Ich bin gespannt, ob sie uns aus ihrem Füllhorn von lokalen Ereignissen mindestens eines bescheren kann, was uns weiterhilft", ging Alexandra Jennerwein bereitwillig auf die Ablenkung ein, während sie fest und lange auf den Klingelknopf drückte, so als habe sie dadurch bessere Chancen, die Pensionsinhaberin auch wirklich anzutreffen.

„Was hast du denn heute für eine blumige Ausdrucksweise?", lachte ihre Chefin. „Inspirieren dich die bunten Farben in meinem Gesicht?"

„Ist mir grad so eingefallen. Wenigstens kannst du deinen tiefen Fall inzwischen mit Humor nehmen", entgegnete Alexandra wieder besser gelaunt. Längst hatte sie sich eingestanden, dass sie diese neue Form des Umgangs mit Johanna Grasel weit angenehmer empfand als die ständigen Sticheleien, die ihr selbst zuwider waren.

Hinter dem mächtigen Haustor, über dessen Querbalken unübersehbar die Jahreszahl 1892 prangte, rührte sich nichts. Alexandra versuchte es ein zweites Mal und ließ den Finger noch länger auf dem bis zum Anschlag durchgedrückten Klingelknopf.

„Meinst du wirklich, wir können einfach so ins Haus fallen und fragen, welche Perchtoldsdorfer Familiengeschichten sie kennt? Die gute

Frau hat doch mit unserem Fall überhaupt nichts zu tun", zweifelte Johanna auf einmal mit einigem Recht.

Alexandra nickte nur energisch, denn sie hatte endlich Erfolg: Die Tür wurde geöffnet, breit und stämmig stand Frau Maier vor ihnen.

„Entschuldigung, dass es so lang gedauert hat, aber ich war ganz oben, um die Zimmer zu putzen. Was kann ich für Sie tun?", fragte sie freundlich.

Johanna und Alexandra präsentierten ihre Dienstausweise und riefen damit bei Frau Maier allergrößtes Interesse hervor. Schließlich hatte ihr Gast Reinhold Lorenz von den beiden Damen schon in den höchsten Tönen geschwärmt. Doch zunächst brach sie in lautes und ehrliches Bedauern über das Schicksal der Chefinspektorin aus.

„Oh je, oh je, was ist Ihnen denn geschehen? Haben Sie nicht gleich einen Löffel auf die Schwellung gelegt? Odermennig müssen Sie nehmen oder Arnika, damit sich das Blut verteilt." Fürsorglich nahm sie Johanna Grasel am Arm und zog sie ins Vorzimmer unter das Licht des ausladenden Lusters. „Oh je, oh je, das schaut wirklich schlimm aus." Frau Maier konnte sich nicht beruhigen. Ihr ganzes Mitleid ergoss sich über Johanna, der dieses Lamento ziemlich peinlich war.

„Es geht schon wieder. Wirklich", versuchte sie die mitfühlende Frau Maier zu beschwichtigen. Doch zu ihrem größten Erstaunen verfiel ihre Assistentin plötzlich mit tieftrauriger Stimme in das gleiche Lamento.

„Ja. Ich bin auch furchtbar erschrocken. Wissen Sie, die Frau Chefinspektorin ist so plötzlich gestürzt, dass ich sie nicht einmal hab halten können, obwohl ich direkt neben ihr war. Ich wollte gleich die Rettung rufen, aber die Frau Chefinspektorin hat das strikt abgelehnt. Am liebsten hätte ich sie nach Hause gebracht." Kummervoll musterte Alexandra ihre Chefin.

Die war etwas durcheinander. Was sollte dieses Theater? Das Thema hatte sich doch längst erledigt und wenn nicht, dann mussten sie es mit Sicherheit nicht in Anwesenheit von Frau Maier diskutieren.

Aber da fuhr Alexandra auch schon fort: „Andererseits. Ich vestehe sie ja. Sie wissen bestimmt, dass wir in Perchtoldsdorf sind, um den Mordfall an Professor Schönberg aufzuklären. Die Arbeit verträgt keinen Aufschub, aber – ehrlich gesagt – es ist nicht einfach, irgendwo zu ermitteln, wo man völlig fremd ist. Wo man die Leute nicht kennt und nicht weiß, wo man ansetzen soll."

Johanna ging ein Licht auf. Alexandra bezweckte mit ihrer leutseligen Tour, das vorbehaltlose Vertrauen von Frau Maier zu gewinnen, und das klappte bestens.

„Ja, wenn ich Ihnen helfen kann, gern", ging diese sofort darauf ein. „Kommen Sie herein, setzen Sie sich. Soll ich Ihnen einen Kaffee machen?"

„Oh, das wäre arg lieb", stimmte Alexandra sofort zu, während sie Frau Maiers großes Wohnzimmer betraten, wobei die beiden Beamtinnen erst einmal schlucken mussten, denn der Raum verlangte ein gehöriges Maß an Verständnis für die Modesünden der fünfziger Jahre: Die gesamte Fensterfront war von diversen hoch rankenden Grünpflanzen bedeckt, die Wände zierte eine Tapete mit wilden Ornamenten, die hellgrünen Polstermöbel wurden auf den Sitzflächen von verschiedenen farbenprächtigen selbstgehäkelten Decken beschützt, in der Ecke stand ein mehrstufiger goldfarbener Blumenständer mit Plastikumrahmung, und auf den String-Regalen sprossen in bunten Töpfen die Nachkömmlinge der üppigen Fensterpracht. Im völligen Gegensatz zu dieser nostalgisch anmutenden Kulisse machte sich ultramodern und großflächig ein riesiger Flachbildschirm auf der Kommode breit. Diesen Stilbruch sollte die daneben platzierte Fernsehleuchte in Form eines Segelschiffes wohl ein wenig nivellieren.

„Uih", entfuhr es der entsetzten Alexandra.

„Setzen Sie sich nur ruhig hin. Sie vielleicht in den Lehnsessel, Frau Chefinspektorin." Vorsichtig wurde Johanna Grasel von Frau Maier in den großen Lehnstuhl geleitet.

„Danke, es geht schon. Wirklich." Ihr war diese übertriebene Fürsorge unangenehm, und sie warf ihrer Mitarbeiterin einen verdrießlichen Blick zu.

„Findest du nicht, dass du etwas dick aufträgst?", fuhr sie Alexandra deshalb an, nachdem Frau Maier in die Küche gegangen war.

„Wieso? Der Zweck heiligt die Mittel. Wenn wir aus deinem Missgeschick Nutzen ziehen können, sollten wir das tun. Oder? Mitleid ist immer gut. Da können wir der guten Frau Maier eventuell mehr entlocken als sie sonst erzählen würde."

„Methoden hast du – da graust es einen ja!"

„Wart's ab. Das kriegen wir hin. Aber sag mal, meinst du, die Gästezimmer sind genauso altmodisch eingerichtet wie die Maier'schen Privatgemächer? Da können wir mit unserer Blumenthal-Herberge spielend in Konkurrenz treten. Das hätte uns dieser Kommissar ruhig sagen können. Aber wahrscheinlich merkt der das gar nicht. Was willst du verlangen. Ist eben – wie gesagt – auch bloß ein Mann."

Bevor Johanna auf diese freudlose Feststellung antworten konnte, kehrte Frau Maier mit Kaffeetassen und einer riesigen Schüssel mit duftenden Mehlspeisen zurück.

„Apfelkrapfen und Topfenstrudel, ganz frisch von heute morgen", sagte sie stolz, während sie die Schale auf den Tisch stellte. „Meine Pensionsgäste sollen schließlich nicht hungern müssen."

„Kriegen Ihre Pensionsgäste jeden Morgen Topfenstrudel?" Die Erinnerung an das karge Frühstück, das ihnen serviert wurde, im Vergleich mit diesen Köstlichkeiten rief in Alexandra massive Neidgefühle hervor.

„Ha, nein. Wo denken Sie denn hin. Ich kann den Leuten nicht Tag für Tag das Gleiche servieren. Nein. Ich wechsle immer ab. Mohntorte oder süße Kipferln, einen Mandelstrudel oder einen Kaisergugelhupf. Was mir halt grad so einfällt."

„Aha", entgegnete Alexandra Jennerwein schwach, während sie erwog, ob in diesem Fall eine altertümliche Zimmereinrichtung vielleicht zweitrangig war.

„Greifen Sie zu", ermutigte Frau Maier ihre Gäste, goss Kaffee ein und machte es sich selbst auf einem der grün gepolsterten Sessel gemütlich. „Was möchten Sie denn gern wissen?"

Ja, was wollten Sie eigentlich wissen? Wie begann man eine Unterhaltung, die keine konkrete Ausgangsbasis hatte? Sie konnten Frau Maier schlecht auffordern, den gesammelten Perchtoldsdorfer Klatsch und Tratsch der letzten zehn Jahre auszubreiten. Johanna war sich plötzlich sehr im Zweifel, ob die Idee, auf Frau Maier als Informationsquelle zurückzugreifen, eine gute gewesen war. Hilfe suchend schaute sie zu ihrer Mitarbeiterin hinüber. Die nickte, konnte aber im Moment nichts sagen, weil sie sich ein großes Stück Topfenstrudel in den Mund geschoben hatte.

„Mmmhm." Alexandra nickte noch einmal und gestikulierte mit der Kuchengabel in der Luft zum Zeichen, dass sie sich gleich äußern würde. „Es ist so", begann sie, noch bevor sie den letzten Rest des Strudels hinuntergeschluckt hatte, „wir haben gehört, dass dieser so tragisch ums Leben gekommene Schauspieler mit Professor Schönberg befreundet war. Können Sie uns Näheres darüber sagen?"

„Ja. Schon. Aber wieso interessiert Sie dieser Schauspieler? Der ist lange tot. Das ist schon, lassen Sie mich überlegen, ja – genau weiß ich es auch nicht mehr. Aber Jahre ist das schon her."

„Das wissen wir, aber wir haben in Schönbergs Villa jede Menge Zeitungsausschnitte von damals gefunden. Und damit können wir nichts anfangen."

Chefinspektorin Grasel blickt überrascht zu ihrer Mitarbeiterin hinüber. War die von allen guten Geistern verlassen, interne Ermittlungsergebnisse auszuplaudern?

„Das kann ich mir denken, dass dieser Schönberg das alles aufgehoben hat", ging Frau Maier sofort auf die Frage ein. „Denn wissen Sie, die beiden waren eng befreundet. Am Anfang wenigstens. Dann irgendwann hat sich das Blatt gewendet. Man erzählt sich sogar, dass sie sich unmittelbar bevor dieser Schauspieler – wie hat der nur gleich geheißen? – warten Sie mal, ich komm schon noch drauf – wie hieß der nur?"

„Das ist jetzt nicht so wichtig. Was hat man sich erzählt?"

„Ja, dass die zwei einen Riesenkrach gehabt hätten und dass der Schauspieler sich darüber so aufgeregt hätte, dass er vom Turm gefallen ist. Angeblich soll er, ich meine der Schauspieler, diesen Schönberg beschimpft haben, weil er ihn betrogen hat. Ein paar Leute aus dem Ort haben das mitbekommen. Um viel Geld soll es gegangen sein. Wie hat der jetzt nur geheißen?"

„Egal..."

„Nein, nein. Das macht mich ganz kribbelig. Wissen Sie, ich vergesse in letzter Zeit öfter Namen von Leuten. Und dann denke ich so lange drüber nach, bis ich drauf komme. Geht's Ihnen auch so?"

Die Kriminalbeamtinnen hätten zu einem anderen Zeitpunkt vielleicht ein gewisses Verständnis für das schlechte Namensgedächtnis der Frau Maier aufbringen können, aber im Augenblick legten sie keinen Wert darauf, sich näher darüber auszulassen. Während Frau Maier sinnierend durch die beiden Kriminalbeamtinnen fixierte, konzentrierte sich Johanna Grasel auf den nächsten Fragenkomplex, denn hinsichtlich des tragischen Schauspieler-Todes war außer vagen Gerüchten offenbar nichts zu holen.

„Professor Schönberg war ja verheiratet", peilte sie ihr nächstes Ziel an. „Aber das Ehepaar hat sich wohl getrennt, denn Frau Raender-Gramme, also die Frau, das heißt die Witwe von Schönberg, lebt seit Jahren in Wien."

„Das kann ich verstehen. Ich hätte mit diesem Ungustl auch nicht leben wollen."

„Haben Sie ihn denn so gut gekannt?"

„Gut gekannt bestimmt nicht. Aber manchmal ist man sich halt begegnet. Beim Einkaufen oder auf der Post. So groß ist Perchtoldsdorf nicht. Aber benommen hat der sich immer wie, wie..."

Frau Maier fehlten kurzfristig die Worte, aber ihr Gesichtsausdruck sprach Bände.

„Und was war jetzt mit seiner Frau?" Alexandra beugte sich während dieser Frage nach vorn, um das nächste Stück Strudel zu angeln.

„Das war ganz komisch", antwortete Frau Maier nachdenklich.

„Was war komisch?"

„Die ist auf einmal aus dem Nichts hier aufgetaucht, und gleich hat es geheißen, dass der Schönberg und sie geheiratet hätten. Gekannt hat sie niemand. Vorher war dieser unmögliche Mensch immer solo gewesen. Und man hat sie auch nur selten miteinander gesehen."

„So lange kann Schönberg aber doch noch gar nicht hier gelebt haben", wandte Johanna ein. „Der ist schließlich erst als Pensionist nach Perchtoldsdorf gezogen."

„Moment", bremste Frau Maier. „In die Villa ist er freilich erst vor relativ kurzer Zeit eingezogen. Vorher hat er bei diesem Winkeladvokaten gehaust, diesem Schreder. Auch so ein krummer Hund. Manchmal ist er wochenlang bei dem geblieben."

Das war neu. Bislang waren die Beamtinnen immer selbstverständlich davon ausgegangen, dass sich die Freundschaft, oder wie immer man diese Beziehung zwischen Schreder und Schönberg nennen wollte, erst mit dem Zuzug des Musikwissenschafters ergeben hatte.

„Das heißt, Schönberg ist vorher schon einmal hier gewesen?", versicherte sich Alexandra.

„Oft. Viele Jahre lang. Wissen Sie, der war ortsbekannt, weil er mehr als einmal mit der Polizei Ärger gekriegt hat, wenn er b'soffn randaliert hat."

Warum hat uns Czerny denn nichts davon gesagt, ärgerte sich Johanna Grasel im Stillen. Der hätte das doch auch wissen müssen.

„Aha. Aber nochmal zurück zu Frau Schönberg, ich meine Frau Raender-Gramme. Sie haben gesagt, sie sei aus dem Nichts aufgetaucht. Was meinen Sie damit?"

„Na ja. Der Schönberg hat die Villa gekauft – Geld muss er ja gehabt haben –, hat eine kurze Zeit allein gelebt, und dann muss wohl von einem Tag auf den anderen dieses Weib eingezogen sein."

Die Verachtung, die in Frau Maiers Worten lag, war unüberhörbar, dennoch blieb Johanna Grasel bei diesem Thema.

„Und sie war genauso wenig beliebt wie ihr Mann?"

„Hochnäsig war sie. Hat überall so getan, als sei sie was Besseres. Und aufgedonnert. Bei der hätte man die Farbschichten im Gesicht mit der Spachtel abkratzen können." Frau Maier, der ein gütiges Schicksal trotz ihres fortgeschrittenen Alters ein fast faltenloses Aussehen bescherte, konnte keinerlei Verständnis für ausgefeilte Schminkkünste aufbringen.

Johanna und Alexandra dachten in diesem Moment an die schon fast verwahrlost zu nennende Anna Raender-Gramme im Hietzinger Gemeindebau, die wenig später verwandelt wie ein Phönix aus der Asche vor der Schönberg-Villa einem Mercedes entstiegen war.

„Im Grunde hat niemand von uns Einheimischen mit denen etwas zu tun haben wollen", setzte Frau Maier ihre Erläuterungen fort. „Das war eine eingeschworene Bagage: der Schönberg, sie, dieser Rechtsverdreher und der Naderer."

„Wie bitte?", fragten Johanna und Alexandra wie aus einem Mund.

„Der Rechtsanwalt, wie heißt jetzt der wieder? Herrgott, jetzt komm ich schon wieder nicht auf den Namen."

„Schreder", half Alexandra aus. „Aber Sie haben gerade auch von Naderer gesprochen."

„Richtig. Schreder. Und der Naderer, der wohnt auf der drüberen Seite von der Villa."

„Das wissen wir. Aber soweit uns bekannt ist, konnte der seinen Nachbarn nicht ausstehen. Man könnte fast sagen, er hat ihn gehasst", tastete sich die Chefinspektorin vorsichtig heran.

„Das kann schon sein. Vielleicht hat er mit der Zeit gemerkt, was der Schönberg für ein Miesling war. Aber am Anfang hat man die vier manchmal, aber wie gesagt, eher selten gemeinsam beim Heurigen gesehen."

„Und seit wann waren Schönberg und Naderer verfeindet? Und vor allem weshalb?"

„Genau weiß ich das alles auch nicht. Zu den Leuten im Villenviertel da oben habe ich nicht viel Kontakt. Halt nur, was man so hört."

„Und was hat man gehört?"

„Ha..." Frau Maier zierte sich etwas, denn ihr war durchaus klar, dass sie nur Vermutungen weitergab, die wenig Konkretes enthielten.

„Sagen Sie halt", drängelte Alexandra neugierig.

„Nichts Genaues. Und Sie von der Polizei können mit dem, was man im Ort so tratscht, nichts anfangen." Man konnte Frau Maier ansehen, dass sie einerseits mehr als gern von diesem Gerede berichtet hätte, sich andererseits aber darüber im Klaren war, dass sie bei den Kriminalbeamtinnen mit Tatsachen aufwarten musste.

„Machen Sie sich keine Gedanken. Wir können zwischen Dichtung und Wahrheit gut unterscheiden. Aber manchmal bringt einen selbst Dichtung ein bisschen weiter", erklärte Alexandra salbungsvoll und fing sich ein weiteres Mal einen verdutzten Blick ihrer Chefin ein. Was war denn heute mit Alexandra los? Hatte sie ihre poetische Ader entdeckt?

Frau Maier war noch immer unsicher. „Sie dürfen mich aber nicht festnageln, wenn ich Ihnen die Geschichterln, die so herumlaufen, erzähle. Beschwören muss ich das bestimmt nicht?"

„Nein, wo denken Sie hin."

„Na schön. Die Frau vom Schönberg hat mit dem Naderer angeblich ein Pantscherl g'habt. Sie soll oft bei ihm im Haus gewesen sein. Und ich selber habe die beiden mal zusammen spazieren gehen gesehen. Auf der Heide. Es wird schon etwas dran gewesen sein."

„Der Naderer und die Schönberg-Frau?", fragte Alexandra nach, so, als ob dies eine Neuigkeit für sie wäre. „Bei dem Altersunterschied? Der ist doch alles andere als knackig, eher ein alter Knacker."

Johanna Grasel konnte sich das Lachen nur schwer verbeißen, daher zuckte nur einer ihrer Mundwinkel, und die rechte Augenbraue hob sich ein wenig – die linke war momentan sowieso außer Gefecht gesetzt.

Derweil fuhr Frau Maier eifrig fort: „Sie mögen recht haben, aber was dahinter steckt, weiß man nie. Vielleicht hat der Alte ihr finanziell unter die Arme gegriffen, und sie ist dafür um ihn herum scharwenzelt, denn der Schönberg war ein Geizhals, wie er im Buche steht. Beim Einkaufen hab' ich den einmal erlebt, wie er eine Verkäuferin sekkiert hat, die ein Deka mehr Schinken geschnitten hat, als er wollte. Das hätten Sie hören sollen! Richtig grob ist der geworden."

Diese Ausführungen schweiften für Johannas Geschmack etwas zu weit ab. Dass Schönberg raffgierig gewesen war, wussten sie spätestens seit der Unterredung mit dem Ehepaar Geiger. Ein Hinweis darauf, wer ihn so sehr gehasst hatte, dass er oder sie ihn quasi öffentlich hingerichtet hatte, ergab sich aus all dem Gehörten nach wie vor nicht. Die Chefinspektorin erhob sich deshalb aus ihrem bequemen Sessel und streckte Frau Maier die Hand hin.

„Es war sehr nett von Ihnen, dass Sie Ihre Zeit für uns geopfert haben. Und die Mehlspeisen." Sie verabschiedete sich – sehr zum Verdruss von Alexandra, die gern noch ein wenig geblieben wäre, schon wegen besagter Mehlspeisen.

„Gern. Und wenn Sie noch Fragen haben, kommen Sie ruhig vorbei. Warten Sie, ich packe Ihnen noch rasch etwas vom Strudel ein, dann haben Sie heut' Nachmittag noch ein Jause."

Frau Maier entschwand in die Küche, um gleich darauf mit einer Folie zurückzukommen, in die sie den gesamten Rest des köstlichen

Topfenstrudels sorgfältig verpackte. Hocherfreut nahm Alexandra das Packerl entgegen.

„Oh, vielen, vielen Dank, das ist lieb von Ihnen. Wir kommen ganz bestimmt nochmal. Und wenn's nur ist, um ein bissel zu ratschen", erwiderte sie fröhlich.

Sie wollten gerade das Maier'sche Wohnzimmer verlassen, als Johannas Blick auf ein Bild fiel, das in einer kleinen Fotogalerie auf einer Vitrine stand. Sie trat näher, um es genauer in Augenschein zu nehmen.

„Sagen Sie, ist das nicht Daniel Schreder hier links neben dem Mädchen?", fragte sie erstaunt und deutete auf einen jungen Mann, der in der Tat wie Daniel aussah.

„Wer?", fragte Frau Maier ebenso erstaunt zurück.

„Daniel Schreder. Der Sohn von Rechtsanwalt Schreder, Schönbergs Freund."

„Nein. Wie kommen Sie denn darauf? Das war mal eine heiße Liebe meiner jüngsten Tochter. Jedes Mal, wenn sie kommt, schimpft sie mit mir, ich soll es endlich wegwerfen, aber sie schaut so nett drauf aus. Und ich kann schließlich in meinem Wohnzimmer hinstellen, was ich will – oder?"

„Natürlich", pflichtete die Chefinspektorin ihr bei. „Wann ist die Aufnahme denn gemacht worden?"

„Das weiß ich noch ganz genau. Am 18. Geburtstag meiner Tochter. Den haben sie noch gemeinsam gefeiert, und dann war urplötzlich Schluss. Die Liesi, also meine Tochter, hat sich die Augen ausgeheult, mir aber nie gesagt, was geschehen ist. Und auch nie wieder von ihm gesprochen."

„Wissen Sie noch, wie der junge Mann hieß?"

„Oh je, das ist schon so lang her. Und nachdem die Liesi den überwunden hatte, sind ihm einige andere gefolgt. Bis sie brav geworden ist und geheiratet hat."

„Und Sie können sich bestimmt nicht an den Namen erinnern?"

„Nein. Wirklich nicht. Das ist achtzehn Jahre her. Und – wie gesagt – meine Tochter hat ihr Leben genossen, oder das, was sie darunter verstanden hat. Haben Sie auch Kinder?"

„Nein."

„Ich habe fünf Töchter. Ich kann Ihnen sagen, da macht man was mit bis die groß sind. Wenn jede wenigstens nur einmal Liebeskummer gehabt hätte, dann wäre es noch auszuhalten gewesen, aber bei fünfen häuft sich das."

Frau Maier seufzte tief in Erinnerung an vergangene schwere Zeiten.

„Haben Sie oder Ihre Tochter jemals wieder von dem jungen Mann gehört?", kam Johanna unbeirrt auf den Gegenstand ihres Interesses zurück.

„Nie mehr. Das war ja das Drama. Er ist verschwunden. Von einem Tag auf den anderen. Ohne sich zu verabschieden, ohne dass sie Krach gehabt hätten. Einfach so. Es war schon hart für die arme Liesi. Aber weshalb interessiert Sie das so sehr?"

„Nicht so wichtig. Es war nur diese auffallende Ähnlichkeit. Aber das gibt es immer mal wieder." Johanna Grasel war sehr darauf bedacht, bei Frau Maier keinerlei Skepsis oder gar Argwohn aufkommen zu lassen. Vielleicht bildete sie sich wirklich nur etwas ein, und die Ähnlichkeit war lediglich auf diesem einen Foto so ausgeprägt und rein zufällig.

Nachdem sie sich endgültig verabschiedet hatten, gingen sie langsam in Richtung Marktplatz.

„Denkst du, dass dieser unbekannte Lover etwas mit dem Schreder-Sohn zu tun hat?", fragte Alexandra .

„So weit hergeholt wäre das schließlich nicht. Du warst doch auch überrascht, als du das Foto gesehen hast. Ich habe es dir deutlich angesehen und inständig gehofft, dass du nicht irgendwas Unbedachtes sagst."

„So blöd bin ich nun auch wieder nicht", begehrte Alexandra auf. „Ich kann zwar manchmal mein Maul nicht halten, aber den Job mache ich schließlich schon eine ganze Weile. Schon bevor du mich an die Kandare genommen hast."

„Jetzt sei nicht gleich beleidigt. So war's nicht gemeint. Aber was anderes: Sag mal, wie machst du das eigentlich mit deiner Figur? Dir ist schon klar, wieviel Kalorien du vorhin in dich hineingestopft hast? Das ist das Quantum für einen ganzen Tag. Ich gönne es dir ja, das heißt, nein eigentlich nicht. Ich brauche diesen Strudel nur aus der Ferne anzuschauen und nehme schon zu."

Alexandra grinste versöhnt. „Das ist etwas, was mir mein Wilderer-Ahnl vererbt hat. Ein bisschen muss ich aufpassen, zugegeben, aber nicht sehr."

„Wer hat dir was vererbt?" Johanna war verdutzt neben ihrer Assistentin stehen geblieben.

„Eigentlich wollte ich das ja nie jemandem erzählen", antwortete die zögerlich, „aber in Anbetracht dessen, dass du auch keine reine Weste hast, was deine Ahnen anbelangt, sitzen wir im gleichen Boot."

„Kannst du dich etwas deutlicher ausdrücken? Ich verstehe kein Wort."

„Pass auf. Einer meiner Ahnen war der bayerische Wildschütz Georg, genannt Girgl, Jennerwein. Kennst du die Geschichten über ihn nicht?"

„Willst du mir einen Bären aufbinden?"

„Nein. Bestimmt nicht. Es ist so. Der Gute hat gewildert, ist deswegen verfolgt und schließlich von seinem eigenen Freund verraten und angeblich von ihm im zarten Alter von neunundzwanzig Jahren erschossen worden. Vorher allerdings hat der Girgl noch für Nachwuchs gesorgt, nur hat er das bei der gleichen Frau getan, für die auch besagter Freund eine Schwäche hatte. Und unsere Familie lässt sich zurückverfolgen auf eben diese Jennerwein-Linie", beendete Alexandra ihre Erzählung mit einer theatralischen Geste. Doch dann setzte sie rasch hinzu: „Lass das bloß nicht publik werden, sonst bin ich die ideale Zielscheibe für jeden doofen Witz."

Sollte sie gestehen, dass sie selbst es gewesen war, die Johanna wegen ihrer Namensgleichheit mit dem Räuberhauptmann zu einer ebensolchen Zielscheibe gemacht hatte? Alexandra schwankte, während Johannas einäugiger Blick etwas zweifelnd auf ihr ruhte.

„Und du? Bist du mit dem berühmten Räuberhauptmann Grasel verwandt?", begann sie vorsichtig und immer noch unentschlossen, ob sie ihre wilden Theorien gestehen sollte, die sie auf der Dienststelle verbreitet hatte.

„Wie kommst du denn auf die Idee?", lachte Johanna ahnungslos.

„Nein, ganz bestimmt nicht. Ich weiß zwar, dass dieser Grasel als Verbrecher gefürchtet war, auch dass man ihm einen Glorienschein so ähnlich wie Robin Hood verpasst hat. Und wenn ich mich richtig erinnere, war er, als man ihn schließlich hingerichtet hat, in etwa dem gleichen Alter wie dein Jennerwein-Urahn. Aber die Namensgleichheit ist purer Zufall. Es gibt jede Menge Grasels. Würden die alle von ihm abstammen, hätte er sein junges Leben nicht mit Rauben und Morden zubringen dürfen, sondern ausschließlich mit sehr viel angenehmeren Dingen."

Alexandra sah ihre Chefin unsicher von der Seite an. Sie schwankte immer noch, ob sie ihre wilden Spötteleien über Johanna Grasels Herkunft bekennen sollte. Zwar hatte niemand im Kollegenkreis ernsthaft geglaubt, dass hier ein Zusammenhang bestand, aber es hatte genügt, um die neue Vorgesetzte der Lächerlichkeit preiszugeben, noch bevor sie ihren Dienst in St. Pölten angetreten hatte.

„Was ist? Glaubst du mir nicht?" Johanna konnte die nachdenkliche Schweigsamkeit ihrer Mitarbeiterin nicht recht deuten.

„Nein. Das heißt doch, natürlich. Es ist nur..."

„Was ist?"

„Ach, eigentlich nichts. Gar nichts." Alexandra beschloss, zunächst einmal den Mantel des Schweigens über ihre Verfehlungen gebreitet zu lassen. Vor sich selbst entschuldigte sie dies damit, dass ihre sehr erfreulichere Zusammenarbeit schließlich erst von sehr kurzer Dauer war und daher noch nicht sonderlich belastbar. Ein Geständnis in dieser Situation konnte eventuell mehr schaden als nützen. Wie hatte ihr älterer Bruder immer argumentiert, wenn es ihm mit der ihm eigenen Raffinesse wieder einmal gelungen war, den Kopf aus einer Schlinge zu ziehen? Der Ehrliche sagt die Wahrheit, der Kluge zur rechten Zeit. Gut so.

Sie wollten eben die Straße überqueren, als ihnen winkend von der anderen Seite Reinhold Lorenz mit raschen Schritten entgegenkam. Er hatte heute mit Bedacht auf einen Wien-Besuch verzichtet, weil er hoffte, seine österreichischen Kollegen – oder richtiger: die Chefinspektorin – in Perchtoldsdorf zu treffen. Dafür verzichtete er gern auf die ursprünglich geplante Besichtigung der Spanischen Hofreitschule.

„Der hat mir gerade noch gefehlt“, murmelte Johanna Grasel halblaut, woraufhin Alexandra beschwingt erwiderte: „Hab ich’s nicht gesagt! Der hat einen Narren an dir gefressen.“

„Hör auf, mir zu drohen.“

„Ach eigentlich, wenn man’s genau nimmt, war er ja die Ursache dafür, dass wir auf unser gemeinsames Grundübel ‚Mann’ zu sprechen gekommen sind“, hatte Alexandra gerade noch Zeit zu entgegnen, bevor Reinhold Lorenz strahlend vor ihnen stand.

„Guten Tag. Wie geht es Ihnen heute? Haben Sie arge Schmerzen?“ Lorenz floss schier über vor Mitleid.

„Danke. Es geht schon wieder, sieht gefährlicher aus als es ist.“

„Sie sollten wirklich aufpassen. Mit einem solchen Bluterguss ist nicht zu spaßen“, sorgte sich Reinhold Lorenz.

„Ich bin schon richtig groß und erwachsen, Herr Lorenz. Glauben Sie mir.“ Das klang viel widerborstiger als es eigentlich gemeint war. Aber wenn Johanna etwas nicht leiden konnte, dann das, wenn ihr jemand vorschreiben wollte, wie sie sich zu verhalten und zu fühlen hatte.

Kommissar Reinhold Lorenz war gekränkt. Da hatte er ehrliche Anteilnahme zeigen wollen, und nun musste er eine solche Abfuhr einstecken. Da war seine Brigitte anders gewesen: freundlicher, netter, verbindlicher. Dennoch startete er mutig einen neuen Versuch. „Kommen Sie von meiner Pension? Hat Frau Maier Zimmer für Sie frei?“

„Wir werden nicht ewig hier bleiben. Allenfalls noch ein, zwei Tage. Und für die kurze Dauer werden wir nicht mehr umsiedeln.“

Die zweite Abfuhr. Lorenz, Lorenz, du bist ein Trottel, zu blöd, um zu wissen, wie man eine Frau beeindruckt, schalt sich der Kommissar zutiefst von sich enttäuscht. Aber wie sollte er auch wissen, dass derzeit weder Johanna noch Alexandra der Sinn nach Zweisamkeit stand, nicht einmal ein reicher Märchenprinz mit dem Aussehen des vom Winde verwehten Rhett Buttler, alias Clark Gable, wahlweise George Clooney hätte die allerkleinste Chance gehabt.

Kommissar Lorenz machte eine seiner steifen Verbeugungen, für die er sich im gleichen Moment hasste, nuschelte einen kurzen Abschiedsgruß und schlich betrübt davon, ohne sich noch einmal umzudrehen.

„Den hast du wieder schön im Regen stehenlassen", meinte Alexandra. „Jetzt ist er bestimmt traurig."

„Na und? Hat uns jemand gefragt, wann und ob wir traurig sind?", versetzte Johanna kühl, „aber du kannst ihm ruhig nachlaufen und ihn trösten."

„Hör bloß auf. So war's auch nicht gemeint. Langsam wird mir übrigens kalt. Ich hätte doch eine Jacke mitnehmen sollen."

„Okay, dann schlage ich vor, dass wir uns bei einem Heurigen, meinetwegen beim Erwin Sommerbauer, einen ruhigen Tisch suchen und die diversen Fäden und Spuren, die sich ergeben haben, sortieren. Was hältst du davon?"

„Zu Mittag willst du schon anfangen zu saufen?"

„Na, sicher nicht. Es gibt auch Mineralwasser. Wir brauchen einen klaren Kopf, um zu überlegen, wie wir weiter vorgehen. Diese Puzzleteilchen, die wir haben, müssen doch irgendwie aneinander zu fügen sein. Auf geht's."

14

Zu dieser frühen Mittagsstunde war noch nicht viel los beim Heurigen Sommerbauer. Auch das Wirtsehepaar schien sich die Ruhe vor dem Sturm zu gönnen. Für das Wohl der wenigen Gäste sorgte allein eine junge Studentin, die sich durch diesen Job etwas dazuverdiente. Sie lehnte gerade mit verschränkten Armen an einem der Stehtische beim Eingang und stierte Johanna mit großen Augen und offenem Mund an, als diese den Gastraum betrat. Erst durch den entgeisterten studentischen Blick kam dieser wieder zum Bewusstsein, dass ihr Aussehen etwas gewöhnungsbedürftig war.

Die beiden Frauen ließen sich am gleichen Tisch wie am Vorabend nieder, und die Chefinspektorin holte aus ihrer Tasche einen großen Block und einen Stift, mit dem sie in die Blattmitte ein großes „Schönberg" schrieb und einen Kasten drumherum zeichnete.

„So, jetzt sortieren wir mal die Fäden. Ausgangspunkt: Wir haben ein sehr spektakulär zu Tode gekommenes Mordopfer. Wer hatte ein Motiv? Wem hat dieser Schönberg etwas angetan? Wer könnte sich an ihm gerächt haben? Das war ja fast eine öffentliche Hinrichtung. Woher könnte das Gift stammen?"

„Die geldgeile Neo-Witwe ist bestimmt nicht übermäßig traurig, dass sie erbt", meinte Alexandra nicht ohne eine gewisse Gehässigkeit.

„Das ist keineswegs sicher. Vielleicht existiert ein Testament, das ihr einen Strich durch die Rechnung macht?"

„Einen Pflichtteil kriegt sie allemal", beharrte Alexandra. „Und etwas stimmt nicht mit der. Das weißt du selber. Mir geht diese Verwandlung nicht aus dem Kopf. Uns spielt sie das Aschenputtel vor, das arm und verhärmt in einer Einfachstbehausung leben muss, und plötzlich taucht sie als selbstsichere Femme fatale im Designeroutfit und einer Luxuslimousine auf. Alles sehr mysteriös."

„Theoretisch könnte es auch sein, dass Schönberg Schulden hinterlassen hat", gab die Chefinspektorin zu bedenken, ohne auf Alexandras Worte einzugehen. „Bisher deutet zwar nichts darauf hin, aber außer der Villa und eventuell den Steinchen haben wir keine großen Reichtümer ausmachen können."

„Apropos. Wo sind eigentlich die Steinchen? Schleppst du die immer noch mit dir herum?“

„Ja, sicher. Was glaubst du denn? Hätte ich sie in unserer bezaubernden Herberge zurücklassen sollen?

„Hm. Eine verstaubte Ecke zur Aufbewahrung hätten wir bestimmt gefunden.“

„Mach keinen Quatsch.“

„Sorry. Also: Reichtümer. Du hast diese Stiftung außer Acht gelassen.“

„Keineswegs. Aber an dieses Geld kommt die Raender-Gramme nicht ohne Weiteres dran. Da wird ihr der Rechtsanwalt bestimmt einen gehörigen Strich durch die Rechnung machen. Der ist mindestens ebenso – wie hast du gesagt – geldgeil wie sie.“

„Übrigens, sag mal, glaubst du das alles, was uns der Schreder-Sohn aufgetischt hat?“

„Hm. Einiges schien mir logisch. Was mich allerdings sehr irritiert, sind seine ständigen Stimmungsschwankungen. Er käme wohl am ehesten in Betracht, wenn man an die ausgebaute Festplatte denkt.“

„Hat er aber energisch bestritten und durchblicken lassen, dass es dieser Gerstner gewesen sein könnte“, widersprach Alexandra. „Außerdem – so, wie es möglich ist, Profi-Hacker zu mieten, kann.man ebenso gut jemanden anheuern, der auf die Schnelle eine Festplatte ausbaut, ohne viel zu fragen. Während Schönberg in aller Ruhe in der Burg zu Boden gegangen ist, um das Zeitliche zu segnen, hat der alle Zeit dieser Welt gehabt.“

Johanna schaute ihre Mitarbeiterin an. „Du hast heute eine wirklich sehr bildhafte Sprache.“

„Schließlich muss ich mit deinem bildhaften Aussehen konkurrieren können“, gab diese schlagfertig zurück, presste aber gleich darauf wieder einmal erschrocken die Lippen zusammen. War sie mit ihrer Ironie zu weit gegangen? Die Bedenken waren diesmal unbegründet, denn Johanna zahlte mit gleicher Münze heim: „Brauchst dich nicht weiter zu bemühen, mit deiner Wildschützen-Vergangenheit werde ich es sowieso nie aufnehmen können.“

Nach diesem Wortgeplänkel, in dem eine Spur noch nicht vollständig überwundener gegenseitiger Vorbehalte mitschwang, beugten sie sich wieder konzentriert über das Blatt, auf dem nun zwei Pfeile gegen den Kasten in der Mitte gerichtet waren, an deren Ende Johanna Grasel die Namen Anna Raender-Gramme und Daniel Schreder notierte.

„Zählst du diesen Daniel wirklich zu den Verdächtigen? Bei ihm kann ich absolut kein Motiv entdecken“, protestierte Alexandra.

„Ich meine, dass er paranoide Züge hat: höchst nervös, faselt von illegalen Geschäften seines Vaters, fühlt sich ständig von ihm bedroht, seine Stimmungslage ändert sich von einer Sekunde zur anderen, und er spricht zwischendurch extrem laut. Ist dir das nicht aufgefallen? Was ist da Wahrheit, was ist Einbildung? Wissen wir denn, ob sein Vater ihn als Kind tatsächlich geprügelt und misshandelt hat? Vielleicht hat er uns nur ein Märchen aufgetischt, oder er glaubt es selbst und steigert sich da in etwas hinein, worüber er keine Kontrolle hat.“

„Ganz von der Hand zu weisen ist das alles nicht. Wir kennen schließlich nur Daniels Version. Aber da gibt es noch die andere wilde Theorie, die in deinem Kopf herumwirbelt.“

„Was meinst du?“

Johanna schaute von ihrem Blatt auf.

„Gib’s doch zu. Seit du vorhin das Foto von Liesis verflossenem Schwarm auf der Maier’schen Kommode entdeckt hast, knabberst du an dem Gedanken, ob der Rechtsanwalt wirklich Daniels Vater ist, oder nicht vielleicht eher dieser verschwundene Liebhaber. Altersmäßig käme es hin. Falls an Daniels grauslichen Kindheitsberichten etwas dran ist, würde das Einiges erklären. Seine Mutter hat ihren Göttergatten-Gemahl mit dem namenlosen Liesi-Freund betrogen, ihm Daniel als eigenen Sohn untergejubelt, Schreder hat es herausbekriegt, und sie hat sich schnellstens aus dem Staub gemacht, möglicherweise zu ihrem Galan nach Südamerika, nach Bali oder auf die Malediven. Und wenn sie nicht gestorben sind, leben sie dort immer noch, glücklich, zufrieden und vereint.“

„Okay, okay, ich gebe zu, dass das mein erster Gedanke war, als ich das Foto gesehen habe. Das klingt zugegebenermaßen alles ziemlich abenteuerlich bis absurd. Trotzdem sollten wir es im Hinterkopf behalten. Weiter jetzt mit unseren näheren Bekannten. Was hältst du von den Geigers?“

„Da bin ich mir sehr im Zweifel, denn das gibt es einige Ungereimtheiten. Sie könnten spitz gekriegt haben, dass Schönberg sie nach allen Regeln der Kunst belogen und betrogen hat. Ich habe sie im Verdacht, dass sie versucht haben, nach Schönbergs Tod in dessen Haus einzubrechen, um sich Einiges von dem zurückzuholen, von dem sie meinen, dass es ihnen zusteht. Ach, da fällt mir ein, ich wollte noch dieser Jägermeier-Sache nachgehen. Hab ich ganz vergessen. Warte mal. Das mache ich jetzt gleich. Ich rufe einen früheren Freund an der Universität für Musik an. Sekunde. Seine Nummer ist bestimmt noch gespeichert. Ja, hier!"

Die Nummer schien doch nicht mehr ganz aktuell, denn Alexandra musste geduldig warten bis der Herr an der Zentrale die entsprechende Klappe gefunden hatte. Nach zwei falschen Verbindungen meldete sich endlich Alexandras gewünschter Gesprächspartner.

„Ja hallo, Schurli, wie geht's dir denn? Wir haben ewig nix mehr voneinander gehört." - „Nein, ich bin jetzt in St. Pölten, aber im Augenblick in Perchtoldsdorf. Dienstlich! Du, ich bräuchte eine Auskunft. Kennst du ein mehr oder minder berühmtes Komponisten-Brüderpaar namens Jägermeier?"

Der Teilnehmer am anderen Ende der Leitung brach in solch lautes Lachen aus, dass selbst die Chefinspektorin es hören konnte.

„Was ist denn da so lustig?", fragte Alexandra etwas ungehalten dazwischen. Ein neuer Lachanfall antwortete ihr.

„Was? Was sagst du da? Das kann nicht sein. Ich habe Autografe von diesem Jägermeier gesehen. Und dieser Musikwissenschafter, Christoph Schönberg hieß der, hat Vorträge über ihn gehalten. Mehrere! Oft."

Alexandra hörte den nun folgenden Ausführungen immer erstaunter zu und schüttelte zwischendurch ungläubig mit dem Kopf.

„Du bist ganz sicher? Restlos?" - „Entschuldigung. Natürlich will ich deine Kompetenz nicht anzweifeln. Aber das klingt alles so haarsträubend, so völlig irre." - „Und diesen Schönberg kennst du nicht? Merkwürdig. Nie von ihm gehört? Der war früher in Berlin. In Fachkreisen kennt man sich doch – oder?" - „Okay, danke erstmal. Ich erzähl's dir später mal en Detail. Mach's gut."

„Was ist?", wollte Johanna ungeduldig wissen.

„Nicht zu fassen“, entgegnete ihre Mitarbeiterin. „Das glaubst du nicht.“ Sie schüttelte immer noch den Kopf.

„Geht auch nicht, wenn du mir nicht endlich sagst, was los ist.“

„Also, pass auf. Der Schurli, also ich meine der Georg, kennt unseren Schönberg überhaupt nicht. Weder persönlich, noch dem Namen nach. Schönberg sei ein Komponist. Zwölftontechnik oder so. Lange tot. Unser Schönberg aber, da ist er sich absolut sicher, hat nie in Berlin an einer Hochschule oder Universität unterrichtet. Ich rufe gleich noch den Bruno an, der müsste das mittlerweile auch herausgekriegt haben. Aber es kommt noch besser. Der Schönberg, also nicht der tote Komponist, sondern der aus der Burg, hat nicht nur was seine Herkunft und seinen Beruf anbelangt, den Leuten einen gewaltigen Bären aufgebunden, sondern auch hinsichtlich der Jägermeier-Brüder. Die hat's nie gegeben. Reine Fantasie.“

„Langsam. Das hieße dann, dass die Dokumente, die wir gefunden haben, also zum Beispiel Schönbergs Promotionsurkunde, sein Lebenslauf etc. gefälscht sind.“

„Alles erfunden und erlogen. So wie die Jägermeiers. Weder ein Otto noch ein Karl Friedrich haben je existiert. Der Schurli hat gesagt, dass sich Autoren von Lexikonartikeln manchmal einen Scherz erlauben und irgendwas Fiktives, was überhaupt nicht stimmt, hineinbringen. So ist dieser Jägermeier-Mythos entstanden. Was sagst du nun?“

Johanna erinnerte sich plötzlich daran, dass ihr vor langer Zeit eine Freundin etwas Ähnliches erzählt hatte. Sie und einige Kollegen aus dem Redaktionsteam eines musikwissenschaftlichen Lexikons hatten versucht dem Herausgeber einen musikalischen Fachbegriff namens Epilepsis unterzujubeln. Zum Bedauern aller Eingeweihten war das leider rechtzeitig vor dem Druck bemerkt worden.

Alexandra lehnte sich zurück.

„Ich glaube, ich brauche einen Schnaps.“

„Und du meinst, das hilft?“

„Schaden kann's nicht“, erwiderte Alexandra, winkte die junge Kellnerin herbei und bestellte: „Zwei Marillen-Schnäpse. Groß bitte.“

„Bist du wahnsinnig? Wir brauchen einen klaren Kopf“, widersprach ihre Chefin energisch. „Außerdem! Hast du schon mal was von Alkohol im Dienst gehört?"

„Ist mir alles wurscht. Wir ermitteln wie die Wilden, und plötzlich stellt sich heraus, dass nichts stimmt. Den Ermordeten hat es nicht gegeben, beziehungsweise nicht so, wie er überall bekannt war. Und die Jägermeier-Brüder sind eine reine Erfindung von ihm, mittels derer er freilich ganz schön abgesahnt hat. Wir sind kalten Spuren hinterhergelaufen, kälter geht's gar nicht. So bescheuert bin ich mir in meinem Leben noch selten vorgekommen. Und da faselst du noch von klarem Kopf." Alexandra hatte sich wahrhaft in Rage geredet, und als die Kellnerin die beiden Schnäpse servierte, schüttete sie den Inhalt ihres Glases in einem Zug hinunter.

„Geht's dir jetzt besser?", erkundigte sich die Chefinspektorin ein wenig spöttisch.

„Nein", kam es dumpf zurück. „Ich könnte deinen glatt auch noch vertragen."

„Lieber nicht." Sicherheitshalber schob Johanna ihr volles Schnapsglas aus der Reichweite ihrer Mitarbeiterin.

„Ich weiß gar nicht, weshalb du dich so aufregst", meinte sie dann ruhig. „Was ist denn passiert? Wir haben herausbekommen, dass dieser Schönberg, oder wie immer er heißen mag, ein Schwindler, ein Hochstapler war. Der Mord bleibt der gleiche. Jemand wollte sich an ihm in aller Öffentlichkeit rächen. Er sollte mit seinem Leben für etwas zahlen, was nach Meinung des Mörders eine solche Tat rechtfertigt. Dass Schönberg – ich würde vorschlagen, wir bleiben vorerst bei diesem Namen – nebenbei krumme Geschäfte gemacht hat, war uns bereits bekannt. Dass sie noch krummer waren, als wir dachten – na gut. Das einzig Rätselhafte an der Sache ist, weshalb er öffentliche Vorträge über fiktive Komponisten gehalten hat. Gut, er konnte sich zusammenreimen, was er wollte. Aber er hat gleichzeitig riskiert, dass sein Lügengebäude jeden Moment zusammenbricht. Schließlich ist in Fachkreisen die Jägermeier-Story bekannt."

„So groß war das Risiko kaum, denn sehr viele Zuhörer hat er bei seinen Vorträgen bestimmt nie gehabt. Dein Verehrer, der Kommissar, hat ja auch berichtet, dass nur eine Handvoll Leute dagewesen seien", ging Alexandra, nun etwas ruhiger, auf diese Argumente ein. Gleichzeitig schielte sie nach dem zweiten Marillenbrand, den sie gar zu gern noch konsumiert hätte – einfach, weil sie sich den Geschmack, um den sie sich durch ihr hastiges Hinunterstürzen gerade eben selbst gebracht hatte, jetzt gern auf der Zunge hätte zergehen lassen.

Johanna war ihrem Blick gefolgt und gab nach: „Einen halben noch, die andere Hälfte ist für mich. Und dann machen wir dort weiter, wo wir aufgehört haben. Klar?"

„Meinetwegen. Aber irgendwie ist es für uns doch blamabel, dass wir nicht herausgefunden haben…"

„Schluss jetzt. Es bringt nichts, wenn wir anfangen zu hadern. Sieh es lieber so: Wir sind einen Schritt vorangekommen, aber in einer anderen Richtung als wir vermutet haben."

Kühl und sachlich argumentierte Johanna Grasel nach außen hin, wobei sie im Stillen sich ebenfalls Vorwürfe machte. Aber sie war professionell genug, um zu wissen, dass das nichts nützte, sondern sie nach neuen Wegen suchen mussten.

„Hör zu. Ich schlage vor, dass du heute noch nach St. Pölten fährst", kommandierte sie bestimmt.

Alexandra blickte überrascht auf.

„Du fährst nicht mit?"

„Nein."

„Verstehe ich. Du willst dich so nicht auch noch den dortigen Kollegen präsentieren. Dir hat's vorhin auf dem Revier schon gelangt."

„Es geht nicht allein darum, obwohl ich zugeben muss, dass ich nicht wild darauf bin, mir deren dumme Sprüche früher als nötig anzuhören. Aber ich will versuchen, hier, vor Ort, etwas weiterzukommen. Und dich möchte ich um mehrere Dinge bitten."

„Ja?"

„Zum einen sind es natürlich die süßen kleinen Steinchen, von denen ich nicht nur gern wüsste, ob es sich damit so verhält, wie ich vermute und wenn ja, dann umso lieber in sicherer Verwahrung wüsste. Eine weitere Sache, der ich dich bitte nachzugehen, betrifft die angebliche Berliner Vergangenheit. Unser lieber Kollege Bruno Webern, der mit dem ‚n', mag so gut sein, wie er will, aber in unseren Fall ist er nunmal nicht eingearbeitet. Versuch bitte, auf breitester Front herauszubekommen, ob das Mordopfer in dem von ihm angegebenen Umfeld in irgendeiner Weise bekannt war: als Dozent, als Gasthörer, meinetwegen als Hausmeister oder Schulwart. Mail Fotos dorthin, ruf alle möglichen Leute an und frag, ob sie ihn kennen. Welchen Grund könnte er gehabt haben, dass er sich ausgerechnet auf eine Berliner Vergangenheit berufen und sich falsche Papiere von dort besorgt hat. Und als Letztes: Meinst du, du schaffst es, unseren Oberboss zu beruhigen? Ich weiß, es ist unfair, dich allein in die Höhle des Löwen zu schicken, aber…"

Die Chefinspektorin vollendete den Satz zwar nicht, aber Alexandra konnte sich sehr genau denken, was dahintersteckte: So lange gehörte ihre Chefin der Truppe noch nicht an, und alles, was sie tat, wurde von der Riege der Vorgesetzten mit Argusaugen beobachtet.

„Mach dir keine unnötigen Gedanken. Ich kenne unseren General schon länger als du und weiß ihn zu nehmen. Ich kenne die Spielregeln", versicherte Alexandra großspurig, was nicht unwesentlich auf die ungewohnten eineinhalb Marillenbrände zurückzuführen war.

„Wenn du meinst", kommentierte Johanna Grasel das zur Schau gestellte Selbstbewusstsein leise anzweifelnd. Ihr war klar, dass ihre einstige Kontrahentin sich nicht allein aus purer Nächstenliebe derart jovial verhielt, sondern dass dahinter – trotz der neuen freundschaftlichen Zuneigung – wohl auch eine gewisse Portion Eigennutz stecken mochte, nach dem Motto ‚siehst du, ohne mich kommst du eben doch nicht zurecht'. Aber auf dieses Spiel musste sie sich wohl oder übel einlassen.

„Wann soll ich fahren?"

„Hm. Am liebsten gleich. Aber vielleicht wäre es besser, wenn du den Alkoholpegel mit viel Wasser verdünnst und hinterher noch einen Kaffee trinkst."

„Hör mal, das bissel Schnaps macht mir wirklich nix."

„Der Teufel ist ein Eichhörnchen, pflegte meine Großmutter zu sagen. Und ein positiver Alko-Test würde sich auf deine künftige Berufslaufbahn nicht unbedingt positiv auswirken."

Das war schnell dahin gesagt und durchaus gut gemeint, aber die Erwähnung der Berufslaufbahn berührte unangenehm den Stachel der verpatzten Bewerbung. Daran änderte auch die neue und noch sehr für Verletzungen anfällige Verbundenheit nichts, die zwischen den beiden Frauen entstanden war. Alexandra schaute stumm in die andere Richtung, während Johanna ihre unbedachte Äußerung schon bereute. Sollte sie das noch einmal aufgreifen? Johanna dachte nicht weiter darüber nach, sondern packte den Stier bei den Hörnern. Schließlich musste auch das einmal ausgesprochen werden.

„Entschuldige, dass ich diesen Punkt berührt habe. Ich weiß sehr wohl, wie enttäuscht und verletzt du bist, weil man mich dir vor die Nase gesetzt hat. Aber es ist nun einmal so. Denk lieber dran, dass wir uns in einem Männerhaufen behaupten müssen. Emotionale Schwächen und Eifersüchteleien können wir uns nicht leisten. Wir haben genug eigene Ressourcen, die wir nutzen können, aber das geht nur, wenn wir an einem Strang ziehen. Klar?"

„Klar, Frau Psychologin, wir bauen ein Girlie-Netzwerk, damit wir gegen das Old-boy-Prinzip gewappnet sind", alberte Alexandra. „Weibliche Konfliktlösungen für Anfänger und Fortgeschrittene. Kenn ich."

Im ersten Moment war Johanna verblüfft, doch dann brach sie über die gelungene Retourkutsche in lautes Lachen aus: „Touché. Dann auf weitere gute Zusammenarbeit. Aber im Ernst: Ich schlage vor, dass wir, bevor du fährst, unsere angefangenen Überlegungen hinsichtlich des Mordmotivs weitertreiben. Vielleicht ergibt sich ein Gedanke, auf den wir bislang noch nicht gekommen sind. Also los!"

Die Chefinspektorin beugte sich über ihr Blatt mit den noch spärlichen Notizen.

„Stehen geblieben sind wir bei den Geiger-Nachbarn, die Schönberg kräftig zur Kasse gebeten hat. Theoretisch könnten sie herausbekommen haben, dass das Zeug, das sie teuer bezahlt haben, völlig wertlos ist. Oder die andere Möglichkeit – du hast es ja schon angesprochen – dass sie wild auf noch mehr waren."

„Dagegen, dass sie den Betrug spitz gekriegt haben, spricht, dass sie uns ihre Kostbarkeiten mit diesem unglaublichen Stolz präsentiert haben. Das hätten sie bestimmt nicht getan, wenn sie gewusst hätten, was sie uns da präsentieren. Wenn sie mit dem Mord etwas zu tun hätten, wäre es höchst unklug, uns mit der Nase auf ihre Dummheit zu stoßen. In dem Fall müssten sie fürchten, dass wir den Schwindel herausbekommen und sie verdächtigen."

„Da ist was dran. Klassifizieren wir sie vorerst als weniger verdächtig. Weiter. Nochmal zu unserem Rechtsanwalt. Du stimmst mir wohl zu, dass er als Mörder in Frage kommen könnte – oder?"

„Ja, schon. Eine Beziehungstat können wir wohl ausschließen. Um die Gunst unserer Mata Hari aus Hietzing werden sich Schreder und Schönberg kaum gestritten haben. Dagegen scheint mir Erpressung als Motiv sehr plausibel. Was meinst du? Nachdem es die Jägermeier-Brüder nicht gibt, ist diese angebliche Stiftung oberfaul. Da könnte Schönberg versucht haben, Schreder einen Strick draus zu drehen. Oder umgekehrt. Ebenso gut wäre es möglich, dass sie bei dem, was uns Daniel als Menschenschmuggel verkaufen wollte, gemeinsame Sache gemacht haben und da etwas schief gelaufen ist, was nicht ans Licht der Öffentlichkeit dringen darf. Oder unser guter Schreder ist hinter Schönbergs Geheimnis gekommen."

„Alles gut und schön, aber im letzten Fall hätte Schönberg doch Schreder umbringen müssen", wandte die Chefinspektorin ein.

„Wieso? Wenn Schönbergs und Schreders Lebenswege sich früher gekreuzt haben und es etwas gegeben hat, was auf keinen Fall rauskommen darf?"

„Dann hätte auch Schönberg Farbe bekennen müssen."

„Oder auch nicht. Was wissen wir denn, wer von den beiden mehr Leichen im Keller hat, quasi Schatten aus der Vergangenheit", argumentierte Alexandra.

„An dir ist wirklich eine Romanschriftstellerin verlorengegangen", flachste Johanna.

„Was nicht ist, kann noch werden – falls es auch weiterhin mit den Beförderungen nicht klappt."

Auf den Mund gefallen war Kontrollinspektorin Jennerwein nicht, doch diesmal fehlte ihrer Anspielung das Quäntchen Bitterkeit, das bislang immer mitgeklungen war.

„Das heißt, wir stufen Schreder als Hauptverdächtigen ein?", schlug sie dann sachlich vor.

„Ich meine ja. Aber weiter. Naderer fehlt uns auch noch."

„Unser Spion von gegenüber? Der anfängliche Saufkumpan konnte seinen Nachbarn später auf den Tod nicht leiden, aber das allein reicht kaum aus als Motiv. Dass er offenbar immer noch so engen Kontakt mit der Schönberg-Witwe hat, dass sie zuerst ihn besucht, wenn sie in die Villa will, macht ihn wiederum nicht unverdächtiger. Möglicherweise hat er bei seinen ständigen Forschungen etwas beobachtet, womit er Schönberg in der Hand hatte. Dieser Beobachtungsposten muss doch einen Sinn gehabt haben. Er wollte ihn vielleicht erpressen, ihm einen Denkzettel mit dem Gift verpassen und hat versehentlich zu viel davon erwischt, sodass Schönberg für alle Zeiten zu Boden gegangen ist."

„Diese Theorie ist mir etwas zu abenteuerlich, vor allem deshalb, weil die Tat augenscheinlich genauestens geplant war. Schließlich wurde dem Mordopfer mit ziemlicher Sicherheit ein kleiner Teil des Giftes vorab in der Wohnung verabreicht. Erinnere dich an die Ergebnisse der Spurensicherung."

„Stimmt. Betrachten wir die Sache mal aus einer anderen Perspektive", schlug Alexandra vor. „Welchem von unseren Verdächtigen trauen wir zu, dass er Zugang zu einer Quelle hatte, wo ein solch nicht alltägliches Gift zu bekommen ist?"

„Wie bitte? Was würdest du denn als alltägliches Gift bezeichnen?"

„Naja, Pflanzenschutzmittel, Giftpilze, Insektizide, simple Pflanzen wie blauer Eisenhut oder Maiglöckchen beispielsweise. Das ist alles relativ leicht erreichbar, musst nur spazieren gehen, anders als dieses Tetrotoxin oder wie das Zeug hieß."

„Tetrodotoxin", verbesserte die Chefinspektorin nachdenklich. „Du meinst, unser Täter müsste Zugang zu einem Labor oder etwas Ähnlichem gehabt haben?"

„Zumindest zu einem Menschen, der ihm das Gift besorgt hat."

„Das wäre für den Mörder aber ziemlich gefährlich. Damit würde er sich in die Hand eines möglichen Erpressers begeben."

„Es sei denn, er hat denjenigen mit irgendeinem spezifischen Wissen ebenfalls an der Angel."

„Das liegt alles im Bereich der Möglichkeiten und scheint in jedem Fall auf Erpressung zuzulaufen. Aber weißt du, was mir nicht aus dem

Kopf geht?" Johanna Grasel biss mit den Schneidezähnen unbewusst bizarre Muster in ihren weißen Bleistift mit der Aufschrift ‚Mozart 2006'. Mit dieser Manie hatte sie schon als Schülerin ihre Mutter regelmäßig zur Weißglut gebracht, all ihre Stifte waren damals in dieser Weise zerkaut gewesen.

„Nein, aber sag's mir, bevor du an einer Bleivergiftung zugrunde gehst." Alexandra tippte mit dem Zeigefinger auf das malträtierte Schreibgerät.

„Was? Ach so, ja. Ist eine blöde Angewohnheit von mir. Nein. Dieser Spruch, der über Schönbergs Bett hing, hinter dem die Jägermeier-Stiftungsunterlagen verborgen waren."

„Wie ging der nochmal? Irgendwas mit Raum und Zeit."

„Die Gesetze von Raum und Zeit sind weitgehend aufgehoben", ergänzte Johanna.

„Merkwürdiger Satz. Weshalb denkst du darüber nach?"

„Ist nur ein unbestimmtes Gefühl, kann's nicht begründen. Es rumort in mir, als ob damit die Lösung des Falls zusammenhinge."

Alexandra schaute ihre neue Freundin mit einer Mischung aus Neugier und Nachsicht an. Damit konnte sie nichts anfangen. Sie assoziierte damit nicht den allergeringsten Hinweis, der sie auf eine vielversprechende Spur führen konnte.

Bevor sie sehr weise erwidern wollte, dass Gefühle in ihrem Beruf weniger gefragt waren, sprach die Chefinspektorin dies schon selbst aus: „Ich weiß selber, dass nur genaues Beobachten, Fakten, Beweise, Vernunft etc. zählen, aber wichtig ist auch ein Sich-Eindenken und ein gewisses Maß an Fantasie."

„Schön und gut, aber meine Fantasie reicht beim besten Willen nicht aus, um hinter diesem zusammenhanglosen Gedankensplitter mehr als nur eine Spinnerei zu vermuten", meinte Alexandra nüchtern. „Die sogenannte Stiftung, deren Unterlagen hinter ‚Raum und Zeit' versteckt waren, ist ja auch ein Riesenschwindel. Die Jägermeiers gibt's schließlich nicht."

„Dem Geheimnis, woher das Geld dafür stammte, das heißt die Einlage, müssen wir noch auf die Spur kommen. Benennen kann man eine Stiftung – glaube ich – nach Belieben."

„Du sagst das gerade so, als ob es ein Leichtes wäre, das en passant herauszubekommen. Hast du eine Idee, wie wir das anstellen sollen?"

„Auf jeden Fall werden wir von nun an den Rechtsanwalt in die Mangel nehmen, denn der muss schließlich über Herkunft und Verbleib des Kapitals Auskunft geben können."

„Einen haben wir in unserem Personalkarussell übrigens vergessen."

„Wen? Den großen Unbekannten?"

„Den auch. Aber was hältst du eigentlich von diesem Schreder-Adlatus, diesem Gerstl oder Gerstner, diesem David Beckham-Verschnitt eben, der fast versteinerte, als wir mit der Nachricht vom Mord an Schönberg angerückt sind?"

„Gerstner hieß er. Richard Gerstner. Und wem soll der gleichen?"

„Na diesem Fußballer, David Beckham, bei dem alle jungen Mädchen zu quietschen anfangen."

„Ich wusste bis eben nicht, dass du dich für Fußball interessierst."

„Tu ich auch nicht, aber dieser Gerstner hat auf mich halt genau den gleichen Eindruck gemacht wie David Beckham."

„So – und welchen?", fragte Johanna, erhielt aber keine Antwort mehr darauf, denn an ihren Tisch trat sichtlich erfreut Reinhold Lorenz.

„Oh, guten Tag." Er strahlte schon wieder. „Das ist aber schön, dass wir uns nochmal treffen. Wie geht's Ihnen denn jetzt? Haben Sie noch arge Schmerzen?"

„Immer noch nicht. Danke, alles okay", antwortete seine österreichische Kollegin etwas missmutig. Sie wollte gern mit ihrer Assistentin die weitere Vorgehensweise erörtern – und zwar ungestört. „Entschuldigen Sie bitte, aber Frau Jennerwein muss gleich nach St. Pölten, und vorher haben wir noch Einiges zu besprechen."

Das war deutlich und duldete keinerlei Widerspruch. Kommissar Lorenz blieb nichts anderes übrig, als ein „dann alles Gute" vor sich hinzubrummen und sich am Nebentisch niederzulassen.

Jetzt sollte man so viel Chuzpe haben wie sein Freiburger Freund Herbert, dachte er sich verzagt. Der hätte sich bestimmt nicht abwimmeln lassen, hätte mit einer fröhlichen Bemerkung die Zurückweisung ignoriert und sich ohne Hemmung dazugesetzt. Und was machte er? Zog ab wie ein begossener Pudel. Lorenz, Lorenz, mit dir ist nichts mehr los, haderte er mit sich, ohne zu ahnen, dass Alexandra Jennerwein am Nebentisch ihn in Schutz nahm.

„Er meint's doch nur gut", wisperte sie.

Johanna verzichtete auf eine Erwiderung, zog stattdessen lediglich die eine ihr zur Verfügung stehende bewegliche Augenbraue hinauf und nahm den Überlegungsstrang von eben wieder auf.

„Ich meine, dass wir auch Gerstner in die zweite Riege der Verdächtigen einordnen können. Ein Motiv sehe ich derzeit nicht, und zudem schien er mir ehrlich entsetzt, als er von uns gehört hat, dass Schönberg ermordet worden ist."

„Denk an die Festplatten-Möglichkeit. Er kann das Entsetzen gespielt haben", gab Alexandra zu bedenken.

„Möglich, aber nicht sehr wahrscheinlich." Richard Gerstner wurde kurzerhand auf Johannas Notizblatt ein entfernterer Platz zugewiesen.

„Im Grunde ist unser Kreis der Verdächtigen ziemlich klein", überlegte Alexandra. „Es sei denn, es läuft wirklich auf den großen Unbekannten hinaus."

„Wir können ihn ja im Gedächtnis behalten, aber letztlich bin ich der Meinung, dass der Mörder in Schönbergs unmittelbarem Umfeld zu suchen ist. Dumm bei der Sache ist, dass wir von keiner eigentlichen Tatzeit ausgehen können, das heißt, diesmal hilft uns auch kein fehlendes oder löchriges Alibi eines Verdächtigen weiter. Wer weiß, wann der Täter das Gift in Schönbergs Villa geschmuggelt und wann er das Klarinettenmundstück präpariert hat."

„Auf jeden Fall war es jemand, der Zugang zum Haus hatte."

„Ja, und? So weit waren wir schon. Und wie du gesehen hat, ist besagtes Haus ein leicht zugängliches und beliebtes Ziel für alle möglichen Leute."

Johanna lehnte sich zurück und betrachtete intensiv eines der Ölgemälde mit dem Motiv des Perchtoldsdorfer Wehrturms aus dem Familienerbe der Sommerbauers.

„Was ist an dem Bild denn so interessant?", fragte Alexandra nach einiger Zeit in die Denkpause ihrer Chefin hinein.

„Was? Ach so, ich habe mir gerade überlegt, weshalb dieser Schönberg sich ausgerechnet in Perchtoldsdorf niedergelassen hat. Der

Ort ist schließlich nicht so groß, dass man völlig anonym hier leben könnte. Das ginge in einer Großstadt weit besser. Aber unser Mordopfer hat es offensichtlich gar nicht darauf angelegt. Mit seinen ominösen öffentlichen Vorträgen und seinem penetranten Auftreten hat er ganz im Gegenteil es noch forciert, aus der Anonymität herauszutreten. Ich frage mich, weshalb? Was hat ihn veranlasst, sich in solcher Sicherheit zu wiegen, wo er besser dran getan hätte, im Hintergrund zu bleiben. Er hat eine Existenz vorgespielt, an der nichts, aber auch gar nichts gestimmt hat."

„Vielleicht war er ein ausgeprägter Profilneurotiker", argwöhnte Alexandra. „Vielleicht war er das aus früheren Zeiten gewohnt."

„Oder das Gegenteil war der Fall."

„Wie meinst du?" Alexandra verstand nicht ganz.

„Ich meine, er könnte auch gezwungen gewesen sein, sich sein ganzes Leben lang aus irgendwelchen Gründen verstecken oder verstellen zu müssen."

„Das ist eine gewagte Hypothese."

„Ja, gebe ich zu. Aber ich komme beispielsweise nicht darüber hinweg, dass Schönberg ernsthafte Vorträge über nicht existierende Komponisten gehalten hat. Welchen Sinn hatte das?"

„Wäre es nicht möglich, dass er selber auf diesen Schmäh hereingefallen ist? Der wollte sich als herausragender Wissenschafter präsentieren und hat sich einen Themengegenstand ausgesucht, für den er in Wahrheit nicht wissenschaftlich arbeiten musste, weil es nicht genügend Material gab. Das heißt, er konnte fabulieren, was das Zeug hielt, und keiner hat's gemerkt."

„Hör auf. Unsere Ideen werden immer abstruser", bremste Johanna Grasel den Einfallsreichtum ihrer Mitarbeiterin. „Lass uns lieber konkret überlegen, was für dich und mich aktuell zu tun ist."

„Dabei war meine Theorie so schön", maulte Alexandra. „Na gut. Was soll ich alles in St. Pölten erledigen? Oberboss beruhigen, Steinchen überprüfen lassen, Berliner Umfeld ausforschen, noch was?"

„Damit wirst du genug zu tun haben. Schließlich möchte ich, dass du möglichst bald wieder herkommst."

„Fühlst du dich ohne mich etwa einsam?"

Alexandra neigte ein wenig manieriert den Kopf.

„Ein wenig schon", lautete die überraschende und ehrlich gemeinte Antwort.

„Wie bitte? Höre ich richtig? Es ist noch nicht lange her, seit wir uns gegenseitig am liebsten an die Gurgel gegangen wären."

„Ja und? Ich finde, dass wir beide kein schlechtes Gespann abgeben. Oder?"

„Hm. Du meinst ein Girlie-Team?" Alexandra schubste Johanna ein bisschen.

„Nenn's wie du willst", lachte die, „aber jetzt zieh los."

Alexandra wollte gerade aufstehen, überlegte es sich aber im Moment anders und setzte sich so, dass die Chefinspektorin zur anderen Tischseite hin von ihr verdeckt wurde.

„Ist noch was?"

„Kann ich dich denn wirklich allein lassen? Bist du sicher, dass du dem Charme unseres Kriminal-Romantikers von gegenüber nicht erliegst?"

„Ich denke, ich werde mich zu wehren wissen. Wenn's ganz arg wird, ruf ich unsere Frau Sternleitner zu Hilfe. Deren Schandmaul ist er bestimmt nicht gewachsen."

15

Während Kriminalinspektorin Alexandra Jennerwein – in gewohnt zügigem Tempo – über die Autobahn in Richtung St. Pölten düste, brüteten Chefinspektorin Johanna Grasel und Kommissar Reinhold Lorenz an getrennten Tischen vor sich hin. Erstere versuchte mit Hilfe ihrer Aufzeichnungen und Notizen dem Geheimnis des Christoph Schönberg und dessen Mörder auf die Spur zu kommen und Kommissar Lorenz jenem, auf welche Weise er sich der trotz ihrer Verletzungen attraktiven österreichischen Kollegin nähern konnte, ohne dass er sofort brüsk abgewiesen wurde. Außerdem wartete er dringend auf eine Nachricht seines Freiburger Assistenten Matthias Thiele. Den hatte er nämlich mit einem Auftrag betraut, der zwar keineswegs in beider Ressort fiel, dessen nähere Sachverhalte keinen von beiden auch nur das Geringste anging. Durch eine amtshilfliche Maßnahme, wie er das bei sich nannte, erhoffte sich Reinhold Lorenz jedoch ein Fünkchen Sympathie bei der von ihm angebeteten Johanna Grasel. Der Gedanke, dass sein Genieblitz sich möglicherweise als Schuss in den Ofen, oder noch schlimmer als gänzlich kontraproduktiv, erweisen könnte, lag ihm gänzlich fern.

Weil ihm die ganze Angelegenheit sehr mysteriös erschien und weil er ebenso selbstverständlich wie seine Kolleginnen von der Vermutung ausging, dass die Lösung des Mordfalles mit der Vergangenheit des Opfers zusammenhängen musste, hatte er sich auf Umwegen ein Bild des verblichenen Schönberg besorgt, was recht kompliziert gewesen war.

Nach langen Überlegungen, wie er das bewerkstelligen konnte, war er auf den Gedanken verfallen, dass bestimmt irgendwann in der „Perchtoldsdorfer Rundschau", die die Bürger regelmäßig über die lokalen und kulturellen Ereignisse unterrichtete, dessen Foto abgebildet gewesen sein müsste. Im Gemeindeamt hatte er die letzten Jahrgänge erfolglos durchgesehen, was ihn sehr gewundert hatte. Weshalb gerade über Schönbergs Vorträge nie berichtet wurde, war ihm ein Rätsel. Er konnte ja nicht ahnen, dass Schönberg selbst sich strikt gegen jede Veröffentlichung eines Fotos oder Berichtes gewehrt hatte.

Lorenz hatte schließlich eine Sachbearbeiterin um Hilfe gebeten. Diese hatte die geniale Idee, ihm die Adresse des Fotografen zu geben, der bei solchen Gelegenheiten immer anwesend war. Vielleicht hatte der zufällig einmal Schönberg vor die Linse bekommen und einen Abzug in seinem Privatarchiv gehortet. Daraufhin hatte Reinhold Lorenz ohne Zögern eben jenen Fotografen aufgesucht, der in seinen Tausenden von Aufnahmen geduldig nach einer von Christoph Schönberg gesucht hatte. Und er war fündig geworden. Mit diesem Foto, obwohl ein wenig unscharf, machte sich Kommissar Lorenz auf den Weg zu einem professionellen Foto-Studio, um einen Scan anfertigen zu lassen, den er seinem Assistenten nach Freiburg mailen wollte. Der Inhaber war so freundlich gewesen, dies gleich selbst zu übernehmen, und nun saß Matthias Thiele in Freiburg etwas ratlos an seinem Computer, um der telefonischen Weisung seines Vorgesetzten Folge zu leisten. Er sollte herauszufinden, ob in irgendeiner Fahndungsliste oder so – dies war der Lorenz'sche Wortlaut gewesen – sich eine Person befinde, die Schönberg ähnlich oder gar mit diesem identisch war. Eine nähere Erklärung war nicht erfolgt. Thieles Fragen, was hinter diesem ominösen Auftrag steckte, beziehungsweise der Einwand, dass Lorenz schließlich auf Urlaub sei, hatte sein Chef rüde zurückgewiesen. Darauf konnte sich Thiele ebenfalls keinen Reim machen. Auf den Gedanken, dass sein Vorgesetzter auf seine Hilfe baute, um einer Frau zu imponieren, konnte er beim besten Willen nicht kommen.

Während Thiele in Freiburg sein Bestes gab, wagte Kommissar Lorenz in Perchtoldsdorf einen weiteren Versuch bei Johanna Grasel, die sich noch immer intensiv damit beschäftigte, diverse Theorien und Vermutungen zu Papier zu bringen – nur um sie wieder auszustreichen, sobald sie weiter darüber nachgedacht hatte. Alle Überlegungen endeten in vagen Vermutungen. Nichts ergab wirklich einen Sinn. Sie kam und kam einfach nicht weiter.

„Manchmal ist es einfach verhext, nicht wahr?“ Etwas unbeholfen stand Lorenz neben ihrem Tisch.

„Was? Wie bitte? Ach so, ja.“ Einladend war diese Antwort nicht gerade. Johanna sah ihn nicht einmal an. Sie hatte keine Lust auf eine Unterhaltung. Schon gar nicht, als sie wieder den hingebungsvollschmachtenden Blick von Reinhold Lorenz auf sich ruhen fühlte. Der stand wie ein Schuljunge vor ihr und wusste nicht, was er sagen sollte.

„Ja, also, ja, entschuldigen Sie bitte, wenn ich… also“, stotterte er hilflos.

„Kann ich noch etwas für Sie tun?“ Das hörte sich nicht so an, als ob Johanna Grasel das auch so meinte.

„Nein, umgekehrt“, erwiderte Lorenz eifrig.

„Danke, es geht mir wirklich gut, und ich brauche keine Hilfe“, versuchte die Chefinspektorin das Gespräch zu beenden.

„Darum geht es auch nicht, obwohl, natürlich, selbstverständlich, wenn ich…“

Lorenz verhaspelte sich schon wieder und kam sich unendlich albern vor.

„Mein lieber deutscher Kollege“, begann Johanna Grasel etwas süffisant, „Ihre Sorge um mich ist gut gemeint, und ich weiß es auch zu schätzen, aber sie ist völlig unnötig und unbegründet. Klar?“

„Darum geht es auch nicht.“

Das hatte er eben schon gesagt. Oh Lorenz, Lorenz, als Verehrer machst du keine gute Figur, grollte er. Dann riss er sich zusammen und rief sich eine der vielen kriminalistischen Grundregeln ins Gedächtnis: einen effektiven Gesprächseinstieg finden mittels eines wirksamen kommunikativen Verhaltensmusters. Bei Vernehmungen gelang ihm das meisterlich, nur in diesem speziellen Fall…

„Ich hatte mir gedacht, dass ich vielleicht ein wenig Amtshilfe leisten könnte.“ Das war der erste zusammenhängende und halbwegs vernünftige Satz, den er zustande brachte.

„Wie und warum sollten Sie das tun? Sie haben hier keinerlei dienstliche Berechtigung.“ So schnell gab Johanna ihre Abwehrhaltung nicht auf.

„Das nicht. Aber an jenem Abend war ich immerhin Zeuge des Mordes, und ich habe mich auch ein wenig umgehört. Deshalb bin ich mir sicher, dass man die Vergangenheit dieses Professors unter die Lupe nehmen sollte.“ Die Logik dieser Aussage ließ sehr zu wünschen übrig.

„Mit der Zukunft ist das auch schlecht möglich – oder?", lautete die sarkastische Erwiderung.

„Sie verstehen mich falsch. Ich meine, ich glaube, das heißt, mir scheint, dass sich jemand an Schönberg rächen wollte."

„Mein lieber Herr Kommissar, so weit sind auch wir schon. Selbst in Österreich ist man gewohnt, nachzudenken."

Reinhold Lorenz gelang es einfach nicht, die Barriere der Grasel'schen Abwehr zu durchbrechen, deshalb entschloss er sich, die Katze aus dem Sack zu lassen und seine in Freiburg in Auftrag gegebene Hilfsmaßnahme zu gestehen.

„Ich habe meinen Assistenten – er ist ein wirklich sehr guter und ideenreicher Mitarbeiter – gebeten, in allen Datenbanken, die in Frage kommen, diesem Schönberg auf die Spur zu kommen."

„Sie haben bitte was?" Johanna Grasel glaubte, sich verhört zu haben. „Das meinen Sie nicht im Ernst!"

In diesem Augenblick, als er in der Miene seiner erfolglos Angebeteten die blanke Empörung wahrnahm, wurde sich Reinhold Lorenz dessen, was er angezettelt hatte, erst voll bewusst. Sie musste glauben, dass er von allen guten Geistern verlassen war. Er setzte mutig zur Verteidigung an: „Was ist daran so schlimm? Ich weiß, dass ich hier keine amtlichen Befugnisse habe, aber unterstützen kann ich Sie doch. Mehr nicht."

Diese Äußerung wiederum war so treuherzig vorgebracht, dass selbst Johanna um eine Nuance milder reagierte.

„Das ist nett gemeint, aber völlig überflüssig, ganz bestimmt. Meine Mitarbeiterin ist unterwegs nach St. Pölten, um genau das zu tun."

„Dann sind ja vereinte Kräfte am Werk. Da kommen wir bestimmt vorwärts", ereiferte sich Reinhold Lorenz und wagte einen ganz mutigen Schritt: „Darf ich mich einen Moment zu Ihnen setzen?"

Johanna gab auf. Soll er sich halt hinsetzen, sie ging sowieso gleich. Wortlos machte sie mit der Hand ergeben eine entsprechende Geste, stellte aber sofort klar, dass sie sich nicht in ihre Arbeit hineinreden ließ.

„Das will ich ja gar nicht", versicherte Lorenz eilfertig.

„Was dann?"

Ja, was dann? Im Grunde war ihm der Mordfall, so dramatisch er auch sein mochte, herzlich egal. Er hatte sich nun mal in Johanna Grasel verliebt. Nur leider hatte er anscheinend völlig verlernt, wie man es anstellte, eine Frau zu erobern. In den vielen Jahren, in denen er mit seiner Brigitte verheiratet gewesen war, hatte er keine Notwendigkeit gesehen, sich sonderlich um sie zu bemühen. Sie war ja eh immer da gewesen. Doch dies war eine neue Situation.

Johanna Grasel nahm die Denkpause des sie anhimmelnden Reinhold Lorenz zum willkommenen Anlass, sich eilends zu verabschieden.

„Auf Wiedersehen dann. Sollten Sie etwas in Erfahrung bringen, können Sie meiner Mitarbeiterin Bescheid geben", setzte sie noch großzügig hinzu und verließ das Lokal – wie schon üblich geworden – durch den hinteren Ausgang. Auf halbem Weg durch den langgestreckten Garten mit den herrlichen alten Kastanienbäumen fiel ihr ein, dass sie bei ihrem raschen Aufbruch vergessen hatte, die Rechnung zu begleichen. Auch egal. Sie würde es heute Abend oder morgen nachholen. Und falls Lorenz ihre und Alexandras nicht sehr üppige Zeche übernahm, ginge er auch nicht daran zugrunde.

Sie überlegte kurz, was sie nun machen sollte. Ins Hotel gehen? Aber was sollte sie dort? Es gab noch nicht einmal einen Fernseher im Zimmer. Nochmal zu Frau Maier? Vielleicht ließ sich mehr über diesen verschwundenen Liebhaber herausfinden. Doch dann entschied sie sich, die Schönberg-Villa aufzusuchen. Bislang waren dort noch die meisten Puzzle-Steinchen zu finden gewesen – einmal sogar im wörtlichsten Sinne. Zwar hatten die Kriminaltechniker ihre Forschertätigkeit zweifellos gründlich ausgeübt, aber es bestand trotzdem die Möglichkeit, dass ihnen allen bisher etwas Wichtiges entgangen war, was sie nicht richtig eingeschätzt oder vernachlässigt hatten.

Wie ein Geisterhaus empfand sie heute die Villa, in der sie erstmals ganz allein war. Irgendwo knackte es, und sie fuhr erschrocken zusammen. Nichts war zu sehen. ‚Reiß dich zusammen, Johanna', ermahnte sie sich, ‚du beginnst bereits am helllichten Tag, Gespenster zu sehen!'

Ob Alexandra schon in St. Pölten angekommen war? Sie konnte sie anrufen, aber möglicherweise erledigte sie das Unangenehmste, nämlich ihren gemeinsamen Vorgesetzten zu besänftigen, zuerst. Und da wäre es falsch gewesen, mit einem Anruf dazwischen zu platzen. Vermutlich blieb sie über Nacht auch in ihrer Wohnung, denn es war kaum zu schaffen, alle übertragenen Aufgaben innerhalb weniger Stunden zu erledigen. Und nach der unkomfortablen gemeinsamen Unterkunft bei Frau Blumenthal würde sie sich bestimmt nicht sehnen. Ohne, dass ihr es richtig zum Bewusstsein kam, begann Johanna ihre Mitarbeiterin zu vermissen. Selbst die Aussicht, die Nacht allein in der Berg- und Tallandschaft des breiten Doppelbettes zu verbringen, stimmte sie nicht fröhlicher.

Während Johanna Grasel sich daran machte, Zentimeter für Zentimeter, Buch für Buch auf den Schönberg'schen Regalen zu durchblättern, saß Alexandra Jennerwein in St. Pölten – ebenso wie der ihr unbekannte Kriminalassistent Thiele in Freiburg – vor dem Computer. Mit einiger Erleichterung hatte sie erfahren, dass der „Oberhäuptling", wie sie ihn nannte, nicht mehr im Haus war. Umso besser, da blieb ihr heute wenigstens eine unangenehme Begegnung erspart. Eben hatte sie sich kurz mit ihrem Kollegen Bruno Webern mit „n" unterhalten, der etwas angesäuert war, weil er meinte, dass sie seine Berliner Recherchen nicht genügend würdigte.

Er hatte ziemlich viel Zeit aufgewendet und bereits alles Menschenmögliche versucht, Licht ins Dunkel dieses ominösen Schönberg-Lebenslaufs zu bringen. Glaubte Alexandra etwa, dass sie es besser konnte als er?

Er hatte sich lässig auf dem Besuchersessel vor ihrem Schreibtisch niedergelassen, streckte die Beine weit von sich und beobachtete mit hinter dem Kopf verschränkten Armen argwöhnisch jeden ihrer Versuche, die wahre Identität des Mordopfers zu entschlüsseln. Dabei sparte er nicht mit hämischen Bemerkungen.

„Du solltest mehr Krimis lesen, da sind Kommissar und Co. einfallsreicher."

Ein böser Blick traf Bruno Webern mit „n".

„Vielleicht ist dein vergifteter Musiker einem Harry Potter-Roman entstiegen oder..."

„Falls du noch mehr solch idiotischer Witze auf Lager hast, kannst du dich schleichen, du Krautwachter, aber ganz schnell."

Bruno Webern mit ‚n' war nun endgültig beleidigt. „Vielleicht ist er ja ein Spion, der aus der Kälte kam. Aber den suchst du dir ab jetzt gefälligst allein. Und glaub nicht, dass ich nochmal springe, wenn du schreist. Und wenn du hundert Mal was über Stiftungen oder sonst was erfahren willst. Ich wüsste da ja noch Einiges, aber da du auf meine Hilfe nicht angewiesen bist…"

Alexandra wurde sofort hellhörig und sprang auf, um ihren Kollegen, der sich langsam in Richtung Tür bewegte, am Ärmel festzuhalten.

„Jetzt sei doch nicht so, Bruno. Brunochen. So hab ich es nicht gemeint. Ich bin halt im Stress."

„Ach, wirklich? Nur gut, dass du die Einzige bist und andere Leute nichts zu tun haben."

„Brunochen, ich hab es wirklich nicht so gemeint. Was hast du herausgefunden?"

Bruno Webern mit ‚n' setzte eine gleichmütige Miene auf und ließ sich bitten.

„Dazu bin ich dann wieder gut genug, ja? Könntest ruhig selber nachforschen."

Allmählich wurde Alexandra das Spielchen zu dumm, aber sie wollte auf keinen Fall riskieren, dass Bruno ihr wichtige Neuigkeiten vorenthielt.

„Komm Brunochen", schmeichelte sie weiter. „Hab doch Mitleid mit einer armen Kollegin, die weiß, dass sie sich blind auf dich verlassen kann." Das war ziemlich dick aufgetragen. Zudem schlang sie die Arme um seinen Hals und schaute ihn mit dem liebevollsten Blick an, den sie im Moment aufbringen konnte.

„Na schön, weil du's bist", gab Bruno Webern gnädig nach. Allerdings nicht nur aus purer Nächstenliebe, sondern weil er stolz darauf war, was er herausgefunden hatte und damit nicht länger hinter dem Berg halten konnte.

„Deinen Stiftungsbrief kannst du beruhigt ins Feuer werfen oder dem Schredder übereignen."

„Waaas? Was meinst du damit?"

„Ganz einfach. Diese Stiftung existiert gar nicht. Nirgendwo eingetragen. Ich habe alles durchforscht. Ein reines Fantasieprodukt."

„Aber ich habe die Urkunde, oder wie man das nennt, in der Hand gehabt", erwiderte Alexandra ungläubig. „Da musst du dich geirrt haben. Das kann gar nicht sein. Hast du an den richtigen Stellen nachgefragt?"

„Ich bin nicht blöd. Es ist so, wie ich dir sage. Ich bin nicht erst seit gestern bei der Polizei. Aber wenn du mir nicht glaubst, bitte, dann mach deine Arbeit nächstens allein."

Damit rauschte er durch die Tür. Alexandra schaute ihm wütend hinterher. Typischer Fall von verletzter männlicher Eitelkeit. Doch dann begann es in ihrem Gehirn zu arbeiten. Was hatte er da gesagt? Es gab gar keine Stiftung? Welchen Reim sollte sie sich darauf machen?

Alexandra starrte blicklos auf den Monitor. Kein Schönberg, kein Jägermeier und keine Stiftung. Alle Spuren schienen sich in dem Augenblick zu verflüchtigen, in dem man sie intensiver zu verfolgen. Und dann fiel Alexandra Brunos spöttische Bemerkung vom Spion, der aus der Kälte kam, wieder ein. War das nicht ein berühmter Roman aus der Zeit des Kalten Krieges? Wenn nun Bruno den Nagel auf den Kopf getroffen hätte, ohne es zu wissen? Hirnrissige Idee. Aber wenn doch was dran war?

Angeblich hatte dieser Schönberg in Berlin gelebt, aber keine Meldebehörde verzeichnete ihn, nirgendwo war er bekannt, das konnte bedeuten, dass er sich eine völlig neue Identität zugelegt hatte. Berlin. Mauerfall. Ehemalige DDR. Wäre es nicht möglich, dass er einer der vielen tausend DDR-Spitzel gewesen war, die nach der Wende ganz schnell irgendwo untergetaucht waren? Eine zugegebenermaßen mehr als abenteuerliche Theorie, aber warum sollte sie ihr nicht nachgehen? Sie musste ja niemandem davon erzählen, wenn sich das Ganze als Hirngespinst herausstellte.

Alexandra stützte den Kopf in die Hände und dachte krampfhaft nach, wie sie vorgehen sollte. Wie hieß diese deutsche Behörde doch gleich, wo solche Daten gespeichert wurden? Sie hämmerte auf ihrer Tastatur herum und hatte innerhalb kürzester Zeit mittels diverser Suchbegriffe die Bezeichnung herausgefunden: Birthler-Behörde in

Berlin. Um Einsicht in die Akten zu bekommen, musste ein Antrag gestellt werden, las sie da. Na, wunderbar. Ein Antrag und dann womöglich eine monatelange Wartezeit für dessen Bearbeitung.

Kurz entschlossen griff sie zum Telefon. Eventuell war die Erwähnung des Dienstweges erfolgreich. Sie würde es einfach probieren. Und hatte unglaubliches Glück! Zwar wurde sie in der Berliner Behörde mehrmals von einem Sachbearbeiter zum nächsten verbunden, doch endlich schien sie den richtigen erwischt zu haben.

„Kriminalinspektorin Alexandra Jennerwein vom Landeskriminalamt Niederösterreich in St. Pölten", meldete sie sich. „Ich bitte um Amtshilfe in einem Mordfall."

„Und woher soll ick wissen, ob det stimmt, wat Sie da sagen?", kam es in schnoddrigem Berliner Dialekt zurück.

„Mein Gott, dann rufen Sie mich eben zurück. Dann werden Sie schon merken, dass ich Ihnen keinen Bären aufbinde. Haben Sie ihn Berlin ja auch nicht nötig."

Der Beamte war wohl über so viel Schlagfertigkeit besänftigt und gab zu erkennen, dass er sich mindestens anhören wollte, worum es ging.

„Dat jeht nich von jetz auf gleich. Da müssen Sie 'n Antrag stellen", bekam sie schließlich zur Antwort.

„Aber ich brauche im Augenblick nur die Auskunft, ob unser Mordopfer eventuell ein Stasi-Spitzel oder -mitarbeiter war, der sich nach Österreich abgesetzt hat. Ich maile Ihnen sein Foto hinüber. Sie haben doch sicherlich eine schnelle Möglichkeit, es zu identifizieren", gurrte Alexandra liebevoll im besten österreichischen Tonfall.

„Theoretisch schon. Aber praktisch dauert det ne Weile. Und wir haben ooch jleich Dienstschluss."

Alexandra stöhnte. Sie hatte plötzlich das Gefühl, unmittelbar vor einem Ziel angekommen zu sein und jetzt mit Gewalt abgebremst zu werden. Mit Engelszungen redete sie weiter auf den Beamten ein, bis der schließlich nachgab: „Dann schicken Se det Foto eben mal rüber. Aber versprechen kann ick nix. Schon jar nich, dat et heut noch funktioniert."

Damit musste sich Alexandra wohl oder übel zufrieden geben. Sie mailte das einzige Foto von Schönberg, das sie und Johanna Grasel in der Villa gefunden hatten und dass sie glücklicherweise noch in ihrem Rucksack bei sich trug, nach Berlin und hoffte inständig, dass diese Suchaktion von Erfolg gekrönt war. Auf einmal schien ihr, als sei dies der einzig mögliche Weg zur Klärung, welcher Mensch sich hinter dem Namen Schönberg verborgen hatte. Beschwörend starrte sie das Telefon an, so, als ob sie dadurch den Berliner Mitarbeiter der Birthler-Behörde hypnotisieren könnte.

Die Minuten verstrichen, ohne dass etwas geschah. Das Telefon zeigte kein Erbarmen. Endlos kam ihr die Zeitspanne vor, seit sie das Foto auf die Reise geschickt hatte. Es konnte doch nicht so schwer sein, einen entsprechenden Suchvorgang einzuleiten, wütete sie vor sich hin. Die verfügten da oben im hohen deutschen Norden doch hoffentlich über einen schnellen Datenzugang.

Nichts. Nichts geschah.

Schließlich hielt es Alexandra nicht mehr länger aus. Sie griff zum Hörer und tippte die Durchwahl ein, die zu ihrem Gewährsmann führte. Das Freizeichen ertönte wieder und wieder, nichts rührte sich. Sie ließ es so lange läuten bis die Verbindung automatisch getrennt wurde und versuchte es gleich danach ein zweites und ein drittes Mal. Kurz bevor auch diese Verbindung gekappt wurde, meldete sich der Beamte.

„Immer langsam mit die jungen Pferde“, bekam sie zu hören. „Ick hab jedacht, ihr Österreicher seid nicht so schnell. Nur nicht jleich, nich auf der Stell und so.“

Mühsam verzichtete Alexandra auf eine scharfe Erwiderung und zirpte stattdessen: „Wir lernen schließlich von euch schnellen Deutschen.“ Sie schluckte mehrmals hintereinander.

„Na, denn wollen wa mal nich so sein. Euer Toter is Kunde hier, als IM.“

„Als was?“, fragte Alexandra.

„Mensch, Mädel, det weeß doch jedet Kind. Wo lebste denn?“

Eine entsprechende Antwort, die ihr auf der Zunge lag, verkniff sich Alexandra noch mühsamer, sie wollte schließlich etwas von dem Mann.

„Also?“

„Inoffizieller oder auch informeller Mitarbeiter beim Ministerium für Staatssicherheit. Det war die nette Umschreibung für ca. hunderttausend Spitzel und Stasi-Mitarbeiter in die Ex-DDR. Die operierten alle unter Decknamen. Der Oberste, der Superspion, der alles unter die Kontrolle hatte, war der Markus Wolf. Der wollte nach die Wende doch noch bei euch unterkriechen, in Österreich. Ihr habt ihn aber nich jewollt."

Alexandra hatte zwar keinen größeren Bedarf an deutsch-deutscher Geschichte, traute sich jedoch nicht, den Berliner Redefluss zu unterbrechen aus Sorge, ihren Gesprächspartner zu verärgern. Daher wartete sie geduldig bis der Beamte endlich zur Sache kam.

„Euer Toter, det war so eener. Nich so'n ganz hoher, der is nach die Wende spurlos verschwunden. Hat sich wohl n' Beispiel jenommen an sein höchsten Chef und is zu euch jejangen. Hat wohl mehr Jlück jehabt als der Wolf. Mehr Jlück als Verstand würd ick sagen."

Alexandra Jennerwein war zunächst sprachlos. Das passte. Deshalb hatten sie nirgendwo eine Spur dieses Schönberg finden können.

„Sind Se noch dran?", fragte es aus Berlin.

„Wie? Natürlich, selbstverständlich. Sagen Sie, wie war der Deckname?"

„Ja, da hab ick mir auch jewundert, janz komisch. Die meesten hatten richt'je Namen, Jisela oder Heinrich oder so wie der oberste Spion Wolf."

Der Beamte war vor lauter Wundern in den allerbreitesten Berliner Dialekt verfallen.

„Und wie war Schönbergs Name?"

„Echt wirklich komisch, echt: Raum und Zeit."

Alexandra fiel fast vom Sessel, fasste sich aber schnell wieder und erkundigte sich weiter: „Können Sie mir noch mehr sagen? Wie hieß der mit seinem richtigen Namen?"

„Also, Kleene, nee, mehr is heute nich mehr drin. Det war sowieso schon nich legal. Ick muss jetz nach Hause. Für weitere Infos müsst selbst ihr von die Gendarmerie, oder wie man det bei euch nennt, eine offizielle Anfrage an uns richten. Jeht dann auch schneller als bei die normalen Menschens."

Die Kriminalinspektorin verzichtete auf die Erklärung, dass der Begriff Gendarmerie auch in Österreich aus der Mode gekommen war. Sie wollte auf jeden Fall vermeiden, dass die Auskunftsbereitschaft des Beamten einen Einbruch erlitt, denn sie musste sicherlich noch einmal darauf zurückkommen.

„So, und jetz mach ick den Laden dicht. Wie jesagt, offizielle Anfrage. Dann suchen wa weiter. Pfüü-aat di, wie man det bei euch sagt." Bevor Alexandra auf den Berliner Humor reagieren konnte, hatte ihr Telefonpartner aufgelegt. In ihrem Kopf wirbelte einen Moment lang alles durcheinander. Dann schnappte sie ihren Rucksack und stürmte aus dem Zimmer, vorbei an Bruno Webern mit „n", der ihr spöttisch hinterher rief: „Na, ergreifst du die Flucht?"

„Hast du eine Ahnung", war das Einzige, was sie herausließ. Sie sah keinerlei Notwendigkeit, sich mit überflüssigen Erklärungen aufzuhalten. Auf dem Weg zum Auto rief sie Johanna Grasel an. Außer Atem sprudelte sie hervor: „Du ich mache mich eben auf den Rückweg nach Perchtoldsdorf. Ich hab was Irres herausgefunden. Das glaubst du nicht!" – „Was? Nein, das sag ich dir nicht am Telefon. Aber wir haben jetzt eine heiße Spur. Glaub's mir. Ich fahr jetzt los, kann nicht mehr telefonieren."

Johanna rief noch schnell ein „Ras' aber nicht wieder wie eine Irre!" ins Handy, war sich aber sicher, dass der Appell absolut nutzlos war.

Alexandra Jennerwein war wie berauscht von ihrem Erfolg. Jetzt konnte sie ihrer Chefin beweisen, dass auch sie eine gute Kriminalistin war. Erst nach und nach wurde sie ruhiger und auch ein wenig ernüchterter. Gut, sie hatte herausgefunden, dass dieser Schönberg ein sogenannter IM war. Und wie stand es mit der Jägermeier-Stiftung? Das war im Grunde eigentlich klar. Kein Jägermeier, keine Stiftung. Das hieß, dass sie bei der Suche nach dem Mörder Schönbergs, oder wie immer er geheißen haben mochte, kein bisschen weitergekommen war.

Als sie sich diese profane Sachlage eingestand, war sie bereits kurz vor der Autobahnabfahrt in Richtung Perchtoldsdorf angekommen. Sie rief noch einmal kurz ihre Chefin an und erfuhr, dass diese im Hotel auf sie wartete.

Alexandras Stimme bebte noch ein wenig, als sie vor ihr stand und von ihren Entdeckungen berichtete.

„Und du hast bei einer deutschen Behörde völlig problemlos eine solche Auskunft bekommen?“, staunte Johanna.

„Na ja, ein bissel überreden hab ich den Beamten schon müssen, aber dann hat's ganz gut funktioniert. Das einzige Problem war sein Berliner Dialekt und das Maschinengewehr-Tempo, in dem er gesprochen hat. Trotzdem hab ich alles mitbekommen“, erklärte sie stolz.

„Und wie steht es mit der Stiftung? Meinst du, man kann sich auf Brunos Auskunft, dass sie ein Schwindel ist, verlassen?“

„Hör bloß auf. Bei dem habe ich mich unbeliebt genug gemacht. So schnell ist der nicht mehr zu bewegen, noch einmal etwas für uns zu tun. Aber ehrlich: Bruno ist ein zuverlässiger Arbeiter. Der checkt alles von allen Seiten. Seine Infos waren bisher immer wasserdicht.“

„Gut, wenn du meinst. Und was fangen wir mit all dem jetzt an?“ Genau diese Frage hatte sich Alexandra in der letzten halben Stunde auch schon gestellt.

„Erst einmal sollten wir mehr über dieses ehemalige Ministerium für Staatssicherheit herausfinden. Kann ja nicht schaden. Weißt du Genaues?“

„Auch nur das, was ich in der Presse, in Nachrichtensendungen und politischen Magazinen aufgeschnappt habe. Und – ehrlich gesagt – wenn man nicht unmittelbar betroffen ist, geht vieles an einem vorüber“, gab Johanna Grasel zu. „Aber wozu gibt es Internet. Für erste Infos ist das immer gut.“

Sie unterließ wohlweislich die Frage, weshalb Alexandra nicht gleich in aller Ruhe Einzelheiten in ihrem St. Pöltener Büro erforscht hatte, auch aus dem Grund, weil sie mehr als froh war, nicht mehr allein zu sein.

„Klar. Ich hab meinen kleinen Süßen dabei.“ Alexandra tippte auf ihren Rucksack, in dem der Laptop steckte. „Wir haben immer noch nicht gefragt, ob es im Hotel einen Internetanschluss gibt.“

„Das halte ich für mehr als unwahrscheinlich. Und unsere Herbergsmutter wird auch nicht erbaut sein, wenn du sie mit einer solchen Frage beim Fernsehen störst“, gab Johanna zu bedenken.

„Egal. Ein Hotel ohne Internetanschluss gibt's heutzutage nicht mehr. Ich suche diese Blumenthal. Die Gäste müssen ja ihre Zimmer irgendwie buchen können. Bestimmt hat sie in ihrem Büro eine Möglichkeit." Damit eilte Alexandra mit ihrem Laptop aus dem Zimmer.

Es dauerte eine kleine Ewigkeit bis sie mit grimmiger Miene zurückkam.

„Das ist der letzte Laden hier", schimpfte sie. „Bis ich erst mal diese Blumenthal gefunden hatte. Im Morgenmantel und mit Lockenwicklern ist sie aus ihren Gemächern aufgetaucht und hat mich zusammengestaucht, weil ich sie um diese Zeit noch störe. Ist doch erst kurz vor neun – oder?"

„Ich hatte dich gewarnt. Und?"

„Nix. Weißt du, was sie geantwortet hat? ‚Was soll ich noch alles haben.' Im Zimmer gäbe es Steckdosen und das genüge vollauf."

Johanna brach beim Anblick der vor Zorn geröteten Alexandra mit dem Rechner unter dem Arm und der Vorstellung, wie sie und die mit Lockenwicklern verzierte Frau Blumenthal sich angegiftet hatten, in lautes Lachen aus.

„So komisch ist das auch wieder nicht", schimpfte Alexandra. „Ich muss unbedingt noch heute Abend mehr über diese Sache wissen, sonst schlafe ich die ganze Nacht nicht."

Das bezweifelte Johanna insgeheim zwar ganz erheblich, fühlte sich aber ebenfalls gestoppt – unmittelbar vor einem wichtigen Schritt in ihren Ermittlungen. Sie dachte nach. Ob sie die paar Schritte zur örtlichen Polizeidienststelle gehen sollten? Dort konnten sie bequem weitere Internet-Forschungen anstellen. Andererseits mussten sie auf neugierige Fragen gefasst sein, und falls dieser aufsässige Riedel Dienst hatte, würde er seiner Schadenfreude über ihr farbenfrohes Aussehen bestimmt wieder freien Lauf lassen.

„Weißt du was? Wir gehen nochmal zurück in die Schönberg-Villa. Der Anschluss dort funktioniert bestimmt noch", schlug sie ihrer Mitarbeiterin vor.

„Keine schlechte Idee. Da können wir uns auch gleich von der Atmosphäre inspirieren lassen", stimmte diese zu. „Also los."

Groß und dunkel lag die Villa im weitläufigen Garten. Es war vollkommen still, nichts rührte sich. Das Licht der Straßenlaterne drang nicht bis zum Eingang. Auch gegenüber, im Naderer-Haus, war alles finster. Ganz selbstverständlich nahm Alexandra Johannas Hand. „Fall mir nur nicht wieder hin. Einmal reicht."

Sie waren fast beim Eingang angekommen, als Johanna plötzlich wie angewurzelt stehen blieb, ihre Begleiterin fest am Arm packte und ihr gleichzeitig kurz die Hand auf den Mund legte zum Zeichen, dass sie sich ruhig verhalten sollte.

„Was ist?", flüsterte die.

„Ich bin mir sicher, dass ich eben kurz den Schein einer Taschenlampe im oberen Stock gesehen habe", gab die Chefinspektorin leise zurück.

„Und was machen wir jetzt?"

„Los, komm hinter das Gebüsch, da können wir sehen, wer aus dem Haus kommt. Pass auf, wo du hintrittst."

„Und wenn der über Nacht drin bleibt?"

„Wird er schon nicht. Wenn sich nach einer Viertelstunde nichts getan hat, dann gehen wir rein. Hast du deine Waffe bei dir?"

„Ich? Nein. Liegt im Büro im Schließfach. Hast du keine?"

Johanna verzichtete auf eine Antwort, denn genau dort befand sich auch die ihre. Alexandra bückte sich und tastete vorsichtig den Erdboden ab.

„Was machst du da?"

„Ich suche einen starken Ast oder so etwas Ähnliches."

„Stell dich nicht so an. Schließlich sind wir beide ganz gut durchtrainiert, und zu zweit gegen einen sollten wir uns wehren können."

„Hm. Und wenn's mehrere sind?"

Johanna stöhnte kurz auf und verdrehte die Augen, was Alexandra in der Dunkelheit natürlich nicht sehen konnte.

Einige Minuten standen sie reglos, dann bemerkten sie, wie sich langsam die Eingangstür ein wenig öffnete, so als ob jemand vorsichtig ausspähen wollte, ob er unbeobachtet war. Dann schob sich eine hohe Gestalt durch den Türspalt, schaute sich nochmals eilig um und schlich langsam und lautlos an der Hecke entlang in Richtung Gartentor. Noch drei, vier Meter trennte sie von den beiden Frauen, als diese aus ihrer Deckung hervorkamen und sich der Gestalt in den Weg stellten.

„Ja, da schau her“, entfuhr es Alexandra. „Wen haben wir denn da? Darf man fragen, was Sie hier zu suchen haben, werter Herr Hofrat?“

„Und wie Sie in das Haus hineingekommen sind?“, ergänzte Johanna.

Der entdeckte Naderer war so erschrocken, dass er sich weder rührte, noch in der Lage war, etwas zu sagen. Nur seine Lippen bewegten sich lautlos. Doch dann nahm er seine gewohnt stramme Haltung an.

„Darf ich meinerseits fragen, was Sie hier im Dunkeln herumspionieren? Und alten Leuten einen Schrecken einjagen?“, knurrte er wütend.

Jetzt waren Johanna Grasel und Alexandra Jennerwein für einen Moment sprachlos. Die Chefinspektorin reagierte als Erste.

„Falls es Ihnen entgangen sein sollte: Der Besitzer dieses Hauses ist ermordet worden, und Sie müssen uns schon zugestehen, dass wir uns ein wenig wundern, dass gerade Sie, der Sie Ihrem Nachbarn am liebsten die Pest an den Hals gewünscht hätten, nun unrechtmäßig in sein Haus eindringen“, erklärte sie bissig.

„Unrechtmäßig? Ich höre immer unrechtmäßig“, bellte Naderer. „Ich habe einen Schlüssel. Und wenn wir uns vielleicht auch nicht so gut verstanden haben, so hatte Herr Professor Schönberg doch genug Vertrauen, mir für alle Fälle seinen Hausschlüssel zu überlassen“, setzte er würdevoll hinzu.

„Jetzt schlägt's aber dreizehn“, fuhr Alexandra dazwischen. „Sie erzählen uns ausführlich, was für ein Monster dieser Schönberg gewesen ist, dass er permanent fragwürdige Besuche empfangen hat, und auf einmal wollen Sie uns weismachen, dass das alles nicht so gemeint war? Für wie blöd halten Sie uns eigentlich?“

Bevor Naderer sich rechtfertigen konnte, griff Johanna Grasel ein.

„Es hat wohl wenig Sinn, dies alles hier im Garten zu diskutieren. Wenn Sie schon im Besitz eines Schlüssels sind, dann können wir auch ruhig gemeinsam hineingehen. Besprechen wir die Angelegenheit lieber bei Licht. Eine etwas großzügigere Beleuchtung als der Schein Ihrer Taschenlampe kann nicht schaden“, setzte sie hinzu.

Naderer schien zu begreifen, dass es im Augenblick wenig Sinn hatte, sich gegen die Anweisung aufzulehnen und näselte ein undeutliches „meinetwegen." Die beiden Frauen nahmen den alten Mann in ihre Mitte – nicht weil sie fürchteten, dass er Reißaus nehmen könnte, sondern viel mehr, um ihm auch körperlich zu demonstrieren, wie eng die Situation für ihn war.

„Schlüssel!" Die Chefinspektorin streckte die Hand aus, und nach kurzem Zögern händigte ihn Naderer aus.

16

Der grelle Lichtschein im Vorzimmer ließ die merkwürdige Gesellschaft nach der Dunkelheit im Garten ein wenig blinzeln. Johanna dachte daran, wie oft sie schon in diesem Haus gewesen war. Bis auf vorhin, als sie allein ziellos hier herumgestöbert hatte, waren stets unerwartete Besucher erschienen: dieser Kommissar Lorenz, Daniel Schreder, Frau Raender-Gramme und nun Nachbar Naderer.

Sie wiederholte ihre Frage von eben: „Was hatten Sie hier zu suchen, Herr Naderer? Weshalb sind Sie in das Haus eingedrungen?"

„Nun denn. Wir wollen zunächst festhalten, verehrte Dame, dass ich in dieses Haus nicht – wie Sie das zu nennen belieben – eingedrungen bin. Wie Sie unschwer feststellen konnten, bin ich im Besitz eines Schlüssels", ereiferte sich Naderer gestelzt. „Sie sollten Ihre Äußerungen etwas vorsichtiger formulieren. Nun denn. Kein Wunder, dass man fortwährend von Fehlleistungen des Polizeibetriebs liest und hört", setzte er schneidend hinzu.

Innerlich kochte Johanna Grasel vor Wut, und sie konnte an Alexandras Miene glasklar ablesen, dass auch die sich nur mühsam beherrschte.

Sehr leise, fast beiläufig und ohne auf Naderers Unverschämtheit einzugehen, entgegnete sie kühl, indem sie seine ständige Redewendung aufnahm: „Nun denn, dann bleibt mir leider nichts anderes übrig, sehr verehrter Herr Hofrat Naderer, als Sie des Mordes an Professor Schönberg zu bezichtigen. Hier im Haus sind Reste des Giftes gefunden worden, das Schönberg verabreicht worden ist. Einbruchsspuren konnten nicht nachgewiesen werden, das heißt, es kann nur jemand die Tat begangen haben, der im Besitz eines Schlüssels ist. Und das sind Sie, wie Sie sehr richtig festgestellt haben."

Dass auch Anna Raender-Gramme aus dem gleichen Grund zum Kreis der Verdächtigen zählte, verschwieg die Chefinspektorin natürlich. Vielleicht hatte sie mit ihrer Taktik, Naderer durch die gezielte Beschuldigung aus der Reserve zu locken und zu einer unbedachten Äußerung zu verleiten, Erfolg. Der reagierte in höchstem Maße aufgebracht. „Was erlauben Sie sich eigentlich, Sie, Sie..."

„Vorsicht. Sonst haben Sie zusätzlich ganz schnell eine Klage wegen Beamtenbeleidigung am Hals“, mischte sich Alexandra ein.

Hofrat Naderer hatte mittlerweile einen Schweißvorhang auf der Stirn. Trotz seines fortgeschrittenen Alters machte er eine Bewegung, als ob er sich raubvogelartig auf die Frauen stürzen wollte, unterließ jedoch im letzten Moment den Angriff – entweder aus einem plötzlichen Anfall von Vernunft heraus oder weil er hierfür doch nicht genügend Körperkraft besaß. Stattdessen krallte er beide Hände in die Lehne eines Sessels, presste die Lippen fest zusammen und hüllte sich in eisernes Schweigen, während seine Augen lauernd auf die Chefinspektorin gerichtet waren.

„So kommen wir nicht weiter, Herr Naderer. Sie tun sich mit Ihrem Verhalten keinen Gefallen, ganz im Gegenteil: Es macht Sie nur noch verdächtiger, als Sie es ohnehin schon sind“, unternahm Johanna Grasel einen weiteren Versuch, ihr Gegenüber aus der Reserve zu locken. Keine Reaktion. Naderer schaute durch sie hindurch, als ob sie Luft wäre.

„Na schön“, seufzte die Beamtin, „dann eben nicht. Dann sind wir leider gezwungen, Sie vorläufig unter dem dringenden Verdacht, Christoph Schönberg ermordet zu haben, festzunehmen.“

„Sie haben keinen Haftbefehl“, zischte Naderer.

„Keine Sorge. Die Verdachtsmomente reichen für die Überstellung in die Untersuchungshaft völlig aus“, erklärte Alexandra Jennerwein genüsslich.

Naderer grub seine Finger noch tiefer in die Polsterlehne und kämpfte mit sich, was den Frauen nicht entging. Unnachgiebig betrachteten sie ihn wortlos. Und es funktionierte. Naderer gab klein bei. Seine Schultern fielen nach vorn, seine eben noch so stramme Haltung wich immer mehr der eines Jammerbildes, und er senkte den Blick.

„Ich habe nichts Unrechtes getan“, begann er zu wimmern.

„Zum wiederholten Mal: Was wollten Sie hier?“ Die Chefinspektorin ließ sich nicht beirren.

„Nun denn. Ich habe nach etwas gesucht, was mir gehört“, kam es leise, fast tonlos.

„Und das wäre?“

„Schönberg hat etwas genommen, was mir gehört", wiederholte er.
Alexandra unterließ die Bemerkung, dass dies die landläufige Definition von Diebstahl war.
„Wir warten", erinnerte sie dann, als Naderer stumm blieb. „Was hat Schönberg angeblich gestohlen?"
„Was mir gehört!"
‚Ich werde gleich wahnsinnig', dachten Johanna und Alexandra gleichzeitig. ‚Ist der so senil, oder tut er nur so?'
„Ein Vermögen hat er mir skrupellos gestohlen. Einem alten, wehrlosen Mann!"
Johanna Grasel wurde es nun zu bunt. „Schluss jetzt", entschied sie barsch, „entweder Sie sagen uns auf der Stelle, was Sache ist, oder wir informieren die Kollegen, damit man Sie ins Untersuchungsgefängnis abtransportiert."
Sie wurde aus dem Verhalten ihres Gegenübers nicht klug. Einerseits verspürte sie einen Anflug von Mitleid mit dem alten Mann, andererseits war sie von dessen verschlagenem Blick und seiner Körperhaltung irritiert. Wie Rumpelstilzchen, schoss es ihr durch den Kopf. Als Kind hatte sie das Märchen nicht gemocht, weil sie sich immer vor diesem boshaften, rachsüchtigen Zwerg gefürchtet hatte.
„Was ist jetzt? Äußern Sie sich gefälligst klar und deutlich, andernfalls gebe ich den Kollegen auf dem Revier Bescheid." Mit Alexandras Geduld war es schon lange vorbei. Sie förderte ihr Handy zutage zum Zeichen, dass die Drohung ernst gemeint war.
„Lassen Sie das", befahl Naderer plötzlich herrisch. „Ich sage Ihnen ja, was Sie wissen wollen. Dieser Schönberg hat mich bestohlen."
„Das hatten wir bereits, Herr Naderer. Mehrmals. Was, bitte, hat er gestohlen?"
„Meine Altersversorgung."
„Ihre was?"
„Nun denn, dem Staat kann man ja nicht vertrauen, so habe ich eben beizeiten selbst für mein Alter vorgesorgt."
Keine der Frauen reagierte auf diese magere Auskunft. Dann schüttelte Alexandra müde den Kopf und begann, einige Zahlen in ihr Handy einzutippen.

„Ich habe Ihnen gesagt, Sie sollen das sein lassen“, donnerte Naderer scharf und schlug Alexandra das Telefon aus der Hand. Weil sie nicht darauf gefasst war, flog es in hohem Bogen durch den Raum und landete glücklicherweise auf einem der Sessel.

„Geht es Ihnen noch gut?“, brauste sie erbost auf. „Sind Sie noch bei Trost?“

Naderer hielt es nicht für nötig, sich zu entschuldigen, sondern schaute ostentativ in eine andere Richtung, so, als ob ihn das Ganze nicht das Mindeste anginge. Mit dem Langmut der Chefinspektorin war es endgültig vorbei. Mit einem schnellen Griff entnahm sie ihrer Tasche die immer mitgeführten Handfesseln und legte sie dem verdutzten Naderer an. Diese Aktion war so überraschend, dass er nicht dazu kam, Widerstand zu leisten. Aber dann schrie er in einer Lautstärke, die ihm niemand zugetraut hätte: „Nehmen Sie das sofort wieder ab! Sofort, sage ich! Ich habe nichts Unrechtes getan. Ich besitze die Schlüssel zu diesem Haus, und so ist das kein Einbruch oder was Sie mir sonst anhängen wollen.“

Sein Gesicht war mit einem Mal aschfahl geworden. „Weg mit dem Zeug. Sofort!“ Er streckte Johanna Grasel fordernd die gefesselten Hände entgegen, die ihn jedoch nur gleichmütig anschaute.

„Untersuchungshaft?“, fragte Alexandra, worauf Johanna Grasel wortlos nickte.

„Also schön. Nun denn. Meinetwegen“, stöhnte Hofrat Naderer. „Was wollen Sie wissen?“

„Immer noch dasselbe, nämlich, was Sie hier gesucht haben.“

„Ich hatte es eben schon gesagt. Schönberg hat mich bestohlen. Mein Vermögen, meine Altersvorsorge hat er mir weggenommen.“

„Zum letzten Mal. Geht’s deutlicher?“, fragte Johanna Grasel gewollt gelangweilt.

„Nun denn. Ich habe einige Edelsteine besessen, und die hat er genommen, gestohlen“, rückte Naderer endlich mit der Sprache heraus. Johanna und Alexandra spitzten die Ohren. Das erklärte den Zufallsfund aus der Sessellehne.

„Weiter“, forderte die Chefinspektorin.

„Was weiter?“

Naderer mauerte wieder, merkte aber am herausfordernden Schweigen der Beamtinnen, dass ihm nichts anderes übrig blieb, als sich genauer zu äußern, wenn er nicht den Abtransport in die Untersuchungshaft riskieren wollte.

„Nun denn", wiederholte er sich. „In meinem Besitz befanden sich einige Diamanten, die ich für Notzeiten aufbewahrt habe. Und die hat Schönberg gestohlen."

„Woher stammten die Steine?"

„Nun denn, die besitze ich schon sehr lange. Erbstücke."

„Und die haben Sie so offen aufbewahrt, dass Schönberg sie problemlos mitgehen lassen konnte? Da stimmt doch etwas nicht." Weder Johanna noch Alexandra waren vom Wahrheitsgehalt der Naderer'schen Aussage überzeugt.

„Ich konnte schließlich nicht damit rechnen, dass er es darauf abgesehen hatte", verteidigte er sich.

„Aber beispielsweise mussten Sie damit rechnen, dass in Ihr Haus eingebrochen wird. Wir wissen, dass die Häuser in dieser Gegend ein sehr beliebtes Ziel für Einbrecherbanden sind. Und Sie wollen uns erzählen, dass Sie derart wertvolle Stücke einfach haben herumliegen lassen?"

„Wer sagt denn etwas von herumliegen lassen. Natürlich nicht. Aber Schönberg muss das Versteck gekannt haben. Verstehen Sie jetzt, weshalb ich hier bin? Die Steine gehören mir, nur mir, mir, mir und sonst niemandem. Und die will ich wiederhaben."

„Derzeit befinden sich die Diamanten in der Obhut des Landeskriminalamtes Niederösterreich in St. Pölten", klärte ihn die Chefinspektorin kühl auf und rief mit dieser Auskunft postwendend einen neuen Wutanfall hervor.

„Was sagen Sie da? Wie kommen Sie dazu, sich an meinen Diamanten, meinem Besitz, meinem Eigentum zu vergreifen? Ich werde mich über Sie beschweren. Bei oberster Stelle. Da können Sie Gift drauf nehmen."

„Ach so?", nahm Johanna Grasel die letzte Bemerkung lakonisch auf. „Sie geben also zu, dass Sie Zugang zu Giften haben? Sie wissen ja, dass Schönberg vergiftet worden ist. Und da hätten wir doch ein wunderbares Motiv. Meinen Sie nicht?"

Für einen Augenblick schien es wieder, als wollte Naderer mit den gefesselten Fäusten auf die Beamtin losgehen, sein Kopf schoss nach vorn, das Gesicht war hochrot, und er japste, als ob er um Luft ringen müsse. Unwillkürlich kam Johanna wieder Rumpelstilzchen in den Sinn, und bei der Vorstellung, wie Naderer sich selbst entzwei riss, verzog sich ihr Mund zu einem spöttischen Lächeln.

„Vermaledeites Weib. Das ist eine infame, böswillige Unterstellung“, geiferte er völlig außer sich.

Ohne auf die Beleidigung einzugehen, entgegnete Johanna sachlich: „Wir werden das überprüfen. Die Kollegen von der Spurensicherung sind sehr genau bei ihrer Arbeit. Und dass eine Hausdurchsuchung bei Ihnen fällig ist, können Sie sicherlich nachvollziehen, nicht wahr?“

„Nein, das kann ich nicht. Dafür gibt es keinen Grund. Nur weil ich eine alltägliche Redewendung gebraucht habe, kann man mich noch lange nicht eines Giftmordes bezichtigen. Und meine Diamanten gehören mir. Mir, verstehen Sie, mir. Die will ich zurück haben. Sofort.“

„Wenn Sie nachweisen können, dass Sie der rechtmäßige Eigentümer sind, werden sie zu gegebener Zeit retourniert werden.“ Johannas zur Schau gestellte Ruhe stand in krassem Gegensatz zum aufgelösten Hofrat. Langsam, sehr langsam löste sie die Handfesseln.

„Sie können vorläufig gehen, aber den Ort dürfen Sie nicht verlassen“, belehrte sie Naderer.

„Dazu habe ich überhaupt keine Veranlassung“, schnarrte er, „aber meinen Anwalt werde ich benachrichtigen. Und zwar sofort. Darauf können Sie…“ Im letzten Moment verschluckte er den Rest des Satzes und machte sich eiligst aus dem Staub.

„Warum lässt du den so einfach ziehen?“, fragte Alexandra verunsichert.

„Wir können ihm nichts nachweisen. Er ist hier zwar etwas unrechtmäßig eingedrungen, aber das erfüllt noch nicht einmal den Tatbestand eines Einbruchs. Und die Sache mit dem Gift war ein purer Schmäh. Hätte ja sein können, dass er wirklich Dreck am Stecken hat und darauf hereingefallen wäre. Aber beweisen können wir ihm nichts.“

„Und was ist mit deiner Androhung einer Hausdurchsuchung?"

„Glaubst du, dass wir aufgrund einer bloßen hingeworfenen Bemerkung, die jeglicher konkreten Grundlage entbehrt, einen Hausdurchsuchungsbefehl bekommen?"

„Hm, ja, aber…", gab Alexandra zögernd zu.

„Dass mit diesem Naderer etwas nicht stimmt, ist mir auch klar. Aber wir haben nichts konkret in der Hand gegen ihn. Das Einzige, was wir tun können, ist, uns weiter umzuhören und auch ein wenig in seiner Vergangenheit herumzuwühlen. Vielleicht ergibt sich ein Hinweis darauf, wie er zu den Diamanten gekommen ist. Wir müssen herausfinden, welchen Wert diese Dinger haben. Wo hast du sie denn gelassen?"

„Ich dachte, dass sie vorerst am besten in der Aservatenkammer aufgehoben sind", gab Alexandra über den Verbleib Auskunft.

„Okay, das ist gut. Meinst du, du könntest unseren Freund Bruno mit „n" darauf ansetzen, nach dem Wert und möglicherweise auch nach der Herkunft zu forschen?"

„Uiijeh. Ja, weißt du, das ist so eine Sache", meinte die Kriminalinspektorin zaudernd.

„Was?"

„Na, Männer eben. Ich hab dir doch erzählt, wie sauer Bruno war, weil ich selber nochmal in Berlin nach diesem Schönberg geforscht habe. Und er hat mir halt zu verstehen gegeben, dass das absolut unnötig ist. Wenn er nichts herausbekommen hat, dann sollte ich das gefälligst als definitiv akzeptieren. Wenn er jetzt noch erfährt, dass ich um Einiges erfolgreicher war als er, ist Feuer unterm Dach. Da ist der tödlich beleidigt. Das kann ich dir sagen. Kennst du doch. Verletzte männliche Eitelkeit. Gockelgehabe eben."

„Schon, aber hier geht es schließlich nicht um seine persönlichen Animositäten, sondern um knallharte Fakten und Ermittlungsergebnisse."

„Das weißt du, und das weiß ich, aber wenn Bruno nicht will, kannst du dich auf den Kopf stellen."

„Wir werden sehen. Das können wir morgen klären. Die Sache mit den Diamanten läuft uns nicht davon. So. Aber jetzt sollten wir endlich das tun, wozu wir eigentlich hergekommen sind. Wir wollten uns näher über diese Stasi-Behörde informieren", erinnerte Johanna.

„Ach ja, stimmt, das hatte ich schon fast vergessen."

Sofort zog Alexandra den flachen Laptop aus dem Rucksack und platzierte ihn auf dem Schreibtisch, wo auch Schönbergs Computer ohne Festplatte nutzlos herumstand. Das Kabel war noch eingesteckt, sodass sie es nur gegen das ihres Gerätes austauschen musste. Gebannt verfolgten die Kriminalbeamtinnen wenige Minuten später die reichen Informationen, die Alexandra den diversen Dateien entlockte.

„Schau mal, was hier steht." Johanna zeigte auf einige Sätze, die sie in einem der vielen Zeitungsartikel über die Berliner Behörde fanden. „Wissenschaftler und Journalisten beklagen sich über die mangelnde Bereitschaft, Unterlagen herauszugeben. Da hast du mit deinem Beamten vorhin mehr als Glück gehabt."

„Das kann man wohl sagen. Aber wie heißt es so schön: Das Glück gebührt dem beziehungsweise der Tüchtigen", erwiderte Alexandra grinsend. „Hier. Stichwort Rosenholz-Dateien. Was ist das denn? Hast du schon mal davon gehört?"

Sie zog sich einen Sessel heran und stellte das Gerät so, dass auch Johanna bequem mitlesen konnte.

„Mensch, schau mal. 381 Datenträger sind bei denen vorhanden. Ich werde wahnsinnig. Und alle voll mit Angaben über Spione, ihre Deck- und richtigen Namen. Hat die ehemalige DDR eigentlich nur aus Agenten und – wie heißt das – inoffiziellen Mitarbeitern bestanden? Mach dir das mal klar, du hast Freunde, denen du vertraust, mit denen du offen geredet hast, und die haben dich ohne Skrupel verraten und verkauft. Im Grunde konnte ja keiner irgendwem trauen. Nicht mal innerhalb der eigenen Familie."

Alexandra war ziemlich durcheinander. Zwar hatte sie nach der sogenannten Wende von diesen Enthüllungen gehört, aber die wirkliche Tragweite kam ihr erst jetzt zum Bewusstsein. Auch Johanna beschlich ein ungutes Gefühl. Was bescherte ihnen dieser Fall noch alles? Waren sie möglicherweise einer großen Sache auf der Spur, die ihre Zuständigkeit überschritt?

„Hier, schau, selbst Abgeordnete, Politiker in hohen Rängen haben Nachrichten geliefert. Ich glaub es einfach nicht. Mittlere und höhere Chargen hatten ebenfalls mehr oder minder guten Zugang zu geheimen Informationen. Sogar ehemalige Nazis haben mitgemischt. Na ja, wen wundert's."

„Schön und gut, das heißt natürlich nicht gut, aber ob unser Schönberg oder wie immer er hieß, in solch hohe Ränge vorgedrungen ist, ist kaum anzunehmen – oder?", zweifelte Johanna.

„Das vielleicht nicht. Aber wir könnten die Theorie wagen, dass sich jemand von ihm derart bedroht gefühlt hat, dass dieser Jemand ihn ins Jenseits befördert hat. Das würde als Mordmotiv genügen."

„Du vergisst, dass die DDR schon seit mehr als zwanzig Jahren nicht mehr existiert. Und wen sollte Schönberg danach noch ausspioniert haben?", wandte Johanna ein.

„Stimmt auch wieder. Allerdings könnte dieser Jemand ihn aus Rache beseitigt haben, weil Schönberg ihn verraten hat."

„Nach zwanzig Jahren?" Johanna war nicht überzeugt von Alexandras Vermutung.

„Wieso nicht? Das ist im Übrigen noch gar nicht so lange her, dass diese Dateien zugänglich sind. Hier, erst im Jahr 2003 hat sie die CIA rausgerückt."

„Oh Gott, wo sind wir da hineingeraten! Wir müssen schleunigst morgen zurück nach St. Pölten und den Polizeipräsidenten verständigen. Damit können wir nicht hinter dem Berg halten. Das ist eine Nummer zu groß."

„Na geh, lass dich von den paar Neuigkeiten nicht niederbügeln." Alexandras Abenteuerlust war geweckt. „Was haben wir denn schon, womit wir aufwarten könnten? Einen toten Schönberg, der nicht Schönberg war, dafür aber Mitglied bei diesem Club. Mehr nicht."

„Mir genügt's." Johannas Bedarf an Informationen war mehr als gedeckt.

„Komm, wir suchen noch ein bissel weiter. Hier: Es gibt immer noch jede Menge unentdeckter IM's des DDR-Nachrichtendienstes. Das wäre auch möglich. Jemand hat den Schönberg als solchen erkannt. Hm. Ein Teil der Akten fehlt, weil sie eiligst von Stasi-Angehörigen vernichtet worden sind. Laut der Bundesbeauftragten für diese Unterlagen sollen angeblich keine sensationellen Dinge mehr unter Verschluss gehalten werden. Wer's glaubt."

„Warum sollte das nicht so sein? Schließlich hat jeder auf Antrag Zugang zu den Akten. Das hast du selbst gehört. Und glaub doch nicht, dass findige Journalisten sich nicht längst über spektakuläre Fälle hergemacht hätten. Was suchst du eigentlich noch? Wir wissen doch in etwa Bescheid."

Alexandra antwortete nicht, sondern wechselte von einer Datei in die nächste. „Namen von La bis Li fehlen", stellte sie dann fest.

„Wir kennen niemanden von La bis Li."

Johanna wurde ungeduldig.

„Lass uns endlich gehen."

„Ja gleich, nur noch ein bissel suchen. Ich finde das mordsmäßig spannend."

„Deshalb bist du ja auch bei Mordkommission."

„Jajajaja."

„Dreh das Ding jetzt ab und komm. Wir wissen für den Moment genug."

„Finde ich nicht, aber gut. Ich setze nur noch ein paar bookmarks, damit ich alles gleich parat habe", gab Alexandra seufzend nach. „Trotzdem bin ich dagegen, dass wir morgen in der Früh ins Hauptquartier fahren."

„Und weshalb? Außerdem hast du schon eine richtig brachiale Ausdrucksweise angenommen. Hauptquartier! Ich bitte dich."

„Schon gut. Ich finde, wir sollten vorerst hier weitergraben. Hast du diese ominöse Schreder-Liste vergessen? Unser Psycherl, dieser Daniel, sollte sie doch für seinen Vater finden."

„Erstens ist er kein Psycherl, das ist eine reine Vermutung, und zweitens erinnere ich mich sehr wohl daran." Es klang schärfer als es Johanna beabsichtigt hatte.

„Sei nicht gleich so bockig", kritisierte die Kriminalinspektorin genervt. Beide Frauen waren aufgrund der Neuigkeiten, die sie herausgefunden hatten, aber nicht einordnen konnten, nervös. Die wohlbekannte Grantigkeit schlich sich wieder ein. Schweigend packten sie ihre Sachen zusammen und verließen das Haus. Jede spürte die gereizte Stimmung und suchte nach einer passenden neutralen Bemerkung, die das ungute Intermezzo beendete.

Eine Weile gingen sie schweigend nebeneinander her, dann begannen sie gleichzeitig: „Du, ich…"

„Also, ich…"

„T'schuldige, sag du."

„Ich wollte nur sagen, dass ich einen Bärenhunger hab." Das war ein unverfängliches Thema, und zudem war Alexandra wirklich hungrig. „Komm gehen wir zu unserem Stammheurigen."

„Hunger habe ich auch, aber was machen wir, wenn dort unser 15. deutscher Nothelfer sitzt? Ach, das habe ich dir noch gar nicht erzählt. Der hat es fertiggekriegt, von hier aus seinen Assistenten einzuspannen."

„Waaas?"

Johanna berichtete nun von Reinhold Lorenz' gut gemeinten Bemühungen und dessen ausgefallener Idee, seinen Mitarbeiter auf Schönbergs Fährte zu setzen. Alexandra tippte sich mit dem Finger an die Stirn.

„Der spinnt wohl, der hat einen Pascher. Aber egal, wenn er auch beim Sommerbauer sitzt, dann beschütze ich dich. Versprochen!"

Die Chefinspektorin schaute einen Moment verblüfft und brach dann in Lachen aus: „Na, wenn du meinst. Dann fürchte ich mich vor gar nichts mehr, kleiner Tiger."

„Dann komm, kleiner Bär."

Das Eis war endgültig gebrochen, und einträchtig betraten sie das am Abend gut besetzte Heurigenlokal. Reinhold Lorenz war nirgendwo zu entdecken. An die erstaunten Blicke, die sich auf die lädierte Johanna richteten, hatten sie sich inzwischen gewöhnt, und Johanna nahm sie mit stoischer Ruhe zur Kenntnis. Die mitfühlende Anteilnahme von Brigitte und Erwin Sommerbauer versöhnte sie ein wenig mit ihrem farbenfrohen Schicksal. Beide genossen ihr Abendessen und zwei Achtel vom roten Kuss-Cuvée, bevor sie sich für eine weitere Nacht in ihre wenig heimelige Unterkunft bei Frau Blumenthal begaben. Dort allerdings erwartete sie eine Überraschung. Im ausnahmsweise hell erleuchteten Foyer saß auf einem der altgedienten und schon etwas mitgenommenen Sessel Reinhold Lorenz.

„Was machen Sie denn hier? Warten Sie etwa auf uns?" Erstaunter als die beiden Frauen konnte kaum jemand sein.

„Ja, ich wusste nicht, wo ich sie erreichen konnte, und irgendwie hat die Verbindung mit dem Handy nicht geklappt."

„Wahrscheinlich haben Sie die österreichische Vorwahl vergessen", warf Alexandra Jennerwein schnippisch ein.

„Ach so, ja. Da hab ich nicht dran gedacht", gab Kommissar Lorenz unumwunden zu. „Man kann schließlich nicht alles wissen. Aber ich habe Neuigkeiten für Sie."

„So? Und welche?" Die Chefinspektorin zeigte sich nicht sonderlich begierig diese zu erfahren. Sie war müde und alles andere als erbaut, ihren aufdringlichen deutschen Kollegen am späten Abend noch hier anzutreffen.

„Ich habe Ihnen doch erzählt, dass ich Thiele, ich meine meinen Assistenten Matthias Thiele, gebeten habe, ein wenig zu sondieren." Lorenz legte eine spannungsgeladene Pause ein.

„Ich weiß, und wenn Sie heute Nachmittag richtig hingehört haben, dann dürfte Ihnen nicht entgangen sein, dass ich von Ihrer Idee – um es nett zu sagen – nicht sonderlich beglückt war." Johanna spielte unübersehbar mit dem Zimmerschlüssel, um zu signalisieren, dass sie an einer weiteren Unterhaltung nicht interessiert war.

„Ohne Umschweife: Herr Lorenz, wir sind der Meinung, dass Sie das Ganze nichts angeht und Sie sich gefälligst um Ihre eigenen Angelegenheiten kümmern sollten." Alexandras herablassender Zusatz ließ an Deutlichkeit nichts zu wünschen übrig.

„Ich kann Sie ja verstehen", lenkte Lorenz ein. „Ich kann es schließlich auch nicht leiden, wenn sich jemand in meine dienstlichen Belange einmischt..."

„Dann sind wir uns einig", unterbrach ihn Alexandra frostig.

„Einen Augenblick noch, bitte, ich habe wirklich eine Neuigkeit, die Sie interessieren dürfte." Lorenz blieb hartnäckig.

„Schön", nickte Johanna ergeben, „dann werden Sie sie jetzt ganz schnell los, und dann ist es gut. Ja?"

„Thiele, mein Assistent, hat sich auf der Jägermeier-Schiene auf die Suche begeben. Und stellen Sie sich vor: Einen Komponisten diesen Namens gibt es überhaupt nicht und mit hoher Wahrscheinlichkeit auch keinen Musikwissenschaftler namens Schönberg."

Diese Neuigkeit wollte Lorenz erst einmal wirken lassen, doch er wurde herb enttäuscht.

„Soso? Ehrlich? So weit sind wir schon lange, lieber Herr Lorenz. Halten Sie uns eigentlich für total blöd?" Alexandra funkelte ihn böse an.

„Tja, das war's dann wohl", bemerkte die Chefinspektorin spöttisch und betrat die erste Stufe auf der schmalen Stiege.

„Moment, das ist noch nicht alles. Ich konnte ja nicht ahnen, dass Sie das schon wissen. Aber Thiele hat noch mehr herausgefunden."

„Auf der sogenannten Jägermeier-Schiene?"

„Sie werden es nicht glauben, genau dort. Er hat nachgeforscht, wie die Jägermeier-Legende überhaupt zustande gekommen ist. Und da ist er auf den Namen eines gewissen Egon Büttner gestoßen, der eine Biografie über diesen fiktiven Jägermeier verfasst hat. Zuerst dachte Thiele, dieser Büttner sei ebenfalls ein reines Phantom, aber dem ist nicht so. Der hat in einem obskuren Leipziger Verlag dieses Buch vor längerer Zeit veröffentlicht. Über das – Moment – wie hieß das gleich?" Lorenz zog sein Notizbuch heraus. „Richtig, hier. ZVAB. Zentrales Verzeichnis antiquarischer Bücher. Dieses Buch existiert noch in einem Exemplar in einem Antiquariat. Wo das war, habe ich mir in der Eile nicht notiert, aber das werde ich morgen klären. Büttner und Schönberg könnten eventuell ein und dieselbe Person sein."

Die Lorenz'sche Begeisterung über diese Information teilten die Beamtinnen nicht. Was sollten sie mit diesem Hinweis anfangen? Johanna Grasel sprach das auch sehr deutlich aus.

„Wer sagt uns denn, dass Büttner nicht auch ein Pseudonym ist? Und woraus sollen wir schließen, dass Büttner und Schönberg ident sind? Das ist alles mehr als vage. Das müssen Sie zugeben."

„Bis hierher haben Sie recht." Lorenz stellte sich in Positur. „Aber mein guter Thiele hat sich damit nicht zufriedengegeben. Wie er das mit dem Computer genau anstellt, wird mir ein ewiges Rätsel bleiben. Jedenfalls hat er wegen des Hinweises auf den Leipziger Verlag in allen möglichen Dateien herumgesucht. Und jetzt raten Sie mal, was er gefunden hat?"

„Machen Sie's nicht so spannend. Wir sind müde und müssen morgen früh raus. Wir haben schließlich keine Ferien so wie Sie." Alexandra versuchte, ihn ihre Neugier nicht merken zu lassen.

„Das sehe ich ein. Also, mein Thiele hat unter dem Stichwort Leipzig alle möglichen Anhaltspunkte abgeklappert. Und siehe da, er ist fündig geworden. Da gab es nämlich einen SED-Funktionär namens Egon Büttner, der auf dem Foto bei irgendeiner Veranstaltung abgebildet ist."

Die beiden Frauen warteten wortlos ab, sodass Lorenz seine Kunstpause, die er eingelegt hatte, selbst abbrechen musste.

„Ja, und mein guter Thiele ist sich absolut sicher, dass Schönberg und Büttner ein und dieselbe Person sind. Was sagen Sie jetzt?"

„Nichts", entgegnete Johanna ohne jede Begeisterung. „Erstens muss das Foto Jahrzehnte alt sein, das heißt, es kann nur eine vage Ähnlichkeit vermutet werden. Zweitens würde uns dieses Wissen, wenn es denn gesichert wäre, für die Aufklärung des Falles auch nicht weiterhelfen. Sollen wir den Mörder etwa in Leipzig suchen, oder wie stellen Sie sich das vor?"

Lorenz schaute Johanna Grasel, der bis eben seine vorbehaltlose Verehrung gegolten hatte, tief enttäuscht an. Ihm wurde die Kälte, die sie ihm gegenüber an den Tag legte, zum ersten Mal richtig bewusst. Da hatte er schon mal eine Frau gefunden, die ihm gefiel, und sofort musste er alle Hoffnungen auf ein wenig Gegenliebe begraben.

„Das war's dann, Herr Lorenz?", fragte Johanna in seinen düsteren Gedankengang hinein. „Vielen Dank für all Ihre Bemühungen. Einen schönen Gruß auch an Ihren Assistenten. Aber wir lösen unseren Fall allein. Auch wenn ihr Deutschen uns Österreicher vielleicht für Hinterwäldler haltet. Einiges funktioniert bei uns nämlich ganz gut. Glauben Sie es mir. Eine gute Nacht wünsche ich Ihnen."

Damit nahm sie Alexandra am Arm, und beide gingen, ohne sich nochmals umzudrehen, hinauf in ihr Zimmer.

„Dem hast du es aber ganz schön gegeben", meinte Alexandra, nachdem sie die Tür geschlossen hatte.

„Ach, im Grunde wollte ich gar nicht so impertinent sein, aber bei dem habe ich laufend das Gefühl, dass sein Helfersyndrom daraus resultiert, dass er mit uns armen Frauen Erbarmen hat, weil wir unseren Job ohne männliche Hilfe bestimmt nicht schaffen würden."

„Ich glaube, da tust du ihm Unrecht. Der ist schlicht verknallt in dich. Eigentlich solltest du Mitleid mit ihm haben."

„Das sagst ausgerechnet du?"

„Komm, lassen wir das. Meinst du, dass an der Geschichte mit diesem Egon Büttner was dran sein könnte? Einige Fakten würden passen. Leipzig, DDR, Funktionär. SED. Da hätten wir unseren Anknüpfungspunkt."

„Und woran? Es wäre zwar gut, wenn wir definitiv wüssten, wer sich hinter der Schönberg-Maske verborgen hat, nur bringt uns das im Endeffekt nicht viel weiter. Der Mörder läuft nach wie vor frei herum, ohne dass wir die geringste Ahnung haben, wer es sein könnte. Mir ist höchst mulmig bei der ganzen Sache. Morgen fahren wir erstmal in unsere Dienststelle und berichten offiziell."

„Wenn's dir dann besser geht, meinetwegen. Gehen wir schlafen."

Du hast es gut, dachte Johanna, du drehst dich zur Seite und bist weg, mir drehen sich die Gedanken im Kopf und lassen mich nicht zur Ruhe kommen.

Doch dieses Mal irrte sie sich. Nach einer ganzen Weile fragte Alexandra leise: „Schläfst du schon?"

„Nein. Warum schläfst du denn noch nicht?"

„Weil ich mir eben überlegt habe, dass dieser Rechtsanwalt bestimmt etwas weiß. Das ist ein gewiefter Hund, der hat sich von Schönberg nicht hinters Licht führen lassen. Da könnte ich Stein und Bein schwören. Ist doch egal, wann wir morgen ins Büro fahren. Ich würde dem vorher gern auf den Zahn fühlen. Was hältst du davon?"

„Hm. Da ist was dran. Und ob wir uns das Donnerwetter unseres obersten Chefs eine Stunde früher oder später anhören, ist auch schon egal. Versuchen wir's morgen in der Früh gleich bei Schreder."

Zufrieden drehte sich Alexandra mit einem „na dann, endgültig gute Nacht" um und war wenige Augenblicke später auch schon fest eingeschlafen.

Kommissar Lorenz war weniger mit sich im Reinen. Genau gesagt: Er haderte heftig mit sich und dem Schicksal. Bei der Frau, die er verehrte, stellte er sich an wie der letzte Mensch und tat genau das, was er selbst auf den Tod nicht leiden konnte. Warum nur hatte er sich derart in die Aufklärung des Mordfalls eingemischt! Es hätte genügt, wenn er hin und wieder freundliches Interesse bekundet hätte. Und was machte er? Er ließ seine österreichische Kollegin überdeutlich spüren, dass er sie für unfähig hielt, obwohl er gerade das am Wenigsten beabsichtigte. ‚Prima, Lorenz. Hast du toll hingekriegt.' Er hatte keine Ahnung, wie und ob er sich noch einmal in die Nähe von Johanna Grasel trauen konnte. Eigentlich wollte er sich ja Wien anschauen. Und viele Sehenswürdigkeiten hatte er noch nicht einmal aus der Ferne gesehen, weil er die letzten beiden Tage ausnahmslos in Perchtoldsdorf verbracht hatte. Sein Urlaub war bald vorbei. Wie sollte er sich nur verhalten? Er konnte nicht einmal jemanden um Rat fragen. Oder vielleicht doch? Seine Pensionswirtin, Frau Maier? ‚Jetzt bist du komplett übergeschnappt, Lorenz', schalt er sich gleich darauf. ‚Wenn ich der gegenüber nur ein einziges Wort fallen lasse, weiß es morgen ganz Perchtoldsdorf.' Oder Thiele? Weshalb war der eigentlich vorhin derart kurz angebunden gewesen am Telefon? Der ist doch sonst nicht so. Ob er Zoff mit seiner Freundin hatte? Die Denkübungen des Reinhold Lorenz führten zu nichts, außer zur Einsicht, dass das Leben ohne Gefühle und ohne komplizierte Liebesdinge so einfach sein könnte. Aber wohl auch sehr fad!

17

Als die Beamtinnen sich am nächsten Morgen auf den Weg zu Rechtsanwalt Schreder machen wollten, kam ihnen Bezirksinspektor Czerny entgegen.

„Gut, dass ich Sie treffe", grüßte er freundlich. „Ich habe ein bissel ein schlechtes Gewissen", erklärte er mit schiefem Lächeln.

„Sie? Weshalb sollten Sie uns gegenüber ein schlechtes Gewissen haben? Wegen unserer Unterkunft?"

„Wieso? Stimmt damit etwas nicht? Nein, weil ich Sie so ganz ohne Unterstützung gelassen habe. Ich hätte mich schon längst erkundigen sollen, ob Sie Hilfe brauchen."

„Machen Sie sich keine Gedanken. Dann hätten wir uns gemeldet. Wir wissen, wo wir Sie finden können", beruhigte Alexandra Jennerwein und enthielt sich mühsam einer Kritik am Hotel Blumenthal, da Horst Czerny offenbar mit den wenig komfortablen Übernachtungsgegebenheiten nicht vertraut war.

„Sind Sie denn schon zu Ergebnissen in Ihren Ermittlungen gekommen?", wollte Czerny wissen und schaute die St. Pöltener Kolleginnen aufmerksam an. ‚Ach, daher weht der Wind', dachten sich die beiden Frauen. ‚Er ist schlicht neugierig.'

„Wir sind auf einem guten Weg", antwortete Johanna Grasel ausweichend.

„Ja, da schau her. Darf man fragen, was sich konkret ergeben hat?" Die Fragezeichen in Czernys Augen sprangen einen förmlich an.

„Wir fahren nachher sowieso nach St. Pölten, und vorher kommen wir noch auf einen Sprung bei Ihnen vorbei." Mit dieser vagen Auskunft musste sich der Bezirksinspektor vorläufig zufriedengeben.

„Willst du wirklich noch einmal dahin gehen?", fragte Alexandra verblüfft. „Was willst du denn noch von denen?"

„Keine Sorge, das habe ich bestimmt nicht vor, aber wie hätten wir den guten Czerny sonst los werden können. Oh, Gott, der schon wieder!"

Der letzte Stoßseufzer galt dem Anblick des eben eilig die Straße überquerenden Kommissar Lorenz.

„Gut, dass ich Sie noch einmal treffe“, keuchte er. ‚Das haben wir gerade eben schon einmal gehört‘, dachte Johanna. ‚Wie eingeschränkt die Sprache manchmal ist.‘

„Was ist denn noch?“ Sie riss sich, eingedenk der Tatsache, dass der Kommissar im Grunde kein übler Zeitgenosse war, sondern nur ziemlich ungeschickt, zusammen und zwang sich zu einem Lächeln.

„Ich wollte mich bei Ihnen entschuldigen für meine Aufdringlichkeit. Ich weiß, wie lästig das sein kann.“ Lorenz fühlte sich wie ein Schuljunge, der eine große Dummheit eingestehen musste.

„Ist okay. Wir haben unsere claims abgesteckt, nicht wahr?“

„Ich werde Ihnen bestimmt nicht noch einmal in die Quere kommen“, versprach Lorenz. „Aber falls ich Ihnen doch irgendwie helfen kann, lassen Sie es mich bitte wissen. So, und nun fahre ich in die Stadt hinein. Ich habe schließlich noch ein reichhaltiges Besichtigungsprogramm vor mir.“

„Dann viel Spaß und auf Wiedersehen.“

Noch bevor Reinhold Lorenz sich ebenfalls verabschieden konnte, setzten Johanna Grasel und Alexandra Jennerwein bereits ihren Weg fort.

„Eigentlich ist er gar nicht sooo übel“, bekundete Alexandra ihre Sympathie für Reinhold Lorenz.

„Was ist? Willst du ihn mir schon wieder schmackhaft machen? Gestern Abend hast du bereits in dieses Horn geblasen“, wehrte sich Johanna.

„Überhaupt nicht. Es ist nur, weil…“ Eine weitere Begründung unterblieb, denn Frau Sternleitner flatterte ihnen wie ein aufgescheuchtes Huhn entgegen.

„Heute bleibt uns aber auch gar nichts erspart“, stöhnte Johanna.

„Ich hab grad etwas erfahren, was Sie bestimmt noch nicht wissen“, rief Frau Sternleitner in höchster Lautstärke aus mehreren Metern Entfernung.

„Das wollen Sie uns auch nicht vorenthalten, wie ich vermute.“ Alexandras spitze Bemerkung ließ keinen Zweifel, welchen Informationswert sie der Sternleitner'schen Neuigkeit beimaß.

„Meine Güte. Sie brauchen gar nicht so grantig zu sein. Da hilft man, wo man kann und wird noch dumm angemacht. Ich kann auch schweigen."

„Wie Sie mögen..." Johanna war sich vollkommen sicher, dass ihre gleichgültige Antwort das Sternleitner'sche Mitteilungsbedürfnis eher noch anheizte. Zwar war an deren Miene deutliche Missbilligung abzulesen, aber mit ihrer Neuigkeit hinter dem Berg zu halten, schaffte sie nicht.

„Ich bin ja nicht so. Wie gesagt, man hilft, wo man kann." Pause. Dann sprudelte sie los: „Ich hab es grad gehört. Dieser Schönberg war in Wirklichkeit ein ganz Anderer."

Jetzt waren die Kriminalbeamtinnen für einen Moment sprachlos. Sie hatten, außer mit Kommissar Lorenz, mit niemandem über diesen Tatbestand gesprochen. Sollte er etwa...? Aber das trauten sie ihm denn doch nicht zu. Johanna fragte schnell. „Wie meinen Sie das, und woher nehmen Sie diese Weisheit?"

„Ja, da staunen Sie!"

„Nein, aber sagen Sie es uns trotzdem."

„Vorhin habe ich am Heldenplatz den Herrn Hofrat Naderer getroffen. Ein vornehmer Mensch. Und der hat mir sein Leid geklagt, dass in seiner Straße jetzt noch mehr Unruhe herrscht als früher, als dieser Schönberg noch gelebt hat. Sie wissen vielleicht, dass er genau gegenüber von dessen Villa wohnt."

Wieder verstummte sie bedeutungsschwer. Die Beamtinnen schafften es jedoch trotz höchster Anspannung, sich teilnahmslos zu geben. Alexandra begann sogar desinteressiert mit dem rechten Fuß imaginäre Kreise auf dem Gehweg zu ziehen.

„Natürlich wissen Sie das. Der Herr Hofrat hat mir ja erzählt, dass Sie ihn sekkiert haben. Und..." Frau Sternleitner stemmte nun beide Arme in die Hüften, „und das, obwohl er mit der ganzen Sache nichts zu tun hat. Und obwohl dieser Schönberg ein so übler Mensch war! Dem sollten Sie nämlich mal nachgehen."

Nun fragte die Chefinspektorin doch sanft nach: „Das hat Ihnen Herr Naderer erzählt?"

„Es ist ihm halt in seinem Ärger und seiner Wut so rausgerutscht. Heuchler und Betrüger hat er ihn genannt. Gleich darauf hätte er es – glaube ich – gern ungesagt gemacht. Er ist ein so vornehmer Mensch. Hat ganz schnell abgelenkt. Und als ich noch einmal gefragt habe, hat er gemeint, ich hätte ihn total verkehrt verstanden. Aber ich hab immer so etwas geahnt. Dieser Schönberg war mir nie geheuer." Dann setzte sie noch hinzu: „Und der arme Herr Hofrat ist von diesem Menschen ganz sicher bedroht worden."

„Wissen Sie, was Sie da sagen? Sie verdächtigen eben Herrn Naderer des Mordes an Professor Schönberg, weil er sich bedroht fühlte." Johanna Grasel wusste genau, dass Frau Sternleitner es so nicht gemeint hatte und rief bei ihr augenblicklich blankes Entsetzen hervor.

„Oh Gott, nein. Das doch nicht. Ganz im Gegenteil. Ich wollte den Herrn Hofrat nur… Ich wollte nur sagen, dass der arme Herr Hofrat Ihnen gegenüber bestimmt sehr zurückhaltend ist und sich nicht darüber äußern mag, wie dieser Schönberg – über einen Toten redet man schließlich nicht schlecht – sich aufgeführt hat. Der Lärm und die Besuche und das alles." Frau Sternleitner war scheint's umfassend informiert.

„Beruhigen Sie sich, wir wissen genau, was wir tun. Gibt es sonst noch etwas, was Sie uns mitteilen möchten?"

„Das war wohl genug. Ich serviere Ihnen eine heiße Spur auf dem Silbertablett, indem ich Ihnen sage, dass Schönberg ein Verbrecher war, und Sie…, Sie lässt das völlig kalt. Da kann man wieder einmal sehen!"

Die Erklärung, was man wieder einmal sehen konnte, blieb Frau Sternleitner schuldig, denn sie rauschte beleidigt davon – sicherlich um die nächste Möglichkeit zu nutzen, ihre Neuigkeiten bei jemandem los zu werden, der hierfür mehr Interesse aufzubringen bereit war.

„Im ersten Moment habe ich gedacht, sie will uns erklären, dass Schönberg gar nicht Schönberg war", kommentierte Alexandra den Sternleitner'schen Auftritt.

„Mir ging es genau so."

„Dass du ihr untergeschoben hast, sie würde Naderer des Mordes an Schönberg beschuldigen, war schon hart", grinste Alexandra.

„Na und? Strafe muss sein. Hoffentlich hat sie einen gehörigen Schrecken bekommen und ist zukünftig mit ihren Worten etwas vorsichtiger."

„Meinst du?" Alexandra war nicht überzeugt.

Nach diesen diversen Verzögerungen waren sie endlich vor Schreders Villa in der Werfelgasse angekommen. Wieder öffnete Richard Gerstner.

„Ich glaube kaum, dass Herr Rechtsanwalt Schreder Zeit für Sie erübrigen kann", erklärte er hochtrabend, noch bevor eine der Frauen auch nur ein einziges Wort sagen konnte.

„Guten Morgen", erwiderte Johanna Grasel so freundlich, wie es ihr bei dieser wenig freundlichen Begrüßung möglich war. „Herr Schreder wird wohl etwas Zeit erübrigen müssen. Ansonsten lade ich ihn zur Einvernahme ins Landeskriminalamt nach St. Pölten vor."

„Warten Sie hier." Gerstner wollte die Eingangstür schließen, was aber wieder einmal durch Alexandras Stiefelspitze verhindert wurde. Hinterhältig kicherte sie: „Sie können uns gern ins Vorzimmer bitten."

Einen Moment zögerte Gerstner, dann gab er nach und ließ sie herein.

„Sie warten hier", befahl er streng, was jedoch wenig Eindruck auf die beiden machte, denn sie blieben Gerstner dicht auf den Fersen. Das merkte er jedoch erst, als er Schreders Arbeitszimmer betrat.

„Bist du verrückt geworden, die hier herein zu lassen?", fuhr der Jurist ihn an.

Gerstner drehte sich erschrocken um und stammelte: „Entschuldigen Sie bitte, ich habe…, ich bin…, die Damen sind…" Er verbeugte sich mehrmals hintereinander demütig vor Schreder. Offenbar war er dessen Willkür hilflos ausgeliefert.

„Was wollen Sie schon wieder?", herrschte der Anwalt Johanna Grasel und ihre Mitarbeiterin an.

„Was wohl?", entgegnete Alexandra unhöflich.

„Wir haben einige neue Erkenntnisse, Herr Schreder", erklärte die Chefinspektorin verbindlich, „und in diesem Zusammenhang ergeben sich natürlich Fragen – auch und insbesondere an Sie."

„So, neue Erkenntnisse haben Sie. Sieh mal einer an. Was Sie nicht sagen", höhnte Schreder. Die Chefinspektorin ignorierte dessen Blasiertheit und setzte ihre Befragung ganz bewusst um eine Spur verbindlicher fort.

„Sie waren – wenn ich es richtig sehe – Schönbergs bester Freund und auch sein Berater. Da dürften Sie wohl auch in seine persönlichen Belange eingeweiht gewesen sein."

„Was meinen Sie damit?"

Schreder lehnte sich in seinem breiten Ledersessel weit zurück und verschränkte die Arme vor dem Körper. Johanna Grasel, die auf der anderen Seite des Schreibtisches stand, blieb ihm die Antwort nicht lange schuldig: „Nun, beispielsweise dürften Sie als Rechtsanwalt sehr wohl gewusst haben, dass es gar keine Jägermeier-Stiftung gibt. Das geht wohl eindeutig in Richtung Urkundenfälschung – oder? Trotzdem haben Sie und Schönberg der ahnungslosen Frau Raender-Gramme damit das Geld aus der Tasche gezogen."

„Ach ja?" In Schreders Antwort schwang eine Spur Unsicherheit mit, doch er fing sich sofort wieder. „Was, bitte, habe ich damit zu tun, wenn Frau Raender-Gramme ihrem damaligen Ehemann Geld überlassen hat?"

„Sie hat es deshalb getan, weil Sie und Schönberg ihr hohe Rückläufe aus ihrer Einlage versprochen haben."

„Hat sie Ihnen das gesagt? Da schau her. Ich habe nichts versprochen, und was die beiden unter sich ausgemacht haben, geht mich nichts an. Und diese sogenannte Stiftung ist, wie Sie sehr richtig sagen, nirgendwo urkundlich hinterlegt. Das heißt, dass es auch keine Fälschung ist. Ein kleiner Faschingsscherz. Wenn sich der gute Christoph damit an seiner Frau bereichert hat, wird er seinen Grund gehabt haben. Mich geht das jedenfalls rein gar nichts an." Schreder war aalglatt und äußerst wachsam. „Wissen Sie, selbst unter Freunden hält sich das Interesse an rein Privatem in Grenzen", setzte er hinzu.

„Das glaube ich Ihnen gern", übernahm Johanna den beinahe gefälligen Tonfall, veränderte aber gleichzeitig ihre Position, indem sie zwei Schritte zur Seite trat und Schreder somit zwang, ihr mit einer Drehung des Kopfes zu folgen. „Nur – wie weit geht das rein Private? Sicherlich nicht so weit, dass Sie die wahre Identität des Christoph Schönberg nicht kannten. Schließlich hat er einige Zeit sogar in Ihrem Haus gewohnt, bevor er sich eine eigene Villa gekauft hat." Diese Pfeile trafen Schreder völlig unvorbereitet, er wurde blass und glotzte die Chefinspektorin mit weit aufgerissenen Augen an. Johanna Grasel nutzte den Schock und spielte einen weiteren Trumpf aus. „Kannten Sie Schönberg – belassen wir es vorerst der Einfachheit halber bei diesem Namen – schon aus seiner Zeit in der früheren DDR?"

Hinter der gerunzelten Stirn des Rechtsanwalts jagten sich die Gedanken. Er war in höchster Alarmbereitschaft. Vermutlich konnte er sich nur schwer verzeihen, dass er die Kriminalbeamtinnen unterschätzt hatte und rettete sich in beißenden Zynismus: „Sieh einer an. Die Damen sind nur halb so unfähig wie ich dachte."

Alexandra Jennerwein wäre ihm am liebsten an die Kehle gesprungen, ihre Vorgesetzte aber blieb wieder einmal völlig ruhig.

„Danke für das Kompliment. Würden Sie bitte meine Frage beantworten."

„Nein, wir haben uns erst hier kennengelernt", behauptete Schreder.

„Und wann haben Sie herausgefunden, dass Schönberg ein so genannter Inoffizieller Mitarbeiter des Staatssicherheitsdienstes war, nämlich IM Raum und Zeit?"

Schreder hatte sich nun wieder völlig in der Hand, war auf alles gefasst und verlegte sich auf die Strategie, sich so weit kooperativ zu zeigen, dass ihm selbst kein Nachteil entstand.

„Verehrte Frau Chefinspektorin, wir sind alle nur Menschen. Selbst jene, die in ihrem Leben vielleicht nicht immer richtig gehandelt haben, darf man nicht verurteilen."

„Ich brauche keine leeren Floskeln und Worthülsen, sondern konkrete Angaben. Wenn das nicht möglich ist, dann werde ich Sie zur Einvernahme ins Landeskriminalamt bringen lassen." Auch Johannas Geduld war nicht unerschöpflich, doch im gleichen Moment wurde ihr klar, dass ihr mit dieser Wendung ein Fehler unterlaufen war.

„Keine leeren Drohungen, bitte. So etwas zieht bei mir nicht. Bedenken Sie, wen Sie vor sich haben. Außerdem bin ich durchaus bereit, zu sagen, was ich weiß."

„Darauf warten wir – aber nicht ewig", mischte sich Alexandra ein.

„Die Damen sind ungeduldig? Na ja, man kann's verstehen. Hin und wieder ein Erfolgserlebnis versüßt das Leben. Nicht wahr, Richard, das weißt du auch?"

Richard Gerstner war die ganze Zeit über stocksteif vor der Bücherwand stehen geblieben, und man sah ihm deutlich die Verwirrung an, in die ihn dieses Katz- und Maus-Spiel gestürzt hatte. Eine Antwort auf die herablassende Bemerkung blieb er schuldig.

Schreder hatte sich zwischenzeitlich aus seinem bequemen Ledersessel erhoben, um nicht länger zu den Beamtinnen, denen er keinen Stuhl angeboten hatte, aufschauen zu müssen. Umständlich zündete er sich eine Zigarette an. Johanna und Alexandra teilten in dieser Sekunde das Bedürfnis, diesem widerlichen Typen den Hals umzudrehen.

„Wie ich schon sagte", nahm Schreder seine Ausführungen wieder auf, „auch wenn Christoph in seinem Leben eventuell Fehler gemacht haben sollte, darf man nicht den Stab über ihn brechen. Wer von uns ohne Fehl ist, der werfe den ersten Stein", tönte er pathetisch.

„Mein lieber Herr Schreder. Ich wäre sehr dankbar, wenn Sie endlich zur Sache kämen und meine Frage beantworten würden. Wann haben Sie erfahren, wer Schönberg in Wahrheit ist?"

„Ich bin nicht Ihr lieber Herr Schreder", wurde sie scharf zurecht gewiesen. „Wann das war, weiß ich nicht mehr. Ich habe es nicht in meinem Kalender eingetragen. Was ist daran eigentlich so bemerkenswert?"

„Beispielsweise die Tatsache, dass Sie dadurch in die Lage versetzt worden wären, Schönberg zu erpressen."

„Vorsicht, meine Dame. Keine unhaltbaren Anschuldigungen. Das könnten Sie bitter bereuen." Schreder war mit allen Wassern gewaschen. Allerdings neigte auch seine Geduld sich ihrem Ende zu, und er verlor wohl die Lust, sich noch weiterhin im Ungefähren zu bewegen. Deshalb fuhr er sachlich und ohne jeden Schnörkel fort: „Ich wusste von Christophs Vergangenheit, und ich habe keinerlei Nutzen daraus gezogen. Wie auch? Ich habe ihn beraten, aber nur beraten. Freundschaftlich. Was er daraus gemacht hat, dafür bin ich nicht verantwortlich. Und wenn er die komplizierte Sache mit dieser Stiftung, von der ich ihm – unter uns gesagt – abgeraten habe, völlig verkehrt verstanden hat, kann ich es nicht ändern." Eine derartige Kaltblütigkeit war

Johanna Grasel in ihrer beruflichen Laufbahn selten begegnet. Da hatte einer krumme Dinge gedreht, dass sich die Balken bogen, und trotz allem konnte er sich völlig unbeschadet aus der Affäre ziehen.

„Hat Schönberg Sie an den – sagen wir – Einnahmen beteiligt?"

„An welchen Einnahmen?"

„Frau Raender-Gramme."

„Ach, das meinen Sie. Natürlich nicht. Reine Privatsache zwischen Eheleuten, wie bereits erwähnt."

„Aber an den Einnahmen, die aus den Erpressungen jener Leute geflossen sind, die auf Ihrer Liste aufgeführt waren, doch schon", mischte sich Alexandra plötzlich ein. Wie beiläufig hatte sie diesen Vorwurf erhoben. Schreder geriet dadurch noch einmal aus dem Konzept. Die Zigarette fiel ihm aus der Hand und landete auf dem teuren Teppich, ohne dass er es bemerkte. Auch Johanna war perplex. Dieser Coup war ihrer Mitarbeiterin gelungen, darauf wäre sie nicht gekommen. Anerkennend schaute sie Alexandra an, nur an ihren Augenwinkeln konnte man ein kaum merkliches Lächeln erkennen.

„Wawas für eine Liste meinen Sie? Ich kenne keine Liste." Zum ersten Mal war Schreder nicht in der Lage, auf Anhieb sein Pokerface aufzusetzen.

„Meine Kollegin meint die Liste im blauen Schnellhefter", griff Johanna das Stichwort sofort auf, als wäre auch dieser Punkt zwischen ihnen abgesprochen worden.

„Hirngespinste, nichts als Hirngespinste", schrie Schreder außer sich. Seine Stimme überschlug sich beinahe. „Ich weiß von keinem blauen Schnellhefter."

„Aber klar doch", tönte es da von der Tür her. „Du hast mir doch befohlen, ihn in Schönbergs Villa zu suchen. Oh, meine lieben Damen sind wieder da." Daniel Schreder wagte sich langsam ein wenig näher und nickte den Besucherinnen kurz und unsicher grinsend zu.

„Erinnerst du dich nicht mehr, mein lieber Herr Vater? Das kannst du doch nicht vergessen haben."

„Du Idiot. Du bist so blöd wie zwei Meter ungeteerter Feldweg! Misch dich nicht in Dinge, die dich nichts angehen. Verschwinde. Dir werde ich noch etwas erzählen. Darauf kannst du dich verlassen."

Um die anwaltliche Beherrschung war es endgültig geschehen.

„Weshalb drohen Sie Ihrem Sohn? Schließlich hat er in Ihrem Auftrag gehandelt. Und er konnte schließlich nicht wissen, dass wir zu diesem Zeitpunkt auch gerade dort waren, als Sie ihn hingeschickt haben."

Die Ruhe der Chefinspektorin gab einen seltsamem Kontrast ab zu dem vor Wut beinahe berstenden Schreder, der mit geballten Fäusten und hochrotem Gesicht bebend mitten im Raum stand.

„Merken Sie jetzt, dass ich Ihnen die Wahrheit über ihn gesagt habe?", wagte Daniel noch zu sagen, bevor er schleunigst die Flucht ergriff.

„Was hat er Ihnen gesagt? Was?", fuhr Schreder die Beamtinnen an.

„Das tut im Augenblick nichts zur Sache. Die Liste, Herr Schreder, die Liste", erinnerte sie dann behutsam.

„Na schön. Schließlich habe ich nichts Unrechtes getan. Christoph hat mir schon früher eine Aufstellung ehemaliger Kollegen anvertraut, damit sie nicht in falsche Hände gerät. Und das sollte auch mit den anderen noch vorhandenen Unterlagen geschehen. Es gibt viele üble Menschen, die Nutzen aus so etwas ziehen wollen. Man kann nicht vorsichtig genug sein."

Alexandra machte große Augen. So also konnte man einen Sachverhalt auch darstellen: Spitzel wurden ganz einfach verharmlosend als ‚ehemalige Kollegen' bezeichnet. Es war schier nicht zu glauben!

„Was haben Sie mit dieser Liste gemacht, und weshalb wollten Sie sie unbedingt zurück haben? Was ist Ihnen daran so wichtig, dass Sie Ihren Sohn gezwungen haben, bei Nacht und Nebel in Schönbergs Haus einzubrechen?"

„Das habe ich Ihnen eben auseinandergesetzt. Sie müssen schon zuhören, meine Dame. Oder geht das über Ihren Horizont? Außerdem schießen Sie wirklich übers Ziel hinaus. Bei Nacht und Nebel. Ich höre wohl nicht richtig. Ich habe meinen Sohn Daniel gebeten, hinüberzugehen und mir die Liste zu bringen. Ein Einbruch liegt hier nicht vor, weil ich ihm den Hausschlüssel mitgegeben habe, wie Sie wohl bemerkt haben. Und was heißt ‚gezwungen'? Ist es Zwang, wenn man seinen Sohn um etwas bittet, wozu man selbst gerade keine Zeit hat? Der Bengel gammelt den ganzen Tag herum, da wird er wohl mal einige Minuten opfern können, um seinem Vater einen kleinen Weg abzunehmen.“

Chef- und Kriminalinspektorin sahen den Rechtsanwalt einigermaßen ratlos an. Er war so abgebrüht, dass er alle Anschuldigungen und Verdächtigungen gekonnt abschmetterte. Jeder Versuch, ihn zu fassen, lief ins Leere. Johanna Grasel gab sich die allergrößte Mühe, nicht ausfallend zu werden. Alexandra fiel das noch schwerer.

Schreder merkte, dass er wieder Oberwasser hatte und setzte sein hämisches Grinsen auf. „Ist noch was? Sonst würde ich gern meine Arbeit fortsetzen?“

‚Welche Arbeit denn, du Schwein', dachte Alexandra. ‚Ich fresse einen Besen samt Stiel, wenn dein Broterwerb nicht in Erpressungen größten Ausmaßes an den sogenannten ehemaligen Kollegen bestanden hat.' Diese Vermutung behielt sie wohlweislich für sich, weil sie sich lebhaft ausmalen konnte, dass auch dieser Verdacht durch Schreders Argumentationskunst in der Luft zerrissen wurde.

„Eine Frage hätte ich noch. Nicht an Sie, wenn Sie erlauben, Herr Schreder.“ So leicht ließ sich Johanna Grasel nicht abwimmeln. Sie wandte sich an Richard Gerstner. „Wie viel haben Sie von der ganzen Sache gewusst?“

„Nichts. Es gibt keine Sache, und deshalb weiß er auch von nichts“, antwortete Schreder statt seiner.

„Gut, dann frage ich direkt. Herr Gerstner, wussten Sie, dass Schönberg ein ehemaliger DDR-Spitzel war?“

„Eine allerletzte Frage wollten Sie noch stellen. Und das haben Sie bereits getan. Verlassen Sie mein Haus. Und das augenblicklich“, begehrte Schreder auf.

„Gut. Würden Sie dann bitte mitkommen, Herr Gerstner. Ich kann Sie gern auf der Straße befragen, wenn uns der Herr Anwalt nicht mehr in seinem Haus haben will.“ Johanna Grasel tat alles, um zu signalisieren, dass sie die Ruhe in Person war, wobei in Wahrheit genau das Gegenteil zutraf. Bevor Schreder riskierte, nicht mehr in den Dialog mit Gerstner eingreifen zu können, gab er klein bei: „Also, meinetwegen, sag ihnen halt, dass du keinerlei Zugang zu meinen Privatangelegenheiten hast, Richard.“

Die Chefinspektorin ignorierte diesen Einwurf und fragte ungerührt weiter: „Herr Gerstner, Sie haben meine Frage gehört. Antworten Sie bitte."

Völlig verunsichert und verängstigt schaute Gerstner zu Schreder hinüber, der ihn mit einem derart drohenden Blick bedachte, dass der junge Mann in panischer Angst unwillkürlich den Kopf einzog, als fürchte er sich vor Schlägen.

„Ich warte", versetzte Johanna Grasel gereizt und trat zwei Schritte zur Seite, sodass sie Schreder die Sicht auf seinen Untergebenen verstellte.

„Ja, ja, nein, ja, ich weiß nicht. Es ist…, was soll ich sagen", stotterte Gerstner hilflos.

„Am besten die Wahrheit", riet ihm Alexandra mitleidlos.

„Das ist nicht so einfach, das hängt alles so zusammen. Ich habe da auch keinen rechten Zugang. Einblick, meine ich."

„Geht es etwas weniger kryptisch? Was hängt wie zusammen?" Johanna war sich nicht sicher, ob Gerstner wirklich der übertölpelte Unschuldige war oder nur ein raffiniertes Ablenkungsmanöver inszenierte, um weiteren Fragen aus dem Weg zu gehen.

„Es ist so, dass… Ich weiß doch nichts…"

„Sehen Sie denn nicht, dass Sie den armen Kerl total verwirren? Der weiß ja nicht mehr ein noch aus. Was wollen Sie mit einer Aussage, die unter solchen Umständen erpresst wird, anfangen? Die ist wertlos", funkte Schreder dazwischen.

„Ruhe", schnaubte Johanna Grasel. Ihr reichte es. „Los, Herr Gerstner. Tempo."

„Naja, die sind hier alle ein- und ausgegangen. Schönberg und seine Frau und Naderer. Aber was die immer wollten, weiß ich nicht. Ich war da immer ausgeschlossen. Manchmal hat es schon Krach gegeben, und es ist laut geworden, zwischen Schönberg und Naderer, aber auch zwischen ihm und seiner Tochter. Worum es im einzelnen gegangen ist, weiß ich aber wirklich nicht. Ehrlich."

Die Kriminalbeamtinnen glaubten im ersten Moment sich verhört zu haben, dann fragte Johanna sicherheitshalber noch einmal nach: „Zwischen wessen Tochter und wem?"

„Sag ich doch. Zwischen Naderer und seiner Tochter."

„Verstehe ich richtig? Frau Raender-Gramme ist Naderers Tochter?" Johanna gab sich alle Mühe, sich die Überraschung nicht allzu sehr anmerken zu lassen.

„So ganz gründlich haben die Damen wohl doch nicht recherchiert", schlug Schreder sofort hämisch in die Kerbe. „Die Ermittlungen weisen wohl einige Lücken auf. Sonst wüssten Sie das längst."

Die Chefinspektorin presste hinter ihrem Rücken die Hände vor Wut so fest zusammen, dass die Knöchel weiß hervortraten. Warum hatten sie sich nur nicht näher mit dieser Raender-Gramme befasst? Jetzt standen sie da wie zwei Dummköpfe. Die ganze Überlegenheit, die sie bis dahin zur Schau getragen hatten, war dahin.

„Ach, lieber Herr Rechtsanwalt", flötete da Alexandra dazwischen, „wenn Sie wüssten, wie gründlich wir recherchiert haben. Wir haben beispielsweise sogar herausbekommen, dass es vor achtzehn Jahren einmal einen jungen Mann gab, der Ihrem Sohn zum Verwechseln ähnlich sah."

Entgeistert blickten nach dieser leichthin geworfenen Bemerkung alle im Raum auf Alexandra: jeder mit eigenen Empfindungen. Als Erster reagierte Schreder. Wie ein Wilder stürzte er hinter seinem Schreibtisch hervor und ging auf Alexandra los, die sich gerade noch ducken konnte, sodass sein Angriff ins Leere lief.

„Sind Sie total verrückt geworden!", schrie er, „wollen Sie mir damit sagen, dass ich nicht Daniels Vater bin? Das ist eine Beleidigung, eine Unterstellung. Ich werde eine Anzeige machen. Eine Dienstaufsichtsbeschwerde. Eine Klage. Das werden Sie bereuen."

„Ich weiß gar nicht, weshalb Sie sich derart aufregen", kam Johanna Grasel zuckersüß Alexandra zu Hilfe. „Meine Kollegin hat nichts weiter getan, als Ihnen erzählt, dass wir eine Ähnlichkeit zwischen Ihrem Sohn und einem fremden jungen Mann festgestellt haben. Mit keinem Wort hat sie Ihre Vaterschaft angezweifelt."

„Das können Sie aber ruhigen Gewissens tun, meine lieben Damen", meldete sich Daniel Schreder da aus sicherer Entfernung. Offenbar hatte er die Unterredung belauscht. „Ich weiß das schon lange. Er hat meine Mutter aus dem Haus gejagt, als er's rausgekriegt hat. Und sie gezwungen, mich hier zu lassen. Wie er das genau angestellt hat, weiß ich zwar nicht. Aber er wird schon seine unlauteren Mittel und krummen Wege gefunden haben."

„Verschwinde. Verschwinde augenblicklich. Das geht niemanden etwas an. Familienangelegenheiten. Das ist alles längst vorbei. Schnee von vorgestern."

Johanna und Alexandra waren wie vor den Kopf geschlagen. Weniger wegen der Enthüllung der nicht vorhandenen Vaterschaft – diese Vermutung hatten sie schließlich selbst gehegt – als vielmehr davon, welch brutale Macht dieser skrupellose Rechtsanwalt ausübte, ohne dass es möglich war, gegen ihn anzugehen.

Johanna war von all dem so angewidert, dass sie dieses Haus so schnell wie möglich verlassen wollte. Doch sie zwang sich zur Ruhe.

„Nachdem unsere Unterhaltung wohl ein wenig aus dem Ruder gelaufen ist, schlage ich vor, dass wir sie ein anderes Mal fortsetzen, wenn Sie wieder ein wenig beherrschter sind und wir sachlich miteinander reden können. Dass Sie den Ort nicht verlassen dürfen, wissen Sie ja ohnehin."

Johanna nahm ihre Tasche, die sie zuvor auf dem Schreibtisch abgestellt hatte, nickte den beiden Männern zum Abschied höflich lächelnd zu und schob Alexandra vor sich her in Richtung Ausgang. Zurück blieben zwei völlig aus dem Gleichgewicht geratene Männer, von denen einer zornig die Fäuste ballte und der andere ratlos und verstört sich in eine Ecke des Raumes verkroch. Von Daniel Schreder war nichts mehr zu sehen.

„Ein Wespennest ist nichts gegen dieses Haus."

„Bist du eigentlich von allen guten Geistern verlassen?", fuhr Johanna ihre Mitarbeiterin an, nachdem sie außer Hör- und Sehweite des Hauses waren.

„Wieso? Was ist los? Die Sache mit dem Foto lag doch auf der Hand. Müssen wir uns von dem sagen lassen, dass wir blöd sind?", verteidigte sich diese.

„Das war doch nur deine Retourkutsche darauf, dass er uns eins ausgewischt hat, weil wir nicht wussten, dass die Raender-Gramme die Naderer-Tochter ist. Das war unser Fehler. Wir hätten halt das Vorleben von diesem Weib näher unter die Lupe nehmen müssen. Dann hätten wir das herausbekommen."

„Erstens hatten wir gar keine Zeit dazu. Und zweitens: Was hätte es uns genutzt? Darf Naderer keine Tochter haben? Und drittens: Ich habe ihm diesem Rechtsverdreher von Herzen gegönnt, dass er zugeben musste, nicht Daniels richtiger Vater zu sein."

„Sag mal, stellst du dich jetzt so dumm, oder..." Johanna war stehen geblieben.

„Spiel dich nicht so auf."

Plötzlich war die frühere Aggressivität zwischen ihnen wieder da. Eine Weile gingen sie schweigend nebeneinander her, bis Johanna einlenkte und Alexandra am Arm nahm.

„Hör mal, wenn wir dort wieder anfangen, wo wir vor einer ganzen Weile aufgehört haben, können wir uns gleich begraben lassen. Dann lösen wir den Fall nie. Schließlich sind wir ein ganzes Stück weitergekommen – oder? Jetzt mal ganz im Ernst: Ist dir wirklich nicht klar, was es bedeutet, dass die Raender-Gramme die Naderer-Tochter ist? Das wirft ein völlig neues Licht auf die ganze Sache."

Alexandra betrachtete höchst konzentriert die goldfarben bemalten Eisenspitzen des Gitters, das ein riesiges Grundstück von der Straße trennte. Die Zurechtweisung eben hatte bei ihr wieder jenes wohl bekannte Gefühl ausgelöst, zurückgesetzt worden zu sein, die zweite Geige spielen zu müssen. Und sie war sich nicht ganz im Klaren, ob ihre Erbitterung eher ihr selbst galt oder Johanna, die ihr gerade einen kleinen freundschaftlichen Stoß versetzte und versuchte, sie mit einem „Zickenkrieg wieder beendet?" auf die sachliche Ebene zurückzubefördern.

„Okay, aber dass ich dumm bin, hättest du..."

„Was jetzt? Ende oder nicht? Friede?"

„Okay, okay." Alexandra schluckte. Allzu gern hätte sie noch eine Rechtfertigung nachgeschoben, aber Friede war schließlich Friede.

18

Je näher Johanna und Alexandra nach diesem aufregenden Besuch ihrem Auto kamen, in dem bereits die am Morgen gepackten Koffer deponiert waren, umso langsamer wurden ihre Schritte.

„Gleich Mittag“, stellte Alexandra mit einem Blick auf die Uhr oben am mächtigen Wehrturm fest.

„Hm. Meinst du, wir sollten…“

„Ja, meine ich. Ist doch egal, wenn wir ein bissel später im Büro sind.“

„Sommerbauer?“

„Klar.“

„Du?“

„Ja?“

„Mich beschäftigt die ganze Zeit der diffuse Gedanke, als hätten wir alle Fäden in der Hand und müssten sie lediglich noch aufdröseln. Nur wie?“

„Eines steht fest. Unser Opfer war nicht nur Opfer, sondern auch Täter.“

„Das heißt, wir müssen die in diesem Zusammenhang denkbaren Motive auflisten. Und das sind vielleicht gar nicht so viele. Das Dunkel hat sich wenigstens ein bisschen gelichtet. Wir gehen gleich alles nochmal durch. Aber Alkohol gibt’s diesmal nicht. Du musst noch fahren, und wir brauchen einen klaren Kopf.“

Im Heurigenlokal wurden die beiden vom Wirt Erwin Sommerbauer bereits wie gute alte Bekannte begrüßt, selbstverständlich mit dem obligatorischen Küsschen.

„Kein Kuss-Cuvée heute“, stellte Johanna gleich klar. „Nur Mineralwasser.“

„Na, vielleicht ein Achtel für uns beide“, milderte Alexandra die harte Entscheidung. Johanna schnitt eine Grimasse, erhob aber keinen Widerspruch.

„So, auf geht’s. Legen wir die Fakten auf den Tisch. Neu ist, dass Naderer und die Raender-Gramme Vater und Tochter sind.“ Johanna holte wieder ihren Notizblock und den angeknabberten Bleistift aus der Tasche, um die eben gewonnenen Erkenntnisse zu notieren. Alexandra begann: „Schönberg hat seine Frau um ziemlich viel Geld betrogen, woher sie es immer auch gehabt hat. Und seinen Schwiegervater hat er bestohlen. Diese Tatbestände scheinen fix gegeben, wenn man davon ausgeht, dass es sich bei den Steinchen um echte Diamanten handelt. Mit anderen Worten: Es bestünde die Möglichkeit, dass Naderer und seine Tochter gemeinsame Sache gemacht und sich an Schönberg gerächt haben könnten. Giftmord ist meistens weiblich. Aber die Raender-Gramme als Giftmischerin?"

Alexandra verstummte und schaute nachdenklich zu, wie Johanna diverse Kreise und Linien auf das Papier zog und diese mit den zugehörigen Namen versah.

Sie hob den Kopf: „Was ist? Weiter."

„Hm. Ich überlege gerade, ob ich unseren Bruno mit ‚n' nicht doch überreden könnte, sich um die Steinchen zu kümmern. Vorläufig ist es nur eine Vermutung, dass die Dinger echt sind."

„Ich denke, du hast den Knaben so sehr verärgert, dass er nie wieder was für uns tut?"

„Schon. Aber schließlich geht es nicht darum, dass er mir einen persönlichen Gefallen erweisen soll, sondern dass er seinen Job macht. Hast du selbst gesagt."

Johanna schmunzelte. „Wenn du imstande bist, ihm diese Erleuchtung zu vermitteln, dann los."

Mit einem tiefen, ergebenen Seufzer suchte Alexandra auf ihrem Handy den Kontakt ‚Bruno Webern' und drückte die Taste mit dem grünen Hörer.

„Hallo Bruno. Ich bin's. Alexandra. Pass auf, du musst dringend eine Info einholen. Dringend. Wir stehen hier unmittelbar vor der Lösung unseres Mordfalls."

Die Chefinspektorin legte den Kopf schief und schaute ihrer Mitarbeiterin zu, wie sie mit ausholenden Gesten und einem wahren Redeschwall den St. Pöltener Kollegen ausführlich informierte über die Umstände des Fundes der angeblich wertvollen Steine, die in der Aservatenkammer lagerten.

Sie ließ ihrem Gesprächspartner nicht die geringste Chance, etwas zu erwidern und schloss ihre Ausführungen mit der Feststellung: „So,

Bruno, du bist ja bereits voll in den Fall involviert. Sozusagen der Dritte im Bunde. Beeil dich bitte. Ich brauche die Auskunft so schnell wie möglich." – „Was?" – „Bruno, wir müssen Erfolge herzeigen. Umgehendst. Schnellstens. Auch du!" Damit beendete sie das Gespräch.

„Hat er sich quergestellt?", wollte Johanna wissen.

„Er hat's versucht, aber wie du gehört hast, hab ich ihm keine Wahl gelassen. Ich lerne schließlich von dir und deinen hinterhältigen Methoden."

„Na, so schlimm bin ich auch nicht. Außerdem musst du nicht meine Unarten übernehmen."

„Die Arten lässt du halt weniger heraushängen", konterte Alexandra schlagfertig, woraufhin beide in lautes Lachen ausbrachen. Die gemeinsame Arbeit hatte sie in der Zwischenzeit, trotz einiger kurzer Rückfälle in frühere Animositäten, einander näher gebracht, als sie sich das je hätten träumen lassen.

„Los. Weiter", mahnte die Chefinspektorin dann.

„Schön. Oder viel mehr nicht schön. Schönberg. Nein, auch nicht."

„Sei nicht albern. Weißt du, was wir völlig aus den Augen verloren haben?"

„Ja, die Sache mit dem verunfallten Schauspieler. Tut aber momentan nichts zur Sache. Ich schlage vor, dass wir den vorerst unter ‚ferner liefen' einordnen. Nochmal: Es könnte zwei Parteien geben: Schreder und Schönberg, die unter einer Decke stecken, und Naderer und Tochter. Die einen sacken die Marie ein, die anderen schauen in die Röhre. Geld war immer schon ein achtbares Motiv."

„Du hast Nerven. ‚Achtbares Motiv'. Aber ganz so einfach ist es nicht. Denn Schönberg war angreifbar. Wenn Schreder dessen ominöse Vergangenheit gekannt hat, dann doch bestimmt auch die Raender-Gramme und eventuell ihr Vater. Oder sehe ich das falsch?"

„Hm. Nein, aber die Spur verläuft im Sand. Schönberg war zwar ein Spitzel, aber bringt man jemanden nur deshalb um, weil er ein übles Vorleben hatte?"

„Kaum, es sei denn, man ist selbst damit in unangenehme Berührung gekommen. Das heißt dieser IM Raum und Zeit müsste seine Frau oder Naderer verraten und verkauft haben."

„Wir wissen zwar fast nichts über deren Vorleben, außer dass Naderer uns erzählt hat, dass er den Krieg in irgendeinem gemütlichwarmen Ministerium abgesessen hat. Wir müssen rauskriegen, wo er und seine saubere Tochter früher gelebt haben. Merkwürdig ist, dass anscheinend niemand hier im Ort weiß, dass er der Vater der Raender-Gramme ist."

„Wir haben nur auf der Bezirksinspektion danach gefragt, sonst nirgends."

„Stimmt auch wieder. Andererseits: Wäre es allgemein bekannt gewesen, wäre das sicher auch zu Frau Maier gedrungen. Komm, fragen wir den Erwin Sommerbauer. Der ist in Perchtoldsdorf geboren und kennt Gott und die Welt." Alexandra sah sich nach dem Verbleib des Heurigenwirtes um. Der stand gerade an der Schank mit einem großen Kaffeehäferl in der Hand, um sich für den Ansturm des Nachmittags zu wappnen. Als Alexandra ihm winkte, eilte er umgehend zu ihrem Tisch. „Was kann ich für Sie tun, meine Damen?"

„Uns eventuell mit einer Auskunft weiterhelfen."

Erwin Sommerbauer setzte sich ihnen bereitwillig gegenüber und begann auf ihre Frage hin zu erzählen. Ja, der Hofrat, der Naderer, der wohnte schon so lange er denken konnte oben in seinem Haus im Villenviertel. Eine Tochter? Nein, davon wusste er nichts. Naderer hatte in letzter Zeit sehr zurückgezogen gelebt, war auch nicht oft beim Heurigen gesichtet worden. Man munkelte zwar allerhand über ihn, aber das seien wohl nur Gerüchte.

„Ach ja?" Das Interesse der beiden Beamtinnen war geweckt. „Was redet man denn über ihn?"

„Ja, ich will hier nichts verbreiten, was nicht stimmt. Es ist – wie gesagt – nur Gerede. Die Leute tratschen halt, wenn der Tag lang ist", wand sich Sommerbauer.

„Ist schon gut. Wir wissen, wie wir solche Informationen behandeln müssen", beruhigte ihn Alexandra.

„Man behauptet halt, dass er im Krieg ein großer Nazi war. Mein Vater hat das immer gesagt. Einer von den ganz Großen. Und dass er sich hat Einiges zu Schulden kommen lassen in seiner Position."

„Was für eine Position?"

„Genau weiß ich das nicht. Aber falls es stimmt, müssten Sie das leicht herausbekommen können."

„So einfach ist das leider nicht immer", seufzte Johanna halblaut. „Aber danke für den Hinweis, Herr Sommerbauer."

Neue Gäste kamen herein, die Erwin Sommerbauer begrüßen musste, und zwei sehr nachdenklich gewordene Kriminalbeamtinnen debattierten über die eben erhaltenen Informationen.

„Wenn es stimmt, dass dieser Naderer ein großer Nazi war, dann müsste das irgendwo dokumentiert sein – oder?", überlegte Alexandra Jennerwein.

„Nur wenn er sich keinen anderen Namen zugelegt hat. Aber ich halte diese Vergangenheit durchaus für möglich. Erinnerst du dich, wie akribisch der seine Listen geführt hat, wer wann in welcher Aufmachung bei Schönberg ein- und ausgegangen ist? Das scheint seine zweite Natur zu sein. Wenn an dem, was wir grad gehört haben, wirklich was dran ist, dann dürften sich die Nachforschungen einigermaßen schwierig gestalten."

„Aber irgendeine Stelle muss es doch geben, wo man sich hinwenden kann." Alexandra wollte sich nicht damit abfinden, dass möglicherweise eine lange und komplizierte Kleinarbeit vor ihnen lag.

„In Wien gibt es das Wiesenthal Dokumentationszentrum. Vielleicht werden wir dort fündig. Aber sicherlich nur dann, wenn wir mindestens ein paar konkrete Fakten liefern können. Bisher sind wir lediglich auf Vermutungen angewiesen." Johanna Grasel kaute wieder einmal gedankenverloren an ihrem Bleistift.

Plötzlich fuhr Alexandra auf.

„Moment mal. Erinnerst du dich an gestern Abend, als wir diese Stasi-Dateien abgeklappert haben? Da war die Rede davon, dass manche dieser IM's auch Zugang zu Informationen hatten, die ehemalige Nazis betroffen haben. Und wenn ich die Auskunft unseres auskunftsbereiten Berliners richtig gedeutet habe, gehörte Schönberg nicht zu den kleinsten Lichtern. Es wäre immerhin denkbar, dass er damals etwas über Naderer erfahren, sich nach der Wende schleunigst ganz bewusst hierher abgesetzt und seinen aufwändigen Lebensunterhalt damit bestritten hat, Naderer in schöner Regelmäßigkeit zur Kasse zu bitten.

Dann würde es auch Sinn machen, dass Naderer die Diamanten gesucht hat, die ihm Schönberg nicht gestohlen, sondern abgenommen hat."

Alexandra zappelte aufgeregt auf ihrer Bank herum, erntete jedoch nur verhaltene Begeisterung für ihre Theorie.

„Hm. Könnte sein, aber Schönberg war mit der Naderer-Tochter verheiratet. Wie bringst du das in deiner Denkkonstruktion unter?"

„Ganz einfach. Nicht Naderer und seine Tochter steckten unter einer Decke, sondern Schönberg und die Raender-Gramme gegen Naderer."

„Die Tochter erpresst den eigenen Vater? Ziemlich weit hergeholt."

„Wieso? Soll's geben. Vielleicht hat er sie ähnlich behandelt wie der saubere Herr Rechtsanwalt seinen Sohn oder vielmehr Nicht-Sohn. Und sie wollte sich endlich den Teil holen, der ihr zusteht. Egal wie."

„Und da kam ihr Schönberg gerade gelegen? Weshalb führt die eigentlich diesen Doppelnamen? War die, bevor sie Schönberg geheiratet hat, schon zwei Mal verehelicht?"

„Das kriegen wir ganz leicht heraus. Alles schön der Reihe nach."

Johanna zeichnete in großen Buchstaben den Namen Raender-Gramme auf ihren Notizblock. Und stutzte jäh. Nochmals schrieb sie ihn auf, diesmal jedoch nur den Vor- und den zweiten Nachnamen: Anna Gramme. Dann sortierte sie die Buchstaben des ersten Nachnamens auf verschiedene Weise neu, wobei Alexandra ihr verständnislos zuschaute.

„Kannst du mit deinen Spielereien mal aufhören?", fuhr sie Johanna ungeduldig an.

„Keineswegs. Schau dir das an. Weißt du, was ein Anagramm ist?"

„Ein was?"

„Anagramm. Kommt aus dem Griechischen und bedeutet so viel wie ‚umschreiben'. Die Buchstaben werden in einer anderen Reihenfolge angeordnet und erhalten dadurch einen ganz anderen Sinn. Bei Pseudonymen findest du das oft. Der richtige Name des Dichters Paul Celan lautet beispielsweise Ancel", dozierte Johanna Grasel.

„Und? Was hat das mit unserer Dame zu tun?"

„Ja, da schau her: Aus Raender wird Naderer. Ihr Geburtsname."

„Irre. Wahnsinn. Ich fasse es nicht“, staunte Alexandra. „Aber weshalb hat sie das gemacht? Wenn sie ihre Herkunft hätte verschleiern wollen, dann hätte sie doch den Namen einfach weglassen können.“

„Oder?“ Johanna schaute sie vielsagend an.

„Oder? Was meinst du damit?“

„Es gibt noch eine andere Möglichkeit.“

„Mach's nicht so spann…“ Spannend hatte Alexandra sagen wollen, unterbrach sich jedoch unvermittelt und machte große Augen.

„Merkst du was? Die Raender-Gramme hat ihren richtigen Namen behalten. Aber Naderer hat sich einen anderen konstruiert.“

„Mensch, Johanna, du bist riesig.“

„Ganz so riesig auch wieder nicht“, spielte diese ihre Erleuchtung herunter. „Da gibt es noch genug, was wir nicht wissen. Wir müssen zunächst diesem Naderer-Raender nachweisen, dass er ein NS-Verbrecher war. Das heißt entweder einen Antrag bei der Berliner Behörde oder im Wiesenthal-Zentrum stellen. Ohne sichere Informationen läuft nichts. Des Weiteren der Rolle nachgehen, die seine Tochter in diesem Wirrwarr gespielt hat. Und ganz zuletzt, nicht zu vergessen, den Mörder suchen.“

„Wie wär's mit einem Bluff?“, schlug Alexandra vor.

„Schon wieder? Was meinst du?“

„Ganz einfach. Wir sagen dem Naderer auf den Kopf zu, dass er von Schönberg erpresst worden ist, weil der ihn sonst als Nazi-Verbrecher ans Messer geliefert hätte. Und dass er ihn aus diesem Grund umgebracht hat.“

„Unterschätz den Naderer nicht. Wenn es sich wirklich so verhält, wie wir jetzt annehmen, dann fällt dem bestimmt etwas ein, womit er seinen Kopf aus der Schlinge ziehen kann. Vergiss nicht, dass es ihm gelungen ist, jahrelang ein gutes Leben ohne jede Angst vor Verfolgung zu führen, bis dieser Schönberg aufgetaucht ist.“

„Siehst du, du bist auch schon sicher, dass wir auf der richtigen Spur sind.“

„Wie auch immer. Wir brauchen hieb- und stichfeste Beweise für Naderers Vergangenheit.“

Beide blickten eine Weile stumm vor sich hin. Dass sie sich eigentlich beeilen wollten, um nach St. Pölten zu kommen, hatten sie völlig vergessen.

„Wenn wir wenigstens ein halbwegs konkretes Indiz hätten. Mit der weiteren Beweisführung muss sich dann eh die Staatsanwaltschaft auseinandersetzen."

Alexandras Miene hellte sich plötzlich auf und nahm einen etwas verschlagenen Ausdruck an.

„Ich wüsste was. Mir ist jemand eingefallen, der uns als äußerst ideenreich geschildert worden ist. Dem immer etwas einfällt, wo man suchen könnte. Nur – wenn ich dir den Vorschlag mache, wirst du mich vermutlich schlachten."

„Bruno mit ‚n'?"

„Nein, der nicht."

Erwartungsvoll sah die Chefinspektorin ihre Mitarbeiterin an: „Ich weiß im Moment nicht..."

Alexandra Jennerwein druckste herum.

„Schwadronier nicht herum, sondern sag, was oder wen du meinst."

„Tja. Hm. Erinnerst du dich, wie dieser Lorenz, dieser deutsche Kommissar, von seinem Assistenten geschwärmt hat? Der hätte so viel Fantasie, dass er alles..."

Johanna Grasel glaubte, sich verhört zu haben. „Das kannst du nicht im Ernst meinen. Oh nein! Du willst mir nicht wirklich einreden wollen, dass wir diesen Lorenz einschalten sollen und ihn anbetteln, seinen Hilfshackler anzurufen, damit der für uns ermittelt? Ist dir das bisschen Wein zu Kopf gestiegen?"

„Ich weiß nicht, was du hast", begehrte Alexandra auf. „Falls wir diesem Naderer, Raender oder wie auch immer auf diese Weise auf die Schliche kommen könnten, dann wäre dagegen gar nichts zu sagen. Im Gegenteil. Wir könnten auf unsere Länder übergreifende Zusammenarbeit mit deutschen Behörden verweisen." Je länger sie über ihre Idee nachdachte, umso besser gefiel sie ihr. In diesem Augenblick blinkte das Handy, das auf dem Tisch lag.

„Aha, Bruno", stellte Alexandra mit einem Blick auf das Display fest.

„Brunochen", zwitscherte sie dann um eine Oktave höher ins Telefon. „Hast du was herausbekommen?"

Es dauerte mehrere Minuten, in denen Alexandra immer gespannter zuzuhören schien. Am Schluss bedankte sie sich überschwänglich: „Bruno, Brunochen, du weißt gar nicht, wie sehr du uns geholfen hast. Du hast praktisch den Fall mitgelöst. Jetzt sehen wir endlich Licht am Ende des Tunnels. Danke, danke, danke."

Nach dieser überspannten Lobhudelei verdrehte Johanna die Augen. „Drehst du jetzt durch? Bis vorhin warst du noch völlig normal. Wie kannst du diesem Knaben sagen, er hätte den Fall gelöst."

„Ist doch wurscht. Wer weiß, wie wir ihn nochmal brauchen. Jetzt ist er für die nächste Zeit wieder besänftigt. Hör erst mal zu, was er erzählt hat. Das ist hochinteressant."

Der St. Pöltener Kollege hatte sich an einen Spezialisten gewandt, der ihm umfassende Auskünfte über Form und Art der Diamanten gegeben hatte: Danach handelte es sich in der Tat um äußerst wertvolle Steine, die noch im Altschliff, so der Spezialbegriff, bearbeitet worden waren. Bis in die 1950er Jahre hinein war dies praktiziert worden, meist aber früher. Als weitere Bezeichnungen nannte der Fachmann den Israel- und Amsterdamer Schliff, wobei er die ihm vorgelegten Edelsteine zweifelsfrei der ersten Kategorie zugeordnet hatte.

„Und was sagt uns das!!", beendete Alexandra triumphierend ihren Bericht. „Die Steine stammen aus jüdischem Eigentum, das sich Naderer unter den Nagel gerissen hat."

„Das ist anzunehmen, aber nicht so sicher, wie du glaubst. Nur aufgrund der Art des Schliffes kann man noch lange nicht auf die Herkunft beziehungsweise auf die oder den früheren Eigentümer schließen. Wir können Naderer nicht schlüssig nachweisen, dass es so ist, und wenn er weiterhin behauptet, die Diamanten seien Familienerbstücke, müssen wir das akzeptieren."

„Was ist denn heute mit dir los? Alles zweifelst du an", beklagte sich Alexandra.

„Ich zweifle nicht an. Das sind sachliche Argumente, die so sind, wie sie sind."

„Ach komm, wir haben genug, dass wir bei Naderer gehörig auf den Busch klopfen können." Alexandra wurde immer ungeduldiger und begann ihre Sachen zusammenzupacken.

„Wo willst du hin?“
„Zu Naderer natürlich. Was denn sonst?“
„Sei endlich vernünftig und denk nach. Wir haben nichts, aber auch gar nichts, nicht das allerkleinste Tatmerkmal, das darauf verweist, dass Naderer Schönbergs Mörder ist. Es kommen ebenso die Tochter und auch Schreder in Frage. Und wer sagt, dass Schreder nicht seinem Sohn befohlen hat, Hand anzulegen? Alle hatten Zugang zur Villa. Alle hatten Gelegenheit, Schönberg einen Teil des Giftes vorab zu verabreichen, und alle hatten Gelegenheit, es auf das Mundstück der Klarinette aufzubringen. Bevor wir nicht geklärt haben, woher das Gift stammt, wer Zugang zu einem Labor oder ähnlichem hat, ist jeder verdächtig. Und bevor du das Motiv anführst: Auch hier hat jeder seinen eigenen Dreck am Stecken. Schreder könnte Schönberg erpresst haben. Und die Raender-Gramme ihren eigenen Mann, aus Rachsucht, weil er sie um ihr Geld betrogen hat. Außerdem war er drauf und dran, sie um ihr Erbe zu bringen, wenn wir unsere Theorie von vorhin zugrundelegen. Und Daniel könnte – falls eine abnorme krankhafte psychische Abhängigkeit von seinem Ziehvater besteht, von der er uns dauernd überzeugen will – die Tat ebenfalls begangen haben. Allerdings: Obwohl Schreder seinen Pseudo-Sohn wohl eher als Objekt, denn als menschliches Wesen sieht, glaube ich an diese Möglichkeit am allerwenigsten.“
„Na wunderbar“, stöhnte Alexandra, „nach deinen Darlegungen sind wir so gut wie am Anfang. Außerdem hast du in deinem Personalkarussell noch zwei Leute unterschlagen. Dieses Zniachtl Gerstner und den toten Schauspieler.“
„Letzterer kann wohl kaum der Mörder sein, und bei Gerstner, den du trotz seiner beachtlichen Größe als ‚Zniachtl' beliebst zu bezeichnen, fehlt mir das Motiv. Nein, wir sollten uns darauf konzentrieren, wer Zugang zu einer Giftküche oder Ähnlichem hatte. Das Gift war Tetrodotoxin, hat dieser Pathologie-Professor festgestellt.“
„Und?“
„Wenn ich mich richtig erinnere, ist das ein Nervengift, das der Kugelfisch produziert.“
„Und wo wird diese ausgekochte Delikatesse serviert? Oder schwimmt das Tierchen nur zur Zierde im Aquarium herum?“

„Ganz im Gegenteil. Sagt dir Fugu etwas?“

Johanna malte gekonnt einen niedlichen kleinen Fisch auf das vor ihr liegende Blatt.

„Ich wusste gar nicht, dass du so toll zeichnen kannst“, wunderte sich Alexandra. „Aber mit Fugu kann ich nix anfangen. Hört sich japanisch an.“

„Stimmt. Fugu gilt als Delikatesse. Für meine Begriffe als ziemlich dekadente Delikatesse. Der Fisch wird in japanischen Feinschmeckerlokalen zu horrenden Preisen angeboten: roh und in hauchdünne Scheiben geschnitten. Das Problem ist lediglich, dass der Koch, der diese Kunst nicht oder nur unvollkommen beherrscht, sich mit der Rechnung beeilen muss, bevor seine Gäste nach dem Genuss in die Ewigkeit hinüberwechseln.“

„Was? Das hieße für uns, dass wir gar nicht nach einem Labor oder so suchen müssen, sondern einfach nach einem Fugu-Koch, der mit dem Zeug handelt“, meinte Alexandra lakonisch.

„Kann sein, kann nicht sein. So einfach ist das nun auch wieder nicht. Glaubst du, dass wir nur im Branchenverzeichnis nachsehen müssen unter ‚Fugu'?“

„Du mit deinem Galgenhumor. Mach's nicht komplizierter als es eh schon ist. Auf jeden Fall müssen wir es versuchen. Wir fahren nach Wien hinein, erkundigen uns nach einem japanischen Restaurant und fragen nach diesem Fugu.“

„Wie bitte? Was willst du fragen? Entschuldigung, handeln Sie vielleicht als Nebenerwerb mit dem Gift des Kugelfisches?“

„Natürlich nicht. Aber immerhin wäre es möglich, dass wir erfahren, wer diese seltsame Delikatesse anbietet. Und wenn es ein entsprechendes Restaurant gibt, dann müssen die giftigen Reste dieses Viehs irgendwie entsorgt werden. Wie ich unsere Behörden kenne, gibt es bestimmt auch dafür eine Regelung. Das Zeug einfach in den Mistkübel zu werfen, ist garantiert nicht erlaubt.“

Johanna musterte ihre Mitarbeiterin nachdenklich. „Gar nicht so dumm, dein Gedankengang. Der Erwin Sommerbauer hat bestimmt ein Wiener Branchenverzeichnis, in dem japanische Restaurants aufgeführt sind.“

Das Verzeichnis war schnell gefunden, und höchst erstaunt stellten die beiden Frauen fest, dass es dort eine ganze Spalte ‚Restaurants / Japanisch' gab. Alexandra begann sie zu zählen, beendete diese Tätigkeit jedoch bald.

„Das sind bestimmt über zweihundert Stück. Welches nehmen wir zuerst?"

„Eins, wo man einen Parkplatz in der Nähe kriegt. Wir brauchen ja nur eine kurze Auskunft."

„Lass mal sehen." Alexandras Zeigefinger wanderte über die Restaurantadressen. „Hier ‚Fung hi'. Das ist etwas abgelegen. Dritter Bezirk. Da sind wir ganz schnell. In der Gegend gibt's jede Menge Parkplätze. Ich hab mal in der Nähe ein Zimmer gehabt. Wohngemeinschaft."

„Dritter Bezirk! Sind wir da auch ganz schnell, wenn du die Geschwindigkeitsbegrenzungen beachtest?", neckte Johanna. Ihre Mitarbeiterin verzog nur das Gesicht und blieb die Antwort schuldig.

Keine Rede war mehr davon, dass sie längst in St. Pölten sein wollten, als sie über Liesing in Richtung des dritten Wiener Gemeindebezirks fuhren. Alexandras Überzeugung, dass sie in der Nähe der Gasse, in der sich ‚Fung hi' befand, ‚problemlos' eine Nische für ihr Auto finden könnten, erwies sich allerdings als grandioser Irrtum. Sie mussten es ziemlich weit weg abstellen und sich zu Fuß auf den Weg machen.

„Wie war das mit der Menge an freien Parkplätzen?", stichelte Johanna und stöckelte neben ihrer Mitarbeiterin her.

Mit längeren Fußmärschen hatte sie heute Morgen nicht gerechnet, als sie sich wieder für ein weniger legeres Outfit entschieden hatte, mit dem sie im Büro auftauchen wollte, um dadurch wenigstens ein wenig von ihrer expressionistisch anmutenden Physiognomie abzulenken. Sie gingen gerade am Hundertwasserhaus vorbei, als hinter ihnen plötzlich eine muntere Stimme ertönte: „Hallo, das ist ja eine Überraschung. Was machen Sie denn hier?"

Wenige Schritte hinter ihnen trabte ein sichtlich hoch erfreuter Kommissar Lorenz auf sie zu.

„Nicht schon wieder", stöhnte Johanna, aber nur so leise, dass es gerade noch ihre Kollegin hören konnte.

„Was treibt Sie denn um?", wollte Lorenz wissen.

„Im Rahmen unserer Ermittlungen müssen wir eben flexibel sein." Alexandras Antwort war ebenso belanglos wie unfreundlich.

„Ich will bestimmt nicht lästig sein, aber kann ich Ihnen irgendwie helfen?", wies Lorenz zaghaft wieder einmal auf seine Hilfsbereitschaft hin.

Johanna, die froh war, einen Moment stehen bleiben zu können, überlegte kurz und unterrichtete ihren deutschen Kollegen dann in knappen Worten von einigen Fakten in ihren Ermittlungen und weswegen sie hier waren. Alexandra versetzte diese plötzliche Offenheit in höchstes Erstaunen.

‚Was ist jetzt auf einmal los?', wunderte sie sich im Stillen. ‚Weshalb gibt sie derart bereitwillig Auskunft, nachdem sie diesem Lorenz gegenüber die ganze Zeit über so sperrig war?'

Eine plausible Erklärung konnte allerdings nicht einmal Johanna selbst geben. Sie war ganz einfach einem spontanen Impuls gefolgt. Reinhold Lorenz fiel ob dieser plötzlichen Veränderung aus allen Wolken und lächelte verlegen.

„Wenn Sie möchten, kann ich gern mitgehen in dieses Restaurant", bot er vorsichtig an.

Alexandra wollte gerade ablehnen, als ihre Chefin zustimmend nickte und erklärte: „Gut, gehen wir gemeinsam." Ihr tat ihre ständige unhöfliche Abweisung der kollegialen Freundlichkeit ein wenig leid. Sie hoffte freilich, dass Reinhold Lorenz keine falschen Schlüsse daraus zog.

Das japanische Restaurant, das sie wenig später betraten, war zweifellos in der oberen Kategorie der Wiener Szene angesiedelt. Zu dieser Tageszeit befand sich zwar kein einziger Gast im Lokal, aber die Tische waren bereits auf eine sehr exotische und ausgefallene Weise für den Abend vorbereitet. Auch die Dekoration an den Wänden war geschmackvoll und unterschied sich wohltuend von der aufdringlich kitschigen Farbenpracht des chinesischen Gastgewerbes.

„Möchten reservieren? Wir öffnen erst 18 Uhr", erklärte ihnen eine junge Japanerin, die damit beschäftigt war, aparte Blumenarrangements auf den Tischen zu verteilen.

„Nein. Wir sind vom Landeskriminalamt Niederösterreich und ermitteln in einem Mordfall", erklärte die Chefinspektorin, womit sie der jungen Frau einen gehörigen Schrecken einjagte.

„Bei uns? Ist bei uns in Ordnung alles. Niemand tot." Der fremdartige asiatische Akzent klang – wohl bedingt durch den Schreck – etwas unverständlich.

„Keine Sorge", beruhigte Johanna. „Es geht lediglich um eine Auskunft. Ist der Koch schon im Haus?"

Die kleine Japanerin nickte heftig und wies anmutig mit der Hand zur Küche. „Kommen mit. Zu Chef", forderte sie die drei auf.

Besagter Chef hantierte bereits eifrig mit einem großen Messer, mit dem er in Windeseile Gemüse zerkleinerte. Unwillig beäugte er zuerst die Besucher, dann seine Angestellte. Er liebte es überhaupt nicht, wenn Fremde sein Refugium betraten. In schnellem Japanisch schien seine Gehilfin den Grund für den ungebetenen Besuch zu erklären, denn der weiß gewandete Koch wandte sich ihnen mit hoch gezogenen Augenbrauen zu. Langsam und deutlich schilderte Johanna Grasel ihr Anliegen.

Ohne eine Regung zu zeigen, hörte der Asiate ihr zu. Sie hatten Glück. Zum einen verstand und sprach der Koch ausgezeichnet Deutsch, zum anderen kannte er sich genauestens mit dieser exotischen Spezialität aus. Obwohl in seinem Restaurant kein Fugu zubereitet wurde, wusste er, dass dort, wo dies der Fall war, die giftigen Abfälle in Spezialbehältern gesammelt und abtransportiert wurden. In welchen Restaurants denn diese ungewöhnliche Mahlzeit zubereitet würde, wollte die Chefinspektorin danach wissen. Darauf blieb der Koch die Antwort schuldig und zuckte nur mit den Schultern. Überhaupt hatte er jetzt keine Zeit mehr, das Restaurant war ausgebucht, und wenn er sich noch weiter mit ihnen unterhielt, kam er in zeitlichen Verzug. Er widmete sich wieder seinem Gemüse und nahm keinerlei Notiz mehr von ihnen.

Ziemlich ratlos traten sie den Rückzug an.

„Nun wissen wir wenigstens, dass dieses Zeug gesondert entsorgt werden muss, und wer es darauf anlegt, der findet mit Sicherheit einen Weg, um sich zu bedienen", meinte Kommissar Lorenz. „Ich denke, es ist augenblicklich wichtiger, herauszufinden, weshalb der Mörder gerade zu diesem Gift gegriffen hat. Gibt es da entsprechende Vermutungen oder Annahmen?"

„Vermutungen schon. Es ist ein sehr zuverlässig, aber nicht allzu schnell wirkendes Gift", gab Johanna Grasel die Information des Pathologen weiter. Sie war enttäuscht, wusste aber nicht genau zu sagen, weshalb. Was hatte sie denn erwartet? Dass ein japanischer Restaurantchef ihnen den Weg zu einem Giftdepot wies?

„Und wenn wir nochmal alle Schönberg-Besucher, die wir mittels der Autokennzeichen ermittelt haben, abchecken?", schlug die Kriminalinspektorin wenig hoffnungsvoll vor.

„Können wir schon machen, aber viel verspreche ich mir davon nicht." Johanna war niedergeschlagen. Noch vor wenigen Stunden hatte es so ausgesehen, als ob sie der Lösung des Falles ganz nahe waren, und nun?

Reinhold Lorenz spürte die Bedrücktheit der Beamtinnen und konnte das bestens nachempfinden. Wie oft war er schon in ähnlichen Situation gewesen! Trotz aller bisherigen negativen Erfahrungen wagte er es, die beiden Frauen auf einen Café einzuladen.

„Na schön", willigte die Chefinspektorin ein. „Vielleicht fällt uns bei einer Wiener Melange des Rätsels Lösung in den Schoß", setzte sie noch selbstironisch hinzu. Sie konnte nicht ahnen, dass dieser Kaffeehaus-Besuch sie wirklich auf eine vielversprechende Idee brachte.

19

Die Unterhaltung im Kaffeehaus plätscherte nur mühsam dahin. Das lag ausnahmsweise nicht an den Ressentiments, die die Frauen dem deutschen Kollegen entgegenbrachten, sondern daran, dass jeder den eigenen Gedanken nachhing, die indessen in die gleiche Richtung gingen: Wer hatte eine Möglichkeit, an das Gift heranzukommen, und vor allem die alte Frage, wer Schönberg so sehr gehasst hatte, dass er ihn öffentlich hingerichtet sehen wollte?

Reinhold Lorenz startete einige Male einen vergeblichen Versuch, unverfängliche Themen anzuschneiden, auf die jedoch weder Johanna noch Alexandra eingingen. Ratlos gab er schließlich auf. Er hätte ihnen so gern geholfen, wenn er nur gewusst hätte wie.

Geistesabwesend rührte Johanna Grasel mit dem Kaffeelöffel in ihrem Großen Braunen, obwohl sich nicht ein einziger Krümel Zucker darin befand, den sie hätte auflösen müssen. Plötzlich hob sie den Kopf.

„Vielleicht sollten wir die Frage nach der Herkunft des Giftes hintanstellen. Vielleicht ist etwas anderes viel wichtiger."

„Und das wäre?"

„Das weiß ich noch nicht genau, aber ich habe, verdammt nochmal das Gefühl, dass wir uns von der Lösung entfernt haben. Und die liegt nun mal in Perchtoldsdorf. Los, komm, wir fahren zurück."

„Heute also nicht mehr nach St. Pölten? Und wo sollen wir campieren? Wir haben die Blumenthal doch schon ausbezahlt und das Zimmer geräumt."

„Notfalls fahren wir eben in der Nacht zurück und schlafen wieder mal zu Hause. Geht ja auch – oder? Ich kann das jetzt nicht begründen, aber irgendetwas zieht mich mit Macht nach Perchtoldsdorf. Du kannst mich ruhig auslachen, aber mein Instinkt sagt mir, dass die Lösung vor uns liegt, und wir sehen sie nur nicht."

„Na schön", nickte Alexandra ergeben. „Fahren wir halt. Wollen Sie mitfahren, Herr Lorenz, oder bleiben Sie noch bei den Wiener Sehenswürdigkeiten?"

„Wenn es Ihnen nichts ausmacht, fahre ich gern mit", nahm Lorenz freudig das Angebot an – nicht ohne einen schnellen Seitenblick hin zur Chefinspektorin, die aber keinerlei Regung erkennen ließ.

Die Fahrt verlief ziemlich einsilbig, was unter anderem daran lag, dass sich Alexandra auf den einsetzenden Feierabendverkehr konzentrieren musste. Für die Rückfahrt brauchten sie wesentlich länger als vorhin. In der Hoffnung, schneller voranzukommen, hatte sich Alexandra für einen Umweg entschieden, was aber auch nicht allzu viel brachte.

Als sie endlich in Rodaun waren und von dort auf die Donauwörther Straße einbogen, fragte Alexandra: „Wo soll ich eigentlich hinfahren?"

„Fahr zur Villa. Dort laufen alle Fäden zusammen."

Der entschlossene Befehlston der Chefinspektorin bewirkte, dass Alexandra irritiert auf die Bremse trat. „Weiß ich da etwas nicht? Oder weshalb bist du dir so sicher?"

„Ich bin mir überhaupt nicht sicher", gab Johanna Grasel zu, „aber wenn wir je die Lösung finden, dann dort. Sie können meinetwegen mitkommen, Herr Lorenz", gestattete sie großzügig dem hinten sitzenden Kommissar.

„Gern", beeilte der sich freudestrahlend zu bestätigen und wollte gerade noch etwas hinzusetzen, als sich Johannas Handy meldete.

„Ja?" – „Ah, Frau Magister Schönfeld." Der Chefinspektorin schien dieser Name nicht geläufig zu sein. Aber je länger das Telefonat dauerte, umso aufmerksamer hörte sie zu.

„DNA-Analyse. Ach ja? Und weshalb erfahre ich das erst jetzt?" – „Oh, entschuldigen Sie bitte, ich habe nicht gewusst, wie lange so etwas dauert. Haben Sie vielen Dank. Damit präsentieren Sie uns den Mörder quasi auf dem Silbertablett."

Sowohl Alexandra als auch Reinhold Lorenz durchbohrten die auf dem Beifahrersitz zufrieden lächelnde Chefinspektorin fast mit ihren Blicken.

„Sag. Was ist los?" Alexandra Jennerwein zappelte vor Ungeduld und ließ völlig außer Acht, dass die Ampel vor ihr längst auf Grün umgesprungen war. Erst als hinter ihr ein wütendes Hupkonzert einsetzte, startete sie mit quietschenden Reifen.

„Mach's nicht so spannend. Sag endlich, was Sache ist", drängelte sie.

„Okay, aber fahr erst mal kurz auf den Parkstreifen da rechts“, kommandierte Johanna Grasel, „ich will nicht riskieren, im Spital zu landen.“

Gehorsam brachte Alexandra das Auto zum Stehen, löste den Sicherheitsgurt und verlangte: „Jetzt aber los.“

Die Chefinspektorin berichtete in knappen Worten, was ihr eben Frau Magister Schönfeld von der Spurensicherung mitgeteilt hatte und rief damit bei den beiden Insassen die gleiche überraschte Reaktion wie bei sich selbst hervor.

„Und das ist ganz sicher?“

„Todsicher, sozusagen, wenn du mir diese sprachliche Entgleisung gestattest.“

Über Perchtoldsdorf sickerte schon die Dämmerung, als sie aus dem Auto stiegen und den Weg zur Villa einschlugen. Zwischen ihnen herrschte angespannte Konzentration.

„Was hast du vor? Die genauen Zusammenhänge kennen wir schließlich immer noch nicht.“ Alexandra hielt trotz der alles verändernden Information die Forschheit ihrer Chefin für ein wenig verfrüht.

„Ganz einfach. Jeden mit jedem konfrontieren.“

Diesmal trafen sie ausnahmsweise niemanden in dem weiträumigen Haus an. Johanna drehte alle Lichter auf, sodass von außen der Eindruck entstand, als erwache das Gemäuer zum Leben. Dann versuchte sie Anna Raender-Gramme anzurufen, bei der sich freilich nur die Mailbox meldete.

„Herr Lorenz, würden Sie so freundlich sein und hier warten. Frau Jennerwein und ich müssen einige Leute – notfalls mit etwas Gewalt – überreden, herzukommen. Wenn die eintreffen, achten Sie bitte darauf, dass alle hier im großen Wohnzimmer versammelt sind. Ich denke, das überschreitet Ihre Kompetenzen nicht.“

„Selbstverständlich. Verlassen Sie sich ganz auf mich.“ Lorenz war in seinem Element.

„Und wo, bitte, gehen wir hin?“ Alexandra war das Ganze etwas unheimlich.

„Du gehst hinüber zu Naderer. Der muss zu Hause sein. Ich habe Licht bei ihm gesehen. Kommandiere ihn hierher. Dann gehst du zu diesen

Geigers oder wie die hießen. Na, die Nachbarn jedenfalls. Und ruf bitte zwischendurch bei der Polizeiinspektion an. Czerny soll sich herbemühen. Ich versuche weiterhin, die Raender-Gramme zu erreichen und diesen Schreder samt Adlatus und Psycho-Sohn herzulotsen."

„Um Himmels willen, was hast du vor? Willst du eine Party veranstalten?"

„So ähnlich. Ich setze alles auf eine Karte. Vielleicht klappt's. Vorhin im Kaffeehaus kam mir der Gedanke, dass man die diversen Gegner – und ich denke, dass einige Leute Einiges zu verbergen haben – aufeinander hetzen könnte. Mal schauen, was passiert. Einen Versuch ist es jedenfalls wert. Zumindest haben wir den Vorteil, den Mörder zu kennen. Wie sehen Sie das aus Ihrer Erfahrung, Herr Lorenz?"

„Ich stimme mit Ihnen völlig überein", antwortete Reinhold Lorenz vornehm, wobei er zugegebenermaßen sich mit jeder noch so verrückten Idee solidarisch erklärt hätte, wenn sie nur von Johanna Grasel kam.

Alexandra wiederum schluckte. Was hat die auf einmal mit dem Kommissar? Herr Lorenz hier, Herr Lorenz da. Bloß weil der Kommissar war? War sie selbst auf einmal wieder zur Hilfskraft degradiert? Sie war bereits auf dem besten Wege, eine gehörige Wut aufzubauen, als sie bemerkte, dass Johanna ihr unauffällig zublinzelte. Ach, so verhielt sich das. Jetzt verstand sie. Ihre Chefin versprach sich von einer zusätzlichen polizeilichen Autorität wohl ein gewisses Maß an Einschüchterung. Kann ich zwar nicht ganz nachvollziehen, aber meinetwegen, dachte sich Alexandra.

„Noch etwas, Herr Lorenz", setzte Johanna Grasel hinzu, „ich hätte gern ein ausführliches Geständnis. Weshalb, warum, wieso. Sie verstehen. Dafür habe ich vor, einige Behauptungen aufzustellen, die ich momentan nicht belegen kann. Ihre Rolle bestünde dann darin, mit der größten Überzeugungskraft, die Sie aufbieten können, alles zu bestätigen. Können Sie das mit Ihrer Berufsehre und den Dienstpflichten vereinbaren?"

„Ja, aber selbstverständlich, unter Kollegen hilft man sich – auch wenn es bisweilen nur mit etwas corriger la fortune geht. Kenn ich doch auch."

Reinhold Lorenz war so begeistert, dass seine Gedanken bereits weiterwanderten. Falls Johanna Grasel mit ihrer Taktik Erfolg hatte, würde er sie groß zum Essen einladen. Vielleicht war noch nicht alles verloren. Vielleicht konnte er doch noch vorsichtig eine Beziehung anknüpfen. Und vielleicht, wer weiß, vielleicht konnte er sie sogar nach Freiburg einladen.

In diesem Augenblick glichen die visionären Hoffnungen von Kommissar Lorenz denen seines dauerverliebten Assistenten Matthias Thiele. Wobei Lorenz aber nicht im Entferntesten auf die Idee gekommen wäre, hier eine Parallele zu sehen.

Gemeinsam verließen die Kriminalbeamtinnen das Haus. Alexandra schubste ihre Chefin leicht in die Seite und meinte feixend: „Den hast du aber ganz schön eingewickelt. Bin mal gespannt, ob und wie du ihn danach wieder los wirst."

„Wieso? Auch der Urlaub eines deutschen Kommissars endet einmal. Und wenn ich mich richtig erinnere, ist das ziemlich bald. Und wir sind morgen wieder in St. Pölten. Also keine Gefahr. Und schließlich hat er permanent seine Hilfe angeboten, um nicht zu sagen aufgedrängt."

„Okay, okay. Aber jammere nachher nicht, wenn er klettet."

„Ich werd mich zu wehren wissen." Johanna war augenblicklich die Ruhe selbst. „Los jetzt. Auftrieb ist angesagt."

„Na klar, machen wir's nach dem Modell Hercule Poirot. Der hat am Schluss auch immer alle eingesammelt und dann den Mörder aus dem Hut gezaubert. Ich drück uns die Daumen, dass das ebenfalls gelingt."

Damit überquerte Alexandra die Straße und öffnete die Gartentür zum Grundstück des Hofrat Naderer, der tatsächlich zu Hause war. Und nicht nur er, sondern – welch glücklicher Zufall – auch Anna Raender-Gramme. Beide waren sichtlich beunruhigt über den Besuch und die strikte Forderung der Kriminalbeamtin, ihr in die Schönberg-Villa zu folgen. Sie weigerten sich zunächst so energisch, dass Alexandra die zwangsweise Vorführung mit Hilfe von Bezirksinspektor Czerny androhte, was im Ort sicherlich für Aufsehen sorgen würde – wie sie hinzusetzte.

Nur sehr widerwillig folgten Naderer und seine Tochter schließlich der Aufforderung. Alexandra geleitete die beiden bis ins große Wohnzimmer der Villa, wo Kommissar Lorenz sich ihnen schweigend und unter Aufbietung seiner ganzen Autorität mit ernster Miene gegenübersetzte.

Mit dem Ehepaar Geiger, das zu diesem Zeitpunkt gerade bei einem frühen Nachtmahl saß, hatte Alexandra keine Probleme. Die Nachbarn waren viel zu neugierig, als dass sie auf diese sonderbare Einladung verzichtet hätten.

Ganz anders sah es bei Johanna Grasel aus. Schreder zeigte überhaupt keine Bereitschaft, sich ihrer Forderung, sie in die Villa zu begleiten, zu beugen. Herausfordernd fixierte er sie von oben bis unten und erklärte dann:

„Werte Frau Chefinspektorin. Ich wüsste nicht, was ich dort zu suchen habe."

Johanna schluckte. Sie hatte geahnt, dass sie bei Schreder auf Granit beißen würde. Was tun? Da kam Hilfe von unerwarteter Seite.

Daniel schob sich durch die Tür und an der Wand entlang ein Stück ins Arbeitszimmer seines Vaters und bemerkte aus sicherer Entfernung provokant: „Na, hat der Herr Anwalt etwas zu verbergen? Läuft wohl nicht alles, wie es soll – oder? Ich komme jedenfalls mit, Frau Kriminal. Kann ja sein, dass ich etwas beitragen kann zur Erhellung der Situation."

Nun fuhr Schreder auf und brüllte Daniel wie üblich an: „Was geht dich das Ganze an? Ich hab's dir schon oft gesagt. Halte dich da raus! Verschwinde!"

„Nun, wenn Ihr Sohn so freundlich sein will, Sie zu vertreten, so bin ich natürlich sehr dankbar", schaltete sich Johanna scheinheilig ein.

„Der bleibt hier. In drei Teufels Namen gehe ich eben mit. Mir kann man schließlich nichts anhaben." Damit warf Schreder Daniel, der sich in die hinterste Ecke rettete, einen bitterbösen Blick zu und stapfte hinter Johanna her. Kurz vor der Eingangstür drehte sie sich nochmals um und bemerkte wie nebenbei zu Daniel: „Ach, ich würde es doch begrüßen, wenn Sie gleich nachkämen, Daniel. Und bringen Sie bitte auch Herrn Gerstner mit."

Schreder bekam vor Wut einen roten Kopf und ballte die Fäuste, sodass Johanna automatisch eine Abwehrhaltung einnahm. Dann besann er sich jedoch, holte tief Luft und baute sich kerzengerade vor ihr auf. Er öffnete den Mund, als wollte er etwas sagen, verzog ihn dann aber nur abschätzig, um dadurch der Kriminalbeamtin zu signalisieren, wie sehr er sie verachtete. Schweigend gingen sie die wenigen Schritte die Straße hinunter.

Im Schönberg-Wohnzimmer waren die anderen derweil eingetroffen. Keiner sprach. Naderer stand wie neulich mit wutverzerrter Miene hinter dem Sessel, auf dem seine Tochter Platz genommen hatte. Sie war auch heute wieder sehr vornehm gekleidet und spielte nervös mit einem ihrer Handschuhe.

Gegenüber auf dem Sofa saß das Ehepaar Geiger eng nebeneinander und schaute neugierig und etwas verunsichert in die Runde.

Als die Chefinspektorin den Raum betrat, richteten sich alle Blicke auf sie und auf Schreder, der sich unwohl in seiner Haut fühlte und dies mit Arroganz zu überspielen suchte: „Was soll dieser Massenauflauf hier?"

Ihn traf ein hasserfüllter Blick von Anna Raender-Gramme, was der Chefinspektorin nicht entging.

In diesem Augenblick traf auch Horst Czerny ein, in Begleitung von Siegfried Riedel, der sich keinen Reim auf die befohlene Anwesenheit machen konnte und entsprechend dümmlich dreinschaute.

Die Chefinspektorin stellte sich so, dass sie alle Anwesenden im Blick hatte, neben ihr postierte sich ihre Mitarbeiterin – eine stille Übereinkunft, durch die sie ihre Machtposition demonstrierten. Reinhold Lorenz hielt sich im Hintergrund. Mit seiner Vorstellung begann Johanna Grasel, die sehr kalt und überlegen wirkte, ihr Spiel.

„Darf ich Ihnen – ich danke übrigens für Ihr Kommen – einen deutschen Kollegen vorstellen: Herr Kommissar Lorenz. Er hat uns in diesem rätselhaften Mordfall wertvolle Hilfe geleistet."

Herr Kommissar Lorenz hatte keine Ahnung wodurch, verneigte sich aber stumm und würdevoll.

Alexandra verfolgte gespannt das eigenartige Szenarium, das ihre Chefin hier veranstaltete. Sie wusste zwar, dass diese plante, die in den

Fall verstrickten auf's Äußerste zu provozieren und gegeneinander auszuspielen, aber nicht, wie sie das anstellen wollte.

„Dass Christoph Schönberg ermordet worden ist, dürfte sich herumgesprochen haben. Falls es jemand noch nicht gehört hat: Er ist vergiftet worden."

Johanna Grasel teilte dies so gleichgültig mit, als hätte sie kundgetan, dass es draußen regnete. Dieser Eröffnung folgte eine lange Pause, in der sich nur die Geigers erschrocken zeigten. Alle anderen behielten ihre gleichgültige beziehungsweise abweisende Haltung unverändert bei.

Schließlich ergriff Schreder das Wort: „Das wissen wir ja nun zur Genüge. Dafür hätten wir uns nicht gewaltsam hier vorführen lassen müssen."

„Von gewaltsam kann keine Rede sein", widersprach die Chefinspektorin sanft, „mir geht es um das Motiv des Mörders. Und ich denke, dass es sich mit dem Geständnis erschließt."

„Wer soll was gestehen? Ich gestehe alles, was Sie wollen", schallte es da von der Tür her.

Daniel Schreder war unbemerkt hereingekommen, an seiner Seite der wie immer sehr gepflegte Richard Gerstner.

„Hast du den Verstand komplett verloren?", dröhnte Schreders Stimme. „Ich hoffe, Sie glauben diesem missratenen Flegel kein Wort."

Die Chefinspektorin verzichtete auf eine Antwort und ließ bis zu ihrer nächsten Eröffnung wieder eine kleine Weile vergehen. Die Stille lastete auf den Anwesenden, die – einer wie der andere – leichte Anzeichen von Nervosität erkennen ließen.

„Ich will Sie nicht länger als unbedingt nötig aufhalten. Sie alle, die Sie hier sitzen, hätten ein Motiv gehabt, Christoph Schönberg umzubringen. Dank der Fähigkeiten und Möglichkeiten unserer Mitarbeiter der Spurensicherung ist es gelungen, DNA-Spuren auf der Klarinette zu sichern. Das heißt, dass wir den Mörder eindeutig identifizieren können. Hier geht es nun darum, wer ihm dabei geholfen hat. Beginnen wir mit Ihnen, Herr und Frau Geiger. Sie wissen doch längst, dass sich Schönberg an Ihnen in schamlosester Weise bereichert und Ihnen das Geld aus der Tasche gezogen hat. Dass es die Komponisten-Brüder Jägermeier gar nicht gibt und daher auch keine

Autografe. Das hat Ihnen – wie ich vermute – Herr Naderer irgendwann einmal erzählt. Da war es jedoch schon zu spät, da waren Sie Schönberg bereits auf den Leim gegangen und hatten beträchtliche Summen investiert. Und der Versuch, nach Schönbergs Tod in sein Haus einzubrechen, um sich etwas zurückzuholen, ist wohl misslungen. Das heißt, Sie haben eine Klage wegen eines versuchten Einbruchdiebstahls zu erwarten."

Die Geigers waren zu keiner Erwiderung fähig. Frau Geiger nahm zitternd die Hand ihres Mannes, als erhoffe sie sich Hilfe von seiner Seite.

Anna Raender-Gramme brach nach dieser Eröffnung in hysterisches Gelächter aus. „Ich glaube es nicht. Sie haben diesem Schwein auch Geld gegeben? Wer denn noch alles?"

„Sie beispielsweise, Frau Raender-Gramme. Sie haben sich genau so hinters Licht führen lassen mit der Jägermeier-Stiftung und dem Versprechen, dass Ihre Einlagen einen hohen Gewinn abwerfen. Woher hatten Sie im Übrigen das Kapital, das Sie eingebracht haben?"

Frau Raender-Gramme wurde abwechselnd blass und puterrot. Dann verlor sie die Fassung und schrie Schreder an: „Der hat mir doch geraten, dass ich das Geld in die Stiftung stecken soll. Absolut sicher. Sicherer und besser angelegt als bei jeder Bank. Und als Deutscher hatte Schönberg angeblich jede Menge Steuerschlupflöcher, sodass es noch mehr werden sollte, als man normalerweise hätte erwarten können. Hat der da mir alles haarklein auseinandergesetzt."

„Ich? Da müssen Sie sich wohl irren, Gnädigste", entgegnete Rechtsanwalt Schreder kalt. „Vielleicht habe ich ganz allgemein von Stiftungen gesprochen, das könnte sein. Aber bestimmt nicht von einer, die es gar nicht gibt."

Den Kriminalbeamtinnen war völlig klar, dass Schreder mit allen Mitteln versuchen würde, sich mit heiler Haut aus der Misere zu retten. Und dass es ihm bei seiner Verschlagenheit vermutlich auch gelang.

„Noch einmal, Frau Raender-Gramme. Woher stammte das Geld? Wohl kaum von Ihrem Mann."

„Das geht Sie nichts an. Gewonnen hab ich's. In der Lotterie."

„Wohl kaum. Das werden wir gleich klären. Erst einmal zu Ihnen, Herr angeblicher Hofrat Naderer, oder soll ich doch lieber Raender sagen?"

Wie von der Tarantel gestochen fuhr der alte Mann auf.

„Bevor Sie ebenfalls versuchen, uns einen Bären aufzubinden, möchte ich etwas klarstellen. Sie waren nicht nur ein ergebener Parteigänger während des Krieges, und dies nicht gerade in untergeordneten Chargen. Sie hatten einen Posten, auf dem es Ihnen möglich war, sich in schamlosester Weise an jüdischem Eigentum zu bereichern. Ihr Name, sehr verehrter Herr Raender, taucht in den entsprechenden Listen, die in der früheren DDR geführt wurden, in eindeutiger Weise auf. Unser deutscher Kollege, Herr Kommissar Lorenz, hat uns bei unseren Ermittlungen entscheidend unterstützt."

Das war ein gewaltiger Bluff, aber er traf ins Schwarze. Der deutsche Kollege staunte, nickte aber schnell und beflissen. Darauf also wollte die Chefinspektorin hinaus.

„Weiter. Der auf so perfide Weise ermordete angebliche Christoph Schönberg, oder auch hier besser mit seinem richtigen Namen Egon Büttner, war ein sogenannter Inoffizieller Mitarbeiter beim Ministerium für Staatssicherheit, kurz Stasi, einfacher gesagt, ein Spitzel der früheren DDR. Kein kleines Licht, sondern ein sehr einflussreicher Mitarbeiter. Er hatte unter anderem zu solchen Informationen Zugang und hat ihre dunkle Vergangenheit recherchiert, Herr Naderer. Hat sich in Perchtoldsdorf mit voller Absicht niedergelassen und Sie systematisch erpresst. Sogar die von Ihnen damals gestohlenen Diamanten mussten Sie ihm aushändigen. War es nicht so? Herr Raender-Naderer? Und bevor Sie möglicherweise auch noch Ihr Haus und das Grundstück hätten verkaufen müssen, haben Sie das Mundstück der Klarinette mit einer hochgiftigen Substanz präpariert. Zuvor ist es Ihnen auf irgendeine Weise gelungen, Schönberg einen Teil des Giftes in seinem eigenen Haus zu verabreichen. Sie wollten ganz sicher gehen. Beim Vortrag in der Burg waren Sie nicht anwesend. Wohl aber Ihre Tochter. Sie hat Sie insofern unterstützt, indem sie – um es zynisch zu formulieren – die ordentliche Ausführung des Mordes überwacht hat."

„Die – und mich unterstützt? Ich höre wohl nicht richtig. Was denken Sie, von wem sie das Geld hatte für diese blöde Stiftung? Das hat sie sich von mir erschlichen. Und glauben Sie, dass sie aus reiner Tochterliebe bei mir ein- und ausgeht? Sie hat das Gleiche gemacht, wie mein sauberer Herr Schwiegersohn, nämlich mich nach Strich und Faden ausgenommen. Sie wollte mich zwingen, dass ich ihr Haus und Grundstück überschreibe. Dann hätte ich sehen können, wo ich bleibe. Am Anfang habe ich noch versucht, alles gütlich zu regeln. Der da", sein Kinn wies verächtlich zu Schreder, „hat mir für seinen sogenannten anwaltlichen Rat auch noch Geld aus der Tasche gezogen. Scheinheilig hat er mir geraten, wachsam zu sein. Schwachsinn! Ich habe ziemlich bald vermutet, dass er mit Schönberg unter einer Decke steckt. Und als ich mich geweigert habe, meinen sauberen Herrn Schwiegersohn weiterhin zu finanzieren, hat mir dieses Weib, das sich meine Tochter schimpft, ebenfalls gedroht, dass sie mich auffliegen lässt. Dabei hat sie ihren Anteil an dem Mord. Das kann ich Ihnen sagen."

Naderers Worte überstürzten sich fast. Seine gesamte Erbitterung und Empörung über das ihm vermeintlich geschehene Unrecht brach aus ihm heraus.

„Mir kann nicht mehr viel passieren. Ich bin ein alter Mann. Ich kriege bestimmt mildernde Umstände, aber die, die wird sich noch wundern. Die hat den Einfall gehabt mit der Klarinette, und die war es, die ihm vorher schon das Gift untergejubelt hat."

„Weshalb war Ihnen so sehr daran gelegen, Schönberg in aller Öffentlichkeit auf so grausame Weise sterben zu lassen?" Johannas Ruhe stach merkwürdig ab gegen Naderers Erregung.

„Das kam mir sehr gelegen. Der sollte einen langsamen Tod haben für all das, was er mir angetan hat."

Ohne dass es die anderen bemerkt hätten, war Alexandra hinter den Sessel getreten, in dem Anna Raender-Gramme mit versteinerter Miene saß.

Die Kriminalinspektorin zog die Handfesseln aus der Tasche und legte sie der verdutzten Frau mit einer schnellen und geschickten Bewegung an. Das schien sie wieder zum Leben zu erwecken, denn plötzlich kreischte sie: „Hat irgend jemand mit diesem Monstrum von Vater vielleicht noch Mitleid? Er ist schließlich dafür verantwortlich, dass soundsoviele damals abtransportiert wurden. Er hat dafür gesorgt, dass er seine Anteile an den Vermögen bekommt. Und hat dann jahrelang wie die Made im Speck gelebt. Das einzig Gute, was dieser Schönberg, der sich an mich herangemacht hat, je geleistet hat, war, mich über die Vergangenheit dieses Scheusals aufzuklären."

„Und das – meinen Sie – hat Ihnen das Recht gegeben, Ihren Vater zu erpressen? Aber weshalb haben Sie ihm beim Mord Ihres Mannes geholfen und sich dadurch mitschuldig gemacht?"

„Was heißt hier mitschuldig gemacht? Er hat die Idee gehabt, und er hat mich dazu gezwungen."

„Daran ist kein wahres Wort", verteidigte sich Naderer erregt. „Sie war sofort einverstanden, weil sie gefüchtet hat, dass nichts mehr für sie übrig bleibt. Ihr sauberer Herr Ehemann hat doch alles verspielt, versoffen, verhurt. Die Weiber haben ihm ja das Haus eingerannt. Fragen Sie die da."

Er zeigte auf Rechtsanwalt Schreder und Richard Gerstner, die nun alle Blicke auf sich zogen.

Die Chefinspektorin reagierte sofort. „Herr Gerstner. Sie wussten also über alles Bescheid?"

„Du sagst kein Wort, Richard, kein einziges Wort, oder…"

„Hören Sie auf, Ihrem Mitarbeiter zu drohen. Was wissen Sie über die Sache? Los", herrschte Johanna Grasel den jungen Mann an, der hilflos zwischen Schreder und ihr hin und her blickte.

„Eigentlich gar nichts. Ich habe Herrn Schönberg manchmal gefahren."

„Was heißt das nun wieder. Wohin?"

„Nach Baden beispielsweise. Ins Spielcasino, oder nach Wien in die Krieau zum Pferderennen. Ich hab ja nichts gewusst."

„War Herr Schreder auch dabei?"

„Manchmal. Schon. Ja."

„Und? Ist das verboten?", regte sich Schreder auf.

„Das nicht, aber woher hatten Sie das Geld dafür? Daniel sagte uns, dass Sie keine Klienten hätten."

Der Anwalt bedachte Daniel mit dem gewohnt vernichtenden Blick. „Sie werden dem doch wohl nicht glauben. Der hat einen geistigen Knacks. Tickt nicht richtig. Wenn man den nicht im Zaum hält, schnappt er über. Schönberg hat mich das eine oder andere Mal eingeladen. Ist doch nichts dabei – oder?"

Johanna Grasel, Alexandra Jennerwein und Kommissar Lorenz waren gleichermaßen erschüttert über den zu Tage kommenden Hass und die alles überbordende Feindseligkeit. Auch Horst Czerny war bestürzt, und selbst Siegfried Riedel schaute betreten vor sich hin. So viel unversöhnliche Zwietracht hätte er im friedlichen Perchtoldsdorf nie vermutet.

„Sie haben meine Frage noch nicht beantwortet. Womit haben Sie Ihren aufwändigen Lebensstil finanziert?"

„Können Sie sich noch an die Liste erinnern, die ich holen sollte?", mischte sich da Daniel Schreder wieder in die Befragung ein. „Der Schönberg hat aus lauter Freundschaft, weil mein liebwerter Möchtegern-Vater ihm den einen oder anderen Gefallen getan hat, die Namen einiger früherer DDR-Kumpane verraten, die er dann wiederum ausnehmen konnte."

„Haltlose Vermutungen, du Idiot", schäumte der Rechtsanwalt. „Ich habe nichts Unrechtes getan. Niemand wird mir irgendetwas beweisen können."

‚Das fürchte ich leider auch', dachte Johanna, sagte aber laut: „Das wird zu klären sein. Die Staatsanwaltschaft wird sich darum kümmern."

Dann wandte sie sich wieder den beiden Hauptverdächtigen zu. „Eine Frage habe ich noch, bevor ich Sie in die Untersuchungshaft abtransportieren lasse. Woher hatten Sie das Gift, Herr Naderer, Raender oder wie auch immer?"

Der Angesprochene ließ sich zu keiner Äußerung mehr herab, sondern wies mit seinem dürren Zeigefinder auf seine Tochter.

„Sie haben es besorgt?", fragte Johanna Grasel stirnrunzelnd die Beschuldigte. „Woher denn?"

„Ich sage kein Wort mehr. Schluss. Aus."

„Nun, dann wird auch das während des Strafverfahrens geklärt werden müssen." Die Chefinspektorin wollte eben diese üble Befragung abschließen, als sich Alexandra zu Wort meldete.

„Frau Raender-Gramme, welche Rolle hat eigentlich dieser Schauspieler in Ihrem Leben gespielt, der damals vom Hungerturm gefallen ist oder gestoßen wurde?"

Aller Augen richteten sich wieder auf die Naderer-Tochter, die von dieser Frage offensichtlich völlig überrumpelt war. Johanna schaute ihre Mitarbeiterin anerkennend an: Gut gemacht, meine Liebe. Super.

„Gestoßen wurde? Sie sind wohl nicht ganz bei Trost. Das war der einzige Mann in meinem Leben, der mir je etwas bedeutet hat. Glauben Sie etwa, dass ich mit diesem Schönberg, mit diesem Saufbold glücklich war? Der hat mich nur ausgenutzt. Nachdem er mich dort hatte, wo er mich haben wollte, war ich dem völlig egal, außer er konnte von mir profitieren. Und da kam halt zu den Sommerspielen der Karl. Das war ein wirklicher Herr. Der hat ganz schnell gemerkt, was Schönberg für ein mieser Typ war und sich schleunigst abgewendet. Danach haben wir uns kennengelernt. Hin und wieder hat er wohl auch einmal ein Viertel getrunken, obwohl er noch seine Rolle lernen musste. Und an jenem Tag damals war's heiß, vielleicht hat er ein bissel zu viel erwischt, und da hat er halt das Gleichgewicht verloren."

„Hat Ihr Mann von Ihrem Verhältnis gewusst?"

„Natürlich nicht. Halten Sie mich für blöd?"

„Und weshalb hat er dann die ganzen Zeitungsberichte über den tragischen Tod Ihres Geliebten so sorgfältig aufbewahrt?"

„Er hat was? Davon weiß ich nichts." Anna Raender-Gramme war so entsetzt, dass man beinahe gewillt war, ihr zu glauben.

„Wenn Sie die DDR-Vergangenheit Ihres Gatten in Betracht ziehen, so hätten Sie eigentlich damit rechnen müssen, dass er gewieft genug ist, hinter Ihr Verhältnis zu kommen", meinte Alexandra.

„Was wollen Sie damit sagen? Glauben Sie, dass, dieser, dieser, dieser… ihn vom Turm gestoßen hat?"

„Davon war nicht die Rede", wehrte die Kriminalinspektorin ab.

„Wenn es aber so ist, dann tut es mir noch mehr leid, dass dieser Verbrecher nicht länger hat leiden müssen."

Dass sie selbst sich mehrerer Verbrechen schuldig gemacht hatte, kam ihr nicht in den Sinn.

Siegfried Riedel hatte zwischenzeitlich auf den leisen Befehl seines Chefs die Kollegen alarmiert, die nun Naderer und seine Tochter abführten. Schreder verließ hoch erhobenen Hauptes die Villa, die beiden Geigers trotteten völlig verstört hinterdrein. Sie konnten sich mit den Geschehnissen, deren Zeugen sie eben geworden sind, nicht so schnell abfinden, außerdem machte ihnen die Androhung der Klage zu schaffen. Zurück blieben Gerstner, Daniel Schreder, die beiden österreichischen Beamtinnen und Kommissar Lorenz. Dessen ursprüngliche Lust, nach dem gelösten Fall seine angebetete Johanna zum Essen auszuführen, war ihm vorerst vergangen. Die beiden Beamtinnen und er waren angesichts der eben ausgebreiteten schauerlichen Geständnisse zutiefst deprimiert.

Daniel Schreder und Richard Gerstner wiederum waren sich nicht schlüssig, was sie tun sollten. In das Haus des Rechtsanwalts trauten sie sich nicht, denn sie fürchteten wohl mit Recht dessen Zorn. Hilfe suchend schauten sie die Kriminalbeamtinnen an. „Haben Sie keine Freunde, wo Sie kurzfristig unterkommen können?“, deutete Johanna Grasel den Blick völlig richtig.

„Hm. Weiß nicht. Hast du?“, wollte Daniel von Richard Gerstner wissen. Der schüttelte nur ratlos den Kopf.

„Habt ihr denn ein bisschen Geld dabei, damit ihr erst einmal im Hotel unterkommen könnt für diese Nacht? Dann seid ihr für den Moment aus der Schusslinie. Morgen hat sich die Lage vielleicht wieder etwas beruhigt.“

Diesmal schüttelten beide den Kopf. Seufzend kramte Johanna ihre Brieftasche hervor und entnahm ihr einen Hundert-Euro-Schein. „Hier, damit könnt ihr ein Zimmer im Hotel bei Frau Blumenthal mieten. Ich weiß sicher, dass sie eins frei hat. Das Geld kriege ich aber wieder zurück.“

Ein wenig ließ die Spannung nach, die sie alle bislang umfangen hatte und wich einer etwas gelösteren Stimmung. „Und Sie, Herr Kommissar, wann müssen Sie wieder aufbrechen?“ Johanna legte fast vertraulich ihren Arm auf den von Reinhold Lorenz, der ebenso tief seufzte wie sie selbst gerade eben. „Übermorgen. Einen Tag habe ich noch Schonfrist."

„Wie meinen Sie das?"

„Na ja, wenn ich meinen Assistenten Thiele heute Mittag am Telefon richtig verstanden habe, dann hat sich sein Techtelmechtel mit meiner lieben Tochter Julia erledigt, weil sie einen neuen Traumprinzen gefunden hat. Und ich kann nach meiner Rückkehr zusehen, wie ich meinen armen Thiele tröste."

„Wir wünschen Ihnen alles Gute. Und falls Sie wieder einmal in Österreich sind, können Sie sich gern bei uns melden", erklärte Johanna jovial, wobei sie das ‚uns' ein wenig hervorhob.

„Wir beide machen uns jetzt auf den Weg nach St. Pölten, um unseren Chefs die Erfolgsmeldung darzubieten. Wenigstens brauchen wir nicht mehr zu fürchten, dass man uns den Kopf abreißt. Was ist denn los?"

Das letzte erstaunte Frage bezog sich darauf, dass Alexandra Tränen über die Wangen liefen. „Ich weiß auch nicht", antwortete die, „nur – derart viel Hass auf einmal habe ich noch nie erlebt. Überhaupt nie."

„Das stimmt leider. Aber wir können die Welt auch nicht verändern", seufzte Johanna lakonisch und reichte ihrer Mitarbeiterin ein Taschentuch. „Sollten wir, bevor wir fahren, vielleicht doch einen kleinen Abstecher…? Ich meine, so auf ein Flucht-Achtel zum Sommerbauer…?", schlug sie dann ein wenig verlegen vor. Dieser Vorschlag zauberte neben den Tränen ein kleines Lächeln bei Alexandra hervor. „Na, du bist mir vielleicht eine. Wie war das mit den Unarten?"

„Wie du meinst. Kommen Sie mit, Herr Lorenz?"